ZUFLUCHT FÜR HENLEY

Die Zuflucht in den Bergen, Buch 2

SUSAN STOKER

Die Suche nach Lexie
Die Suche nach Kenna
Die Suche nach Monica
Die Suche nach Carly
Die Suche nach Ashlyn (7 Feb)
Die Suche nach Jodelle (22 July)

Delta Team Zwei

Ein Held für Gillian
Ein Held für Kinley
Ein Held für Aspen
Ein Held für Jayme
Ein Held für Riley
Ein Held für Devyn
Ein Held für Ember
Ein Held für Sierra (1 Mar)

Mountain Mercenaries:

Die Befreiung von Allye
Die Befreiung von Chloe
Die Befreiung von Morgan
Die Befreiung von Harlow
Die Befreiung von Everly
Die Befreiung von Zara
Die Befreiung von Raven

Ace Security Reihe:

Anspruch auf Grace
Anspruch auf Alexis
Anspruch auf Bailey
Anspruch auf Felicity
Anspruch auf Sarah

Die Delta Force Heroes:

Die Rettung von Rayne
Die Rettung von Emily
Die Rettung von Harley
Die Hochzeit von Emily
Die Rettung von Kassie
Die Rettung von Bryn
Die Rettung von Casey
Die Rettung von Wendy
Die Rettung von Sadie
Die Rettung von Mary
Die Rettung von Macie
Die Rettung von Annie

SEALs of Protection:

Schutz für Caroline
Schutz für Alabama
Schutz für Fiona
Die Hochzeit von Caroline
Schutz für Summer
Schutz für Cheyenne
Schutz für Jessyka
Schutz für Julie
Schutz für Melody
Schutz für die Zukunft
Schutz für Kiera
Schutz für Alabamas Kinder
Schutz für Dakota

Eine Sammlung von Kurzgeschichten

Ein langer kurzer Augenblick

KAPITEL EINS

Henley McClure hatte gerade eine besonders emotionale Gruppensitzung in der *Zuflucht* beendet, und obwohl sie müde war, war sie auch sehr zufrieden. Das passierte immer, wenn einer ihrer Patienten in einer Sitzung einen Durchbruch erlebte.

Psychologin zu sein war ihre Berufung, und sie liebte ihren Job. Sie arbeitete in einer florierenden Praxis in Los Alamos, aber in den letzten Jahren hatte sie ihre Arbeitszeit in der Praxis in der Stadt reduziert, um mehr Zeit in der *Zuflucht* verbringen zu können. Die Arbeit mit den Männern und Frauen, die das landesweit bekannte Resort in den Bergen von New Mexico besuchten, war befriedigender, als sie es sich je erträumt hatte. Obwohl sie ihre Patienten nicht sehr gut kennenlernte, da sie sie meist nur für ein paar Sitzungen besuchten, erfüllte es ihr Herz mit Zufriedenheit, zu wissen, dass sie ihnen half, mit den traumatischen Ereignissen fertigzuwerden, die sie durchgemacht hatten – Ereignisse, die sie überhaupt erst an diesen Ort geführt hatten.

Sie hatte auch höchsten Respekt vor den sieben

Männern, denen *Die Zuflucht* gehörte und die sie leiteten. Sie waren alle ehemalige Soldaten und hatten alle ihre eigenen Traumata erlebt, die sie dazu veranlasst hatten, anderen zu helfen, die ebenfalls mit einer posttraumatischen Belastungsstörung zu kämpfen hatten.

Natürlich gab es einen Besitzer, zu dem sie sich mehr hingezogen fühlte als zu den anderen.

Finn »Tonka« Matlick war ihr schon im ersten Moment aufgefallen. Nicht weil er extrem gut aussah – das tat er nämlich. Obwohl das eigentlich auf alle Besitzer zutraf.

Nein ... es war wegen des Schmerzes, den sie tief in seinen Augen sah. Ein Schmerz, der sie an ihren eigenen erinnerte, wenn sie morgens in den Spiegel schaute. Während sie den Vorteil von vielen Jahren und einer ausgezeichneten Therapie hatte, die ihr half, ihren Schmerz zu bewältigen, war Finns Schmerz immer noch roh und unverarbeitet. Er tat sein Bestes, um seinen Schmerz vor der Welt zu verbergen, aber er war da. Er lauerte in den Tiefen seiner Seele.

In den wenigen Jahren, in denen sie ihn kannte, hatte Henley nie versucht, mit Finn darüber zu sprechen, was diese Qualen, die sie in seinen Augen sehen konnte, ausgelöst hatte, obwohl sie dazu qualifiziert war. Er war extrem zurückhaltend und kümmerte sich lieber um die Tiere in der *Zuflucht*, als mit den Gästen zu sprechen oder gar mit seinen Freunden abzuhängen.

Er nahm an vielen der Gruppensitzungen teil, die Henley für die Gäste anbot, aber er leistete nie einen Beitrag, sprach nie über seine Vergangenheit. Doch allein die Tatsache, dass er dabei war, als sie ihren Patienten von ihrer eigenen traumatischen Vergangenheit erzählte, machte es ein wenig leichter, die Geschichte zu erzählen. Wenn sie die Trauer und das Mitgefühl in seinen Augen sah, fühlten sich ihre Wut und ihr Kummer über das, was sie durchgemacht hatte, ein wenig erträglicher an. Aber das war auch schon alles, was ihre Beziehung ausmachte.

Sie hatte eigentlich erwartet, dass sich die Dinge zwischen ihnen nach dem schrecklichen Vorfall vor zwei Wochen ändern würden, als ein Mann auf das Gelände der *Zuflucht* gekommen war, um Alaska, die Freundin des Besitzers Drake Vandine, zu entführen. Während dieses beängstigenden Ereignisses hatten sich Henley und Finn auf einer Ebene verbunden, die sie vorher nicht gekannt hatten ... oder zumindest hatte Henley das gedacht.

Aber seit dieser Nacht – der Nacht, in der er in der Scheune in ihren Armen geweint hatte, während sie die Tiere vor dem Eindringling beschützt hatten – hatte er sie nicht anders behandelt, was eine große Enttäuschung war. Ihr einziger Trost war, dass sie hätte schwören können, dass Finn sich jetzt öfter in der Lodge aufhielt. Zumindest, wenn sie dort war.

Sie wollte glauben, dass es daran lag, dass er vielleicht mit ihr reden wollte, aber wann immer sich ihre Blicke trafen, wandte er sich unwillkürlich ab.

Sie war frustriert von diesem Mann. Und noch mehr von sich selbst. Sie war eine kompetente Psychologin und eine unabhängige Frau. Trotzdem konnte sie nicht den Mut aufbringen, den ersten Schritt zu tun, um zu sehen, ob aus ihrer Beziehung vielleicht mehr werden könnte als nur eine Bekanntschaft.

Hinzu kam, dass die Jahre als alleinerziehende Mutter langsam ihren Tribut forderten. Stress war ein ständiger Begleiter, mit zwei Jobs und Jasna, die sich schnell einem Alter näherte, in dem sie Henleys unaufhörlichen Schutz nicht mehr brauchen würde. Und nicht zuletzt wurde Henley seit der Nacht in der Scheune mit Finn auch ihre wachsende Einsamkeit deutlich. Sie hatte seit Jahren keine Beziehung mehr gehabt.

Sie wurde immer verärgerter über sich selbst und über Finn. Jeden Tag schwor sie sich, dass sie mit ihm reden würde. Um zu sehen, ob er vielleicht an einer weiteren Beziehung interessiert war ... oder ob sie ihre Aufmerksamkeit auf etwas anderes richten sollte.

Henley versuchte, die Gedanken an Finn zu verdrängen, und griff in ihre Handtasche, um sich zu vergewissern, dass ihre Tochter keine Nachricht geschrieben hatte, während sie in ihrer Therapiestunde gewesen war. Kaum hatte sie das Handy in die Hand genommen, begann es zu vibrieren und erschreckte sie zu Tode. Henley lachte über ihre Nervosität und hielt das Handy an ihr Ohr. Sie erkannte die Nummer nicht, nur, dass es ein Ortsgespräch war.

»Hallo?«

»Spreche ich mit Henley McClure?«

»Ja.«

»Hier ist Betty Turner, die Krankenschwester der Mountain Elementary School.«

Henleys Herzschlag beschleunigte sich. Es war erst elf Uhr vormittags. Ihre Tochter Jasna war heute Morgen etwas seltsam gewesen, aber sie waren spät dran und ihre Tochter war kein Morgenmensch, also hatte sie sich nicht allzu viele Gedanken gemacht. »Was ist denn los? Ist mit Jasna alles in Ordnung?«, fragte sie die Krankenschwester.

»Sie hat Fieber. Sie hat sich auch übergeben und sagt, dass ihr der Magen wehtut. Wahrscheinlich ist es die Grippe, die gerade grassiert, aber wegen des Fiebers müssen Sie sie abholen.«

Henley runzelte die Stirn. Jasna war normalerweise ein ziemlich ruhiges Kind. Sie hatte ein paar Freundinnen in dem Wohnhaus, in dem sie lebten, aber die meiste Zeit war sie damit zufrieden, allein zu spielen oder zu lesen. Aber sie war selten krank. Und sie beschwerte sich nie. Wenn sie also sagte, dass ihr der Magen wehtat, dann musste es wirklich wehtun.

Mit einem Blick auf die Uhr dachte Henley, dass sie gerade noch genügend Zeit hatte, um ihre Tochter abzuholen, sie bei einem Nachbarn abzusetzen und dann für die nachmittägliche Therapiestunde, die sie mit einem weiblichen Gast geplant hatte, zurück zur *Zuflucht* zu kommen. Soweit sie wusste war die Frau während ihres Militärdienstes gefangen genommen und einen Monat lang festgehalten worden, bevor sie gerettet wurde. Verständlicherweise hatte sie eine schwere Zeit durchgemacht und Henley wollte sie nicht enttäuschen oder die Sitzung verschieben. Mit einer Fahrt in die Stadt und zurück würde es allerdings knapp werden.

»Ich bin in etwa zwanzig Minuten da.«

»Nur keine Eile. Jasna ist hier sicher. Sie schläft auf der Liege in meinem Sprechzimmer.«

»Danke. Bis gleich.«

Jasna war Henleys ganze Welt. Sie war eine alte Seele. Sie war zwölf und ging mental auf fünfundvierzig zu. Sie war gezeugt worden, als Henley sich durch eine zehnjährige Ausbildung quälte. Das war nicht der Zeitpunkt, an dem sie ein Kind gewollt hätte, aber ... zwischen ihren Unterrichtszeiten, der Arbeit und den Dämonen aus ihrer Vergangenheit hatte sie Männer benutzt, um ihren Stress abzubauen. Stattdessen hatte sie ihn mit der Mutterschaft noch verschlimmert. Aber sie hätte es um nichts in der Welt ändern wollen.

Die Schwangerschaft war der Weckruf gewesen, den Henley gebraucht hatte, um sich wieder in den Griff zu bekommen. Das Leben als alleinerziehende Mutter war nicht einfach gewesen, und war es übrigens immer noch nicht – aber sie hatte es geschafft. Henley war sehr stolz darauf, wie sie und Jasna es geschafft hatten, jedes

Hindernis zu überwinden, das sich ihnen in den Weg gestellt hatte – bis jetzt.

Aber trotzdem: Was hätte sie nicht für eine Schulter zum Anlehnen gegeben. Einen Gefährten. Einen Partner. Besonders in Zeiten wie diesen.

Sie musste daran denken, dass ihre Tochter nur wenig älter war als Henley, als sie ihre eigene Mutter verloren hatte. Sie wollte nicht, dass Jasna jemals etwas so Traumatisches durchmachen musste. Sie hätte alles in ihrer Macht Stehende getan, um sie zu beschützen. *Alles.*

Mit diesem Gedanken griff sie nach ihrem Handy und ihrer Handtasche, als sie den Raum verließ, in dem sie sich normalerweise mit den Patienten der *Zuflucht* traf. Sie musste Mrs. Singleton, ihre Nachbarin, anrufen und fragen, ob sie bereit wäre, eine Weile auf Jasna aufzupassen, bis sie später wieder nach Hause kam.

Als sie sich umsah, sah sie keinen der Jungs, aber Alaska saß hinter dem Schreibtisch am Empfang.

»Wie ist die Therapiestunde gelaufen?«, fragte sie, als Henley sich ihr näherte.

»Gut. Ich muss für eine Stunde oder so weg«, erklärte sie ihr.

Alaska stand auf und runzelte leicht die Stirn. »Ist alles in Ordnung?«

»Ich glaube schon. Meine Tochter ist krank. Die Schulkrankenschwester hat angerufen und ich muss sie abholen.«

»Oh nein. Kann ich dir irgendwie helfen?«

Henley lächelte die andere Frau herzlich an. Viele Leute würden Alaska Stein für unscheinbar halten, aber sie hatte ein Herz aus Gold, was in Henleys Augen viel wichtiger war als das Aussehen. Sie und Drake waren wie füreinander geschaffen. Sie waren fast ihr ganzes Leben lang befreundet gewesen und hatten erst vor Kurzem erkannt, dass Freundschaft eine wunderbare Grundlage für die Liebe war.

Und das war etwas, das Henley sich auch für sich selbst wünschte ... mit Finn.

Henley schob den Gedanken beiseite, denn sie und Finn waren *kein bisschen* wie Alaska und Drake, und schüttelte den Kopf. »Danke, aber nein. Ich fahre nur schnell nach Los Alamos, bringe sie bei meiner Nachbarin unter und komme dann für die Therapiestunde am Nachmittag zurück.«

»Ich bin sicher, wir können den Termin verschieben«, sagte Alaska zu ihr.

»Ich weiß, aber das will ich nicht. Ich möchte mich unbedingt mit Christina treffen.«

»Na gut, aber wenn du etwas brauchst, melde dich einfach. Ich arbeite noch eine Stunde oder so. Wir führen Vorstellungsgespräche mit ein paar potenziellen Zimmermädchen, die Alexis ersetzen sollen. Ich meine, ich freue mich für sie, dass sie das Erbe von ihrem Großonkel oder wer auch immer er war bekommen hat, aber sie hat uns ein bisschen in die Bredouille gebracht. Wir hoffen, dass wir heute jemanden einstellen können. Jedenfalls hast du ja meine Handynummer, richtig?«

Henley nickte. Sie hatte die Nummern von allen Jungs in ihren Kontakten und auch die von Alaska. Sie hatten darauf bestanden, dass sie im Notfall jeden von ihnen erreichen konnte. »Ja, habe ich, danke«, bestätigte Henley.

»Okay. Fahr vorsichtig und sag Jasna, wir hoffen alle, dass es ihr bald besser geht.«

Das war eine nette Geste ... und eine ganz neue Entwicklung. Henley hatte ihre Tochter vor allen in der *Zuflucht* geheim gehalten, seit sie dort angestellt war. Nicht absichtlich oder weil sie ihnen nicht vertraute. Abgesehen von müßigem Geplauder oder Gesprächen über die Arbeit waren ihre Unterhaltungen mit den Besitzern normalerweise nicht persönlich, sodass Jasna einfach nicht zur Sprache gekommen war. Aber in der Nacht von Alaskas versuchter Entführung hatte Henley bis spät in den Abend hinein in der *Zuflucht* festgesessen, und als ihr vorgeschlagen worden war, einfach die Nacht dort zu verbringen, hatte sie erklärt, sie müsse nach Hause zu ihrer Tochter.

Jetzt, da alle von Jasna erfahren hatten, fragten sie häufig nach ihr, und Alaska setzte Henleys Therapiestunden immer so an, dass sie vor dem Abendessen zu Ende waren, damit sie zu ihrer Tochter heimkehren konnte.

»Danke, das richte ich ihr aus.« Henley winkte Alaska zu, bevor sie zur Eingangstür der Lodge eilte.

Auf dem Weg zu ihrem Wagen ging sie auf ihre Kontaktliste und klickte auf den Namen von Mrs. Singleton. Ihre Nachbarin war über die Jahre hinweg ein Geschenk des Himmels gewesen. Sie sprang kurzfristig als Kinderbetreuerin ein und war generell für Jasna und Henley da, wenn sie sie brauchten. Sie war in den Sechzigern, und ihre Kinder waren alle erwachsen und aus Los Alamos weggezogen. Ihr Mann Gerald war vor etwa zehn Jahren gestorben, und es schien ihr sehr zu gefallen, sich um Jasna zu kümmern.

Aber als das Telefon klingelte und klingelte, ohne dass jemand abnahm, runzelte Henley die Stirn. Sie hinterließ eine Nachricht – und war sich nicht sicher, was sie als Nächstes tun sollte. Mrs. Singleton war normalerweise immer erreichbar.

Sie atmete tief durch und betete, dass Mrs. Singleton zurückrief, bevor sie Jasna abgeholt hatte. Sie hatte keine anderen Möglichkeiten für eine Kinderbetreuerin. Es wäre nicht das erste Mal, dass sie eine Therapiestunde mit einem Gast verschieben musste, aber sie tat es trotzdem nur ungern.

Henley ging an der Einfahrt zur Scheune vorbei in Richtung des kleinen Parkplatzes für die Angestellten. Für Gäste gab es einen separaten Parkplatz und die Besitzer der

Zuflucht parkten in der Nähe ihrer Hütten. Im Moment waren also sie und Jess, eines der Zimmermädchen, die Einzigen, die ihre Fahrzeuge auf dem Parkplatz abgestellt hatten. Sie hielt an ihrem Honda CRV an. Er war nicht neu, aber sie kam auf den Bergstraßen gut mit ihm zurecht, besonders im Winter.

Sie stieg auf den Fahrersitz, steckte schnell den Schlüssel ins Zündschloss und wollte den Motor anlassen.

Zu ihrer Überraschung passierte nichts. Nicht einmal ein Klicken.

Sie blinzelte und versuchte, den Wagen erneut zu starten, mit demselben Ergebnis.

Dann noch einmal.

Sie schlug auf das Lenkrad und stieß einen frustrierten Schrei aus – und schämte sich, als sie feststellte, dass ihr Tränen in den Augen brannten.

Ihr defekter Wagen war heute offenbar der Tropfen, der das Fass zum Überlaufen brachte. Ihr ständiger Stress, ihre Einsamkeit, die Tatsache, dass Jasna krank war und sie Mrs. Singleton nicht erreichen konnte, die Sorge, eine Therapiestunde zu verpassen – all das prasselte auf einmal auf sie ein.

Henley umklammerte das Lenkrad und stützte ihre Stirn auf die Hände, während sie versuchte, die Tränen der Frustration zurückzuhalten ... ohne Erfolg.

Ihre Selbstmitleidsparty dauerte nur etwa eine Minute, bevor ein Klopfen an ihrem Fenster sie so sehr aufschreckte, dass sie ihre Hände schützend vor die Brust hob und seitlich weg schreckte.

Als sie aus dem Fenster blickte, sah sie, dass es Finn war. Und er sah nicht sonderlich glücklich aus. Er machte einen großen Schritt von der Tür weg und hob die Hände, um zu beweisen, dass er ihr nicht wehtun wollte.

Henley atmete tief durch und versuchte, sich zu beruhigen, öffnete die Tür und stieg aus ihrem Wagen.

»Was ist los?«, fragte Finn sofort.

Henley seufzte.

»Bist du verletzt? Oder deine Tochter? Warum sitzt du in deinem Wagen? Es ist zu warm hier draußen, als dass du bei geschlossenen Fenstern drin sitzen könntest. Und du hast geweint. Rede mit mir, Henley.«

Sie wischte sich mit den Händen über die Wangen und musste fast lachen. Das war der längste Monolog, den sie aus dem Mann an einem Stück herausbekommen hatte ... na ja ... und zwar jemals.

Mit einem weiteren Seufzer blickte sie zu ihm auf. Der Mann war so wahnsinnig groß. Sie hatte immer ein wenig Angst vor großen Männern gehabt, denn als ihre Mutter umgebracht worden war, waren ihr die Kerle, die das getan hatten, als Zehnjährige riesig vorgekommen. Aber vor Finn hatte sie nie, kein einziges Mal, Angst gehabt.

Sie wusste, dass er zwei Jahre jünger war als sie, also sechsunddreißig, aber trotz der Hölle, die er durchgemacht hatte, sah er noch jünger aus. Er hatte dichtes dunkles Haar, das normalerweise zerzaust war, als würde er ständig mit den Händen durchfahren. Der heutige Tag bildete da keine Ausnahme. Sein Bart und Schnurrbart waren kurz gestutzt, und seine markanten Wangenknochen ließen ihn wild und rau aussehen. Er trug sein übliches verblichenes und abgenutztes Jeanshemd über einem kakifarbenen T-Shirt und Jeans. Seine Stiefel waren staubig und schmutzig, und seine braunen Augen waren in diesem Moment ganz auf sie konzentriert.

Sie hatte ihn in der Vergangenheit schon öfter dabei erwischt, wie er sie anstarrte, aber sobald sie Blickkontakt aufnahm, sah er immer weg. Heute nicht. Er starrte sie sogar so aufmerksam an, dass es fast beunruhigend war. Sie fragte sich, was er im Moment in ihren Augen zu lesen vermochte.

Stress und Erschöpfung, vermutete sie.

Sie zwang sich zu einem Lächeln, auch wenn es ihr schwerfiel. »Es geht mir gut. Und so warm ist es hier draußen auch nicht. Ich glaube, du bist einfach heißblütig«, scherzte sie. Aber als Finn nicht einmal ein Lächeln zeigte oder sich auch nur ein bisschen entspannte, schüttelte sie den Kopf. »Jasna ist krank. Ich bezweifle, dass es etwas Ernstes ist, denn die Schulkrankenschwester hat gesagt, dass es gerade zu grassieren scheint. Ich muss sie abholen und mein Wagen springt nicht an. Und ich kann meine Nachbarin nicht erreichen, die normalerweise auf sie aufpasst, wenn ich eine Kinderbetreuerin brauche. Ohne jemanden, der auf Jasna aufpasst, muss ich meine Therapiestunde mit Christina heute Nachmittag absagen, und das möchte ich ihr wirklich nicht antun.«

Henley war sich bewusst, dass sie zu schnell sprach und der Tonfall ihrer Stimme mit ihrem Stress leicht anstieg, aber da sie schon wieder den Tränen nahe war, war es ihr egal.

Zu ihrem großen Entsetzen griff Finn hinter ihr ins Fahrzeug und schnappte sich ihre Handtasche. Dann schloss er die Tür, legte seine Hand auf ihren Ellbogen und führte sie von ihrem Wagen weg in Richtung der Scheune.

»Finn?«, fragte sie verunsichert. Es war das erste Mal, dass er sie seit jener Nacht in der Scheune berührte, als er sie so fest, fast verzweifelt, umarmt hatte, während er mit den Dämonen in seinem Kopf zu kämpfen hatte.

Er antwortete nicht, sondern ging einfach um die Scheune herum, wo sein F-250 Pritschenwagen geparkt war. Es war ein Ungetüm von einer Maschine, ein älteres Modell, das überall Beulen hatte, und die Ladefläche war voller Schmutz, Heu und wer weiß, was noch alles. Es war ein

Arbeitsfahrzeug, und aus irgendeinem Grund gefiel Henley das. Ihm war es egal, ob er verbeult war, solange er zuverlässig war und seine Aufgabe erfüllte. Und da er ständig Dinge für die Tiere der *Zuflucht* transportierte, wurde er auch viel benutzt.

»Finn?«, fragte sie erneut, als er zur Beifahrerseite ging und die Tür aufhielt. »Was machst du da?«

»Ich bringe dich in die Stadt, um Jasna zu holen«, erwiderte er schlicht.

Henley runzelte die Stirn. »Aber ...«

Er ließ sie nicht weiterreden. »Wir können bei dir vorbeischauen, und wenn deine Nachbarin nicht da ist, bringen wir sie hierher zurück. Ich werde mir deinen Wagen ansehen und herausfinden, ob es etwas Einfaches ist, das ich reparieren kann, während du mit Christina in deiner Sitzung bist.«

Henley konnte ihn nur mit offenem Mund anstarren. »Was?«, fragte sie völlig entgeistert.

Finn fuhr sich mit der Hand durch die Haare und zuckte mit den Schultern. »Deine Tochter ist krank, dein Wagen springt nicht an und du musst zu ihr. Also sorge ich dafür, dass das möglich ist.«

Henley schluckte schwer, und wieder drohten ihr die Tränen über die Wangen zu laufen. Sie war sehr lange auf sich allein gestellt gewesen. Sie war es nicht gewohnt, dass Menschen etwas für sie taten, abgesehen von Mrs. Singletons Bereitschaft, auf ihre Tochter aufzupassen. »Danke«, flüsterte sie.

»Steig ein«, bat Finn.

Sie war dankbar für seine Hand auf ihrem Ellbogen, als sie in das riesige Fahrzeug kletterte – buchstäblich kletterte. Für Finn war die Höhe kein Problem, denn er war über einen Meter achtzig groß, aber für sie mit ihren knapp ein Meter dreiundsechzig war es nicht ganz so einfach. Sie schnallte sich an, während Finn auf die Fahrerseite ging. Ohne ein Wort zu sagen, startete er den Pritschenwagen und fuhr von der Scheune weg in Richtung der Hauptstraße, die in die Stadt führte.

Er sagte nichts weiter, aber Henley war an Schweigen gewöhnt, also störte es sie nicht. Sie versuchte erneut, Mrs. Singleton anzurufen, aber als der Anrufbeantworter anging, legte sie auf, ohne eine weitere Nachricht zu hinterlassen.

»Wenn du in der Stadt bist, bieg auf den Diamond Drive ein«, sagte sie nach einer Weile leise.

Finn nickte.

Kurze Zeit später fuhr er auf den Parkplatz der Mountain Elementary School, und Henley sah ihn an. »Ich bin gleich wieder da.«

»Lass dir ruhig Zeit«, erklärte er mit seiner tiefen Stimme.

»Ich ... ich bin dir wirklich dankbar.«

Finn nickte nur.

Sie starrte ihn einen Moment lang an und wollte so viele Fragen stellen. Aber stattdessen schenkte sie ihm ein kleines Lächeln und langte nach dem Türgriff. Sie stieg aus dem Wagen und ging auf die Eingangstür der Schule zu. Es war kaum zu glauben, dass ihr Baby nächstes Jahr in die Mittelstufe gehen würde. Jasna war schon immer ein stilles, in sich gekehrtes Kind gewesen, und Henley war noch nicht bereit für die möglichen Ängste, die ihr ein Teenager bereiten würde. Aber wenn es dazu kommen sollte, dann würde es geschehen, ob sie nun bereit war oder nicht.

Sie atmete tief durch, stieß die Tür auf und machte sich auf den Weg zum Sekretariat. Als sie durch die Flure ging, fiel ihr etwas auf. Finn hatte gesagt, sie würden Jasna in *Die Zuflucht* mitnehmen, wenn sie Mrs. Singleton nicht finden konnte. Sie hatte ihre Tochter noch nie mit zur Arbeit genommen. Nicht aus einem bestimmten Grund; es hatte einfach keine Notwendigkeit bestanden oder Gelegenheit dazu gegeben.

Sie war sich nicht sicher, ob sie sie jetzt dorthin bringen sollte. Wo sollte sie sich aufhalten, während Henley bei ihrer Patientin war? Sie war krank, und Henley wollte auf keinen Fall, dass ihre Tochter ihre Keime auf die Gäste oder einen der Jungs oder Alaska übertrug. Und Jasna selbst wollte vielleicht auch gar nicht dorthin. Wenn sie sich krank fühlte, würde sie wahrscheinlich direkt nach Hause gehen wollen, in ihr eigenes Bett.

Wahrscheinlich war es am besten, wenn sie Finn bat, sie beide in ihre Wohnung zu bringen, und er konnte allein zurück zur *Zuflucht* fahren. Natürlich würde sie dann ohne Fahrzeug dastehen, aber damit würde Henley sich später beschäftigen. Ihr Wagen funktionierte im Moment sowieso nicht.

Eins nach dem anderen. Und als Erstes musste sie zu ihrer kranken Tochter.

KAPITEL ZWEI

Finn »Tonka« Matlick saß in seinem Wagen, trommelte mit den Fingern auf das Lenkrad und wartete geduldig. Er war sich nicht sicher, warum er sich freiwillig gemeldet hatte, um Henley zu fahren und ihre Tochter abzuholen.

Nein – das war eine Lüge. Er wusste es. Seit jenem Abend, als dieser Mann versucht hatte, Alaska zu entführen, und alles aus dem Ruder gelaufen war und er und Henley ihren ... *Moment* in der Scheune gehabt hatten, hatte Tonka versucht, einen Weg zu finden, mit ihr zu reden. Um ihr ein wenig ... näherzukommen.

Aber da er ein emotionales Wrack war, hatte er natürlich bisher keinen Erfolg gehabt. Weder seit jener Nacht noch in all den Jahren, seitdem Henley in der *Zuflucht* arbeitete.

Aber als er sie weinend in ihrem Wagen sitzen sah, hatte ihn das schwer getroffen. Normalerweise war sie ein sehr ruhiger, positiver Mensch – oder zumindest war das das Bild, das er von ihr hatte. Sie so aufgebracht zu sehen hatte sich falsch angefühlt. Er hatte sie nicht erschrecken wollen, indem er an das Fenster klopfte, und er hätte sich selbst dafür ohrfeigen können, weil er nicht nachgedacht hatte, bevor er handelte. Die Angst in ihrem Gesicht wollte er nie wieder sehen, schon gar nicht, wenn *er* dafür verantwortlich war.

Als sie ihm gesagt hatte, was los war, hatte er automatisch reagiert. Für ihn war es eine einfache Lösung – sie in die Stadt zu bringen, um ihre Tochter abzuholen. Aber jetzt, da er im Wagen saß und darauf wartete, dass Henley mit Jasna aus der Schule kam, bedauerte er wieder einmal, nicht sorgfältiger nachgedacht zu haben.

Er hatte noch nie mit Kindern zu tun gehabt. Er wusste nicht, was er zu ihnen sagen sollte, wie er sich verhalten sollte. Obwohl er annahm, dass sie in vielerlei Hinsicht wie die Hunde waren, mit denen er früher gearbeitet hatte ... für fast alles auf andere angewiesen.

Tonka zwang sich schnell, an etwas anderes zu denken, *irgendetwas*. Er konnte nicht länger als ein paar Augenblicke an seinen ehemaligen Hundepartner Steel denken, ohne einen Zusammenbruch zu erleiden.

Er wandte seine Gedanken wieder der aktuellen Situation zu. Es war ein Schock gewesen, als er erfahren hatte, dass Henley eine Tochter hatte, und zwar nicht nur für ihn, sondern für alle in der *Zuflucht*. Er fragte sich, wie sie wohl aussehen würde. Würde sie so zierlich sein wie ihre Mutter? Würde sie dasselbe schöne lange braune Haar und dieselben haselnussbraunen Augen haben? Würde sie gesprächig sein, ein Wildfang? Würde sie auf Make-up und Mode stehen? Er hatte keine Ahnung ... und aus irgendeinem Grund ärgerte ihn das.

Natürlich war es nur seine eigene Schuld, dass er nichts über Jasna wusste. Seit er von der Existenz des Mädchens erfahren hatte, hatte er nach ihr fragen wollen, aber er wusste nicht, wie er mit Henley reden sollte, ohne wie ein Vollidiot dazustehen.

Es war lächerlich. Er war eigentlich immer ein Frauenheld gewesen. Er hatte kein Problem damit, Frauen in Kneipen oder auf dem Stützpunkt in Virginia anzubaggern. Aber jetzt? Ihm fiel nie etwas ein, was er sagen konnte. Und ehrlich gesagt hatte er auch kein Interesse mehr daran.

Sein Leben war jahrelang grau gewesen. Erst in letzter Zeit war wieder ein bisschen Farbe in sein Leben gekommen.

Seine Aufmerksamkeit war auf die Eingangstür gerichtet, während seine Gedanken umherwirbelten, und so sah er sofort die Frau und das Mädchen, die herauskamen und auf seinen Wagen zugingen. Tonka stieg schnell aus und ging herum, um die Hintertür zu öffnen. Seine Lippen zuckten, als er sah, dass Henleys Tochter mit ihren zwölf Jahren fast so groß war wie ihre Mutter. Jasna war schlank. Sie erinnerte ihn an ein Fohlen, dessen Beine noch zu lang für seinen Körper waren. Ihr Haar war eher dunkelblond als braun, aber es bestand kein Zweifel, dass sie und Henley verwandt waren.

Die Jugendliche starrte auf den Boden, während sie gingen, und Henley warf ihr immer wieder einen besorgten Blick zu.

»Hey«, sagte Henley etwas schüchtern, als sie sich näherten. »Ich hoffe, wir haben nicht zu lange gebraucht.«

»Ganz und gar nicht«, erwiderte Tonka.

»Jasna, das ist Finn. Finn, das ist meine Tochter Jasna.«

»Freut mich, dich kennenzulernen«, bemerkte Tonka leise. »Es tut mir leid, dass du dich nicht wohlfühlst.«

Das Mädchen sah ihn an und Tonka sog leise den Atem ein. Die Farbe ihrer bernsteinfarbenen Augen war einzigartig – und sie hatten fast genau die gleiche Farbe wie die Augen von Steel.

»Danke, dass du mich abholst. Mom hat mir gesagt, dass ihr Wagen nicht mehr anspringt.«

Tonka zwang sich, stillzustehen und nicht vor dem Mädchen zurückzuweichen. Es war nicht so, dass er Angst gehabt hätte. Oder dass er die Farbe ihrer Augen nicht mochte – ganz im Gegenteil. Es war einfach ein solcher Schock.

Die Erinnerungen an das letzte Mal, als er Augen dieser Farbe gesehen hatte, wie sie um Hilfe gefleht hatten, waren fast überwältigend.

Tonka schluckte schwer und tat sein Bestes, um die Fassung wiederzuerlangen. Er drehte sich um und sah Henley an, um wieder zur Vernunft zu kommen. Aber natürlich sah sie wie immer mehr, als er wollte. Sie hatte bereits seine seltsame Reaktion auf ihre Tochter bemerkt.

Er erhaschte einen flüchtigen Blick der Enttäuschung und des Kummers auf ihrem Gesicht, bevor es ihr gelang, ihn zu verbergen.

Verdammt. Das lief nicht gut. Was für einen Eindruck machte er da. Er würde bei Henley nie weiterkommen, wenn sie dachte, er würde ihre Tochter nicht mögen.

»Ich dachte, wir sollten vielleicht gleich zurück in *Die Zuflucht* fahren, ohne bei deiner Nachbarin haltzumachen.« Tonka richtete den Blick wieder auf Jasna, und dieses Mal war er auf die Wucht ihrer Augen gefasst. »Jasna, wenn du willst, kannst du mit mir in der Scheune bei meinen Tieren bleiben, während deine Mutter in der Lodge ihr Ding macht. Dort gibt es ein Arbeitszimmer mit einem Schlafsofa, auf dem du dich ausruhen kannst, wenn du müde bist. Oder wenn dir danach ist, kannst du mir beim Füttern zusehen.«

»Wirklich?«, fragte Jasna und klang aufgeregt.

Er nickte.

»Ich bin mir nicht sicher, ob das eine gute Idee ist«, begann Henley, aber ihre Tochter unterbrach sie.

»*Bitte*, Mom? Du hast so viel von Melba erzählt, ich kann

es kaum erwarten, sie kennenzulernen. Und die Pferde zu sehen. Und die Ziegen, die immer versuchen, die Kleider der Leute zu fressen. Und hast du nicht gesagt, dass es junge Kätzchen gibt? Bitte, bitte?«

Tonka konnte den Anflug von Freude nicht unterdrücken, der ihn bei Jasnas Worten überkam. Es gefiel ihm, dass Henley mit ihrer Tochter über die Tiere gesprochen hatte. Sie waren sein ganzer Stolz und seine Freude.

»Ich weiß nicht, Jas. Du hast leichtes Fieber. Und wann hast du dich das letzte Mal übergeben?«

»Können wir vor deinem Freund vielleicht nicht darüber reden, dass ich mich übergeben habe?«, murmelte Jasna.

»Tut mir leid«, sagte Henley mit einem kleinen Grinsen. »Ich denke nur, dass du dich in deinem eigenen Bett wohler fühlen würdest.«

»Aber du hast doch diese Therapiestunde, die du heute machen wolltest. Und du warst diejenige, die gesagt hat, dass Mrs. Singleton nicht zu Hause ist. Ich könnte durchaus allein zu Hause bleiben, aber ich weiß, dass du mich nicht lässt.«

Tonka runzelte daraufhin die Stirn. Dieses junge Mädchen allein zu Hause lassen? Auf gar keinen Fall. Aber Henleys nächste Worte beruhigten ihn.

»Du bleibst nicht allein zu Hause. Nicht, bis du mindestens sechzehn bist – und vielleicht nicht einmal dann.« Sie blickte zu ihm auf und biss sich auf die Unterlippe. »Bist du sicher, dass es dir nichts ausmacht? Ich meine, ich könnte sie in einem der freien Zimmer in der Lodge unterbringen, wenn dir das lieber ist.«

»Ich bin sicher«, entgegnete Tonka. Und zu seiner Überraschung stellte er fest, dass er es ernst meinte. Er hatte immer noch kein Vertrauen in seine Fähigkeiten, ein Kind zu unterhalten, aber vielleicht würde sie einschlafen und es wäre kein Problem.

»Juhu!«, jubelte Jasna. Dann zuckte sie zusammen und legte zitternd eine Hand auf ihren Bauch.

»Komm, wir machen es dir gemütlich«, sagte Tonka entschlossen und deutete auf den Rücksitz. Er wollte ihr hineinhelfen, aber er wollte sie nicht ohne ihre Zustimmung oder die ihrer Mutter anfassen. Bevor er die Tür schloss, ging er zur Ladefläche des Pritschenwagens und holte einen Stahleimer, den er dort aufbewahrte. Er stellte ihn auf den Boden zu Jasnas Füßen und schenkte ihr ein kleines Lächeln. »Nur für den Fall«, erklärte er, bevor er die Tür schloss.

Er wollte das Mädchen nicht in Verlegenheit bringen, aber wenn sie sich auf dem Weg zur *Zuflucht* noch einmal übergeben musste, wollte er nicht, dass sein Wagen voll davon war. Es machte ihm nichts aus, es wegzumachen; er hatte auf Tiertransporten schon Schlimmeres als Erbrochenes erlebt. Er hatte nur das Gefühl, dass sie sich gedemütigt fühlen würde, wenn sie ihr Erbrochenes überallhin verteilte.

»Danke«, erwiderte Henley leise, als er nach dem Griff ihrer Tür langte.

Tonka nickte und legte noch einmal eine Hand unter ihren Ellbogen, um ihr auf den Beifahrersitz zu helfen. Als sie sich niedergelassen hatte, schloss er die Tür und ging zur Fahrerseite hinüber.

Er hatte keine Ahnung, was er da tat. Er betete nur, dass die Einladung an Jasna, mit ihm in der Scheune abzuhängen, nicht nach hinten losgehen würde. Er war furchtbar neugierig auf das Mädchen. Er hatte sich nicht getraut, nach ihr zu fragen, und Henley hatte sie eigentlich gar nicht erwähnt – klar, denn er hatte vor ein paar Wochen noch gar nicht gewusst, dass sie überhaupt existierte. Aber er wollte so ziemlich alles über die Psychologin wissen, die so viel Zeit in der *Zuflucht* verbrachte, und dazu gehörte auch, ihre Tochter kennenzulernen.

Tonka *wollte* sich für die Dinge interessieren, die die meisten normalen Menschen interessierten. Er wollte auch auf das Interesse reagieren, das er häufig in Henleys Augen sah, denn er spürte dasselbe Interesse, seit er sie kennengelernt hatte. Um das zu tun, musste er über Dinge sprechen, die er jahrelang gemieden hatte.

Der Gedanke, ihr mitzuteilen, was geschehen war und ihn zu der Hülle eines Mannes gemacht hatte, die er heute war, war ihm zuwider. Aber er hatte das Gefühl, wenn es überhaupt jemanden gab, mit dem er über diesen Vorfall sprechen konnte, dann war es Henley.

Er hatte heute impulsiv gehandelt – etwas, das er sonst *nie* tat –, aber es ging ihm erstaunlich gut dabei. Er hatte etwas tun wollen, um Henley zu zeigen, wie dankbar er ihr für ihre Unterstützung gewesen war, als er vor ein paar Wochen in der Scheune fast durchgedreht war. Aber seitdem war er ein Feigling gewesen. Er war nicht in der Lage gewesen, sie überhaupt anzusprechen.

Tonka war vielleicht nicht mehr der Mann, der er einmal gewesen war, aber er war nie ein Feigling gewesen. Und er wünschte, er könnte sagen, dass sein heutiges Hilfsangebot ein Durchbruch war. Stattdessen war es eher eine tiefe Notwendigkeit.

Die Entscheidung, ihr und Jasna zu helfen, war nicht einmal ein bewusster Gedanke gewesen. Sie brauchte Hilfe, und er musste sie instinktiv leisten.

Wenn die Sache mit Jasna gut lief, könnte dies der Beginn einer neuen Art von Beziehung zwischen ihm und Henley sein. Wenn nicht, könnte es das Ende von allem sein, bevor es überhaupt angefangen hatte.

»Bereit?«, fragte er, nachdem er seinen Wagen gestartet

hatte. Er blickte zu Henley hinüber, die ihm mit einem kleinen Lächeln im Gesicht zunickte. Dann blickte er über seine rechte Schulter zu dem Mädchen, das auf dem Rücksitz saß. Sie sah ein wenig blass aus, aber auch sie nickte ihm zu. Er atmete tief durch und hoffte, dass dies der Beginn einer guten Sache war, dann fuhr Tonka vom Parkplatz der Schule weg und machte sich auf den Weg zurück zur *Zuflucht*.

Und schon dreißig Minuten später war Tonka mit Jasna allein in der Scheune. Henley hatte ihr hundert verschiedene Anweisungen gegeben, bevor er sie auf das kleine Sofa im Arbeitszimmer der Scheune gesetzt hatte. Tonka musste zugeben, dass er es liebenswert fand, wie sehr Henley sich um ihre Tochter kümmerte. Das Mädchen schien die Aufmerksamkeit zu genießen, doch gleichzeitig war es ihr peinlich.

Nachdem Henley gegangen war, um sich zu ihrer Therapiesitzung mit Christina in der Lodge auf den Weg zu machen, wanderte Jasna sofort in den Hauptbereich der Scheune. Tonka war sehr stolz darauf, dass der Bereich sauber und aufgeräumt war. Die Pferde waren auf der Koppel, die Ziegen liefen ebenfalls draußen herum und fraßen wahrscheinlich etwas, das sie nicht essen sollten, aber Melba war gerade in der Scheune.

Die Augen des kleinen Mädchens waren auf das riesige Tier geheftet. »Darf ich sie streicheln?«, fragte Jasna schüchtern.

Tonka dachte, er sollte ihr wahrscheinlich sagen, dass sie im Arbeitszimmer schlafen sollte, aber er brachte es nicht übers Herz. Sie war so begeistert, den sanften Riesen zu treffen, dass er es ihr nicht verwehren konnte.

»Natürlich. Das würde ihr gefallen. Komm her«, erklärte Tonka und hielt ihr die Hand hin. Er wollte dem Mädchen nur den Weg nach vorn zeigen, aber zu seiner Überraschung ergriff Jasna seine Hand und lächelte ihn voller Vertrauen an.

Und mit einem Schlag war es um Tonka geschehen.

Sie erinnerte ihn so sehr an Steel – ihre Augen, ihre Freundlichkeit, das Vertrauen, das sie ihm entgegenbrachte –, obwohl er annahm, dass es ihr nicht gefallen würde, mit einem Hund verglichen zu werden. Aber Steel war viel mehr gewesen als *nur* ein Hund. Er war sein bester Freund gewesen. Sein Partner. Das Vertrauen, das sie einander entgegengebracht hatten, war absolut ... was das, was passiert war, umso schrecklicher machte.

Steel hatte ihn früher genauso angesehen wie Jasna in diesem Moment. Und *so* wollte er seinen alten Freund in Erinnerung behalten. Wie er ihn vertrauensvoll und aufgeregt anblickte, weil er wusste, dass sie etwas Lustiges unternehmen würden, ob sie nun bei der Arbeit waren oder vorhatten, im Park mit dem Ball zu spielen.

Tonka war sich nicht sicher, ob er dieses Vertrauen verdiente. Er wusste, dass es mit einer großen Verantwortung verbunden war, die er nie wieder haben wollte. Und er wusste auch nicht, ob er diese Verantwortung je wieder tragen *konnte*. Aber irgendwie spürte er mit Jasnas Hand in seiner und ihren bernsteinfarbenen Augen, mit denen sie ihn anschaute, einen so intensiven Beschützerinstinkt, dass es fast schmerzhaft war.

Sie runzelte die Stirn. »Gehen wir zu Melba?«, fragte sie.

»Tut mir leid, ja«, erwiderte er, während er sich umdrehte und auf die große Kuh zuging.

Ihre braunen Augen waren auf sie gerichtet, als sie sich ihr näherten. Tonka holte eine große Karotte aus einem Behälter, den er außerhalb der Reichweite der Tiere aufbewahrte, die sich vielleicht selbst bedienen wollten, und reichte sie Jasna. »Es gibt zwei Dinge, die Melba mehr als alles andere auf der Welt mag: unter dem Kinn gekrault zu werden und Karotten. Wenn du ihr das gibst, wird sie dich für immer lieben.«

Das Lächeln, das das Mädchen ihm schenkte, war strahlend, und mit einem Ruck wurde Tonka klar, wie hübsch sie war. Henley würde alle Hände voll zu tun haben, wenn Jasna älter wurde.

»Fantastisch«, hauchte sie. Sie umklammerte die Karotte fest, als sie sich dem Stall näherten.

Melba muhte und Tonka spürte, wie Jasna in seinem Griff zusammenzuckte.

»Ganz ruhig, es ist alles in Ordnung. Sie ist vollkommen freundlich. Sie ist nur aufgeregt wegen der Karotte, die du in der Hand hältst«, erklärte er ihr.

»Was soll ich tun?«, fragte sie mit zittriger Stimme.

»Hier, klettere auf die Latten des Tores«, entgegnete Tonka. Er legte seine Hand auf ihren Rücken, immer noch verblüfft darüber, wie sehr er das Mädchen beschützen wollte. »Noch einen Schritt höher. Ich werde dich nicht fallen lassen.«

Als sie so weit oben war, dass sie problemlos in den Stall greifen konnte, sagte er: »Jetzt halte ihr die Karotte hin und Melba macht den Rest.«

»Wird sie mich beißen?«

Tonka konnte sich ein Lachen nicht verkneifen. »Nein, Süße. Sie ist viel mehr an der Karotte interessiert als an deinen Fingern.«

Jasna nickte und hielt dem riesigen Tier den Leckerbissen hin.

Melba, die zu verstehen schien, dass das Mädchen nervös war, nahm ihr die Karotte ganz vorsichtig ab, und er hätte schwören können, dass sie lächelte, während sie kaute.

»Darf ich sie streicheln?«, flüsterte Jasna.

Tonkas Lächeln wurde breiter. »Natürlich.«

»Hältst du mich fest?«, fragte Jasna.

Dieses warme Gefühl erfüllte Tonka erneut angesichts des unschuldigen Vertrauens, das sie ihm entgegenbrachte. Er legte seine Hände auf beide Seiten ihrer Taille und hielt sie fest, als sie sich über das obere Geländer lehnte, um näher an die Kuh heranzukommen.

Melba, die nicht dumm war, trat näher an das Gatter heran, sodass Jasna sie leichter erreichen konnte. Jasnas Lachen war unbeschwert und fröhlich, als sie die verwöhnte Kuh streichelte.

Es gab eine Menge Dinge, die Tonka tun musste. Ställe säubern, dafür sorgen, dass alle frisches Wasser hatten, die Pferde abreiben ... aber nichts schien in diesem Moment wichtiger zu sein, als die Freude dieses Mädchens zu erleben.

»Sie ist fantastisch«, hauchte Jasna.

»Ja.«

»Mom hat gesagt, ihr habt sie nach einem Brand adoptiert?«, fragte sie, ohne den Blick von der Kuh zu nehmen.

Wieder durchfuhr ein kleiner Schauer Tonka, als er den Beweis hörte, dass Henley ihrer Tochter Informationen über *Die Zuflucht* gegeben hatte. »Ja. Der Stall, in dem sie war, hatte Feuer gefangen und sie war deswegen traumatisiert. Ihr Besitzer hatte nicht die Geduld, mit ihr an ihrer Angst vor dem Stall zu arbeiten, und hat sie deshalb weggegeben.«

»Das ist nicht fair. Ich meine, wenn ich in meinem Haus gewesen wäre, mich um meine eigenen Angelegenheiten gekümmert hätte und plötzlich nicht mehr richtig atmen könnte und es wäre heiß gewesen und ich hätte gedacht, ich würde sterben, wäre ich auch nicht gerade begeistert gewesen, freiwillig wieder hineinzugehen.«

Tonka schluckte schwer. »Genau«, flüsterte er.

»Und die Ziegen fressen alles, was sie ins Maul kriegen, auch die Hemden der Leute, weil sie beim Umzug ihrer

Besitzer zurückgelassen wurden und fast verhungert sind, oder?«, fragte Jasna.

»Ja.«

»Und ihr habt auch die Pferde und Katzen gerettet.«

Es war keine Frage, aber Tonka nickte trotzdem.

»Ich finde das so cool. Jeder sollte ein Zuhause haben, wo er geliebt und beschützt wird. Einige Kinder in der Schule machen sich über mich lustig, weil ich meinen Vater nicht kenne, und sie sagen gemeine Sachen über meine Mutter, aber das ist mir egal. Meine Mutter liebt mich, und auch wenn sie übervorsichtig ist, fühle ich mich gut, weil sie sich so sehr um mich kümmert.«

Tonkas erste Reaktion war, nach den Namen der Kinder zu fragen, die dieses wunderbare Mädchen schikanierten, aber er schluckte die Worte hinunter. Er konnte ja nicht einfach ein paar Sechstklässlerinnen bedrohen. »Ich denke, du bist das Wichtigste in ihrer Welt«, erklärte er stattdessen.

»Das bin ich«, entgegnete Jasna ohne Einbildung. Dann drehte sie den Kopf und sagte: »Mom sagt, du und deine Freunde haben alle Schlimmes durchgemacht, und deshalb habt ihr dieses Resort. Weil ihr den Menschen helfen wollt.«

Dass sie ihn mit ihren bernsteinfarbenen Augen anstarrte, erschreckte Tonka immer weniger, je länger er in ihrer Nähe war. »Da hat sie recht.«

Dann schockierte Jasna Tonka zu Tode, indem sie eine Hand hob und sie seitlich auf sein Gesicht legte. In einem ernsten Ton sagte sie: »Es tut mir leid, was dir passiert ist. Aber ich bin froh, dass du hier bist, um Tieren wie Melba zu helfen. Sie können nicht sprechen und haben keine Daumen, also können sie sich nicht selbst versorgen. Sie brauchen dich, um das für sie zu tun.«

Er wollte über die Bemerkung mit den Daumen lachen, aber ihre Worte trafen ihn so tief, dass er nicht sprechen konnte. Er fühlte sich in eine andere Zeit zurückversetzt, als ein anderes Tier, sein geliebter Hund, ihn brauchte und er nichts hatte tun können, um seinen Schmerz zu beenden.

Erst als er spürte, wie das Haar des kleinen Mädchens über sein Gesicht strich, bemerkte Tonka, dass Jasna sich vom Tor zu Melbas Stall entfernt hatte und ihn umarmte. Sie hatte ihre Beine um seine Taille und ihre Arme um seinen Hals gelegt. Sie war leicht in seinen Armen und er drückte sie zu fest an sich. Er wollte auf keinen Fall dieses Kind verletzen, das für seinen Seelenfrieden viel zu scharfsinnig war.

Tonka entfernte sich von Melbas Stall und ging zurück in Richtung Arbeitszimmer, wobei er Jasna vorsichtig festhielt. Er brauchte etwas Abstand. Er fühlte sich zu angeschlagen.

Er beugte sich vor und setzte Jasna wieder auf das Sofa, das sie vorhin verlassen hatte. Sie ließ seinen Nacken los und starrte ihn mit einem Blick an, der alle seine Geheimnisse zu erkennen schien. »Es tut mir leid, wenn ich etwas gesagt habe, was ich nicht hätte sagen sollen.«

»Das hast du nicht«, beruhigte Tonka sie, ohne zu zögern.

»Mom ist so stolz auf euch alle. Sie mag dich und deine Freunde sehr gern. Sie sagt, dass das Leben nicht fair ist und dass es manchmal wehtut, aber es ist auch schön. Und wenn schlimme Dinge passieren, kann es schwieriger sein, diese Schönheit zu sehen, aber sie ist da, wenn man nur genau genug hinschaut.«

Tonka sah Jasna einen Moment lang an und wusste nicht, was er antworten sollte.

»Meine Mutter hat Schlimmes durchgemacht, als sie klein war. Aber sie sagt, ich war ihre Rettung. Mein Name ist slawisch ... das heißt, er kommt aus Europa. Er ist beliebt in Ländern wie Kroatien, Bosnien, Serbien und Montenegro.«

Es hörte sich an, als würde das kleine Mädchen etwas aufsagen, was ihr schon oft erzählt worden war.

»Er bedeutet *klar* oder *scharf*. Mom sagt, sie hat mich so genannt, weil ihr Leben bis zu meiner Geburt verschwommen war. Aber als sie mich bekam, wurde ihr Blick schärfer. Sie sagte, er sei auch der Name einer Frau, die sie als Mädchen im Krankenhaus besuchte, nachdem ihr etwas Schlimmes passiert war, als sie noch klein war. Sie hat nie vergessen, wie nett diese Frau damals war. Also hat sie mir ihren Namen gegeben, um sie zu ehren.«

Tonka setzte sich an den Rand des Sofas und hatte plötzlich keine Lust mehr zu gehen. »Ach ja? Das wusste ich gar nicht«, entgegnete er.

»Was bedeutet dein Name?«, fragte Jasna.

»Welcher?«

Sie sah verwirrt aus. »Du hast mehr als einen?«

»Nun, mein Vorname ist Finn, so nennt mich deine Mutter.«

Sie nickte.

»Das bedeutet weiß oder blond.«

»Aber deine Haare sind braun.«

Tonka grinste. »Ich weiß. Aber als ich geboren wurde, waren sie anscheinend extrem blond. Als ich so alt war wie du, habe ich meinen Namen nachgeschlagen und herausgefunden, dass einer der großen Helden der irischen Mythologie, Finn MacCool, ein Krieger mit übernatürlichen Kräften war. Er war außerdem äußerst klug und großzügig. Ich ziehe es vor zu glauben, dass ich nach ihm benannt wurde.«

»Ooooh, konnte er auch fliegen?«

Tonka lachte leise. »Ich nehme es an.«

»Ich würde so gern fliegen können. Das wäre so cool«, schwärmte Jasna. Dann schien sie sich zu erinnern, worüber sie gesprochen hatten. »Was ist mit deinem anderen Namen?«

»Tonka«, erklärte er ihr mit einem Nicken. »So nennen mich alle meine Freunde.«

»Wie das Spielzeug?«, fragte sie mit einem Stirnrunzeln.

»Ja. Genauer gesagt ein Spielzeuglaster. Als ich für das Militär ausgebildet wurde, war ich massiger als jetzt. Ich hatte eine Menge Muskeln. Deshalb haben die Leute angefangen, mich Tonka zu nennen.«

Jasna sah einen Moment lang verwirrt aus, bevor sie den Kopf schüttelte. »Ich mag Finn lieber.«

»Du kannst mich nennen, wie du willst«, versicherte er ihr.

»Finn?«

»Ja?«

»Danke, dass ich mit dir in der Scheune bleiben darf.«

»Klar doch.«

»Es ist nur ... ich bin seltsam.«

Tonka blinzelte verwirrt. »Was?«

»Ich bin seltsam«, wiederholte sie in einem sachlichen Tonfall ohne jeden Anflug von Traurigkeit oder Angst. »Ich lese gern. Sehr viel. Und ich mag keine Jungs, und das ist alles, worüber die meisten Mädchen in meiner Klasse reden wollen. Ich mag kein Make-up, weil damit mein Gesicht juckt, und ich trage lieber Turnschuhe und bequeme Sweatshirts als Kleider und Schuhe mit Absätzen. Ich bin seltsam«, sagte sie wieder mit einem Achselzucken.

»Stört dich das?«, fragte Tonka.

Jasna schüttelte den Kopf. »Eigentlich nicht. Mom sagt, ich soll ich selbst sein, und wenn andere Leute das nicht mögen, mich nicht mögen, ist das ihr Problem, nicht meins.«

»Deine Mutter ist klug.«

»Ich weiß.«

Kaum zu glauben, dass Tonka vor ein paar Minuten noch das Gefühl hatte, kurz vor einer depressiven Episode zu stehen, und jetzt lächelte er. Dieses Mädchen mochte manchen seltsam erscheinen, aber für ihn war sie ein kleines Wunder.

Während er sie anstarrte, schien die Farbe aus ihrem Gesicht zu weichen.

Instinktiv bewegte sich Tonka und griff nach dem Eimer, den er aus seinem Wagen geholt hatte, um ihn neben das Sofa zu stellen. Er stellte ihn gerade noch rechtzeitig unter sie, als ihr restlicher Mageninhalt wieder hochkam.

Jasna stöhnte ein wenig und wischte sich mit einer Hand über den Mund. »Ekelhaft«, murmelte sie.

Zu jeder anderen Zeit hätte Tonka darüber gelächelt, aber er war zu besorgt um sie, um das zu tun. »Leg dich hin«, erklärte er mit Nachdruck. »Ich hole dir etwas Wasser, damit du deinen Mund ausspülen kannst, und dann mache ich den Eimer sauber.«

»Okay«, bemerkte Jasna, während sie praktisch seitwärts auf das Kissen fiel. »Ich glaube, ich werde ein kleines Nickerchen machen.«

Tonka griff nach einer Decke, die auf der Rückseite des Sofas lag, und deckte ihre zierliche Gestalt zu. Sie war groß, ja, aber sie wog nicht viel. Sie sah winzig aus, wie sie auf dem Sofa lag, die Hände unter die Wange gelegt.

Tonka zwang sich aufzustehen, leerte den Eimer und kam dann mit dem versprochenen Wasser zurück ins Arbeitszimmer. Jasna schlief inzwischen, und er brachte es nicht übers Herz, sie zu wecken. Er stellte das Wasser auf den kleinen Tisch neben dem Sofa und stellte den Eimer auf den Boden, wo sie ihn sicher sehen würde, wenn sie ihn brauchte.

Es dauerte einige Minuten, bis er sich dazu aufraffen konnte, von ihrer Seite zu weichen. Ihm war das kleine Mädchen ausgesprochen sympathisch, was sehr untypisch für ihn war.

Jasna hatte ihn eindeutig um den kleinen Finger gewickelt. Er war noch nicht länger als eine Stunde bei ihr, und schon fühlte er sich zu ihr genauso hingezogen wie zu ihrer Mutter.

Tonka verstand das nicht. Die Erkenntnis beunruhigte ihn ein wenig. Aber gleichzeitig hatte er tief in seiner Brust das Gefühl, dass es richtig war, und er hatte das Bedürfnis, dafür zu sorgen, dass Mutter und Tochter glücklich und in Sicherheit waren.

Ein Blick auf die Uhr zeigte ihm, dass er sich beeilen musste, wenn er alle Aufgaben erledigen wollte, bevor Henley mit Christina fertig war. Außerdem musste er sich ihren Wagen ansehen und herausfinden, was los war. Hoffentlich war es nur eine defekte Batterie oder eine ähnlich einfache Reparatur.

Tonka warf noch einen letzten Blick auf das schlafende Mädchen und ging zur Tür. Er schloss sie nur halb, damit er sie hören konnte, falls sie aufwachte und ihn brauchte.

Melba muhte erbärmlich, als würde sie fragen, wo das süße kleine Mädchen, das ihr Leckerlis gab, geblieben war, und Tonka musste über das Tier grinsen. Er nahm sich eine Minute Zeit, um der Kuh zu versichern, dass Jasna später aufstehen und ihr wahrscheinlich noch eine Karotte geben würde, bevor er eine Schaufel holte. Die Ställe würden sich nicht von selbst ausmisten ... und zum ersten Mal seit langer Zeit freute er sich auf seinen Feierabend. Denn das bedeutete, dass er Henley wiedersehen würde.

KAPITEL DREI

Henley sah Finn immer wieder verstohlen an, während er sie und Jasna zu ihrer Wohnung zurückfuhr. Ihre Therapiestunde mit der ehemaligen Kriegsgefangenen hatte lange gedauert, und danach hatten Drake und die anderen Besitzer der *Zuflucht* sie eingeladen, zum Abendessen zu bleiben. Robert, ihr Küchenchef, hatte sich selbst übertroffen und mehrere verschiedene Aufläufe zubereitet – einen vegetarischen, einen Taco-Auflauf, einen glutenfreien, einen fettarmen und auch einen mit Kartoffeln, Speck und Nudeln.

Sie hatte nach Jasna geschaut, die zu diesem Zeitpunkt tief schlief. So tief wie sie schlief, konnte sie nur durch eine Bombe geweckt werden. Henley hatte Finn versichert, dass es in Ordnung sei, sie dort zu lassen, wo sie war, während sie sich etwas zu essen holten, aber er hatte sich geweigert, sie allein in der Scheune zu lassen.

Sein Beharren darauf, dass er in der Nähe blieb, »nur für den Fall«, war ...

Sie wusste nicht, *was* es war. Zumindest überraschend, da er ihre Tochter erst heute kennengelernt hatte. Sicherlich rührend. Henley hatte sich immer allein um Jasna kümmern müssen. Auch wenn es nur für heute war, fühlte es sich gut an, dass sich jemand anderes anscheinend auch um ihre Tochter sorgte.

Also ging sie zurück zur Lodge, lud zwei Teller voll mit den leckeren Gerichten und brachte sie in die Scheune. Auf keinen Fall wollte sie Finn dort draußen allein lassen, um auf ihre Tochter aufzupassen, während sie drinnen saß und aß.

Sie aßen gemeinsam auf dem Dachboden, wo Melba und die Ziegen nicht zu ihnen gelangen und um Futter betteln konnten. Und es war ... schön gewesen. Finn redete nicht viel, aber er erzählte ihr, dass Jasna es toll gefunden hatte, Melba kennenzulernen. Außerdem teilte er ihr mit, dass die Batterie in ihrem CRV kaputt sei und sie eine neue bräuchte. Er bot ihr und Jasna an, sie nach Hause zu fahren, eine neue Batterie zu besorgen, sie einzubauen und dann ihren Wagen zurück zu ihrer Wohnung zu bringen, damit sie am nächsten Morgen zur Arbeit fahren konnte.

Normalerweise verbrachte sie die Vormittage in ihrer Praxis in der Stadt, wo sie mit drei anderen Psychologen zusammenarbeitete, bevor sie nachmittags in *Die Zuflucht* kam. Anfangs hatte sie sich mit der Arbeit mit den Gästen der *Zuflucht* nur etwas dazu verdienen wollen. Aber nach ein paar Jahren hatte sie festgestellt, dass ihr diese Arbeit viel mehr Spaß machte als ihr anderer Job. Es war nicht so, dass sie den Bewohnern von Los Alamos nicht gern half, aber ... sie hatte tatsächlich ein paar Patienten, die ihr ein bisschen Angst gemacht hatten und denen sie nicht helfen konnte. Es war schlimm, das zuzugeben, aber es war wahr. Und anders als in der *Zuflucht* gab es in ihrer Praxis in Los Alamos nicht mehrere starke Männer, die helfen konnten, wenn ein Patient außer Kontrolle geriet.

Jetzt tat Finn ihr noch einen weiteren Gefallen, bevor er

wer weiß wie viel Zeit damit verbrachte, an ihrem Wagen zu arbeiten, um dafür zu sorgen, dass sie ein Fahrzeug hatte. Im Laufe der Jahre war sie immer besser darin geworden, Hilfe anzunehmen, aber das hier schien … mehr zu sein. Die meisten Leute würden sich nicht so viel Mühe geben, um ihr zu helfen. Sie würden vielleicht einen Abschleppwagen oder ein Taxi rufen, aber sie würden sich nicht so bemühen, wie Finn es tat.

Wagte sie es, sich zu fragen, ob es bedeutete, dass er in ihrer Nähe lockerer wurde? Dass er vielleicht, nur vielleicht, in ihr mehr sah als nur eine Angestellte der *Zuflucht*? Sie wusste es nicht, aber es gab ihr Hoffnung.

»Bist du sicher, dass es Jasna gut geht?«, fragte er, als sie sich ihrem Wohnhaus näherten.

»Ja. Sie war schon immer so. Wenn sie krank wird – was selten vorkommt –, schläft sie erst tief und fest und wacht dann fast völlig gesund wieder auf. Das ist schon irgendwie nervig.« Sie grinste, als sie diesen letzten Teil sagte. Aber als Finn sich nicht einmal ein bisschen zu entspannen schien, wurde sie ernst. »Ich werde im Laufe der Nacht ein paarmal nach ihr sehen und ihre Temperatur messen. Wenn sie ansteigt oder wenn sie sich weiter übergibt, bringe ich sie in die Notaufnahme in der Stadt. Aber ich bin mir ziemlich sicher, dass es nur der Vierundzwanzig-Stunden-Virus ist, der in ihrer Schule grassiert.« Finn nickte und sah immer noch besorgt aus.

»Danke«, sagte Henley zu ihm.

»Wofür?«, wollte er wissen.

Wofür? Meinte dieser Mann das ernst? »Nun, dafür, dass du dich heute um sie gekümmert hast. Und dass du sie nicht allein lassen wolltest, obwohl es kein Problem gewesen wäre. Dafür, dass du herausgefunden hast, was mit meinem Wagen los war, dass du uns nach Hause gefahren hast und dass du meinen Wagen reparieren und ihn zu uns bringen willst. Aber vor allem dafür, dass du dich um Jasna gekümmert hast. Ich kann mich nicht daran erinnern, dass sich jemand außer mir und vielleicht meiner Nachbarin jemals wirklich um sie gekümmert hat.«

»Sie ist ein gutes Kind«, erwiderte Finn achselzuckend und ignorierte all die anderen Dinge, für die sie ihm gedankt hatte.

»Das ist sie«, stimmte Henley zu.

»Was machst du in den Sommerferien mit ihr?«

Henley runzelte die Stirn. »Was meinst du?«

»Wenn du arbeitest ... du hast gesagt, du würdest sie nicht allein lassen, also nehme ich an, wenn sie nicht in der Schule ist, hängt sie nicht allein in deiner Wohnung herum und wartet, dass du nach Hause kommst.«

»Oh! Natürlich nicht. In den letzten Jahren ist sie entweder täglich in eine Art Camp für Kinder gegangen oder Mrs. Singleton hat auf sie aufgepasst. Jetzt ist sie zu alt für die Tagescamps, in die sie früher gegangen ist. Es gibt ein paar andere für ältere Kinder, die ich in Betracht ziehe.«

»Und wie findet *sie* diese Idee?«, fragte Finn.

Henley war begeistert, dass er sich freiwillig so lange mit ihr unterhielt, und sie wunderte sich vage über die plötzliche Veränderung, während sie bei der Frage die Nase krauszog. »Sie ist kein großer Fan davon, da sie eher ein Einzelgänger ist. Aber sie ist auch ein gutes Kind und weiß, dass ich mir sonst Sorgen mache, also hat sie sich nicht allzu sehr beschwert.«

»Hmm.«

Henley wusste nicht, was dieses unverbindliche Geräusch bedeutete, aber sie hatte keine Zeit zu fragen, als sie auf den Parkplatz ihres Wohnhauses fuhren.

»Ich weiß es wirklich zu schätzen, dass du uns herumfährst«, erklärte Henley erneut.

Finn nickte und stieg aus dem Wagen.

Henley war nicht wirklich überrascht, dass er sich nicht gern danken ließ, aber das hieß nicht, dass sie es nicht tun sollte. Sie stieg auf ihrer Seite aus und wollte die Hintertür öffnen, musste aber feststellen, dass Finn bereits dort war. Er griff nach Jasna und schaffte es irgendwie, sie hochzuheben, ohne sie zu wecken.

»Sie schläft wirklich tief und fest, nicht wahr?«, fragte Finn mit einem kleinen Lächeln im Gesicht.

»Ja. Sie war schon immer so, sogar schon als Baby. Aber es kann eine Weile dauern, bis sie einschläft, vor allem, wenn sie wegen irgendetwas aufgeregt ist.«

Seine Lippen zuckten, als sie auf das Gebäude zugingen. »Zum Beispiel, wenn sie Melba zum ersten Mal trifft?«

Henley lachte. »Ja, zum Beispiel.«

Ihre Wohnung lag im ersten Stock und Henley war beeindruckt, wie leicht Finn ihre Tochter die Treppe hinauftrug. Sie schloss ihre Tür auf und hielt sie auf. »Ihr Zimmer ist das letzte auf der linken Seite des Ganges«, erklärte sie ihm.

Sie folgte ihm, als er Jasna in ihr Zimmer trug. Er setzte sie vorsichtig auf dem Bett ab und fuhr sich mit der Hand durch die Haare, während er sich aufrichtete. Dann nickte er ihr zu und überließ es ihr, ihre Tochter ins Bett zu bringen.

Es dauerte nicht lange. Henley schaffte es, Jasna zu entkleiden und sie in ihr Nachthemd zu stecken. Sie ging los, um eine Schüssel zu suchen, die sie neben ihr Bett stellte, nur für den Fall ... und traf auf Finn, der in ihrer Wohnung auf und ab ging.

»Oh, ich dachte, du wärst schon weg«, platzte sie heraus.

»Ich würde nicht gehen, ohne mich zu vergewissern, dass mit dir alles in Ordnung ist«, erklärte er ihr mit einem Stirnrunzeln.

Henleys Herz klopfte bei seiner Erklärung heftig. »Bei uns ist alles in Ordnung«, versicherte sie ihm.

»Das Zimmer deiner Tochter ist das große Schlafzimmer«, bemerkte er dann.

Stirnrunzelnd sagte Henley: »Das ist es.«

»Warum? Warum hast du dir nicht das größere Zimmer genommen?«

Henley zuckte mit den Schultern. »Ich brauche nicht so viel Platz. Ich komme mit dem kleineren Zimmer gut zurecht. Ich bin nur zum Schlafen da drin. Mir ist es lieber, dass Jasna mehr Platz für ihre Spielsachen und Bücher hat.«

Finn starrte sie so lange an, dass Henley begann, sich unwohl zu fühlen.

»Was?«, fragte sie ein wenig schärfer, als sie es beabsichtigt hatte.

»Nichts. Ich finde es ... nett.«

Henley schaffte es, nicht zusammenzuzucken. Nett. Igitt. Das war nicht das Adjektiv, das sie von diesem Mann hören wollte, wenn er an sie dachte. Sie zwang sich zu einem Lächeln. Sie war müde. Es war ein langer Tag gewesen, und wenn Finn beim Laden anhalten wollte, um eine Batterie für ihren Wagen zu besorgen, sie einzubauen und ihren Wagen zurück in die Stadt zu bringen, musste er sich wahrscheinlich beeilen. »Wenn du mit meinem Wagen hier bist, sag mir Bescheid, dann komme ich runter und hole den Schlüssel«, erklärte sie ihm.

Aber Finn schüttelte den Kopf. »Nein. Es wird spät werden. Du brauchst deinen Schlaf.«

»Wie komme ich dann an meinen Schlüssel? Lässt du ihn im Wagen liegen? Unter der Fußmatte oder so?«

»Auf keinen Fall. So riskieren wir noch, dass er gestohlen wird. Schick mir eine Nachricht, wenn du morgen früh aufstehst, und ich bringe dir dann den Wagen vorbei.«

Henley runzelte die Stirn. »Nein, Finn. Das kann ich

nicht von dir verlangen. Ich weiß, dass die Arbeit in der Scheune früh beginnt. Es ist schon schlimm genug, dass du heute Abend mitkommen musstest. Sag mir einfach Bescheid, wenn du später hier bist, dann kann ich runterkommen.«

»Das ist keine große Sache. Ich muss morgen früh sowieso in die Stadt, um Futter und Heu zu holen.«

Henley wurde nicht aus ihm schlau. Sie hatte keine Ahnung, ob er sich diese Besorgung nur ausgedacht hatte oder nicht.

»Außerdem«, fügte er verspätet hinzu, »hätte ich nichts dagegen, Jasna zu sehen und mich zu vergewissern, dass es ihr gut geht.«

Dieser Mann war *wirklich* ein guter Mensch. »Okay«, entgegnete sie leise.

»Okay«, stimmte er zu. »Du hast meine Nummer. Wenn du etwas brauchst, ruf mich an. Und wenn es ihr morgen nicht gut genug geht, um zur Schule zu gehen, kannst du sie wieder in *Die Zuflucht* bringen, wenn du willst.«

Sie war kurz davor, wieder zu weinen. Aber sie schaffte es, die Tränen zurückzuhalten. Gerade so. »Danke.«

Finn nickte und wandte sich zur Tür. Einen Moment lang stellte Henley sich vor, er würde auf sie zugehen, seinen Finger unter ihr Kinn legen, ihren Kopf anheben und sie küssen. Aber das hier war das wahre Leben. Und obwohl Finn nicht mehr so verschlossen war, seit er ihr zu Hilfe gekommen war, war es doch ein bisschen früh für ihn, ihr seine unsterbliche Liebe zu erklären und sie zu küssen.

»Bitte schließ hinter mir ab«, bat er sie nachdrücklich.

Henley wollte schon die Augen verdrehen und ihm sagen, dass sie natürlich ihre Tür abschließen würde, sobald er weg war, aber stattdessen nickte sie nur.

Finn blieb einen Moment in ihrer Tür stehen, dann drehte er sich um und ging hinaus.

Henley seufzte, sperrte die Tür ab, legte die Kette vor und vergewisserte sich, dass wirklich alles zu war, bevor sie tief durchatmete und sich auf den Weg zum Badezimmer im Flur machte. Sie war todmüde, aber gleichzeitig aufgedreht.

Die Dinge zwischen ihr und Finn hatten sich heute verändert, aber sie war sich nicht sicher, ob es auf eine Art und Weise war, die zu mehr als nur Freundschaft führen würde oder nicht. Wie auch immer, sie würde es akzeptieren, wie es war. Sie respektierte und mochte Finn Matlick. Und die Tatsache, dass er ihre Tochter nicht nur tolerierte, sondern sie wirklich zu mögen und sich um sie zu sorgen schien, war ein großer Bonus.

Tonka holte tief Luft, bevor er seinen Wagen startete und in Richtung Autowerkstatt fuhr. Es hatte ihn alles gekostet, Henley nicht in seine Arme zu ziehen, bevor er losgefahren war. Wahrscheinlich hätte er sie in Panik versetzt, wenn er es versucht hätte. Jahrelang hatte er seine Zuneigung zu ihr versteckt gehalten. Aber ein Tag in ihrer Gesellschaft, an dem er die Liebe zwischen ihr und ihrer Tochter sah, und schon wusste er, dass er sich nicht länger zurückhalten konnte.

All die Gründe, warum er sich von ihr fernhalten sollte, versuchten sich bei ihm einzunisten. Sie war Psychologin und würde schließlich versuchen, ihn zu psychoanalysieren. Sie würde ihn »reparieren« wollen und er war sich nicht sicher, ob er sich reparieren ließe. Sie war im Grunde eine Angestellte. Sie hatte ein Kind.

Aber egal, wie sehr er sich einzureden versuchte, dass es zwischen ihnen nicht klappen würde, er konnte nicht aufhören, an sie zu denken.

Henley war eine verdammt gute Psychologin. Er hatte

sie in Aktion mit den Gästen gesehen. Sie schaffte es, dass sich selbst die zögerlichsten Gäste entspannten und sich öffneten. Sie schien Tiere zu mögen, etwas, das Tonka sehr wichtig war. Sie war fürsorglich, was er begrüßte, und sie hatte es geschafft, Jasna allein großzuziehen. Sie war rücksichtsvoll, fleißig, und obendrein ... war die Frau verdammt sexy.

Ihr langes braunes Haar war abends immer leicht zerzaust und Tonka wollte es ihr ständig aus dem Gesicht streichen. Sie war zierlich, etwa zwanzig Zentimeter kleiner als er, aber mit ihrer freundlichen, aufgeschlossenen Art wirkte sie überlebensgroß. Ihre haselnussbraunen Augen funkelten vor Humor und Zuneigung, aber er sah darin auch Schmerz.

Allein bei dem Gedanken daran, was passiert war, als sie etwa in Jasnas Alter war, verkrampften sich seine Muskeln.

Er hatte die Geschichte schon ein paarmal in ihren Gruppensitzungen in der Lodge gehört. Ihre Eltern waren amerikanische Ureinwohner, und sie war eines Abends mit ihrer Mutter allein zu Hause im Reservat gewesen, als zwei Männer eingebrochen waren und ihre Mutter missbraucht hatten. Henley hatte sich unter ihrem Bett versteckt, kurz bevor die Männer ins Zimmer gestürmt waren und ihre Mutter mitgeschleift hatten. Sie hatten sie vergewaltigt und erstochen, während Henley sich unter dem Bett versteckt hatte, weil sie Angst hatte, die Nächste zu sein. Sie waren abgehauen, ohne sie zu finden, aber Henley war so traumatisiert, dass sie fünf Jahre lang nicht mehr gesprochen hatte.

Ihr Vater hatte das Geschehene nie verwunden, und an dem Tag, nachdem sie achtzehn geworden war, wurde er bei einer Messerstecherei, die er begonnen hatte, in dem Kasino, in dem er arbeitete, getötet.

Henley hatte ein schweres Trauma erlebt und er vermutete, dass das ein großer Teil dessen war, was sie zu einer so guten Psychologin machte. Sie konnte sich in ihre Patienten auf einer Ebene einfühlen, wie es viele andere Psychologen nicht konnten, und sie hatten wahrscheinlich das Gefühl, dass sie wirklich verstand, was sie durchmachten, vor allem wenn sie von ihren vergangenen Traumata berichtete.

Tonka konnte nicht leugnen, dass ein Teil von ihm dasselbe empfand.

Er hatte sich tatsächlich mit ihrem Fall befasst und wollte die Männer finden, die ihre Mutter getötet hatten, und dafür sorgen, dass sie für ihre Taten bezahlten. Sie waren beide verhaftet worden und hinter Gittern gestorben. Sie würden niemals ein Problem für Henley oder Jasna darstellen, was für Tonka eine große Erleichterung war.

Er wusste nicht, was die Zukunft bringen würde, aber er wusste, dass er sich nicht länger von Henley fernhalten konnte. Er hatte keine Ahnung, ob er in der Lage sein würde, die Probleme in seinem Kopf zu bewältigen, um eine gesunde Beziehung zu führen ... aber er wollte es versuchen.

Nachdem er sich das endlich eingestanden hatte, fühlte er sich so leicht wie seit Jahren nicht mehr, und Tonka fuhr auf den Parkplatz der Autowerkstatt. Pipe hatte bereits gesagt, dass er ihm helfen würde, die Batterie in Henleys Wagen zu wechseln und ihn zurück in die Stadt zu fahren, um den Wagen abzuliefern.

Es gab keinen Grund, den Wagen heute Abend auf dem Parkplatz stehen zu lassen, da Henley schlafen würde und er den Schlüssel nicht hinterlegen wollte. Aber er hatte das Gefühl, dass die meisten Leute – abgesehen von ihrer Nachbarin – der alleinerziehenden Mutter nicht sehr oft ihre Hilfe anboten. Damit konnte er ihr zeigen, dass es ihm nichts ausmachte, einen Umweg für sie zu machen.

Noch mehr schätzte er es, dass sein Freund nicht nachfragte, was zwischen ihm und Henley lief. Soweit Pipe wusste, half er nur einer Angestellten.

Andererseits war Pipe nicht dumm. Tonka hatte sich noch nie die Mühe gemacht, einem ihrer Angestellten zu helfen. Er würde sein Interesse an Henley nicht lange geheim halten können. Aber das wollte er auch gar nicht.

Wie bei allem anderen in seinem Leben war er hundertprozentig entschlossen, wenn er sich etwas in den Kopf gesetzt hatte. So war es auch bei der Küstenwache und der Ausbildung zum Hundeführer gewesen. Und bei der Investition in *Die Zuflucht*, um es zu einem sicheren Ort für misshandelte, vernachlässigte und unerwünschte Tiere und Menschen zu machen.

Tonka fühlte sich so gut wie schon lange nicht mehr, als er den Laden betrat und direkt zu den Batterien ging. Henley hatte überrascht gewirkt, dass er sich so sehr um sie und Jasna bemühte – aber er würde noch ganz andere Geschütze auffahren. Sie hatte ein hartes Leben gehabt, und er wollte alles in seiner Macht Stehende tun, damit die Schwierigkeiten, die sie durchgemacht hatte, nichts weiter als eine schlechte Erinnerung waren.

Christian Dekker hockte in der Festung im Wald hinter seinem Haus und sah mit kalter Gleichgültigkeit zu, wie ein Eichhörnchen in der von ihm aufgestellten Falle langsam verblutete. Er hatte die Kreatur gefunden, als er sich dem simplen Holzunterstand näherte, den er mit zwölf Jahren gebaut hatte, und hatte das Tier hineingezerrt, um es sterben zu sehen.

Sein ganzes Leben lang war er vom Tod fasziniert gewesen. Er wusste nicht mehr, wie alt er war, als er das erste Mal ein totes Tier auf der Straße gesehen hatte ... vielleicht sechs oder so. Später hatte er sich aus dem Haus geschlichen, um den Kadaver zu untersuchen.

Er war anders. Er wusste es. Seine Eltern wussten es. Seine Schwester wusste es. Aber Christian war es egal. Eigentlich war ihm alles egal. Ihm war seine Familie egal und auch seine Freunde waren ihm egal. Die Schule war blöd. Die Jungs in seiner Klasse waren Weicheier. Die Mädchen waren Schlampen. Den Lehrern war das Unterrichten total egal, sie wollten nur einen Gehaltsscheck und so wenig wie möglich dafür tun.

Als er acht Jahre alt war, merkte er, wie viel Freude es ihm bereitete, Menschen zu erschrecken. Es befriedigte ein tiefes Bedürfnis in ihm. Er hatte sich im Zimmer seiner kleinen Schwester versteckt und war aus ihrem Kleiderschrank gesprungen. Ihr Schrei hatte ihm einen Schauer über den Rücken gejagt ... auf eine gute Art.

Er sehnte sich nach diesem aufregenden Nervenkitzel, und seitdem tat er alles, was er konnte, um ihn immer wieder zu spüren. Jedes Mal wurden seine Streiche schlimmer.

Er tötete die Katze der Nachbarn und legte sie ihnen vor die Tür.

Er zündete das Feld hinter der Schule an und sah zu, wie die Kinder ausflippten, weil sie dachten, die Schule würde abbrennen.

Er schlich sich in das Zimmer seiner Eltern und stellte sich splitternackt neben ihr Bett, ohne sich einen Zentimeter zu bewegen, bis sie aufwachten und ihn dort sahen, wie er sie anstarrte.

Er nahm die Messer aus der Küche mit, um seine Eltern zu erschrecken, sodass sie sich fragten, was er wohl mit ihnen machen würde. Er saß bedrohlich auf dem Dach des Hauses ... und sperrte seine Schwester nachts draußen aus.

Die Angst, die er in anderen Menschen auslösen konnte, füllte eine große Leere in ihm.

Als er zwölf war, brachten seine Eltern ihn zu einer Therapeutin. Anfangs öffnete er sich ihr bereitwillig und teilte ihr seine dunkelsten Gedanken mit. Aber er hatte schnell das Gefühl, dass sie genau wie alle anderen Erwachsenen, die er in seinem Leben kennengelernt hatte, nur so tat, als würde sie zuhören. Sie war nett zu ihm, um ihr Gehalt zu bekommen. Also änderte er seine Taktik und fing an, die Frau hinters Licht zu führen. In einer Sitzung erzählte er ihr alles, was sie wissen wollte, egal wie beunruhigend es war, und beim nächsten Mal tat er so, als hätte er ihr gar nichts erzählt. Als hätte er keine Ahnung, wovon sie sprach.

Es war der Tag, an dem ihm klar wurde, dass er seiner Therapeutin unter die Haut gegangen war, der Christian half zu verstehen, wie viel Macht er über andere hatte. Ihnen Angst zu machen war eine Sache ... aber sie dazu zu bringen, ihr Verhalten zu ändern, ihre Gewohnheiten und Routinen zu ändern, nur um nicht in seiner Nähe zu sein, war ein einzigartiger Nervenkitzel für sich.

Er war enttäuscht, als er eines Tages zu einer Sitzung erschien, nur um zu erfahren, dass er einen neuen Therapeuten hatte. Einen Mann. Die Frau hatte ihn aufgegeben, genau wie seine Eltern. Das hatte ihn damals wütend gemacht, und er war auch jetzt noch wütend darüber.

Christian *hasste* es, keine Kontrolle über sein eigenes Leben zu haben – und sie war nur eine weitere Person in einer langen Reihe von Menschen, die ihm einen Teil der Kontrolle genommen hatte. Und bevor sie ihn abserviert hatte, hatte die Schlampe sogar vorgeschlagen, ihn »zu seiner eigenen Sicherheit« wegzusperren! Das war ein Verrat, den er nie vergessen würde.

Er lebte dafür, Menschen zu manipulieren. Er liebte es,

ihnen so viel Angst einzujagen, dass sie alles tun würden, um ihm aus dem Weg zu gehen. Aber eine Therapeutin war etwas anderes. Sie wurde dafür *bezahlt*, sich seinen ganzen Quatsch gefallen zu lassen. Sie hätte keine andere Wahl gehabt, als die Sitzungen fortzusetzen. So wie seine Eltern keine Wahl hatten ...

Er wusste genau, dass seine Eltern Angst vor ihm hatten. Vor dem, was er tun könnte. Sie schlossen ihre Schlafzimmertür ab und hatten sein Zimmer schon längst in den Keller verlegt, damit er nicht in der Nähe seiner Schwester war. Das passte Christian sehr gut. Er schlich sich jede Nacht aus dem Haus und tat, was er wollte.

Im Laufe der Jahre stellte Christian fest, dass sein Bedürfnis, anderen Angst zu machen, immer stärker wurde. Die Angst und Hilflosigkeit in den Augen eines Tieres, wenn es weiß, dass es stirbt, war erregend, wie eine Droge. Die Kontrolle, die Christian in diesen Momenten empfand, war überwältigend und aufregend.

Obwohl das Töten von Eichhörnchen nicht mehr so viel Spaß machte, würde er sich die Chance nicht entgehen lassen, dieses Tier sterben zu sehen. Das Tier in seiner Falle zappelte verzweifelt, um zu entkommen, um zu leben. Aber keines von beidem würde passieren. Christian hatte die Kontrolle.

Das Ding starb für seinen Geschmack viel zu schnell, und er warf den Kadaver ungeduldig aus seinem Fort. Er wollte mehr. Vor Kurzem hatte er einen streunenden Hund gefunden, mit dem er sich angefreundet und ihn dann eine Woche lang gequält hatte, bevor er ihm die Kehle aufgeschlitzt hatte. Neue Wege zu finden, um Katzen zu töten, wurde langsam langweilig.

Nein. Christians nächstes Ziel war der Esel, der auf einem Feld in der Nähe der Highschool lebte. Er wollte wissen, ob das Töten von etwas so Großem befriedigender war als die Tiere, die er in der Vergangenheit gequält hatte.

Er hatte das Gefühl, dass es der Fall wäre.

Und er würde es nicht dabei belassen.

Er konnte es nicht.

Schon seit ein paar Jahren hatte er einen Plan im Kopf. Jeder, den er in Los Alamos kannte, hatte Angst vor ihm und war klug genug, sich von ihm fernzuhalten. Er wollte diese verdammte Stadt verlassen und nach Albuquerque gehen. Einen Neuanfang machen.

Aber bevor er ging, wollte er ein Zeichen setzen.

Er könnte seine Eltern und seine Schwester umbringen, aber das wäre zu vorhersehbar und jeder würde ihn verdächtigen. Er wollte eine Herausforderung. Er musste dort zuschlagen, wo man es am wenigsten erwartete.

Und Christian wusste genau, wo das war. Er hatte eine Rechnung zu begleichen.

Um sicherzustellen, dass sein Plan reibungslos ablief, musste er sein Ziel genau studieren. Er musste sich genau überlegen, wo und wie er zuschlagen wollte. Was die größte Wirkung haben würde.

Dr. McClure war der erste Mensch, den er je hatte beeindrucken wollen. Als sie ihn nach seinen Gedanken und Taten fragte und in seine Gedankenwelt eindrang, hatte er dummerweise geglaubt, dass sie sich für ihn interessierte. Ihn verstand. Aber sie hatte ihn betrogen, wie jeder andere auch. Sie hatte ihn an einen ihrer Kollegen abgeschoben. An einen kleinlauten Mistkerl, der jedes Mal zusammenzuckte, wenn Christian sich auch nur auf dem Stuhl ihm gegenüber bewegte.

Es war schon ein paar Jahre her, dass er sich geweigert hatte, zu weiteren Therapiesitzungen zu gehen, aber er hatte die Frau nie vergessen, die ihn, ohne zu zögern, aufgegeben hatte. Das würde sie büßen.

Sie war sein Ziel.

Christian konnte die Angst fast schmecken, die sie verspüren würde, während er mit ihr spielte. Aber er musste klug vorgehen. Er durfte sie nicht wissen lassen, dass sie verfolgt oder beobachtet wurde. Er würde ihre Routine herausfinden, auf den perfekten Moment warten und dann hart und schnell zuschlagen.

Ein Lachen stieg aus seiner Kehle und Christian spürte eine Vorfreude, wie er sie schon lange nicht mehr erlebt hatte. Zuerst der Esel. Dann die Psychologin. Dann würde er in die Stadt gehen und als der furchterregendste Serienmörder, den das Land je gesehen hatte, in die Geschichte eingehen.

Er konnte es kaum erwarten.

KAPITEL VIER

Am nächsten Morgen hatte Tonka mehr Lust als sonst, aufzustehen und den Tag zu beginnen. Er wusste, es lag daran, dass er bald Henley und Jasna sehen würde. Es war ein wenig seltsam, dass er sich auch auf das kleine Mädchen freute. Er hatte in seinem Leben noch nicht so viele Kinder gesehen und war immer davon ausgegangen, dass er sie als lästig empfinden würde, weil sie ihm ständig im Weg wären.

Obwohl er zugeben musste, dass sein Umgang mit Jasna gestern wahrscheinlich nicht normal gewesen war. Sie war krank gewesen und hatte die meiste Zeit, die sie in der Scheune verbracht hatte, geschlafen. Aber er hatte sich nicht an ihren Fragen gestört, als sie wach war, und es hatte ihm gefallen, die Aufregung in ihren Augen zu sehen, als sie Melba kennengelernt hatte.

Die Zeit würde zeigen, ob sie ihn nerven würde, wenn sie sich wieder wie ein normales Mädchen fühlte. Er hatte das Gefühl, dass sie es nicht tun würde. Sie hatte etwas an sich, bei dem Tonka sich wohlfühlte. Das seinen Beschützerinstinkt auslöste.

Als er auf den Parkplatz von Henleys Haus fuhr,

bemerkte er, dass er lächelte. Er konnte sich nicht erinnern, wann er das letzte Mal spontan so einfach gelächelt hatte.

Henleys Wagen stand an der gleichen Stelle, an der er ihn am Abend zuvor abgestellt hatte, nicht dass er gedacht hätte, dass er irgendwo anders stehen würde, denn er hatte ja den Schlüssel. Er hatte sich die Ausrede einfallen lassen, dass er heute Morgen Besorgungen für *Die Zuflucht* machen musste, aber er bereute es nicht. Henley hatte gestern Abend erschöpft ausgesehen, und er wollte nicht, dass sie bis Gott weiß wann aufblieb, um auf ihn zu warten. Das war auch gut so, denn es war schon nach Mitternacht, als er und Pipe die Batterie ausgewechselt und das Fahrzeug zurück zu ihrer Wohnung gebracht hatten.

Tonka stieg aus seinem Wagen aus und ging zu Henleys Wohnung. Er war froh, dass sie nicht im Erdgeschoss lag. Selbst in einer Kleinstadt war es sicherer, wenn sie nicht so leicht zugänglich war für jeden, der Ärger stiften wollte.

Er klopfte an ihre Tür und lächelte immer noch, als sie sich öffnete. Aber sein Lächeln erstarb sofort, als er Henley sah. Ihr Gesicht war fleckig und ihre Augen waren gerötet.

»Was ist los?«, fragte er schnell. »Geht es Jasna gut?«

»Es geht ihr gut. Sie fühlt sich heute viel besser. Es ist Mrs. Singleton.«

»Eure Nachbarin?«

Henley nickte. »Ich habe gerade erfahren, dass sie im Krankenhaus liegt. Sie hatte einen Schlaganfall. Das ist der Grund, warum ich sie gestern nicht erreichen konnte.«

Tonka drängte Henley sanft nach hinten und trat in ihre Wohnung. Er schloss die Tür, dann zog er sie, ohne nachzudenken, in seine Arme.

Sie wehrte sich nicht, sondern schien sich in ihn zu verkriechen, als er sie festhielt. Sie legte ihre Arme um seinen Rücken und er spürte, wie ihre Finger sich in seine Haut gruben. »Ich fühle mich so furchtbar! Ich schätze, sie kam nicht an ihr Telefon, und sie lag eine Weile auf dem Boden, bevor sie schließlich in die Küche kriechen konnte, wo sie ihr Handy liegen gelassen hatte, um Hilfe zu rufen.«

Tonka legte seine Wange auf Henleys Kopf und drückte sie noch fester an sich. Es dauerte ein paar Minuten, aber schließlich beruhigte sie sich und zog sich zurück. Tonka lockerte seine Arme, denn er merkte, dass es eine äußerst schwierige Aufgabe war. Henley wischte sich mit den Händen über die Wangen, löste sich aber nicht ganz aus seinem Griff.

»Wird sie wieder gesund?«, fragte er sanft.

Henley zuckte mit den Schultern. »Ich denke schon, aber wenn sie aus dem Krankenhaus entlassen wird, bringt ihre Tochter sie zur Erholung nach Albuquerque. Sie wird einige Zeit in einem Rehazentrum verbringen müssen, denke ich, und dann zu ihrer Tochter ziehen. Ich bezweifle, dass sie hierher zurückkehren wird.«

Henley klang so traurig, dass Tonka nicht anders konnte, als sie noch einmal lange zu umarmen. »Willst du sie heute besuchen?«

Sie nickte. »Ja. Ich dachte, ich schaue nach meinen morgendlichen Therapiestunden im Krankenhaus vorbei, bevor ich mich auf den Weg zur *Zuflucht* mache.«

Tonka nickte. »Soll ich mit Drake oder Alaska reden, damit sie deine Termine absagen?«

Henley schenkte ihm ein dankbares Lächeln. »Nein, ich glaube, es wäre gut, wenn ich nachher hinfahre.«

»Was ist mit Jasna? Geht sie heute wieder zur Schule?«

Henley nickte. »Ich habe heute Morgen ihre Temperatur gemessen und sie ist wieder normal. Sie sagt, sie fühle sich gut. Aber sie ist sehr traurig wegen Mrs. Singleton.«

»Natürlich ist sie das«, entgegnete Tonka. »Es klingt, als wäre die Frau über die Jahre eine große Hilfe für euch beide gewesen.«

»Das war sie«, entgegnete Henley mit einem Nicken. Dann seufzte sie. »Die Schule ist bald zu Ende und ich muss mich entscheiden, was ich ohne ihre Hilfe tun soll. Es gibt nicht genügend Ferienlager, um Jasna den ganzen Sommer über zu beschäftigen, und ich will sie nicht allein in der Wohnung lassen.«

»Kannst du jemand anderen finden, der sich um sie kümmert?«, fragte Tonka mit einem Stirnrunzeln. Ehrlich gesagt hatte er nicht bedacht, wie schwierig die Kinderbetreuung für einen Alleinerziehenden war. Darüber hatte er sich noch nie Gedanken machen müssen.

Henley zuckte mit den Schultern und holte tief Luft. »Ich bin sicher, das werde ich«, erwiderte sie. Aber er merkte, dass sie versuchte, ihre Sorgen über die Situation herunterzuspielen.

»Was wäre, wenn sie in *Die Zuflucht* käme, wenn sie nicht im Ferienlager ist?«, platzte Tonka heraus. Wieder einmal dachte er bei dieser Frau nicht darüber nach, was er sagte. Es kam einfach so heraus.

Henley sah schockiert aus über den Vorschlag. »Was?«

»Du könntest sie in *Die Zuflucht* bringen. Ich bin mir sicher, dass ich in der Scheune eine Aufgabe für sie finden kann, und ich wette, Alaska könnte auch helfen, sie zu beschäftigen. Hier gibt es immer viel zu tun. Wir könnten sie sogar bezahlen. Sie könnte sich etwas Taschengeld verdienen.«

»Ich ... ich weiß nicht, was ich sagen soll. Ich dachte, Kinder wären auf dem Gelände nicht erlaubt.«

Tonka zuckte mit den Schultern. »Eigentlich sind sie das auch nicht. Einige unserer Gäste fühlen sich durch das Weinen von Babys oder durch das Schreien von spielenden Kindern gestört. Aber wenn jemand kommt, der durch Kinder Panikattacken bekommt, sorgen wir einfach dafür, dass er auf Abstand bleibt.«

»Hast du das schon mit den anderen besprochen?«, fragte sie, obwohl er wusste, dass sie die Antwort bereits kannte.

»Nein«, gab er ehrlich zu. »Aber ich weiß genau, dass niemand ein Problem damit haben wird. Vor allem, wenn die Alternative darin besteht, dass du den Sommer über wegen der Kinderbetreuung nicht in der *Zuflucht* arbeiten kannst.«

Zu Tonkas Erschrecken traten ihr erneut Tränen in die Augen.

»Henley?«

Sie neigte den Kopf nach vorn und legte ihn auf seine Brust. »Ich weiß nicht, was ich sagen soll«, murmelte sie.

»Sag Ja«, bat er sie. Es war fast beängstigend, wie gut sich diese Frau in seinen Armen anfühlte. Tonka konnte sich buchstäblich nicht daran erinnern, dass er sich jemals in seinem Leben so zufrieden gefühlt hatte, wenn er einen anderen Menschen im Arm hatte. Es war, als füllte sie alle Wunden in seiner Seele mit ihrer Freundlichkeit aus.

Wie er es so lange geschafft hatte, ihr nicht zu zeigen, wie sehr er sie bewunderte und mochte, wusste er wirklich nicht.

Henley hob noch einmal den Kopf und starrte ihn an. »Es ist nur ... Mrs. Singleton war immer für mich da. Sie hatte nie ein Problem damit, sich um Jasna zu kümmern, und jetzt, da sie weg ist – nicht weg, aber nicht mehr in der Lage zu helfen –, wird mir klar, wie sehr ich sie ausgenutzt habe. Das möchte ich niemandem in der *Zuflucht* antun.«

»Du hast sie nicht ausgenutzt«, erwiderte Tonka mit einem leichten Kopfschütteln. »Ich bin sicher, dass sie gern Zeit mit deiner Tochter verbracht hat. Du sagtest, sie war allein hier in Los Alamos, richtig?«

Henley nickte.

»Ich wette, sie hat jeden Moment, den sie mit Jasna verbringen konnte, sehr genossen.«

»Das hoffe ich«, entgegnete Henley. Dann seufzte sie. »Wie wäre es, wenn du heute mit deinen Freunden sprichst und sie fragst, was sie davon halten. Wenn irgendjemand irgendwelche Bedenken hat, und seien sie noch so gering, werde ich für den Sommer eine andere Lösung finden. Ich will auf keinen Fall eure Gäste verärgern und jemandem zusätzliche Arbeit machen. Jasna ist ein gutes Kind, aber sie ist auch sehr neugierig. Und sie wird immer launischer, weil sich die Teenagerhormone langsam bemerkbar machen.«

»Es wird schon gut gehen«, beruhigte Tonka sie.

Henley öffnete den Mund, um etwas zu sagen, wurde aber von ihrer Tochter unterbrochen.

»Finn!«, rief sie und stürmte den Flur entlang.

Da Tonka immer noch seine Arme um Henley gelegt hatte, wurde er einen Schritt zurückgeworfen, als Jasna auf ihn prallte, aber er erholte sich schnell, hob einen Arm und schlang ihn um das Mädchen, das ihn nun von der Seite umarmte.

»Hey«, sagte er ein wenig überrascht von ihrer überschwänglichen Begrüßung.

Sie schaute ihn mit diesen erstaunlichen bernsteinfarbenen Augen an, und Tonka konnte sehen, dass sie auch geweint hatte. »Hat Mom dir von Mrs. Singleton erzählt?«

»Ja. Es tut mir leid.«

Jasna schniefte und nickte, aber sie ließ ihn nicht los. Eine Gänsehaut bildete sich auf seinen Armen, als Tonka merkte, dass beide McClures sich jetzt an ihn klammerten.

Eine plötzliche Welle der Angst überkam ihn. Als sich das letzte Mal jemand auf ihn verlassen hatte, hatte er ihn gewaltig enttäuscht.

Er räusperte sich. »Nun ... ich bin gekommen, um euch

den Schlüssel für euren Wagen zu bringen, damit ihr heute noch dorthin kommt, wo ihr hinmüsst.«

Das Gefühl des Verlustes, als sowohl Jasna als auch Henley sich von ihm lösten, war fast überwältigend. Er hatte es vermasselt – und er wusste es. Er hatte zugelassen, dass seine Vergangenheit seine Gegenwart beeinflusste, *schon wieder*.

Einen Moment lang fragte Tonka sich, ob er jemals in der Lage sein würde, die Gefühle von Unzulänglichkeit und Schuld zu überwinden, die ihn jeden Moment eines jeden Tages plagten.

»Danke, dass du meinen Wagen repariert hast. Wie viel hat die Batterie gekostet?«

Tonka zuckte mit den Schultern. »Nicht viel. Das ist das Mindeste, was ich für jemanden tun kann, der so wertvoll für *Die Zuflucht* ist.«

Er sah, wie ihre Mine verschlossen wurde, und zum zweiten Mal innerhalb weniger Minuten machte Tonka sich Vorwürfe, weil er das Falsche gesagt hatte. Er wollte seine Worte zurücknehmen und ihr erklären, dass er ihr nicht nur geholfen hatte, weil sie eine Angestellte war. Dass er persönlich dafür sorgen wollte, dass sie sicher auf den Straßen unterwegs war ... aber er hatte seine Chance verloren, als sie sich an Jasna wandte.

»Nimm deine Sachen und ich fahre dich heute Morgen zur Schule. Wir haben schon den Bus verpasst.«

Jasna drehte sich ohne Widerspruch um und ging den Flur entlang in Richtung ihres Zimmers.

»Ich würde dir ja ein Frühstück anbieten, aber wir werden auf dem Weg zur Schule noch etwas zu essen holen«, entgegnete Henley.

»Ist schon okay«, entgegnete Tonka. »Sag mir Bescheid, wenn etwas mit dem Wagen nicht stimmt.«

»Mach ich. Nochmals vielen Dank für alles, Finn.«

Er nickte ihr zu und steckte die Hände in die Hosentaschen, weil er sich auf einmal unwohl fühlte. Im Geiste versetzte er sich selbst einen Tritt in den Hintern, weil er ihren intimen Moment vermasselt hatte. »Wir sehen uns, wenn du später in der *Zuflucht* bist.«

Sie nickte und es blieb ihm nichts anderes übrig, als zu gehen. Tonka nickte also ebenfalls und ging zur Tür.

»Finn?«

Er drehte sich um und sein Herz setzte einen Schlag aus. »Ja?«

»Mein Schlüssel?«

Verdammt. Er hatte sogar vergessen, ihn ihr zu geben. Er warf ihr einen verlegenen Blick zu und holte ihn aus seiner Tasche. Seine Finger berührten ihre Handfläche, als er ihr den Schlüssel in die Hand legte, und er konnte sich nur schwer beherrschen, sie nicht zu packen und wieder an sich zu ziehen. Aber er schaffte es, sich nicht zu blamieren, und wandte sich erneut zum Gehen. Diesmal hielt sie ihn nicht auf.

Tonka war sich nicht sicher, warum er Jasna angeboten hatte, diesen Sommer in der *Zuflucht* zu verbringen. Er musste auf jeden Fall mit den Jungs darüber reden, aber er war sich relativ sicher, dass sie nichts dagegen hätten, nicht nachdem er ihnen gesagt hatte, dass Henley vielleicht nicht in der Lage war, Sitzungen mit ihren Gästen abzuhalten, wenn sie keine zuverlässige Kinderbetreuung hatte.

Als er nach Hause fuhr, war er sich sicherer denn je, dass er sowohl Henley als auch Jasna in seinem Leben haben wollte. Wie durch ein Wunder vertrieb die Anwesenheit der beiden einige der Dämonen in seinem Kopf. Es fühlte sich gut an, sich um etwas anderes zu kümmern als um seine vergangenen Fehler. Sich auf die Lösung von Henleys Problemen zu konzentrieren. War das eine gute Basis für eine Beziehung? Er war sich nicht so sicher.

In ihrer Nähe war er sich einzig und allein seiner Gefühle sicher. Heute Morgen hatte er gelächelt … ohne jeden Grund, nur weil er die beiden gesehen hatte. Wenn das kein Zeichen war, dann wusste er nicht, was sonst.

Es würde nicht leicht sein, aus der Melancholie auszubrechen, die sein Leben beherrschte, nachdem er aus der Küstenwache entlassen worden war, aber zum ersten Mal seit dem Tod von Steel fühlte Tonka etwas anderes als Schuld und Trauer. Vorfreude strömte in seinen Adern. Eine Vorfreude darauf, dass er vielleicht, nur vielleicht, die Vergangenheit irgendwann hinter sich lassen konnte.

Er würde seinen Partner nie vergessen, wie Steel ihm immer den Rücken freigehalten hatte, aber Tonka wusste, dass die Art und Weise, wie er sein Leben lebte, kein Zeugnis dafür war, wie mutig und stark Steel gewesen war.

Er wollte ein besserer Mensch werden. Er wollte aus dem Tief herauskommen, in dem er seit Jahren steckte. Vielleicht war Henley nicht die Frau, die für ihn bestimmt war. Vielleicht war sie nur der Anstoß, den er brauchte, um seinen Kopf frei zu bekommen und weiterzuleben. Wie auch immer, er hatte das Gefühl, dass die McClures ihm nicht ohne Grund über den Weg gelaufen waren.

Er hatte die Anziehungskraft, die er zu Henley hatte, lange genug ignoriert. Es war lange her, dass er kein Feigling war, und er wollte wieder dieser Mann sein. *Henley* brachte ihn dazu, dieser Mann sein zu wollen.

Henley tat ihr Bestes, um sich an diesem Morgen auf ihre Therapiestunden zu konzentrieren. Sie hatte das Gefühl, als würde ihr Gehirn explodieren, weil sie so viel zu tun hatte. Stress wegen der Kinderbetreuung, Sorge um Mrs. Singleton, Dankbarkeit für das Verständnis ihres Chefs, weil sie an diesem Morgen zu spät gekommen war … und natürlich Verwirrung über Finns plötzliches Interesse an ihrem Leben.

Das war eine ganze Menge. Und Henley wünschte sich nichts sehnlicher, als nach Hause zu fahren und zu schlafen. Aber das konnte sie nicht. Sie hatte so viel um die Ohren, dass sie keine Zeit hatte, sich hinzusetzen und einen Moment für sich selbst zu nehmen.

Nach ihrer letzten Therapiestunde steckte sie den Kopf in das Büro ihres Chefs. Mike Mackey war Anfang fünfzig, hatte sein ganzes Leben in Los Alamos verbracht und nie geheiratet. Er hatte seine Praxis vor fünfundzwanzig Jahren eröffnet und Henley war ihm sehr dankbar, dass er sie eingestellt hatte. Sie war neu in der Stadt gewesen, hatte ein fünfjähriges Kind im Schlepptau und suchte dringend einen Job. Es war töricht gewesen, in die Stadt in den Bergen zu ziehen, ohne sich vorher einen Job zu suchen, aber sie musste raus aus der Stadt. Sie wollte nicht, dass Jasna in einem Betondschungel aufwächst. Sie wollte, dass sie Mutter Natur zu schätzen wusste.

»Henley«, sagte Mike, als er sie sah. »Komm rein, komm rein.«

»Ist alles in Ordnung?«, fragte Henley sofort. Mike hatte sie um ein Gespräch gebeten, bevor sie sich auf den Weg zur *Zuflucht* machte. Sie konnte jetzt auf keinen Fall noch mehr Stress gebrauchen.

»Ja. Nun ja, größtenteils ja. Setz dich und lass uns reden.«

Henley stärkte mental ihre Schutzschilde und setzte sich vorsichtig auf die Kante des Stuhls, der vor seinem Schreibtisch stand.

»Geht es dir gut?«, fragte er.

Henley lächelte und zuckte mit den Schultern. »Ja. Tut

mir leid wegen heute Morgen. Meine Nachbarin hatte einen Schlaganfall und ist ins Krankenhaus gekommen.«

»Cheri?«

Es klang seltsam, dass er Mrs. Singleton bei ihrem Vornamen nannte. Solange Henley sie kannte, hatte sie sie bei ihrem Nachnamen genannt. »Ja.«

»Verdammt. Kommt sie wieder in Ordnung?«, fragte Mike.

»Soviel ich weiß, ja. Aber sie wird nach Albuquerque ziehen, um näher bei ihrer Tochter zu sein.«

»Ah ... und das war's dann mit der Kinderbetreuung«, bemerkte Mike mitfühlend.

»Allerdings.«

»Nun, ich bin sicher, du wirst eine Alternative finden.«

Henley lächelte nur. Sie konnte es ihrem Chef nicht verübeln, dass er ein wenig unbeteiligt war. Er hatte sich nie um die Kinderbetreuung kümmern müssen, da er nicht verheiratet war und keine Kinder hatte.

»Wie auch immer, ich wollte mit dir über Christian Dekker sprechen.«

Henley runzelte sofort die Stirn. Es war ja nicht so, dass sie nicht wüsste, von wem Mike sprach. Natürlich wusste sie das. Sie war nur verwirrt, warum er ihn *ihr* gegenüber erwähnte. Ja, sie war vor ein paar Jahren die Therapeutin des Jungen gewesen, aber es war nicht gut gelaufen.

Nun, das stimmte nicht ganz. Anfangs hatte sie geglaubt, dass es gut lief, aber schließlich wurde ihr klar, dass der Junge sie absichtlich manipulierte und versuchte, ihr Angst zu machen.

Henley glaubte fest an die angeborene Gutmütigkeit der Menschen. Aber der zwölfjährige Junge, den sie kennengelernt hatte, hatte diese Überzeugung eine Zeit lang schwer erschüttert. Seine Eltern waren außer sich gewesen und wussten nicht, was sie mit ihm machen sollten. Nichts, was sie auf eigene Faust unternommen hatten, hatte sein destruktives und gefährliches Verhalten im Zaum halten können. Sie waren mit ihren Kräften am Ende und hatten sogar zugegeben, dass sie Angst vor ihrem eigenen Sohn hatten.

Henley hatte gedacht, sie könnte helfen. Dass sie der Bösartigkeit des Jungen auf den Grund gehen und ihm helfen könnte, das Problem zu lösen. Aber wie sich herausstellte, hatte sie nichts Traumatisches in seiner Vergangenheit entdecken können. Es gab keine Schwierigkeiten mit anderen Schülern oder dem Personal der Schule. Keine besonderen Auslöser, die ihn zum Ausrasten brachten. Sie hatte sogar eine Sitzung mit seiner jüngeren Schwester abgehalten, die schwor, dass ihre Eltern immer liebevoll und gerecht gewesen waren.

Am Ende, nach vielen Monaten, war ihre professionelle Meinung, dass Christian Dekker eine Gefahr für die Gesellschaft, seine Familie ... im Grunde für jeden war, den er traf.

Es war keine Entscheidung, die sie sich leicht gemacht hatte. Niemand wollte glauben, dass ein Kind unrettbar verloren war und es keine Hilfe mehr gab. Aber nachdem sie dem Jungen Woche für Woche gegenübergesessen und in seinem Blick kaum mehr als kalte Berechnung gesehen hatte, war Henley schließlich zu Mike gegangen und hatte zugegeben, dass sie keine Fortschritte machen würde. Sie hatte ihm gesagt, dass es einen Versuch wert wäre zu sehen, ob es Christian mit einem männlichen Therapeuten besser gehen würde.

Und obwohl das stimmte, kam noch hinzu, dass Henley sich mit einigen Dingen, die der Junge gesagt hatte, äußerst unwohl fühlte. Wie er davon fantasierte, seine Lehrerin, seine Schwester und sogar seine Mutter zu verletzen und zu vergewaltigen. Er erzählte ihr ruhig und emotionslos, wie er versucht hatte, den Schuppen hinter seinem Haus niederzubrennen, wie er die Überreste eines Kojoten von der Straße gekratzt hatte, um ihn zu untersuchen, und dass eine seiner Lieblingsbeschäftigungen darin bestand, die Mäuse zu finden, die in den Klebefallen in ihrer Garage stecken geblieben waren, und ihnen die Köpfe einzuschlagen.

Als sie aus ihren Gedanken gerissen wurde, bemerkte sie, dass Mike sie ansah und geduldig wartete. »Was ist mit ihm?«, fragte sie verspätet.

»Du weißt doch, dass er seit ein paar Jahren kein Patient mehr bei uns ist.« Er wartete, bis Henley nickte, bevor er fortfuhr: »Nun, seine Mutter hat angerufen. Sie sagte, es ginge ihm jetzt noch schlechter als früher. Sie hat mich angefleht, zu ihm nach Hause zu kommen, um mit ihm zu reden, aber ich habe ihr gesagt, dass ich ehrlich gesagt nicht glaube, dass es etwas nützen würde.«

Henley presste die Lippen aufeinander und nickte erneut. »Sie sitzen zwischen allen Stühlen. Da er minderjährig ist, wollen sie ihn nicht aus dem Haus werfen, aber sie haben auch große Angst vor dem, was er tun könnte. Es gibt keine Privatschulen, auf die sie ihn schicken können, nicht mit seinen Noten und seiner Akte, und aus irgendeinem Grund zögern sie, ihn in eine psychiatrische Einrichtung zu schicken. Bis jetzt wurde er noch nicht dabei erwischt, wie er etwas Illegales getan hat, das ihn ins Jugendgefängnis bringen würde«, sinnierte Henley.

»Ganz genau. Ich konnte nur mit ihr mitfühlen und ihr das Beste wünschen. Aber Henley ... das ist nicht der Grund, warum ich heute Morgen mit dir reden wollte.«

Sie schaute über den Schreibtisch zu Mike und nickte ihm zu, damit er fortfuhr.

»Ich wollte dich warnen.«

»Mich warnen? Wovor?«

Mike seufzte schwer. »Seine Mutter hat ein Notizbuch in Christians Zimmer gefunden. Sie hat mir gesagt, dass sie dort hineingeht, wenn sie sicher ist, dass er nicht im Haus ist. Sie weiß nicht einmal, wonach sie sucht oder was sie tun würde, sollte sie etwas Beunruhigendes finden, wie Waffen oder so etwas, aber sie sagte, sie könne nicht damit leben, wenn sie mich nicht anrufen würde, nachdem sie das Notizbuch gefunden hatte.«

Henley machte sich auf etwas gefasst.

»Da war eine Liste mit Namen drin unter der Überschrift ›Menschen, die sterben müssen‹. Es waren zwanzig Namen – ihrer, der ihrer Tochter, der ihres Mannes, von Lehrern und Nachbarn. Sogar das Mädchen, das auf ihn aufgepasst hat, als er fünf Jahre alt war, und das vor zehn Jahren nach New York gezogen ist.« Mike hielt inne, bevor er hinzufügte: »Und unsere Namen standen auch auf der Liste.«

Henley versteifte sich, obwohl sie, wenn sie ehrlich zu sich selbst war, nicht wirklich überrascht war. Der Junge, den sie therapiert hatte, war manipulativ, wütend und geradezu bösartig gewesen. Und als er zu Mike versetzt worden war, hatte er sie jedes Mal, wenn er sie bei der Arbeit im Flur gesehen hatte, düster angestarrt.

Die schiere ... *Bösartigkeit*, die Henley in seinem Blick gesehen hatte, beunruhigte sie. Sie war nicht verärgert gewesen, als Mike ihr sagte, dass er nicht mehr zu seinen Therapiesitzungen kommen würde.

Das war vor über zwei Jahren gewesen. Es war schwer zu glauben, dass er die ganze Zeit über einen Groll gegen sie gehegt hatte. Andererseits war es auch nicht wirklich so abwegig. Mit dem jungen Mann stimmte etwas ganz und gar nicht. Es machte sie fertig, dass sie und Mike ihm nicht hatten helfen können ... aber sie war sich ehrlich gesagt nicht sicher, ob das *überhaupt* jemand konnte.

Sie hatte nie geglaubt, dass manche Menschen einfach

böse geboren werden, aber nachdem sie Christian getroffen hatte, hatte sie ihre Meinung geändert.

»Ich wollte nur dafür sorgen, dass du Bescheid weißt«, fuhr Mike fort.

»Wann hat er die Liste geschrieben?«, fragte Henley.

»Seine Mutter ist sich nicht sicher, aber sie schätzt, dass es schon eine Weile her ist. Alle Seiten danach waren auch ausgefüllt ... mit wahllosem Geschwafel, Zeichnungen, Gedichten über den Tod.«

»Was hältst du davon?«, fragte Henley. Sie hatte Mikes besonnene Einstellung zum Leben immer respektiert. Er regte sich nicht oft auf. Er neigte dazu, einen Tag nach dem anderen zu nehmen. Er sagte immer, er tue sein Bestes, um sich nicht über Dinge aufzuregen, gegen die er nichts tun könne. Das schien ein gutes Lebensmotto zu sein.

»Ich nehme mir vor, ein bisschen aufmerksamer auf meine Umgebung zu achten, aber ich mache mir keine allzu großen Sorgen. Jugendliche sind immer ein bisschen hitzköpfig. Sie lassen sich leicht aus der Ruhe bringen, aber meistens verpufft das wieder.«

Es war das »Meistens«, das Henley Sorgen bereitete. Und Christian Dekker war nicht wie die meisten Jugendlichen. Mike wusste das, aber sie nickte trotzdem.

»Pass einfach auf dich auf«, sagte er zu ihr. »Wenn dir etwas komisch vorkommt, nimm es zur Kenntnis und tu, was du tun musst, um dich zu schützen. Und Jasna.«

»Moment – stand der Name meiner Tochter auf der Liste?«, fragte Henley und ihr wurde ganz kalt.

»Nein.«

Sie seufzte erleichtert auf.

»Aber du solltest Bescheid wissen, nur für den Fall.«

Henley nickte. »Ich weiß es zu schätzen, dass du mir Bescheid gesagt hast.«

»Natürlich. Du warst immer wie eine Tochter für mich.«

Sie verdrehte die Augen. »Ich bin ein bisschen zu alt, um deine Tochter zu sein«, stichelte sie.

»Eigentlich nicht. Sechzehnjährige bekommen ständig Kinder«, entgegnete er mit einem Augenzwinkern.

Henley lachte.

»Wie dem auch sei, fährst du heute Nachmittag in *Die Zuflucht*?«

»Ja. Aber zuerst werde ich Mrs. Singleton im Krankenhaus besuchen, dann fahre ich dorthin und leite eine Gruppensitzung, bevor ich zurückkomme und mich zu Hause mit Jasna treffe.«

»Gut, dann lasse ich dich jetzt gehen. Pass gut auf dich auf, Henley. Du bist mir als Mitarbeiterin und Freundin zu wichtig, als dass dir etwas zustoßen dürfte.«

»Das werde ich. Und das gilt auch für dich.«

Mike stand auf und Henley tat es ihm gleich. Zu ihrer Überraschung ging er um den Schreibtisch herum und umarmte sie kurz. In der ganzen Zeit, in der sie ihn kannte, hatte er sie noch nie spontan umarmt. Offensichtlich machte er sich mehr Sorgen um Christian, als er sich anmerken ließ, aber sie tat ihr Bestes, um ihre Bedenken zu verdrängen.

»Bis morgen.«

Henley nickte und ging zurück in ihr Büro, um ihre Sachen zu holen. Als sie zu ihrem Wagen ging, nahm sie sich die Zeit, ihre Umgebung zu betrachten. Alles war ruhig. Niemand schien in den Schatten zu lauern, und da der Parkplatz direkt neben dem Gebäude und an einer der Hauptverkehrsstraßen von Los Alamos lag, gab es keine Bäume, hinter denen sich jemand verstecken und darauf warten konnte herauszuspringen, um sich eine ahnungslose Frau zu schnappen.

Als sie in ihrem Wagen saß und die Türen verschlossen hatte, fühlte Henley sich besser und machte sich auf den

Weg zum Krankenhaus. Sie musste Mrs. Singleton selbst sehen, um sich davon zu überzeugen, dass sie wirklich wieder in Ordnung kommen würde.

Dann zitterte sie ein wenig, als sie daran dachte, wieder in *Die Zuflucht* zu fahren. Sie ging nun schon seit Jahren dorthin, aber aus irgendeinem Grund war sie heute ein wenig aufgeregter. Die Dinge zwischen ihr und Finn änderten sich ... hoffentlich zum Besseren. Auch wenn er an dem Morgen, an dem er ihre Wohnung verlassen hatte, ein wenig abweisend gewirkt hatte, ging ihr immer wieder durch den Kopf, wie fest er sie in seinen Armen gehalten hatte ... und es war ihr nicht entgangen, wie er sie ange- sehen hatte.

Sie hatte etwas in diesem Blick gesehen. Etwas, das noch vor einer Woche nicht da gewesen war. Eine gewisse Entschlossenheit ... und ein scharfes Bewusstsein für sie als Frau.

Ja, etwas hatte sich definitiv verändert. Sie war sich nicht sicher was, aber sie freute sich sehr. Jetzt betete sie nur, dass sie nichts tat, um es zu vermasseln.

KAPITEL FÜNF

Tonka hielt schon seit mindestens einer Stunde Ausschau nach Henley. Er wollte ihr eine Nachricht schicken und fragen, ob es ihr gut ging. Ob es Probleme mit ihrem Wagen gab. Um zu erfahren, wann sie ankommen würde. Aber er wollte auch kein Nervtöter sein. Er musste die Dinge cool angehen. Er konnte nicht von der Tatsache, dass er sie quasi ignorierte, dazu übergehen, dass er jede Minute des Tages wissen wollte, wo sie war.

Nach seiner morgendlichen Arbeit tat Tonka etwas, was er selten tat: Er ging zum Mittagessen in die Lodge.

»Tonka! Hallo«, begrüßte Alaska ihn, als er eintrat.

Seine Lippen zuckten amüsiert, als er feststellte, dass sie versuchte, bei seinem Anblick ihren überraschten Gesichtsausdruck zu verbergen. »Hey.«

»Stimmt etwas nicht? Ist es Melba? Haben die Ziegen wieder die Schuhe von jemandem gefressen, der sie vor ihrer Hütte zurückgelassen hat?«

»Nein, es ist alles in Ordnung. Ich dachte nur, ich komme mal vorbei, um etwas zu essen ... und vielleicht mit Brick und den anderen zu reden, falls sie da sind.«

Sie starrte ihn einen Moment lang überrascht an, bevor sie sich erholte und auf die andere Seite des riesigen offenen Raumes deutete. »Drake und Owl sitzen bereits an einem Tisch, essen und unterhalten sich mit einigen Gästen. Ich glaube, Stone und Tiny kommen später nach, und Spike und Pipe sind mit ein paar anderen Gästen auf einer Wanderung. Sie sind zum Table Rock gegangen, und wenn alle fit sind, wollen sie weiter zum Sitting Rock.«

Da Henley noch nicht eingetroffen war, war dies der perfekte Zeitpunkt, um mit Brick darüber zu sprechen, dass ihre Tochter in diesem Sommer einige Zeit in der *Zuflucht* verbringen würde.

»Alles klar. Geht's dir gut? Brauchst du etwas?«, fragte Tonka.

Jetzt starrte Alaska ihn mit einem ungläubigen Blick an.

»Was?«, fragte er.

»Ich … ach, nichts.«

Tonka seufzte. Er wusste, dass er kaum Zeit in der Lodge verbrachte, aber trotzdem hasste er es, dass seine Anwesenheit hier eine solche Anomalie war, dass es Alaska fast die Sprache verschlug. Er nahm sich vor, ein wenig geselliger zu werden. Er lächelte Bricks Frau an, bevor er sich auf den Weg in den Essbereich machte.

Am Tisch saßen vier Gäste, die mit Brick und Owl aßen. Robert, ihr Koch, folgte Tonka mit einem weiteren Tablett mit kandiertem Speck, der zu den Lieblingsgerichten der Gäste gehörte.

Er schnappte sich ein Stück, als der Mann vorbeikam, und lachte über den finsteren Blick, den Robert ihm zuwarf.

»Tut mir leid«, entgegnete Tonka, obwohl es ihm überhaupt nicht leidtat. »Deine Tochter als deine Assistentin einzustellen war eine der besten Ideen, die wir jemals hatten. Sie hat das hier auf die Speisekarte gesetzt, richtig?«, fragte er und hielt das Stück Speck hoch.

Bei der Erwähnung von Luna grinste Robert. »Wenn ich gewusst hätte, wie einfach es ist, euch Jungs und die Gäste glücklich zu machen, hätte ich das schon viel früher auf die Speisekarte gesetzt.«

Luna arbeitete noch nicht lange in der *Zuflucht*, erst seit ein paar Wochen, aber sie erwies sich bereits als eine großartige Unterstützung. Morgens arbeitete sie meist in Teilzeit bei ihrem Vater, bevor sie zurück in die Stadt fuhr, um an der Universität von New Mexico-Los Alamos zu studieren. Sie stand kurz davor, ihr Grundstudium abzuschließen, und hatte bereits beschlossen, ihr Studium fortzusetzen, um einen Universitätsabschluss zu machen. Wenn ihr Zeitplan es zuließ, kam sie manchmal zurück, um Robert bei der Zubereitung des Abendessens zu helfen.

Sie war eine schöne junge Frau. Mit ihren langen braunen Haaren, den ausgeprägten Wangenknochen und den langen natürlichen Wimpern, die ihre dunkelbraunen Augen umrahmten, hätte sie leicht Model werden können. Aber sie hatte kein Interesse an ihrem Aussehen – oder an Männern, sehr zu Roberts Erleichterung. Sie konzentrierte sich darauf, ihrem Vater zu helfen und ihr Studium fortzusetzen.

Tonka machte sich auf den Weg zum Buffet und stellte einen Hamburger zusammen, dann schichtete er sich Kartoffelsalat, Obst und noch etwas kandierten Speck auf seinen Teller, bevor er sich den leeren Stuhl neben Brick heranzog.

»Hey, alles in Ordnung in der Scheune?«, fragte sein Freund mit einer hochgezogenen Augenbraue.

»Ja. Ich dachte, ich komme her und hole mir etwas zu essen«, entgegnete Tonka.

»Und?«, fragte Brick nach einer langen Pause.

»Kann ich nicht einfach mal hierherkommen und essen?«, fragte er und stopfte sich ein weiteres Stück Speck in den Mund. Er hatte keine Ahnung, wie Luna das Zeug machte, aber es war buchstäblich unwiderstehlich.

»Natürlich. Aber da du so gut wie nie mit uns isst, frage ich mich natürlich, was du sonst noch für einen Grund haben könntest, uns zu besuchen«, erwiderte Brick logischerweise.

»Ich möchte vielleicht etwas mit dir und den anderen besprechen«, gab Tonka nach einer Weile zu.

»Natürlich. Stone und Tiny sollten bald hier sein. Sie zeigen unserem neuen Zimmermädchen das Haus, bevor sie sie zu Carly und Jess bringen, damit sie sich einarbeiten kann.«

»Wir haben ein neues Zimmermädchen?«, fragte Tonka.

Brick grinste. »Deshalb solltest du öfter in die Lodge kommen und dich dort aufhalten. Ja. Alexis hat gekündigt, weil irgendein Großonkel oder so gestorben ist und ihr etwas Geld hinterlassen hat. Sie ist zurück nach Georgia gezogen.«

Tonka nickte. »Dann weiß ich Bescheid.«

»Ja, aber wir mussten sie zügig ersetzen. Alaska hat eine Anzeige aufgegeben und wir haben gestern mit den Bewerberinnen gesprochen. Ryan war eindeutig die beste Wahl. Heute ist ihr erster Tag. Wie auch immer, wenn sie hier sind, können wir reden ... es sei denn, du willst warten, bis Spike und Pipe von ihrer Wanderung zurück sind?«

Tonka schüttelte den Kopf. »Ich kann später mit ihnen sprechen.«

»In Ordnung.« Dann wandte Brick sich an die Gäste und sagte: »Ihr erinnert euch vielleicht, das ist Tonka. Er ist für alle Tiere hier in der *Zuflucht* zuständig.«

Tonka tat sein Bestes, um seine Ungeduld zu zügeln, während er in den nächsten zehn Minuten Small Talk mit den Gästen betrieb. Als er fertig gegessen hatte, stand er auf, und Brick sagte allen, dass er, Tonka und Owl noch etwas zu erledigen hätten, und wünschte ihnen einen schönen Tag, bevor er sie in einen Konferenzraum führte.

Ihm entging nicht, wie Brick sofort nach Alaska Ausschau hielt, als sie durch die Lodge gingen, als wollte er sich vergewissern, dass es ihr gut ging. Sie lächelten einander an, und obwohl er nicht zum Schreibtisch hinüberging, schien es, als hätten sie ein heimliches Gespräch von der anderen Seite des Raumes aus miteinander geführt.

Er freute sich für seinen Freund. Alaska war perfekt für ihn, und umgekehrt. Ganz zu schweigen davon, dass sie auch in der *Zuflucht* eine große Hilfe gewesen war, indem sie die Verwaltungsaufgaben übernommen hatte.

Die drei Männer gingen in einen kleinen Konferenzraum, wo Owl sich gegen den Tisch lehnte. »Müssen wir uns dafür setzen?«, fragte er.

Tonka schüttelte den Kopf. »Nein, ich werde mich kurz fassen. Es geht um Henley.«

Owl richtete sich auf. »Geht es ihr gut?«

»Ja«, beruhigte Tonka ihn, hin- und hergerissen zwischen der Freude über die Besorgnis seines Freundes und der Sorge, dass Owl vielleicht so reagierte, weil er *auch* tiefere Gefühle für sie hegte.

»Es ist ihre Tochter. Nun, ich meine, sozusagen. Es geht ihr gut. Jasna, das heißt ...« Tonka seufzte frustriert. Er konnte das alles nicht gut erklären.

Zu seiner Erleichterung grinste Brick nur. »Atme mal durch, Tonka.«

»Also, wir wussten nicht einmal, dass Henley eine Tochter hat. Sie hat uns erst kürzlich von ihr erzählt. Und offenbar hat ihre Nachbarin bei der Kinderbetreuung geholfen, aber die Frau hatte gestern einen Schlaganfall und wird nach Albuquerque ziehen, um näher bei der Familie zu sein. Da der Sommer vor der Tür steht, hat Henley nun niemanden mehr, der auf Jasna aufpasst. Also habe ich ihr gesagt, dass sie sie hierherbringen kann.

Ihr müsst euch keine Sorgen um sie machen«, fuhr er schnell fort. »Ich passe auf, dass sie keine Schwierigkeiten macht, und wenn wir Gäste haben, die Kinder als Auslöser in ihrem Aufnahmeformular angegeben haben, werde ich sie von ihnen fernhalten. Ich habe Angst, dass wir sie verlieren, wenn Henley nicht etwas Erschwingliches für sie findet. Und sie ist zu wertvoll für *Die Zuflucht* und für unsere Gäste.«

Tonka wusste, dass er zu schnell sprach, aber er wollte keinem seiner Freunde die Chance geben zu protestieren. Das hier war ihm viel zu wichtig.

»Ich habe sie gestern beobachtet – Jasna, meine ich –, und sie war großartig. Ich meine, sie war krank, also hat sie den größten Teil des Nachmittags geschlafen, aber trotzdem. Davor, als sie wach war, war sie höflich und zuvorkommend und total interessiert an den Tieren. Ich bin sicher, dass ich sie beschäftigen kann, solange sie hier ist. Und Henley sagt, sie ist ziemlich selbstständig und kann sich selbst beschäftigen. Sie liest gern und so, also glaube ich nicht, dass sie uns Schwierigkeiten machen wird.«

Brock lachte und hob eine Hand. »Ganz ruhig, Kumpel. Wir haben nichts dagegen.«

Tonka starrte seine Freunde an und hielt praktisch den Atem an.

»Ich finde die Idee toll«, erklärte Owl achselzuckend. »Es gibt hier genügend Dinge, mit denen sie sich beschäftigen kann. Sie könnte mit den Gästen auf Wanderungen gehen oder sogar den Angestellten über die Schulter schauen, wenn sie lernen will, was sie so machen – vorausgesetzt, sie sind dazu bereit. Sie könnte im Haushalt mithelfen, obwohl ich vermute, dass das nicht ihre Lieblingsbeschäftigung sein wird. Sie könnte dir in der

Scheune helfen oder mit Robert und Luna in der Küche arbeiten. Ich wette, Hudson hätte nichts gegen ihre Anwesenheit, während er sich um den Garten kümmert, und wenn sie Interesse hat, könnte Jason ihr einige der einfachsten Wartungsarbeiten zeigen.«

»Alaska würde ihr sicher gern einige der Verwaltungsaufgaben zeigen, die sie erledigt. Und obwohl Savannahs Buchhaltung für ein Kind vielleicht nicht so aufregend ist, bin ich mir sicher, dass sie auch nichts dagegen hätte, sie ebenfalls helfen zu lassen«, bemerkte Brick.

Tonka ließ den Atem aus, den er angehalten hatte. »Danke, Jungs.«

»Du brauchst uns nicht zu danken«, erklärte Brick mit einem Kopfschütteln. »Henley ist eine von uns, und wenn sie Hilfe mit ihrer Tochter braucht, sind wir mehr als bereit, ihr zu helfen. Ich bin immer noch ein wenig verärgert, dass sie uns nicht einmal gesagt hat, dass sie überhaupt ein Kind *hat*. Wir hätten ihr schon viel früher helfen können.«

Tonka stimmte seinem Freund in diesem Punkt zu. »Ich weiß nicht, wie der Zeitplan für den Sommer aussieht oder wie oft sie hier sein wird. Ich glaube, Henley hat etwas von irgendwelchen Ferienlagern gesagt, für die sie Jasna vielleicht auch anmeldet, aber das werde ich noch herausfinden. Und die Schule ist erst in einer Woche zu Ende.«

Owl nickte. »Wir werden uns schon was einfallen lassen.« Er warf Brick einen nachdenklichen Blick zu. »Außerdem denke ich, es wäre gut, Kinder in der Nähe zu haben ... du weißt schon ... zur Vorbereitung.«

Brick verdrehte die Augen. »Alaska und ich haben nicht vor, morgen Babys in die Welt zu setzen, Owl.«

»Ich weiß, aber irgendwann werdet ihr es tun.«

Brick grinste nur.

»Also, ich bin dann mal weg«, erklärte Tonka. »Henley sollte bald hier sein. Sie wollte zum Krankenhaus fahren, um ihre Nachbarin zu besuchen, und dann hierherkommen. Ich werde sie wissen lassen, dass Jasna gern hier sein kann, während sie arbeitet. Dass wir ein Auge auf sie haben werden.«

»Wenn sie es einrichten kann, wäre es *wirklich* hilfreich, wenn sie uns im Voraus Bescheid geben könnte, wann sie hier sein wird«, bemerkte Brick. »Wie du gesagt hast, damit wir ein Auge auf alle haben, deren Traumata von Kindern ausgelöst werden könnten, und Pläne für Jasna und die Gäste machen können.«

»Selbstverständlich. Ich werde dafür sorgen, dass sie Alaska und mir Bescheid sagt, was ihren Zeitplan angeht. Wir kümmern uns drum«, erklärte Tonka.

Brick nickte. »Ich halte das für eine gute Idee, Tonka. Mir persönlich gefällt der Gedanke, Kinder hier zu haben. Ich meine, nicht dass sie sich die Köpfe einschlagen und Amok laufen, aber du weißt schon.«

Tonka nickte. Er wusste es eigentlich *nicht*, denn er hatte noch nicht viel mit Kindern zu tun gehabt. Aber Jasna schien ziemlich ruhig zu sein. Er glaubte nicht, dass sie der Typ war, der Amok lief und herumschrie. Andererseits war er nur in ihrer Nähe gewesen, wenn sie krank war. Vielleicht lag er falsch.

»Sie scheint sich sehr für Melba und die anderen Tiere zu interessieren, also denke ich, dass sie zumindest am Anfang in der Nähe der Scheune bleiben wird«, erklärte er seinen Freunden.

»Klingt gut. Und, Tonka?«, fügte Brick hinzu.

»Ja?«

»Es war wirklich schön, dich beim Mittagessen hier zu haben. Du bist ein wichtiger Teil unseres Teams und es wäre schön, wenn wir mehr Zeit mit dir verbringen könnten.«

Tonka nickte. »Ich werde mir Mühe geben.«

»Wir haben dich nie unter Druck gesetzt und werden es auch nicht tun. Aber wenn du jemals über etwas reden willst ... wir sind da«, fügte Owl hinzu.

Tonka hatte sich immer sehr bedeckt gehalten, was seine persönlichen Dämonen betraf. Aber vielleicht war es an der Zeit, den eisernen Griff zu lockern, mit dem er seine Vergangenheit verbarg. Wenn er diesen Männern nicht trauen konnte, gab es wohl nur wenige Menschen, bei denen das möglich war.

Allerdings war er nicht der Einzige, der seine Emotionen mit einem ziemlich hohen Schutzschild umgab. Owl war ein Night Stalker gewesen, einer der Elite-Hubschrauberpiloten der Armee, als sein Hubschrauber abgeschossen und er gefangen genommen wurde. Stone war der Co-Pilot von Owl, und die beiden Männer waren mehrere Wochen lang festgehalten worden, bevor sie gerettet wurden. Das Erlebnis hatte sie beide kaputt gemacht. Keiner von ihnen war bereit, über die Einzelheiten des Erlebten zu sprechen.

Die Zuflucht hatte ihnen eine Chance gegeben, neu anzufangen. Ihre Dämonen zu besiegen ... oder sie zumindest in den Hintergrund zu drängen. Tonka wusste besser als jeder andere, dass die schlimmen Erinnerungen nie wirklich verschwanden. Sie waren immer da und warteten darauf, ans Licht zu kommen und einen guten Tag zu versauen.

»Ich weiß ... und ich bin noch nicht bereit«, gab Tonka gegenüber seinen Freunden zu. »Aber ich arbeite daran.«

Die beiden Männer nickten und Brick klopfte ihm auf die Schulter. »Das ist ein Fortschritt«, versicherte er ihm aufrichtig.

Und das war es auch. Vor einem Jahr hätte Tonka nicht einmal daran gedacht, jemandem zu erzählen, was er durchgemacht hatte. Zum einen wollte er es nicht in Worte fassen und diesen Tag noch einmal durchleben, indem er tatsächlich darüber sprach. Und zum anderen verarbeitete er immer noch alles, was geschehen war, obwohl es schon Jahre her war.

Niemand konnte die emotionale Qual verstehen, die dieser Tag in seine Psyche eingeprägt hatte. Selbst sein enger Freund Raiden Walker, der mit ihm dort gewesen war, konnte das nicht nachvollziehen. Er war während des größten Teils des Albtraums bewusstlos gewesen. Ja, er hatte auch seinen Hunde-Partner verloren ... aber Raiden hatte nicht gesehen, was Tonka erlebt hatte.

Nein. Er glaubte nicht, dass irgendjemand es jemals ganz verstehen würde ... aber das bedeutete nicht, dass sie nicht bereit waren zuzuhören.

Als er merkte, dass er in die Vergangenheit hineingesogen wurde, versuchte Tonka hartnäckig, sich auf etwas anderes zu konzentrieren. Etwas Besseres. Henley würde bald hier sein, und dann würde er ihr mitteilen können, dass Jasna diesen Sommer im Resort bleiben durfte.

Natürlich brauchte Tonka noch die Zustimmung der anderen, aber er war davon überzeugt, dass sie kein Problem damit hatten, dass Henleys Tochter ihnen Gesellschaft leistete.

Sie verließen alle den Konferenzraum und er war nicht sonderlich überrascht, als er sah, dass Brick direkt auf Alaska zuging. Er bemerkte, dass sein Freund ihr die Hand an die Wange legte, sich vorbeugte und sie küsste. Dann richtete er sich wieder ein bisschen auf, ließ seine Hand aber wo sie war. Er konnte nicht hören, was sie sagten, aber es war offensichtlich, dass die beiden schwer ineinander verliebt waren.

Tonka verstand diese Art der Beziehung nicht wirklich. Natürlich liebte er seine Eltern und ihm waren seine Freunde extrem wichtig ... aber diese Art tiefer emotionaler

Liebe, bei der man ständig das Bedürfnis hatte, in der Nähe des anderen zu sein und die Partnerin ständig zu berühren, nur um sich zu versichern, dass es ihr gut ging ... das war etwas, was er noch nie mit jemandem erlebt hatte.

Allerdings verstand er diese Art von Bindung, wenn es um seine Tiere ging. Er hätte alles für Steel getan. Genau wie dieser Hund alles für ihn getan hätte. Und deswegen tat das, was ihm widerfahren war, auch noch so weh, selbst jetzt.

Wollte er überhaupt so tiefe Gefühle für eine Frau hegen? Es war schon schwer genug gewesen, seinen Hund zu verlieren ...

Verdammt. Jetzt wurde er schon wieder in den schwarzen Abgrund der Verzweiflung gezogen, die ihn seit jenem schrecklichen Tag so fest im Griff hatte.

Zu seiner großen Erleichterung ging die Tür zur Lodge auf und etwa ein Dutzend Leute kam herein. Vorneweg gingen Spike und Pipe – und Tonka nahm an, dass sie die Gäste dabeihatten, die mit ihnen auf einer Wanderung gewesen waren –, den Abschluss bildeten Stone und Tiny.

»Gibt es noch was zu essen?«, fragte Spike laut.

Die ganze Gruppe begab sich in den Speisesaal, abgesehen von Tiny und einer Frau mit schulterlangem schwarzen Haar. Sie sah sich nach links und rechts um, während sie die Lodge in Augenschein nahm. Ganz offenbar hatte sie nicht viel Zeit in diesem Raum verbracht, in Anbetracht der Tatsache, dass sie die Augen staunend aufriss.

»Ryan«, rief Alaska, kam hinter der Rezeption hervor und ging auf die Frau zu. »Wie war die Wanderung? Ich hoffe, Stone und Tiny haben ihr bestes Benehmen an den Tag gelegt. Du hast noch nicht vor zu kündigen, oder?«, scherzte sie.

Die Frau lachte. »Auf gar keinen Fall. Es ist großartig

hier! Die Hütten sind einfach fantastisch. Und wir hatten zwar keine Zeit, an der Scheune vorbeizuschauen, aber ich kann es kaum erwarten, Melba kennenzulernen.«

Alaska lachte. »Ja, hier lieben sie alle. Und da wir gerade dabei sind, darf ich dir Tonka vorstellen? Er kümmert sich um alle Tiere.«

Er begrüßte sie mit einem Nicken und Ryan lächelte ihn unbefangen an.

»Hast du Carly und Jess kennengelernt?«, fragte Alaska die Frau.

»Kurz, ja. Sie scheinen wirklich nett zu sein.«

»Das sind sie.« Alaska sah Tiny an, als hätte sie gerade erst gemerkt, dass er immer noch da stand. »Was machst du denn da? Geh schon«, sagte sie zu ihm. »Geh essen. Oder flirte mit den Damen. Du weißt doch, dass du der Hübsche im Bunde bist.«

Tiny verdrehte die Augen und wandte sich dann an Ryan. »Wie ich schon sagte, wenn du etwas brauchst, ist immer einer von uns da. Ich bin sicher, Jess und Carly werden es erwähnen, aber sobald ihr die Zimmer für die täglich ankommenden Gäste vorbereitet habt, kannst du eine Pause machen und dir etwas zu essen holen. Wenn das Buffet abgeräumt ist, geh einfach in die Küche. Robert oder Luna werden dir gern etwas zubereiten, oder du kannst dir auch selbst etwas zu essen holen. Im Gegensatz zu den meisten Köchen ist Robert überhaupt nicht territorial. Du solltest nur darauf achten, dass du alles wieder aufräumst.«

Ryan nickte. »Danke für die Führung. Dankst du Stone auch von mir?«

»Mache ich. Freut mich, dich kennenzulernen. Willkommen in der Familie der *Zuflucht*.«

Tonka bemerkte einen leicht nachdenklichen Ausdruck auf dem Gesicht des neuen Familienmitglieds, bevor sie ihn überspielte und nickte. Aber jede andere Beobachtung, die er in Bezug auf Ryans Reaktion auf Tiny hätte machen können, endete, als sich die Tür hinter ihr öffnete und Henley eintrat.

»Gab es eine Party, zu der ich keine Einladung bekommen habe?«, scherzte sie, als sie so viele Leute in der Tür stehen sah.

Alaska lachte. »Nein. Die Jungs sind gerade von einer Wanderung mit einigen der Gäste zurückgekommen, und Stone und Tiny haben Ryan eine Führung durch das Haus gegeben. Ryan, das ist Henley. Henley, Ryan. Ryan ist unser neues Zimmermädchen.«

»Oh! Schön, dich kennenzulernen«, bemerkte Henley herzlich und reichte der anderen Frau die Hand.

»Gleichfalls«, entgegnete Ryan mit einem Lächeln.

»Henley ist unsere Psychologin. Sie arbeitet meistens nachmittags und trifft sich mit unseren Gästen nach Bedarf.«

»Das ist ja toll«, bemerkte Ryan und schien sich nicht im Geringsten darüber zu wundern, dass sie an einem Ort arbeitete, an dem die Gäste während ihres Urlaubs eine Therapie brauchten. Aber andererseits musste sie ihre Hausaufgaben über *Die Zuflucht* gemacht haben, bevor sie sich für den Job beworben hatte, also war es nicht so, dass sie nicht wusste, was man hier tat oder warum die Leute hierherkamen.

»Ich werde mit den Jungs reden, die gerade zurückgekehrt sind«, entgegnete Brick und sah Tonka bedeutungsvoll an. »Wenn du mit Henley ein Gespräch führen willst ...«

Tonka nickte, und weil er den Blick nicht von Henley abgewandt hatte, sah er, wie sie die Stirn runzelte und zwischen ihm und Brick hin und her blickte.

»Ein Gespräch? Stecke ich in Schwierigkeiten?« Sie lächelte, aber die Sorge war deutlich zu hören, auch wenn sie versuchte, sie zu verbergen.

»Nein«, beschwichtigte Tonka sie. »Es war schön, dich kennenzulernen, Ryan«, sagte er etwas verspätet und reichte Henley die Hand, während er auf den Konferenzraum deutete, den er gerade verlassen hatte. Er musste sich wahnsinnig beherrschen, um ihr nicht die Hand auf den Rücken zu legen, als sie an ihm vorbeiging, aber Tonka hielt das nicht für sehr professionell, schon gar nicht vor den anderen.

Er folgte ihr in den Raum und schloss die Tür. Sobald sie sich hinter ihnen geschlossen hatte, drehte Henley sich um. Ihr Rücken war gerade und ihr Gesichtsausdruck besorgt, als sie fragte: »Was ist los, Finn?«

»Nichts ist los«, versicherte er ihr. Da er nicht wollte, dass sie sich noch länger Sorgen machte, sagte er ihr, was los war. »Ich habe mit den Jungs gesprochen und sie haben nichts dagegen, dass Jasna diesen Sommer hier verbringt, wenn du niemanden hast, der auf sie aufpasst. Sie kann mit mir in der Scheune bleiben und vielleicht sogar ein paar anderen Mitarbeitern über die Schulter blicken. Ich habe vergessen, mit den Jungs darüber zu reden, aber wenn sie etwas findet, das ihr Spaß macht, würde ich sie gern für die Arbeit, die sie hier verrichtet, bezahlen. Nicht viel, da wir sie nicht offiziell einstellen können, aber genügend, um es cool erscheinen zu lassen, mit den Zimmermädchen herumzuhängen und Böden zu saugen und so.«

»Ich ... ich bin nicht davon ausgegangen, dass du sie *heute* fragen würdest«, bemerkte Henley.

»Warum nicht?«

»Na ja, wir hatten erst heute Morgen das Gespräch über meine Probleme, jemanden als Kinderbetreuerin zu finden.«

»Und?«

»Ich weiß es nicht. Ich hätte nur nicht gedacht, dass du sofort hierher zurückkommst und die Jungs danach fragst.«

»Nun ... die Sache ist die.« Tonka fuhr sich mit einer Hand durch die Haare. »Die Schule ist bald zu Ende, und ich ... ich *mag* dich, Henley.« Sie sah ihn überrascht an, als er das sagte, aber er fuhr fort: »Ich weiß, ich habe es nicht besonders gut gezeigt, aber ich mag dich. Und auch wenn ich deine Tochter erst gestern kennengelernt habe, mag ich sie auch. Du bist ein großer Teil dessen, was *Die Zuflucht* zu etwas Besonderem macht, und du weißt so gut wie ich, dass der Sommer für uns sehr arbeitsreich ist. Dich für ein paar Monate zu verlieren wäre schade. Also ...« Er zuckte mit den Schultern. »Wenn ich dir helfe, deine Kinderbetreuungsprobleme zu lösen, ist das ein Gewinn für alle.«

Tonka hatte den Blick auf Henley gerichtet, während er sprach, und ihm gefiel das kleine Lächeln auf ihrem Gesicht, als er anfing ... aber als er fertig war, runzelte sie leicht die Stirn.

»Ja, das macht Sinn. Ich möchte nicht, dass *Die Zuflucht* Gäste verliert, wenn ich nicht mehr hier bin. Nicht dass ich nicht ersetzt werden könnte. Ich meine, ich könnte Mike, meinen Chef, fragen, ob er mit den anderen Therapeuten in unserer Praxis sprechen kann, um herauszufinden, ob sie diesen Sommer hier arbeiten wollen.«

Tonka wurde klar, dass sie seine Worte falsch verstanden hatte. So wie sie es gestern Abend getan hatte.

Henley hatte den Kopf gesenkt und sah gedankenverloren aus, und er machte einen Schritt auf sie zu, legte seinen Finger unter ihr Kinn und zwang sie, seinen Blick zu erwidern.

»Das kam falsch rüber«, erklärte er leise und konnte kaum glauben, dass er ihr schönes Gesicht berührte. Ihre Haut war glatt und warm, und es kostete ihn alles, um nicht in ihren Nacken zu greifen und sie näher an sich zu ziehen. Ein Bild von Brick, wie er nahe bei Alaska stand und sie küsste, kam ihm in den Sinn, aber er verdrängte es. »Was ich eigentlich sagen *wollte*, ist ... ich glaube nicht, dass ich den ganzen Sommer ohne dich überstehen würde.«

»Oh«, entgegnete Henley leise und starrte ihn mit großen Augen an.

»Ja. Oh.« Er runzelte leicht die Stirn. »Ein weiterer Grund, warum ich nur mit den Tieren rumhänge, ist, dass ich nicht so gut mit Worten umgehen kann«, erklärte Tonka. Er hatte seine Hand nicht wieder weggenommen, aber es schien sie nicht zu stören, also ließ er seinen Finger dort, wo er war.

»Ich finde, du kannst dich verdammt gut ausdrücken«, antwortete sie.

Tonka starrte sie einen Moment lang an. Sollte er sie küssen? Wollte sie, dass er es tat? Gott wusste, dass er sich hinunterbeugen und herausfinden wollte, ob ihre Lippen so gut schmeckten, wie sie aussahen. Aber er war sich nicht sicher, ob dies der richtige Zeitpunkt oder der richtige Ort war. »Ich habe mich nie bei dir bedankt.«

Sie runzelte die Stirn. »Wofür?«

»Als dieser Typ hierherkam und nach Alaska gesucht hat, da bin ich irgendwie durchgedreht, als du dabei warst ... und du hast mir geholfen. Sehr sogar. Du hast mich nicht zum Reden gedrängt, du warst einfach da. Ich weiß das zu schätzen.«

Ihre Miene wurde weich. »Nichts zu danken. Finn?«

»Ja?«

Henley leckte sich über die Lippen und Tonka konnte das Stöhnen, das seinem Mund zu entweichen drohte, kaum zurückhalten.

»Ich mag dich auch.«

Ihre Stimme war sanft und leise, und als sie nach oben griff und ihre Finger um sein Handgelenk schlang, wurde Tonkas Entschlossenheit, sie nicht zu küssen, ernsthaft auf die Probe gestellt.

»Tun wir ... das hier?«, fragte sie, bevor er antworten konnte.

»Das hier?«, fragte er.

Sie errötete, und Tonka fand das bezaubernd. Sie waren erwachsen, und doch fühlte es sich an, als wäre er ein Teenager, der sich durch seine erste Beziehung tastete.

»Ja. Du magst mich, ich mag dich ...«

Er lächelte. Es fühlte sich noch neu und ungewohnt an, aber gut. »Ja. Wir machen das«, erklärte er ihr. Dann platzte er heraus: »Willst du mal mit mir essen gehen?«

Sie erwiderte sein Lächeln. »Ja. Ist es okay, wenn Jasna mitkommt?«

»Natürlich. Ich möchte sie auch kennenlernen. Aber ich denke, es könnte auch Zeiten geben, in denen es mir nichts ausmachen würde, wenn wir nur zu zweit wären.«

Henley nickte. »Ich muss zugeben, ich dachte schon, das würde nie passieren. Ich meine, ich mag dich schon seit einer ganzen Weile irgendwie. Aber ich war mir nicht sicher, was du empfindest.«

»Ich mochte dich auch. Aber ich war mental nicht in der Lage, darauf zu reagieren.«

»Und jetzt bist du so weit?«

Es war eine berechtigte Frage. Tonka nickte. »Nach dem, was mit Brick und Alaska passiert ist, ist mir irgendwie klar geworden, dass ich die Dreckskerle aus meiner Vergangenheit gewinnen lasse. Ich sage nicht, dass ich jemals normal sein werde. Ich bin kaputt, Henley, und ich weiß es. Aber ich war wütend. Wütend darüber, dass der Mann, der meinen Schmerz verursacht hat, zwar hinter Gittern verrottet, aber ich irgendwie mit ihm.«

»Ich weiß nicht, was passiert ist, und du brauchst es mir nicht zu sagen. Ich meine, ich *möchte* natürlich, dass du es irgendwann tust, aber ich verstehe, wenn du es nicht kannst. Aber, Finn, du verrottest nicht. Nicht im Entferntesten. Du bist ein wichtiger Teil der *Zuflucht*. Du tust etwas, was keiner deiner Freunde kann. Du bist dazu geboren, dich um die Tiere zu kümmern. Jeder, der dich mit Melba und den Ziegen und all den anderen Tieren hier sieht, weiß das. Unsere Vergangenheit formt uns zu dem, was wir heute sind, und obwohl ich es furchtbar finde, dass du offensichtlich etwas Schreckliches durchgemacht hast, ist der Mann, der vor mir steht, alles andere als gebrochen.«

Ihre Worte waren wie Balsam für seine Seele. »Siehst du, jetzt machst du eine auf Psychologin«, erklärte er mit einem weiteren kleinen Lächeln.

Henley zuckte mit den Schultern. »Darin besteht eben die Gefahr, wenn man mit einer Psychologin ausgeht. Stört dich das?«

»Soll ich ehrlich sein?«

»Immer.«

»Ein wenig. Das ist auch der Grund, warum ich dir nicht gesagt habe, wie sehr ich mich zu dir hingezogen fühle. Aber diese Nacht in der Scheune ... sie hat mir geholfen zu verstehen, dass du mich nie zwingen würdest, über etwas zu reden, wenn ich es nicht will. Und vielleicht bringt mich die Tatsache, dass du über diese Riesensache in meiner Vergangenheit Bescheid weißt, über die ich nicht reden kann, dazu, dass ich mit dir darüber reden möchte. Irgendwann.«

Henley ließ sein Handgelenk los und legte ihre Handfläche auf seine Wange, und Tonka neigte sofort seinen Kopf leicht und schmiegte sich in ihre Hand. Ihre Berührung fühlte sich so gut an. Sie gab ihm Halt. Das letzte Mal hatte er sich so wohlgefühlt, als Steel noch lebte und er mit seinem dösenden Hund auf dem Sofa gekuschelt hatte, während er fernsah.

»Will ich, dass du mir erzählst, was mit dir passiert ist? Ich werde nicht lügen. Ja. Aber muss ich es von dir wissen, um dich zu mögen? Um mit dir ausgehen zu wollen? Um dich besser kennenlernen zu wollen? Ganz und gar nicht. Wir müssen nicht alles jetzt sofort herausfinden. Zu wissen, dass du dich zu mir hingezogen fühlst, reicht mir für heute. Wir werden die Zukunft einen Tag nach dem anderen angehen, okay?«

Tonka nickte und genoss es, wie sie mit der Handfläche über den kurzen Bart in seinem Gesicht strich.

»Danke, dass du mit den anderen über Jasna gesprochen hast. Ich verspreche, dass ich eure Großzügigkeit nicht ausnutzen werde. Und wenn die Dinge nicht funktionieren, wenn meine Tochter mehr Ärger macht, als irgendjemand vorhersehen konnte, dann können wir es uns noch einmal überlegen.«

»Henley, sie ist zwölf. Wie viel Ärger kann sie schon machen?«

Sie lachte und ließ ihre Hand sinken. Tonka dachte, das sei sein Stichwort, um von ihr wegzugehen, aber er hatte nicht erwartet, dass es so schwierig werden würde.

»Sie ist fast eine Jugendliche, Finn. Sie ist hormongesteuert, und obwohl wir im Moment ein gutes Verhältnis zueinander haben, rechne ich fest damit, dass sie jederzeit in die ›Meine Mutter ist eine Närrin‹-Phase eintreten kann.«

Tonka schüttelte den Kopf. »Das wird nicht passieren.«

Henley schüttelte nur den Kopf. »Versprich mir einfach, dass du mir Bescheid sagst, wenn die Dinge seltsam werden und ihre Anwesenheit hier mehr Arbeit bereitet, als du erwartet hast.«

»Das werde ich«, antwortete Tonka, aber er hatte keinen Zweifel daran, dass Jasna kein Problem darstellen würde.

»Okay. Ich sollte mich wohl auf meine Therapiestunde vorbereiten, damit ich zurück sein kann, bevor Jasna von der Schule nach Hause kommt.«

Bei dem Gedanken, dass sie gleich wieder fahren musste, runzelte Tonka die Stirn, aber er nickte trotzdem.

»Wirst du heute an der Gruppensitzung teilnehmen?«, fragte Henley.

Er schüttelte zögernd den Kopf. »Ich muss in der Scheune noch etwas erledigen. Aber ich würde dich gern sehen, bevor du fährst ... wenn das okay ist?«

»Das ist in Ordnung«, versicherte Henley ihm mit einem Lächeln. »Ich werde zu dir kommen, wenn ich fertig bin.«

Und schon fühlte Tonka sich besser. Zu wissen, dass er sie gleich wiedersehen würde, hob seine Stimmung merklich. »In Ordnung. Ich wünsche dir eine gute Therapiestunde. Und wenn sich jemand zu sehr aufregt, dann ruf einfach einen von uns.«

Henley verdrehte die Augen. »Ich kenne die Vorgehensweise. Es wird kein Problem geben. Wie oft sind die Gäste schon außer Kontrolle geraten, seit ich hier arbeite?«

Tonka zuckte mit den Schultern. »Noch nie.«

»Genau«, entgegnete Henley und lachte.

»Aber ich denke, das liegt zum Teil daran, dass ich es mir zur Aufgabe gemacht habe, bei den Therapiesitzungen mit einigen der eher ... *stark betroffenen* ... Gäste dabei zu sein«, erklärte Tonka ihr.

Henley starrte ihn an. »Deshalb hast du an den Sitzungen teilgenommen?«

Er nickte.

»Ich hatte mich schon gewundert.«

»Alle Gäste füllen einen Fragebogen aus, bevor sie herkommen. Wir bitten sie, ehrlich in Bezug auf ihre Auslöser und ihre Gemütsverfassung zu sein. Wenn wir Gäste haben, die zugeben, dass sie Probleme und Wutanfälle haben, bin ich bei den Gruppensitzungen dabei.«

»Ich ... das wusste ich nicht.«

Tonka zuckte mit den Schultern. »Ich habe vielleicht lange gebraucht, um den Mut aufzubringen zuzugeben, wie sehr ich mich zu dir hingezogen fühle. Das heißt aber nicht, dass ich nicht versucht habe, auf dich aufzupassen. Und jetzt, da ich es laut ausgesprochen habe, klingt es irgendwie verrückt.«

»Das tut es nicht«, entgegnete Henley sofort. »Es ist ... schön.« Sie lächelte zu ihm hoch.

»Also ... wir sehen uns dann später«, sagte Tonka, dem die Gefühle in seinem Inneren unangenehm waren. Er war so lange mit einem Dunstschleier durchs Leben gegangen, dass es schwer war, mit all den Gefühlen umzugehen, die er im Moment hatte.

»Okay«, entgegnete Henley.

Tonka ging rückwärts auf die Tür zu und wollte den Blick nicht von ihr abwenden, bis er es unbedingt musste. Als er gegen die Tür stieß, lachte sie leise, und Tonka konnte nicht anders, als ihr Lächeln zu erwidern.

Er griff nach dem Türknauf und ging zurück in den großen Raum der Lodge. Er nickte Alaska zu und ging zur Hintertür, und seine Schritte fühlten sich so beschwingt an wie schon lange nicht mehr.

KAPITEL SECHS

Zwei Wochen später saß Henley in ihrem Geländewagen mit Jasna auf dem Rücksitz auf dem Weg zur *Zuflucht*. Es war Jasnas erster Tag dort – und Henley hatte eine Menge Ermahnungen parat.

»Sei keine Nervensäge«, erklärte sie ihrer Tochter. »Wenn jemand beschäftigt ist oder keine Zeit zu haben scheint, deine Fragen zu beantworten, dann verschiebe sie auf einen anderen Tag.«

»Das werde ich, Mom.«

»Und tu dein Bestes, um den Gästen aus dem Weg zu gehen. Wir haben darüber gesprochen, und obwohl du kein übermütiges Mädchen bist, haben einige von ihnen Dinge durchgemacht, die es ihnen schwer machen, sich in der Gegenwart von Kindern aufzuhalten.«

»Ich weiß.«

»Und du musst tun, was dir gesagt wird«, erklärte Henley.

»Genug, Mom. Ich werde keine Randaliererin sein, die mit einer Sprühdose herumläuft und aus vollem Halse herumbrüllt. Es wird schon gut gehen.«

Henley lachte leise. Sie hatte keine Ahnung, woher Jasna diese Dinge hatte.

Ein weiteres Schuljahr war vorbei und ihre Tochter war offiziell eine Mittelstufenschülerin. Nun, das würde sie sein, sobald die Schule im Herbst wieder anfing. Sie würde als Siebtklässlerin auf die Los Alamos Mittelschule gehen, und Henley war nicht auf diese Situation vorbereitet. Ganz und gar nicht.

Sie erinnerte sich, dass die Mittelstufe für sie die Hölle gewesen war, als sie so alt war wie ihre Tochter. Aber damals hatte sie immer noch mit dem Trauma zu kämpfen, was ihrer Mutter zugestoßen war, konnte immer noch mit niemandem sprechen und versuchte, sich in den schwierigen hormonellen Gewässern der Vorpubertät zurechtzufinden.

Henley wartete darauf, dass ihre Tochter in die emotionale Phase der Siebtklässlerinnen eintrat, aber bis dahin war sie immer noch ihr süßes kleines Mädchen. Sie interessierte sich mehr für Bücher und Lesen als für Jungs oder ihr Aussehen. Henley wusste nicht, ob das so bleiben würde, aber sie hoffte es, zumindest noch ein bisschen länger.

»Finn wird doch da sein, oder?«, fragte Jasna.

Ihre Tochter hatte ihn seit dem Morgen, an dem er in ihre Wohnung gekommen war, um Henleys Schlüssel zurückzugeben, nicht mehr gesehen, aber sie hatte jeden Tag nach ihm gefragt. Sie wollte wissen, wie es Melba und den anderen Tieren ging und was in der *Zuflucht* los war. Als Henley ihr mitteilte, dass sie einen großen Teil ihres Sommers dort verbringen würde, war das Mädchen überglücklich gewesen.

Jetzt konnte Henley sich das Lächeln nicht verkneifen. »Ja«, erklärte sie ihrer Tochter.

Jedes Mal wenn sie an Finn dachte, musste sie lächeln. Sie hatte den Mann früher fast nie gesehen, und jetzt war er ständig in ihrer Nähe. Wenn sie eintraf, ließ er es sich nicht nehmen, in die Lodge zu kommen, um ihr einen guten Morgen zu wünschen. Er nahm an den meisten ihrer Gruppengespräche teil. Er beteiligte sich zwar nicht daran, aber er war da. Seinen Blick auf sich gerichtet zu haben war ein wenig nervtötend, aber sie konnte nicht leugnen, dass sie seine Aufmerksamkeit mochte.

An den Tagen, an denen sie nicht sofort nach Los Alamos zurückkehren musste, um Jasna von der Schule abzuholen, hatte er sie eingeladen, Zeit mit ihm in der Scheune zu verbringen, und einmal hatten sie sogar eine kurze Wanderung zusammen unternommen. Henley wollte Table Rock sehen, seit sie angefangen hatte, in der *Zuflucht* zu arbeiten, aber zwischen ihrem Arbeitsalltag und dem Wunsch, dort zu sein, wenn Jasna von der Schule nach Hause kam, hatte sie nicht wirklich die Zeit gefunden. Als Finn dann etwas schüchtern gefragt hatte, ob sie einen Spaziergang machen wolle, hatte sie sofort zugesagt. Und zu ihrer Überraschung hatten sie auch keine Probleme gehabt, sich zu unterhalten.

Wenn jemand ihr vor einem Monat gesagt hätte, dass sie nicht nur mit Finn Matlick durch den Wald wandern würde, sondern dass er auch noch mit ihr plaudern würde, als hätte er überhaupt keine Sorgen, hätte sie ihn für verrückt erklärt.

Und sie fand es toll, dass Finn sich fast genauso auf den heutigen Tag freute wie Jasna. Gestern hatte er dreimal nachgefragt, ob sie ihn besuchen wollte, und sich vergewissert, dass sie mit ihm in der Scheune abhängen wollte, anstatt mit Alaska in der Lodge zu bleiben.

Seine Nervosität war sympathisch, und weil er einen so guten Eindruck auf ihre Tochter machen wollte, war Henley sogar noch gerührter.

Die Wahrheit war, dass Finn ein besserer Freund war als

jeder andere, mit dem Henley je zusammen gewesen war, selbst wenn sie bis jetzt nicht mehr getan hatten, als Händchen zu halten, während sie durch den Wald gewandert waren. Er sah ständig nach ihr, fragte, ob sie Hunger hatte, ob ihr zu heiß oder zu kalt war. Jeden Abend rief er kurz an, um sich zu vergewissern, dass sie nach der Arbeit sicher zu Hause angekommen war. Er erkundigte sich nach Jasna. Er war beschützend und achtete darauf, dass in den Gruppentreffen, an denen er teilnahm, nichts Unvorhergesehenes passierte. Er brachte ihr vor den Therapiesitzungen Wasserflaschen, und bei den wenigen Gelegenheiten, bei denen sie gemeinsam aßen, sorgte Finn dafür, dass sie alles hatte, was sie brauchte, bevor er sich so weit entspannte, dass er seine eigene Mahlzeit einnehmen konnte.

Kurzum ... bis jetzt hatte Henley nichts gesehen, was sie davon hätte abhalten können herauszufinden, wohin ihre gegenseitige Anziehung führen könnte. Finn mochte mit seinen Dämonen zu kämpfen haben, aber selbst mit seiner Tendenz, sich vor Menschen zu scheuen, und seiner Neigung, sich mehr als die meisten anderen in seinen Gedanken zu verlieren, war er immer noch einer der besten Männer, die sie je getroffen hatte.

»Ich freue mich so darauf, das neue Kalb kennenzulernen«, erklärte Jasna und hüpfte förmlich auf ihrem Sitz. »Und du bist sicher, dass Finn gesagt hat, ich darf ihr einen Namen geben?«

Henley lächelte. »Ich bin mir sicher.«

»Das ist so cool! Ich habe noch nie einer Kuh einen Namen gegeben. Ich muss sie eine Weile beobachten, um sicherzugehen, dass ich einen passenden Namen wähle. Und ich kann es auch nicht erwarten, die Kätzchen zu sehen!«

Henley grinste, als sie sich der *Zuflucht* näherten. Jasna

hatte sich auf diesen Tag gefreut, seit Henley ihr erklärt hatte, dass sie mit ihr zur Arbeit kommen würde, wenn sie nicht im Ferienlager war.

Mit Mikes Erlaubnis würden sie den Vormittag in der psychologischen Praxis verbringen, während Henley Patienten behandelte, und sich dann auf den Weg zur *Zuflucht* machen. Jasna war nicht gerade ein Morgenmensch, also sollte der Zeitplan gut funktionieren. Morgens konnte sie lesen und anderen ruhigen Tätigkeiten nachgehen, während sie sich im Pausenraum aufhielt und gelegentlich mit Mike und den anderen Psychologen sprach, und nachmittags war sie wach genug, um sich körperlich zu betätigen.

»Mom?«, fragte Jasna.

»Ja, Schätzchen?«

»Ich liebe Mrs. Singleton, und es tut mir leid, dass sie krank geworden und umgezogen ist ... aber das wird der beste Sommer aller Zeiten!«

Henley lachte. »Ich hoffe, du denkst das nach ein paar Wochen auch noch und es wird dir nicht langweilig.«

»Langweilig?«, fragte Jasna und zog die Augenbrauen so übertrieben hoch, dass es fast komisch wirkte. »Auf keinen Fall! Wie könnte ich mich langweilen, wenn es dort so viele verschiedene Tiere gibt und ich lernen kann, wie *Die Zuflucht* funktioniert? Als ich meinen Freundinnen erzählt habe, was ich diesen Sommer mache, waren sie alle total neidisch. Die meisten der beliebten Mädchen sind ganz begeistert von den heißen Besitzern – das sind ihre Worte, nicht meine –, aber ich glaube, ich bin viel aufgeregter, weil ich so viel Zeit mit Melba verbringen kann.«

Henley brach daraufhin in Gelächter aus. Wie konnte es sein, dass ihr Kind sich mehr darauf freute, mit einer Kuh zusammen zu sein als mit Menschen? Wenn sie so darüber nachdachte, hatten sie und Finn mehr gemeinsam, als ihnen wahrscheinlich bewusst war.

»Nun, vergiss einfach nicht, dass Finn und die anderen Jungs ihre Privatsphäre mögen, genau wie die Gäste. Also mach keine Fotos von ihnen ohne Erlaubnis.«

Jasna verdrehte die Augen. »Werde ich nicht. Oh, Mann. Aber von Melba und den anderen Tieren darf ich doch Fotos machen, oder? Und meiner Kuh, der ich einen Namen geben darf?«

Das Lächeln auf Henleys Gesicht war nicht verschwunden. »Ja, ich denke, das ist wahrscheinlich in Ordnung. Aber du solltest erst Finn fragen.«

»Das werde ich«, erklärte Jasna fröhlich.

Als sie auf die Straße zur Lodge einbog, merkte Henley, dass sie schon lange nicht mehr so entspannt gewesen war. Es war nicht leicht, ein Kind allein großzuziehen. Sie machte sich ständig Sorgen um Jasna, und sie war Finn und seinen Freunden dankbar, dass sie ihre Tochter diesen Sommer mit zur Arbeit nehmen durfte. Sie hoffte nur, dass ihr Enthusiasmus für Jasnas Anwesenheit im Laufe der Wochen nicht nachlassen würde. Obwohl sie im Allgemeinen ein unkompliziertes Kind war, hatte sie die Tendenz, eine Million Fragen zu stellen. Ganz zu schweigen davon, dass sie bald ein Teenager sein würde. Das war nicht gerade die einfachste Zeit im Leben eines Kindes.

Als sie den Wagen parkte, öffnete Henley den Mund, um Jasna noch einmal zu ermahnen, höflich zu sein und nicht im Weg zu stehen, aber bevor sie etwas sagen konnte, hatte ihre Tochter die Tür geöffnet und lief so schnell zur Scheune, wie Henley sie schon lange nicht mehr hatte laufen sehen.

Nachdem sie aus dem Wagen ausgestiegen war, schaute Henley zur Scheune und bemerkte, dass Finn vor den offenen Türen stand. Als er sah, dass sie in seine Richtung schaute, winkte er kurz, drehte sich dann um und folgte einer aufgeregten Jasna in die Scheune.

Sie wollte den beiden am liebsten folgen und sich zu ihrer Tochter und Finn gesellen, aber sie musste sich auf eine Einzeltherapiestunde vorbereiten. Und später hatte sie eine weitere Gruppenstunde. Jasna wurde immer selbstständiger und würde mit Finn gut zurechtkommen. Also atmete sie tief durch und machte sich auf den Weg zur Lodge.

Ihr Handy meldete ihr mit einem lauten Piepen eine eingehende Nachricht. Sie war sich nicht sicher, wer ihr geschrieben hatte, da die meisten Nachrichten von ihrer Tochter kamen und sie sie buchstäblich gerade abgesetzt hatte. Henley blieb stehen und kramte in ihrer Handtasche nach dem Handy. Ein wohliges Gefühl durchströmte sie, als sie sah, von wem die Nachricht war.

Finn: Hey. Mach dir keine Sorgen um Jas, wir kommen schon klar. Wenn ich sie von dem Kalb losreißen kann, bringe ich sie nach deiner ersten Sitzung zum Mittagessen mit.

Finn: Tut mir leid, ich habe zu früh auf Senden gedrückt. Übrigens ... du siehst heute gut aus. Der Höhepunkt meines Tages ist es, dich gesund und munter ankommen zu sehen.

Oh Mann. Dieser Typ. Henley fühlte sich wie auf Wolke sieben und ging in die Lodge.

Tonka stand vor dem Stall, in dem das neue Kalb ruhte, und beobachtete mit einem Lächeln, wie Jasna pausenlos mit dem kleinen Tier plapperte. Sie war bei ihrer Ankunft voller Energie gewesen und er hatte schon lange niemanden mehr gesehen, der so begeistert von der Arbeit war. Sie tat alles, was er ihr auftrug, einschließlich des Ausmistens der Ziegenställe, ohne sich zu beschweren.

Tonka hatte keinen Zweifel daran, dass ihr die Arbeit irgendwann langweilig werden und dass sie es vorziehen würde, nur die lustigen Dinge zu tun, wie die Kätzchen zu füttern und mit den Tieren zu spielen, wie sie es jetzt tat, aber das wäre ihm so oder so egal. Und anstatt das Gefühl zu haben, dass in sein Reich eingedrungen wurde, war es schön, jemanden dort zu haben, der die Tiere genauso zu lieben schien wie er selbst.

Im Moment saß Jasna im Stroh und hatte den Kopf des Kalbes auf ihrem Schoß. Sie murmelte vor sich hin und probierte verschiedene Namen aus. Tonka hatte von dem Kalb erfahren, als er vor ein paar Tagen in der Stadt gewesen war. Ein Viehzüchter hatte ihn gefragt, ob er das Kalb nehmen wolle, weil die Mutter gestorben war und er keine Zeit hatte, sich um ein Neugeborenes zu kümmern. Wenn Tonka sie nicht nehmen wollte, würde er sie an den Schlachter verkaufen.

Als er das hörte, war die Entscheidung leicht. *Die Zuflucht* brauchte keine weitere Kuh, aber Tonka konnte auf keinen Fall zulassen, dass das Kalb als Schlachtvieh verkauft wurde. Er hatte seine Freunde nicht gefragt, ob es in Ordnung war, ein weiteres Tier herzubringen, aber zu seiner Erleichterung hatten sie nichts dagegen gehabt. Irgendwann würde *Die Zuflucht* keine weiteren geretteten Tiere mehr aufnehmen können, zumal Tonka der einzige Mensch war, der sich um sie kümmerte, aber im Moment ging es ihnen gut. Es gab noch andere Viehzüchter in der Gegend, die verletzte und verwahrloste Tiere aufnahmen, und Tonka war sich ziemlich sicher, dass er sie bei Bedarf kontaktieren konnte und sie sich bereit erklären würden, einige der geretteten Tiere bei sich aufzunehmen.

Aber im Moment ließ es sein Herz höher schlagen, als er sah, wie Jasna sich mit dem Kalb anfreundete. Das Mädchen war zu aufgeregt gewesen, um zum Mittagessen Pause zu machen, und Tonka hatte sie nicht gedrängt. Sie würde heute Abend gut essen und schnell einschlafen, daran hatte er keinen Zweifel. Er hatte sie auch nicht allein in der Scheune lassen wollen, und da Jasna keine Pause machen wollte, hatte Tonka es auch nicht getan.

Was wiederum bedeutete, dass er Henley nicht zu Gesicht bekommen hatte. Er hatte ihr zwar ein paar Nachrichten geschickt, um sie wissen zu lassen, dass sie nicht zum Mittagessen kommen würden und sie sich keine Sorgen machen sollte, aber das war nicht dasselbe, wie sie persönlich zu sehen.

»Scarlet Pimpernickel«, rief Jasna leise aus dem Inneren des Stalls.

Verwirrt blickte Tonka zu ihr hinunter. »Was?«

»Scarlet Pimpernickel«, wiederholte sie. »Das ist ihr Name. Kurz: Scarlet.«

Tonka lachte leise. »Klingt gut.«

Jasna strahlte zu ihm auf.

»Kommst du hier eine Weile allein zurecht?«, fragte Tonka. Das Bedürfnis, ihre Mutter zu sehen, war fast übermächtig. Er fühlte sich wohler dabei, Jasna kurz allein zu lassen, jetzt, da sie schon ein paar Stunden hier war und alles nicht mehr so neu war.

»Natürlich.«

»Ich bin gleich wieder da. Wenn die Ziegen nach Futter betteln, darfst du ihnen nicht nachgeben. Sie wissen, wann sie fressen, aber sie werden ihr Bestes tun, um dich zu überreden, sie früher zu füttern. Wenn dir langweilig wird, kannst du jederzeit nach Chuck und seiner Freundin sehen. Sieh zu, dass sie viele Erdnüsse und Walnüsse haben.«

Chuck war das Eichhörnchen, das er gerettet hatte. Dem armen Ding fehlten zwei Füße und es wäre fast verhungert. Natürlich hatte Tonka es gefüttert, und jetzt war der kleine Kerl ziemlich zahm und lebte mit seiner Freundin in einer Eichhörnchen-Wohnung, die Tonka für sie hinter der Scheune gebaut hatte.

»Wenn mir langweilig wird? Bist du verrückt?«, fragte Jasna mit einem völlig verwirrten Blick.

Tonka lachte leise. »Alles klar. Wenn du etwas brauchst, ich bin in der Lodge.«

Das Mädchen nickte, aber ihre Aufmerksamkeit galt bereits wieder dem Kalb, das ganz zufrieden aussah, für den Rest seines Lebens dort zu bleiben, wo es war.

Tonka warf dem Mädchen noch einen letzten Blick zu und machte sich auf den Weg zum Ausgang. Mit jedem Schritt, den er tat, flatterten Schmetterlinge in seinem Bauch. Er fühlte sich, als wäre er dreizehn und würde ein Mädchen um eine Verabredung bitten.

Er winkte Carly, Jess und Ryan zu, die im Hauswirtschaftsgebäude, das sich neben einer der Hütten befand, Bettwäsche falteten. Er war froh, dass das neue Mädchen sich gut eingearbeitet hatte, denn es gab wirklich zu viel Arbeit für nur zwei Leute. Und es war eine noch größere Erleichterung, dass die drei Frauen gut miteinander auskamen. Sie arbeiteten hart, um sich um die Lodge zu kümmern und die Hütten sauber zu machen und für neue Gäste vorzubereiten. *Die Zuflucht* bot keine tägliche Reinigung während des Aufenthalts eines Gastes an. Wenn die Gäste neue Handtücher brauchten oder das Bettzeug gewechselt haben wollten, konnten sie dies einfach anfordern. Aber keine Reinigung während eines Besuchs bedeutete manchmal viel Arbeit für die Frauen, nachdem die Gäste abgereist waren.

Nachdem Alexis gekündigt hatte, war die Reinigung der Lodge den Jungs selbst überlassen gewesen, und sie waren alle erleichtert, als Ryan eingestellt worden war und diese Aufgabe übernommen hatte.

Als er sich auf dem riesigen Grundstück umsah, lächelte Tonka leicht, und Stolz erfüllte ihn. Als Brick ihn eingeladen hatte, zu investieren und Teil der *Zuflucht* zu werden, hatte er einfach zugesagt, weil er ahnte, dass er sonst nicht mehr lange durchgehalten hätte. Tonka hatte jeden Tag damit zu kämpfen gehabt, aus dem Bett zu kommen, und die schiere Menge an Arbeit, die nötig war, um *Die Zuflucht* zum Laufen zu bringen, hatte ihn von dem ganzen Trauma, das er durchlebt hatte, abgelenkt.

Aber jetzt, als er auf die Lodge zuging, machte sich tiefe Zufriedenheit in ihm breit. Es war nicht leicht gewesen, diesen Ort zu dem zu machen, was er heute war. Aber er und seine Freunde hatten sie unermüdlich zu einer der besten Anlaufstellen des Landes gemacht, an der Menschen, die unter einer posttraumatischen Belastungsstörung litten, für eine Weile dem echten Leben entfliehen konnten. Dank ihrer Hartnäckigkeit und der harten Arbeit der Menschen, die tagein, tagaus mit ihnen zusammenarbeiteten, hatten sie Erfolg gehabt.

Er stieß die Tür zur Lodge auf und atmete tief ein. Der Geruch von Roberts köstlichen Schokoladenplätzchen durchzog das ganze Gebäude. Tonka knurrte der Magen. Er hatte in seiner Hütte schnell eine Schüssel Haferflocken gegessen, bevor er sich auf den Weg zur Scheune gemacht hatte, um seine morgendliche Arbeit zu verrichten, und da er das Mittagessen ausgelassen hatte, hatte er jetzt richtig Hunger.

Noch wichtiger, als etwas zu essen, war Tonka, Henley

zu treffen. Er wollte sie sehen und sich vergewissern, dass es ihr gut ging. Er war sich nicht sicher, warum das Bedürfnis immer so stark war, aber er wusste, dass seine Nervosität erst nachlassen würde, nachdem er sich persönlich davon überzeugt hatte, dass sie in Sicherheit war.

Er warf einen Blick in den Konferenzraum, den sie für ihre Therapiestunden nutzte, und sah sie auf einem Stuhl vor drei ihrer Gäste sitzen. Sie nickte zu etwas, das einer von ihnen sagte. Eines der vielen Dinge, die Tonka an Henley mochte, war, dass sie jemandem ihre ganze Aufmerksamkeit schenkte, wenn er sprach. Sie gab niemandem das Gefühl, dass sie gelangweilt oder in Eile war. Sie gab jedem das Gefühl, als sei er der wichtigste Mensch auf der Welt und als sei das, was er sagte, wichtig.

Tonka war gleich nach dem Vorfall bei verschiedenen Therapeuten gewesen, aber er hatte keinem von ihnen vertraut. Ein Mann hatte ihn mitten im Satz unterbrochen und ihm mitgeteilt, dass ihre Zeit um sei und er beim nächsten Mal weitermachen könne, wo sie aufgehört hatten. Ein nächstes Mal hatte es nicht gegeben. Eine andere Frau war so häufig von ihrem Handy abgelenkt worden, das neben ihr auf dem Tisch lag, dass Tonka schließlich merkte, dass sie ihm gar nicht zugehört hatte.

Ein dritter Therapeut hatte ihm sogar gesagt, dass er das Geschehene nicht so schwernehmen solle, da keine *Menschen* gestorben waren.

Das waren extreme Beispiele. Das wusste er. Die meisten Psychologen und Therapeuten waren gar nicht so schlecht, waren wirklich daran interessiert, ihren Patienten zu helfen. Aber seine Erfahrungen hatten ihm die ganze Sache mit der Therapie gründlich verdorben, und nach diesen drei Fällen hatte er beschlossen, dass er genug davon hatte.

Und dann war Henley in der *Zuflucht* angekommen.

Es hatte Monate gedauert, bis er an einer ihrer Gruppensitzungen teilgenommen hatte, und selbst dann nur, weil ihm das Verhalten einer der Gäste nicht gefiel, sodass er sich davon überzeugen wollte, dass Henley und die Gäste sicher waren, während sie die Therapiestunde leitete.

Aber als er im Raum saß und ihr beim Reden zuhörte, sah, wie sehr sie sich um ihre Patienten kümmerte ... wie sie mitfühlte und wirklich zuhörte ... da verstand Tonka, wie sehr sie sich von den Therapeuten unterschied, bei denen er in der Vergangenheit gewesen war.

Sie bot keine Plattitüden an. Sie sagte niemandem, dass sie verstand, obwohl sie gar nicht wissen konnte, wie es sich anfühlte, einem anderen Menschen in den Kopf schießen zu müssen, um zu überleben. Sie war hart, aber gleichzeitig fürsorglich. Sie gab den Gästen die Erlaubnis, traurig, wütend und sogar ängstlich zu sein.

Und sie machte sich verletzlich. Sie öffnete sich, indem sie ihre eigenen traumatischen Erlebnisse erzählte, immer und immer wieder.

Kurz gesagt: Hätte Tonka eine Therapeutin wie sie gehabt, nachdem sein eigenes Leben in die Brüche gegangen war, wäre er heute vielleicht nicht so kaputt.

Er zwang sich zurück in die Gegenwart und beobachtete Henley noch etwa zehn Sekunden lang durch das Fenster in der Tür, genügend lange, um sich zu vergewissern, dass alles in Ordnung war, bevor er sich umdrehte und in die Küche ging.

Nachdem er sich ein Roastbeef-Sandwich gemacht, ein paar übrig gebliebene grüne Bohnen vom Mittagessen gegessen und drei von Roberts Keksen verschlungen hatte, ging er zurück in die Eingangshalle der Lodge.

Sie war gerade dabei, sich von einem der Gäste zu verabschieden, als sie ihn sah. Als er bemerkte, wie ihre Augen aufleuchteten und sie lächelte, fühlte Tonka sich drei Meter groß.

»Hey«, begrüßte er sie, während er auf sie zuging.

»Hi«, erwiderte sie. »Du siehst ziemlich fit dafür aus, dass du ein paar Stunden mit Jasna verbracht hast.«

Er lachte leise. »Sie war wirklich eine große Hilfe. Und sie und Scarlet Pimpernickel haben sich wirklich gut verstanden.«

»Wer?«, fragte Henley lachend.

»So hat sie das Kalb genannt.«

»Ach du meine Güte. Das tut mir leid. Du musst das Kalb nicht wirklich so nennen«, entgegnete Henley und zog die Nase kraus, wodurch sie nur umso niedlicher aussah.

»Ich würde nicht im Traum daran denken, ihn zu ändern. Sie hat lange darüber nachgedacht, den ganzen Nachmittag lang. Wir werden sie Scarlet nennen. Das gefällt mir«, erklärte Tonka. »Und«, fügte er mit gesenkter Stimme hinzu, »ich muss zugeben, dass es nicht meine Stärke ist, mir Namen auszudenken, also hat sie mir einen Gefallen getan. Du würdest nicht glauben, wie viele Beschwerden ich wegen Melbas Namen bekommen habe.«

Henley lachte. »Den hast du dir ausgedacht?«

»Hm-hm. Ich dachte, es wäre großartig, bis die anderen Jungs versucht haben, ihn mir auszureden. Es war mir eigentlich egal, aber es ging mir ums Prinzip. Ich musste mich an meine Prinzipien halten. Und ich weiß ganz genau, dass keiner der Jungs deiner Tochter den Namen übel nehmen wird, für den sie sich entschieden hat. Eine Win-win-Situation für mich.«

»Nun, ich weiß das zu schätzen. Sie hat sich zwei Wochen lang auf den heutigen Tag gefreut.«

»Hast du was zu essen bekommen?«, fragte Tonka, um das Thema zu wechseln.

»Ja, habe ich. Ich weiß nicht, was Robert und Luna mit den grünen Bohnen gemacht haben, aber ich bin normalerweise kein Fan davon, und ich hatte zwei Portionen.«

Tonka war immer wieder erstaunt über die Freude, die diese Frau an den einfachsten Dingen hatte. Jahrelang hatte er sich nur mit Mühe aus dem Bett gequält, und jetzt pries sie die Vorzüge von grünen Bohnen an. Das war der Grund, warum er sich zu ihr hingezogen fühlte, fast seit sie sich kennengelernt hatten. Und deshalb konnte er auch jetzt nicht die Finger von ihr lassen.

»Was? Warum siehst du mich so an?«, fragte Henley und strich sich selbstbewusst eine Haarsträhne hinters Ohr.

»Du bist umwerfend«, platzte er heraus.

Sie wurde rot, und das machte sie in seinen Augen noch hübscher.

»Das bist du wirklich«, betonte er. »Du hast ganz allein eine wunderbare Tochter großgezogen. Du bist eine unglaubliche Therapeutin. Und wenn ich in deiner Nähe bin, erinnere ich mich daran, wie es ist, zu lachen und glücklich zu sein.«

Henley drang in seinen persönlichen Bereich ein und legte ihre Hand auf seine Brust. »Es gibt einen Autor von Erziehungsratgebern, den ich sehr mag. Ich werde dieses Zitat nicht genau wiedergeben, aber hoffentlich ist es nahe genug dran. Er sagte, das Leben sei großartig. Dann ist es furchtbar. Und dann ist es wieder großartig. Zwischen dem Fantastischen und dem Furchtbaren ist es gewöhnlich und langweilig. Wir sollten das Großartige genießen, das Schreckliche durchhalten, während des Gewöhnlichen entspannt durchatmen und uns freuen, wenn es wieder großartig ist.

Ich habe das Großartige, das Schreckliche und das Gewöhnliche durchlebt. Ich weiß, dass ich das Großartige nicht aufgeben würde, um das Schreckliche verschwinden zu lassen. Wir werden durch die Dinge geformt, die wir durchmachen ... und ich würde alles, was ich erlebt habe, noch einmal durchmachen, wenn ich dann da wäre, wo ich heute bin. Mit einer Tochter, die mir einen Sinn gibt, einem Job, den ich liebe, und den Freunden, die ich hier in der *Zuflucht* gefunden habe.«

Tonka konnte nicht anders, als einen Arm um ihre Taille zu legen und sie an sich zu ziehen. »Ich werde dich küssen«, teilte er ihr rau mit.

»Das wurde auch Zeit«, bemerkte sie lächelnd und verschränkte die Finger in seinem Rücken.

Ein Teil von Tonka hatte erwartet, dass sie ihm sagen würde, dass es noch zu früh sei oder dass sie sich noch nicht wohl dabei fühlte, ihre Beziehung auf diese Ebene zu bringen, aber bei ihren Worten löste sich der Druck in seiner Brust, von dem er nicht einmal gewusst hatte, dass er da gewesen war.

Langsam, entschlossen, diesen Moment hinauszuzögern, senkte Tonka den Kopf. Er drückte seine Finger leicht in ihren Rücken, während er sie festhielt. Sie stellte sich auf die Zehenspitzen und hob ihr Kinn an.

Seine Lippen berührten ihre einmal. Zweimal. Und beim dritten Mal saugte er an ihrer Unterlippe. Henley stieß ein leises Stöhnen aus und lehnte sich ganz an ihn, wobei sie ihm ihr Körpergewicht überließ, während sie sich ihm öffnete.

Tonka zögerte nicht und ließ seine Zunge in ihren begierigen Mund gleiten. Sie schmeckte nach Wintergrün, nach den Minzbonbons, die sie gern lutschte. Er hatte in seinem Leben schon viele Frauen geküsst, aber nichts hatte ihn so berührt wie der Kuss von Henley. Hätte man ihn gefragt, hätte er nicht erklären können, was an diesem Kuss, an *ihr*, so anders war. Es war einfach so.

Sie ließ sich nicht passiv von ihm küssen. Sie erwiderte

den Kuss genauso leidenschaftlich wie er. Ihre Köpfe bewegten sich langsam hin und her, während sie den Geschmack des jeweils anderen kennenlernten, was beide zum Stöhnen brachte.

Als er sich schließlich zurückzog, hatte Tonka das Gefühl, als hätte sich sein ganzes Leben in den wenigen Minuten, die sie sich geküsst hatten, verändert. Er starrte auf sie herab und war sprachlos.

»Wow«, erklärte sie nach einem Moment und leckte sich über die Lippen.

»Ja, wow«, wiederholte Tonka halb benommen.

Jemand räusperte sich hinter ihnen und Tonka bewegte sich, ohne nachzudenken, drehte sich und schob Henley hinter sich.

Als er Alaska und Brick dort stehen sah, entspannte er sich.

Alaska lachte. »Entschuldigung, wir wollten nicht, ähm ... stören, aber ich wollte wissen, ob Henley vielleicht daran interessiert wäre, am Samstag hier zu übernachten. Wir hatten eine Absage und ich dachte, es wäre lustig, wenn Jasna und Henley an dem riesigen Lagerfeuer teilnehmen könnten, das wir planen.«

Tonka drehte sich um und sah Henley an, die mit großen Augen zurückblickte.

»Ist das okay?«, fragte sie. »Ich meine, wäre es nicht eine Zumutung? Ich möchte Carly, Jess oder Ryan keine zusätzliche Arbeit aufbürden.«

»Das ist überhaupt kein Problem«, antwortete Brick, bevor Tonka es tun konnte. »Ich denke schon seit einer Weile darüber nach, unsere Mitarbeiter in den leeren Hütten wohnen zu lassen, wenn sie frei sind. Zum einen als Dankeschön und zum anderen, um mehr Stolz auf das zu wecken, was wir hier tun. Wir alle wissen, wie sehr uns das Land heilt, und ich denke, das gilt auch für jeden anderen.

Ihr seid herzlich eingeladen zu bleiben. Ich sollte dich allerdings warnen. Al hat zwar gesagt, dass wir ein riesiges Feuer machen, aber in Wirklichkeit ist es nur ein normales Lagerfeuer. Wir wollen nichts zu Großes anzünden und riskieren, dass es außer Kontrolle gerät«, schloss er mit einem Grinsen.

»Ich kann mich nicht daran erinnern, wann ich das letzte Mal an einem Feuer gesessen und mich entspannt habe«, entgegnete Henley.

»Es wird auch Marshmallows geben. Kein Feuer ohne S'Mores!«, bemerkte Alaska. »Bitte sag Ja. So sehr ich Drake und seine Freunde auch mag, ich würde gern eine Frau dabeihaben.«

»Ich fände es auch schön«, versicherte Henley ihr mit einem schüchternen Lächeln.

»Juhu! Und jetzt ... macht mit dem weiter, was ihr gemacht habt, bevor wir euch unterbrochen haben«, erklärte Alaska mit einem verschmitzten Grinsen. »Tut einfach so, als wären wir nie hier gewesen. Obwohl ihr wissen solltet, dass ich gesehen habe, wie sich einige Gäste in diese Richtung bewegt haben. Ich glaube, sie haben gerade eine Wanderung hinter sich und sind wahrscheinlich auf der Suche nach einem Imbiss.«

Brick nickte Tonka zu, während er Alaska zurück zur Eingangstür führte.

In der Hoffnung, dass es Henley nicht peinlich war, beim Küssen erwischt worden zu sein, drehte er sich zu ihr um. Er konnte kein Unbehagen in ihrem Gesicht erkennen. Stattdessen lächelte sie zu ihm auf. Ihre Lippen waren ein wenig fülliger als zuvor und Tonka konnte nicht anders, als ein bisschen stolz darauf zu sein, dass er dafür verantwortlich war.

»Alles in Ordnung?«

»Natürlich, was soll nicht in Ordnung sein?«, fragte sie mit einer leichten Neigung ihres Kopfes.

»Ich wollte das eigentlich nicht hier machen. Wo uns jemand sehen könnte.«

»Es ist mir nicht peinlich, mit dir zusammen zu sein, Finn. Es ist mit Sicherheit kein Schock für Alaska oder den Rest der Jungs, dass ich mich zu dir hingezogen fühle, und das schon seit einer Weile. Ihr seid alle superaufmerksam. Und ich muss sagen ... dieser Kuss?«

Als sie nicht weitersprach, fragte Tonka: »Ja?«

»Du kannst mich *jederzeit* so küssen, egal wo wir sind oder wer in der Nähe ist, wenn du willst. Okay, vielleicht noch nicht in Gegenwart von Jasna. Sie muss sich wahrscheinlich erst noch an die Tatsache gewöhnen, dass ihre Mutter einen Freund hat.«

Tonka hatte keine Ahnung, wie er so viel Glück gehabt hatte. Diese Frau war wie geschaffen für ihn. Das wusste er bis tief in sein Innerstes. Er hoffte nur, dass er ihr gerecht werden würde.

»Apropos, ich sollte wohl nach ihr sehen«, bemerkte er nach einem Moment und musste sich beherrschen, um seinem Drang zu widerstehen, Henley wieder in seine Arme zu ziehen und sie weiter zu küssen. »Nicht dass ich mir Sorgen mache, dass etwas nicht stimmt, aber es ist ihr erster Tag.«

»Möchtest du etwas Gesellschaft?«, fragte Henley.

»*Deine* Gesellschaft, ja«, versicherte er ihr.

Doch bevor sie sich durch eine Seitentür schleichen konnten, war die Lodge plötzlich mit einem halben Dutzend Gäste gefüllt, und als sie Tonka sahen, beschlossen sie, dass es wichtiger war, das neue Kalb zu sehen, als einen Snack zu bekommen.

Tonka tat sein Bestes, um sich nicht darüber zu ärgern, dass sie seine Zeit mit Henley unterbrochen hatten, und versicherte sich stattdessen, dass er in Zukunft noch viel Zeit mit ihr verbringen würde. Sie würde den ganzen Sommer über da sein, und sie würde auch an diesem Wochenende da sein. Er würde die Gelegenheit haben, die ganze Nacht mit ihr zu verbringen, nicht nur die gestohlenen Momente, die sie während der Arbeit hatten.

KAPITEL SIEBEN

Der Rest der Woche verging wie im Flug, und ehe Henley sichs versah, war Samstag. Sie und Jasna hatten eine Tasche gepackt und freuten sich darauf, die Nacht in der *Zuflucht* zu verbringen. Jasna war so aufgedreht, wie Henley sie schon lange nicht mehr gesehen hatte, und so machten sie sich nach einem kurzen Besuch in ihrer Praxis in der Stadt früher als geplant auf den Weg zur *Zuflucht*.

Henley hatte sich kurz mit Mike über ein paar ihrer Patienten unterhalten. Da er am Samstagmorgen häufig ein paar Stunden in seinem Büro verbrachte, war es eine gute Gelegenheit, Ideen mit ihm auszutauschen und seinen Rat einzuholen, wie man ihren besonders schweren Fällen am besten helfen konnte. Sie war auch dankbar dafür, wie sehr ihr Chef ihre Arbeit in der *Zuflucht* unterstützte. Sie war sehr glücklich darüber, einen Job zu haben, den sie so sehr liebte.

Mike hatte Christian Dekker wieder angesprochen und Henley noch einmal ermahnt, immer auf ihre Umgebung zu achten. Er gab zu, dass er keine Ahnung hatte, wie groß die

Bedrohung für sie war, aber es wäre leichtsinnig, die Bedenken der Mutter des Jungen zu ignorieren.

Henley konnte sich nicht vorstellen, wie schrecklich sich Mrs. Dekker fühlen musste. Wie furchtbar es sein musste, ein Kind zu haben, vor dem man richtig Angst hatte. Christian war sechzehn, wog mehr als die meisten Kinder in seinem Alter und war etwa einen Meter achtzig groß. Er kam und ging zu Hause ein und aus, wie es ihm gefiel, und ignorierte alle Regeln, die seine Eltern aufgestellt hatten, um ihn zu kontrollieren. Außerdem hatte er die Schule mitten im Jahr abgebrochen und trieb sich den ganzen Tag in der Stadt herum, was jeden, mit dem er in Kontakt kam, nervös machte. Seine Mutter hatte erwähnt, dass er eine Art Festung im Wald hinter dem Haus hatte, wo er viel Zeit verbrachte, aber sie hatte keine Ahnung, was er dort tat.

Henley hatte versucht, dem Jungen zu helfen, aber sie hatte einfach keine Verbindung herstellen können, die es ihr ermöglicht hätte herauszufinden, warum er so wütend auf die Welt war. Er ließ sie schon bald nicht mehr während der Sitzungen an seinen Gedanken teilhaben und verbrachte die meiste Zeit damit, sie durcheinanderzubringen.

Laut Mike hatte Mrs. Dekker ihre Bedenken auch der örtlichen Polizei mitgeteilt, sodass die Beamten wussten, dass Christian eine Bedrohung darstellen könnte, aber bis jetzt hatte er noch keine aggressiven Verhaltensweisen an den Tag gelegt oder verbale Drohungen ausgestoßen ... zumindest keine, von denen sie wussten. Im Moment beobachteten sie nur und warteten.

»Hey«, sagte Finn, als er neben sie in der Nähe der noch nicht angezündeten Feuerstelle trat und einen Arm um ihre Taille legte. Er beugte sich zu ihr herunter und küsste sie sanft.

Henley war begeistert, wie schnell sie von Freunden zu einem Paar geworden waren und sich nun so zwanglos berühren konnten. Sie lehnte sich an ihn und entgegnete: »Hey.«

»Du sahst aus, als wärst du in Gedanken versunken. Ist alles in Ordnung?«

»Ja. Ich denke nur nach.«

Finn nickte. Das war eine weitere Sache. Er drängte sie nie zum Reden. Wenn sie sagte, es ginge ihr gut, nahm er sie beim Wort.

»Jasna ist unten in der Scheune und bringt alle ins Bett«, erklärte er ihr mit einem leisen Lachen.

»Also können wir das Feuer vielleicht in zwei Stunden oder so anzünden?«, scherzte Henley. Ihre Tochter hatte sich mit großer Selbstverständlichkeit an das Leben in der *Zuflucht* gewöhnt. Sie beklagte sich nie über die harte Arbeit, wenn sie alle Tiere füttern und ihre Ställe sauber halten musste. Sie ekelte sich nicht vor dem Mist, den sie aus dem Stall schaufeln musste, und auch nicht vor dem Geruch. Sie schien jeden Moment zu genießen, den sie mit Finn und den Tieren verbringen konnte, und was Ersteren betraf ... Henley musste zugeben, dass sie ein wenig neidisch auf ihre eigene Tochter war.

Finn lachte. »Sie wird sich nicht allzu viel Zeit lassen. Sie freut sich viel zu sehr auf die S'Mores. Und darüber, mit den Erwachsenen herumzuhängen.«

Henley nickte. Das hörte sich nach ihrer Tochter an. Sie genoss es, unter Menschen zu sein, die älter waren als sie. Das war etwas, worüber sie sich in der Vergangenheit mehr als einmal Sorgen gemacht hatte. Sie wollte nämlich auf keinen Fall, dass Jasna sich mit älteren, reiferen Leuten einließ und möglicherweise zu Dingen gedrängt wurde, zu denen sie noch nicht bereit war.

»Heiliger Strohsack, hängt Tonka heute Abend wirklich mit uns am Feuer herum?«, stichelte Spike.

»Merkwürdig, oder?«, stimmte Pipe in das Geplänkel ein. »Ich glaube, das letzte Mal hat er uns mit seiner Anwesenheit beglückt ... oh, stimmt ja, noch nie!«

»Halt die Klappe«, bemerkte Finn und schüttelte den Kopf. »Ich hänge ständig mit euch ab.«

»Nein, eigentlich nicht«, konterte Stone. »Wenn wir Besprechungen über *Die Zuflucht* haben, sicher. Wenn du unsere Meinung zu etwas wissen möchtest, das mit den Tieren zu tun hat, ja. Aber einfach nur entspannen? Nie.«

Henley sah Finn an und bemerkte, dass er sich äußerst unwohl fühlte. Das gefiel ihr nicht. »Also, jetzt ist er hier«, erklärte sie in einem sachlichen Ton. »Wer soll das Feuer anmachen? Jasna redet schon den ganzen Tag davon, dass sie S'Mores machen will, und wenn kein Feuer da ist, bis sie hier einrifft, wird sie wohl versuchen, selbst eins zu machen.«

Ihre Erklärung lenkte die Aufmerksamkeit aller von Finn ab und alle konzentrierten sich darauf, das Feuer zu entfachen und dafür zu sorgen, dass die Zutaten für die S'Mores auf einem Tisch in der Nähe bereitlagen.

»Danke«, bemerkte Finn leise und beugte sich vor, um ihr direkt ins Ohr zu flüstern.

Sie drehte sich in seinem Arm und sah zu ihm auf. »Ist doch selbstverständlich.«

»Sie haben nicht ganz unrecht, weißt du«, erklärte er achselzuckend. »So was war bisher nicht wirklich mein Ding.«

»Wenn du nicht bleiben willst, musst du auch nicht«, fühlte sie sich verpflichtet zu sagen.

»Bleibst du?«, wollte er wissen.

Henley nickte. »Ja. Jasna hat sich den ganzen Tag darauf gefreut.«

»Dann bleibe ich«, entgegnete er nachdrücklich.

Sie lächelte zu ihm auf.

»Es ist nicht so, dass ich die anderen nicht mag«, fuhr er fort, obwohl Henley ihn nicht dazu gedrängt hatte zu erklären, warum dies das erste Lagerfeuer war, an dem er teilnahm. »Es ist nur ... ich habe mich an die Tiere gewöhnt. Sie stellen keine Fragen. Es macht ihnen nichts aus, wenn ich schlechte Laune habe. Ich muss ihnen gegenüber nicht so tun, als wäre ich ... *normal*.«

»Finn, keiner deiner Freunde will, dass du vorgibst, dass du jemand anderes bist als der, der du bist. Und wenn du glaubst, dass sie nicht genauso empfinden wie du, liegst du falsch. Ich kenne ihre Geschichten nicht, aber ihr seid nur aufgrund dessen, was in eurer Vergangenheit passiert ist, hier. Oberflächlich betrachtet mögen sie alle glücklich und ausgeglichen sein, aber ich kann dir sagen, dass die meisten Menschen alles tun, um ihren Schmerz vor denen zu verbergen, die sie am meisten lieben.«

Finn schwieg einen Moment lang, bevor er nickte. »Ja.«

Mehr sagte er nicht, nur dieses eine Wort. Aber Henley konnte sehen, dass er wirklich über ihre Worte nachdachte.

»Komm schon«, drängte sie. »Suchen wir uns einen guten Platz, bevor sie alle besetzt sind.« Sie zog ihn zu einem der großen Baumstämme, die um die Feuerstelle herum als Sitzgelegenheiten aufgestellt waren.

Als sie sich um das Feuer herum umsah, bemerkte Henley, dass ein halbes Dutzend Gäste anwesend war, einige saßen, andere standen. Sie hatte sie alle schon einmal getroffen und wusste, dass keiner von ihnen ein Trauma hatte, das von Feuer ausgelöst wurde, was wahrscheinlich einer der Gründe war, warum die Jungs beschlossen hatten, dass dies ein guter Zeitpunkt für ein Lagerfeuer war. Zwei der Männer waren beim Militär gewesen, ein anderer hatte eine Schießerei an seinem Arbeitsplatz überlebt, eine Frau war in einem Fahrzeug entführt worden, eine andere war vergewaltigt worden, und der letzte Gast des Feuers hatte seinen Arm in einer der Maschinen am Fließband verloren, an dem er früher gearbeitet hatte.

Alle sechs unterhielten sich und lachten, als hätten sie keinerlei Sorgen. Tatsächlich lächelten sogar alle. Das Treffen war eine gute Erinnerung daran, wie unverwüstlich der Wille des Menschen ist.

Sie und Tonka waren auch ein gutes Beispiel dafür. Als Jugendliche hatte es Zeiten gegeben, in denen sie nicht geglaubt hatte, dass sie es schaffen würde. Sie hatte sich so verletzlich gefühlt und war ständig verängstigt gewesen. Aber Henley hatte überlebt. Sie konnte nur hoffen, dass alle Männer und Frauen, denen sie in der *Zuflucht* begegnete, das auch tun würden.

»Hier kommt deine Tochter«, bemerkte Finn leise neben ihr, als Jasna die Scheune verließ und in ihre Richtung lief.

»Habe ich es verpasst?«, fragte sie mit aufgeregter Stimme, als sie näher kam.

Henley lachte. »Was verpasst?«, fragte sie. »Das Anzünden des Feuers? Ja. Die S'Mores, nein.«

»Na, Gott sei Dank«, erwiderte Jasna und wischte sich übertrieben über die Stirn.

Ein paar Leute um sie herum lachten.

»Sind alle Tiere zur Ruhe gekommen?«, fragte Finn das Mädchen.

»Ja. Die Ziegen sterben vor Hunger, aber ich habe ihnen gesagt, dass sie heute nichts mehr fressen dürfen und dass sie die Nacht überstehen werden. Melba und Scarlet Pimpernickel sind versorgt, und ich habe ihr Wasser ausgetauscht. Den Pferden geht es gut. Die Kätzchen haben gesäugt und schlafen. Die Hunde schnarchen so laut, dass ich dachte, du würdest sie bis hierher hören, und ich habe sogar Chuck gute Nacht gesagt und ihm ein paar zusätzliche Nüsse gegeben, einfach so.«

»Super, danke«, erklärte Finn.

»Jasna, willst du das erste S'More machen?«, fragte Alaska von der anderen Seite des Feuers.

Blitzschnell steuerte Jasna in ihre Richtung, da sie es offensichtlich nicht erwarten konnte, die süße Leckerei zu bekommen.

»Bei all dem Zucker wird sie heute Nacht sicher nicht sonderlich gut schlafen«, brummte Henley, aber sie lächelte, als sie ihrer Tochter dabei zusah, wie sie mühsam einen riesigen Marshmallow auf einen Metallspieß steckte, bevor sie ans Feuer trat.

»Du hast überhaupt nichts dagegen«, bemerkte Finn.

Henley lächelte. »Ja. Sie ist so ein ernsthaftes Kind. Ich muss nie mit ihr über das Erledigen ihrer Hausaufgaben reden. Sie kann sich stundenlang allein beschäftigen, indem sie liest oder sich Geschichten in ihrem Kopf ausdenkt. Sie hier draußen zu sehen, wie sie Spaß hat, so gesellig und sorglos ... das sind alles Dinge, die ich nie erleben durfte. Ich werde alles tun, was ich tun muss, um ihr solche Erlebnisse zu ermöglichen, so lange sie es will.«

»Wie in den Camps, für die du sie diesen Sommer angemeldet hast«, fügte Finn hinzu.

»Ja. Es gibt vier davon. Zwei sind Tagescamps und die anderen sind Übernachtungscamps. Eines der Tagescamps ist ein Kunstcamp, bei dem sie über zehn verschiedene Kunstrichtungen ausprobieren kann ... Malen, Zeichnen, Drahtkunst ... solche Sachen. Das andere Tagescamp ist ein Theatercamp. Sie war sich da nicht so sicher, aber ich habe sie überzeugt, es zu versuchen. Die Übernachtungscamps sind typische Sommercamps ... mit Schwimmen, Wandern und Lagerfeuer. Sie liebt das Schwimmen und das Bootfahren, aber nicht so sehr die Insekten und das Wandern.«

Finn lachte, und Henley genoss es. »Hört sich an, als hätte sie diesen Sommer viel zu tun, wenn sie hier ist und auch die ganzen Camps mitmacht.«

Henley nickte. »Ich mache mir Sorgen um sie«, gab sie zu.

»Warum?«

»Sie hat nicht viele Freundinnen und sie zieht es vor, allein zu sein. Ich möchte, dass sie lernt, sozial zu sein und Beziehungen zu Gleichaltrigen aufzubauen. Ich bin zwar gern mit ihr zusammen und unternehme Mutter-Tochter-Sachen, aber ich finde, sie sollte mehr Zeit mit Gleichaltrigen verbringen.«

»Du bist eine großartige Mutter«, sagte Finn zu ihr.

Henley konnte sich ein Grinsen nicht verkneifen.

»Was?«, fragte er.

»Als könntest du das am besten beurteilen.«

Aber er erwiderte ihr Lächeln nicht. »Ich weiß sehr gut, dass Jasna ein freundliches Kind ist. Sie hat Mitgefühl, sie ist höflich und sie hat keine Angst, ihre Gefühle zu zeigen. Sie fühlt sich bei dir sicher, und du hast offensichtlich mit ihr über einige der Gefahren in der Welt gesprochen, denn sie ist nicht leichtsinnig. Sie klebt nicht an ihrem Handy, jammert nicht darüber, dass sie nicht fernsehen kann, und scrollt nicht stundenlang durch die sozialen Medien, um sich dreißig Sekunden lange Videos anzusehen, die ihr das Gehirn verderben werden. Ich bin kein Vater, aber ich weiß, dass es nicht einfach ist, in der heutigen Welt ein Kind zu erziehen. Und als alleinerziehende Mutter ist es noch schwieriger. Du hast einen tollen Job gemacht. Du solltest stolz sein. Auf dich *und* Jasna.«

Henley spürte, wie ihr die Tränen kamen, und drehte sich um, um in das flackernde Licht des Feuers zu starren. Sie war normalerweise kein emotionaler Mensch ... außer wenn es um ihre Tochter ging. Finn hatte nicht unrecht.

Jasna großzuziehen war eines der schwierigsten Dinge gewesen, die sie je getan hatte, gleich nach der Überwindung dessen, was ihrer Mutter zugestoßen war. Dass Finn ihre Tochter lobte, war für sie das schönste Kompliment, das sie je bekommen konnte.

Neben ihr stand Finn auf und Henley drehte sich um, um zu sehen, wohin er ging. Aber er trat einfach hinter den großen Baumstamm und stellte sich hinter sie. Er zog ihre Schultern nach hinten, bis sie an ihm lehnte und ihn quasi als Rückenlehne benutzte.

Sie liebte es, wie er sich anfühlte, so stark und stützend, und sie entspannte sich und überließ ihm ihr gesamtes Gewicht.

Alaska kam zu ihnen herüber und setzte sich neben sie, während Tiny sich zu Finn gesellte und ein Gespräch über die überraschende Anzahl von Spenden begann, die *Die Zuflucht* in letzter Zeit erhalten hatte.

»Sie amüsiert sich prächtig«, erklärte Alaska mit einem Lächeln und deutete auf Jasna. Spike und Pipe standen mit ihr am Feuer und stritten darüber, wie man am besten Marshmallows grillte. Ob es besser war, sie kurz brennen zu lassen und die Flammen dann auszublasen, sodass eine schwarze Kruste um die ganze Leckerei entstand, oder ob sie nur leicht gebräunt werden sollten, bevor man sie auf die Schokolade legte.

Die anderen Besitzer standen und saßen mit den Gästen um das Feuer herum und unterhielten sich leise.

»Das tut sie«, stimmte Henley zu.

»Ich hatte in letzter Zeit nicht viel Gelegenheit, mit dir zu reden«, erklärte Alaska.

»Wir waren beide sehr beschäftigt«, stimmte Henley zu. »Ich weiß, dass die Jungs ganz begeistert sind, seit du die Verwaltungsarbeit übernommen hast.«

Die andere Frau lachte, dann beugte sie sich vor und flüsterte: »Unter uns gesagt, es war eine Katastrophe.«

Sie lächelten einander zu. Und aus irgendeinem Grund überkam Henley fast die Rührung und sie platzte heraus: »Ich bin so froh, dass es dir gut geht.«

Alaskas Gesichtsausdruck wurde weicher. Sie wusste offensichtlich, dass Henley den Kerl meinte, der in *Die Zuflucht* gekommen war, um sie zu entführen und für seine eigenen ruchlosen Zwecke zu missbrauchen. »Ehrlich gesagt, ich glaube, ihr in der Lodge hattet es schlimmer als ich«, erklärte sie ihr.

Henley schnaubte. »Da bin ich mir nicht so sicher. Du hast dich im Wald versteckt und warst zu Tode verängstigt, während Brick losgezogen ist, um deinen Entführer zu suchen. Ich bin mir nicht sicher, ob es mir gefallen hätte, allein im Wald zu sein und mich zu fragen, ob er mich finden würde.«

Ein Blick, den Henley nicht deuten konnte, huschte über Alaskas Gesicht, bevor sie mit den Schultern zuckte. »Ja, aber ihr habt euch um das Feuer gekümmert und um die Knaller, die gezündet worden waren, und ihr habt versucht, die Gäste zu beruhigen. Und ich habe gehört, dass Tonka auch alle Hände voll mit den Tieren zu tun hatte. Ich glaube, das war für keinen von uns ein Spaß.«

Sie hatte nicht unrecht, und Henley war nicht überrascht, dass die andere Frau ihre eigenen Ängste herunterspielte. Nach dem zu urteilen, was sie gesehen hatte, war Alaska sehr ausgeglichen. Und warum sollte sie das auch nicht sein? Sie hatte den Mann, den sie liebte, an ihrer Seite.

»Also, um das Thema zu wechseln ... ich weiß nicht viel über dich. Ich habe gehört, dass du in einem Reservat aufgewachsen bist, aber ich weiß nicht, in welchem oder wo. Tut mir leid«, sagte Alaska und sah so aus, als würde sie ihr Unwissen bedauern.

»Ich bin Zuñi. Ich bin im westlichen New Mexico in einem Reservat aufgewachsen. Wir waren arm, aber ehrlich gesagt ist mir das gar nicht aufgefallen. Ich habe weder Brüder noch Schwestern, es gab nur meine Eltern und mich. Wir waren glücklich. Aber nachdem meine Mutter getötet worden war, war mein Vater nicht mehr derselbe. Er hatte die Liebe seines Lebens auf schrecklich traumatische Weise verloren, und obwohl er sein Bestes tat, um sich um mich zu kümmern ... hat er sich nie wirklich davon erholt.«

»Das tut mir so leid«, erklärte Alaska und legte ihre Hand auf Henleys Knie. »Ich wollte nicht so schlimme Erinnerungen wachrufen.«

»Ist schon gut. Ich meine, es hat mich mit geformt und zu dem gemacht, was ich heute bin. Jedenfalls habe ich danach viele Jahre lang überhaupt nicht geredet, weil ich versucht habe, mit allem fertigzuwerden. Mein Vater zog mit mir nach Albuquerque, weil er meinte, dass ich dort eine bessere medizinische Versorgung bekommen würde. Und er hatte recht. Schließlich fing ich wieder an zu sprechen, und dank einer besonders tollen Therapeutin begann ich, anderen so zu helfen, wie sie mir geholfen hatte.«

»Und dein Vater?«, fragte Alaska leise.

Henley schenkte ihr ein trauriges Lächeln. »Er hat meinen Highschool-Abschluss noch miterlebt, ist aber kurz darauf seinen Dämonen erlegen.«

Alaska sah besorgt aus. »Mann, ich bin wirklich unmöglich, wenn es um gemütliches Beisammensein geht! Wir versuchen hier, uns zu amüsieren und Spaß zu haben, und ich bringe dich dazu, alle möglichen schlechten Erinnerungen hervorzukramen.«

»An meinen Vater zu denken macht mich glücklich«, beruhigte Henley sie. »Ich meine, ich bin nicht begeistert, dass er nicht mehr da ist, er hätte Jasna sicher geliebt, aber er hat keine Schmerzen mehr. Und ich weiß, dass er über mich wacht. Ich werde ihn wiedersehen, und das hilft.«

»Ich habe meinen Vater nie kennengelernt«, entgegnete Alaska. »Und meine Mutter wird nie Mutter des Jahres werden. Ich habe Ehrfurcht vor dir, Henley.«

Sie neigte den Kopf fragend in Richtung der anderen Frau. »Warum?«

»Weil du wie der Duracell-Hase bist. Du machst einfach immer weiter, egal was passiert. Du hast eine erfolgreiche Karriere, eine tolle Tochter, und du bist einfach so verdammt ... *nett*.«

Henley konnte sich ein Lachen nicht verkneifen. »Du kannst mir glauben, es gibt Tage, an denen ich definitiv nicht nett bin. Du hättest mich neulich sehen sollen, als mich jemand auf dem Weg zur Arbeit mit seinem Wagen geschnitten hat. Ich muss sagen, ich bin nicht stolz darauf, wie ich ihn beschimpft habe, aber es hat sich gut angefühlt.«

Alaska lachte.

»Ist es seltsam, hier draußen zu leben und die einzige Frau zu sein?«, fragte Henley.

»Ehrlich gesagt nein. Ich würde überall leben, solange Drake bei mir ist.«

»Wie schön«, schwärmte Henley.

»Ich habe ihn mein ganzes Leben lang geliebt. Es wäre mir egal, wenn er mir sagen würde, er wolle in einem winzigen Haus in Timbuktu leben. Ich meine, es würde mir gefallen, weibliche Gesellschaft zu haben. Die Zimmermädchen sind großartig, aber sie sind zu sehr mit ihrer Arbeit beschäftigt, um viel zu unternehmen. Aber hier zu sein ist nicht schlimm. Ganz und gar nicht. Ich meine, sieh dich doch mal um. Es ist wunderschön. Und wenn mir nicht nach Kochen zumute ist, gibt es einen professionellen Koch. Ich muss nicht zur Arbeit fahren und mich mit Leuten herumschlagen, die mir den Weg abschneiden. Und dies ist buchstäblich der sicherste Ort, an dem ich leben kann … ich bin von sieben ehemaligen Militärs umgeben. Ganz zu schweigen von Mutt, der mich bewacht, wohin ich auch gehe. Und während viele Leute denken, dass die Gäste kaputt sind und in jeder Art von Gefahrenszenario nichts taugen, denke ich, dass ich der beste Beweis dafür bin, dass das nicht der Fall ist.«

»Alles sehr gute Argumente«, stimmte Henley mit einem Nicken zu.

»Warum fragst du?«, fragte Alaska und lehnte sich so weit vor, dass Finn sie nicht hören konnte. »Ziehst du auch hierher? Bitte, bitte, bitte sag Ja!«

Henley lachte. »Du hörst dich fast wie Jasna an, wenn du so bettelst. Und nein, ich war nur neugierig.«

»Verdammt«, erwiderte Alaska und richtete sich auf. »Aber es ist noch viel Zeit«, fuhr sie in einem fröhlicheren Ton fort. »Und wenn Tonka auch nur annähernd so ist wie Drake, wird er deine Zeit nicht verschwenden. Wenn er erst einmal herausgefunden hat, wie toll du *wirklich* bist, wird er dir schnell einen Ring an den Finger stecken und dafür sorgen, dass ihr zu ihm in seine Hütte zieht.«

Henley errötete und betete, dass Finn es nicht mitbekommen hatte.

»Mom!«, rief Jasna von der anderen Seite des Feuers. »Sieh dir das an!«

Als Henley zu ihrer Tochter hinübersah, machte sie große Augen, als sie das riesige S'More sah, das Jasna zusammengestellt hatte. Sie gab ihr einen Daumen nach oben, auch wenn sie innerlich stöhnte.

Sie spürte, wie Finn sich hinter sie stellte, bevor er sich herunterbeugte. »Das Ding ist größer als ihr Kopf«, scherzte er.

Henley legte ihren eigenen Kopf zurück und sah zu dem

Mann auf. Er sah heute Abend besonders gut aus. Er trug das Jeanshemd, das er anscheinend immer trug, aber das Hemd darunter war heute dunkelviolett und war ein Farbklecks im Vergleich zu seiner sonst eher neutralen Kleidung. Sein Bart war wie immer ordentlich gestutzt und seine braunen Augen waren nur auf sie gerichtet.

»Mein Kind kann auf jeden Fall eine ganze Menge essen.«

»Sie ist ziemlich groß, aber dünn«, bemerkte Alaska neben ihr.

Henley riss den Blick von Finn los und wandte sich an die andere Frau. »Sie bekommt genügend zu essen«, erwiderte sie ein wenig abwehrend.

»Das habe ich nicht so gemeint. Ganz und gar nicht«, versicherte Alaska ihr schnell.

»Tut mir leid. Ich neige dazu, sie ein wenig zu sehr zu beschützen. Ihr Stoffwechsel ist außergewöhnlich. Sie ist so etwas wie ein Fass ohne Boden. Aber ich passe auf, jetzt, da sie fast ein Teenager ist und bald in die Pubertät kommt. Ich will nicht, dass sie zu dick wird.«

»Können wir bitte nicht über Teenager und Pubertät reden?«, bat Tiny hinter ihnen.

Sowohl Henley als auch Alaska grinsten.

»Was ist denn hier so lustig?«, fragte Brick, als er sich näherte und sich neben Alaska setzte. Sofort legte er seinen Arm um sie und zog sie an seine Seite. Mutt hob den Kopf von der Stelle, an der er sich vorhin vor Alaska hingesetzt hatte, und als er sah, dass der Neuankömmling sein Herrchen war, verlor er sofort das Interesse und schloss wieder die Augen.

»Mädchen, die in die Pubertät kommen«, informierte Alaska ihn mit einem Grinsen.

Bricks Augen weiteten sich. »Kommt nicht infrage. Nein. Wir wechseln das Thema.«

»Du kannst nicht herkommen und dich in unser Gespräch einmischen und verlangen, dass wir über etwas anderes reden«, informierte sie ihn.

»Ich kann und ich tue es«, erklärte er. »Heute Abend läuft alles gut, ja? Alle amüsieren sich prächtig.«

Alaska zuckte mit den Schultern und warf Henley einen Blick zu, der schrie: »Was soll man da machen?«, bevor sie Brick zustimmte.

»Sie wird die Kalorien morgen wieder abarbeiten«, sagte Finn leise zu Henley, sodass nur sie es hören konnte.

»Ich weiß«, stimmte sie zu.

»Willst du einen?«, fragte Finn.

»Einen was?«

»Einen S'More.«

»Ich wollte gleich aufstehen und einen machen«, entgegnete Henley.

»Ich werde einen für dich holen. Angezündetes Marshmallow oder leicht gebräunt?«

Henley war es immer noch nicht gewohnt, dass jemand so viel für sie tat. Wenn die Toilette in ihrer Wohnung kaputt ging, reparierte sie sie selbst, anstatt auf den Klempner zu warten. Wenn ihr Wagen eine Reifenpanne hatte, kümmerte sie sich selbst darum. Ihr Vater hatte ihr beigebracht, allein zurechtzukommen, und das Leben im Reservat hatte ihr das auch eingebläut. Dort gab es keinen großen Laden nur zehn Minuten entfernt, zu dem sie laufen konnten, um die Dinge zu besorgen, die sie benötigte, um ein Fenster zu reparieren, einen neuen Besen zu kaufen oder irgendetwas anderes zu besorgen. Sie begnügten sich mit dem, was sie hatten, und improvisierten, wenn es nötig war.

»Henley?«, fragte Finn.

»Entschuldige. Danke, ich hätte gern einen S'More. Und leicht gebräunt bitte.«

»Geht klar.«

Henley erschauderte, als Finn mit seinen Fingern über ihre Schulter und ihren Arm fuhr, bevor er zu Jasna ging, die am Klapptisch stand und sich anschickte, ein weiteres Marshmallow über dem Feuer zu rösten.

Im Laufe des Abends gelang es Henley, sich mit allen zu unterhalten. Entweder kamen sie zu ihr herüber, wobei Finn hinter ihr stand, oder sie verbrachte ein wenig Zeit mit ihnen, während sie sich die Beine vertrat und um das Feuer herumging.

Jasna schien schließlich keine Lust mehr zu haben und saß im Gras vor einem anderen Baumstamm, scheinbar in Gedanken versunken.

Schließlich stand Henley auf und drehte sich zu Finn um. »Es ist schon spät, und Jasna sieht aus, als wäre sie müde. Wir sollten langsam Schluss machen.«

»Ich begleite dich«, erklärte Finn sofort.

»Du willst uns doch nicht etwa überreden, länger zu bleiben?«, stichelte Henley.

Finn zuckte mit den Schultern. »Ich habe für heute Abend auch mein Pensum an Geselligkeit erreicht«, erklärte er.

»Du hast es länger ausgehalten, als ich erwartet hätte«, bemerkte Stone und klopfte Finn auf die Schulter. Die anderen Männer waren ebenfalls gekommen, um Gute Nacht zu sagen, als Henley aufstand.

»Ich denke, wir sollten das öfter machen«, erklärte Alaska. »Vielleicht sollten wir alle Angestellten einladen. Ich wette, die würden auch alle gern am Lagerfeuer sitzen und entspannen.«

»Ich bin dafür«, entgegnete Tiny.

»Ich schaue mal im Kalender nach, wann wir das wiederholen können«, meldete sich Pipe zu Wort.

»Danke, dass ihr Jasna und mich eingeladen habt«, bedankte sich Henley bei der Gruppe.

»Das hätten wir schon viel früher tun sollen«, sagte Owl zu ihr. »Du bist ein wesentlicher Bestandteil der *Zuflucht*, Henley, und ich bin mir nicht sicher, ob wir ohne dich auch nur annähernd so erfolgreich wären, wie wir es heute sind.«

Sie errötete und lächelte alle an. »Danke. Ihr alle macht das hier zu einem perfekten Arbeitsplatz.«

»Ich weiß nicht, ob er perfekt ist«, erwiderte Spike lachend, »aber wir haben definitiv unsere Momente.«

Finn trat über den Baumstamm und nahm sanft ihren Ellbogen in seine Hand. Er nickte seinen Freunden zu und lenkte sie in Richtung Jasna.

»Bist du in Eile?«, fragte Henley ihn leise, während sie sich von ihm wegführen ließ.

»Ich kenne meine Freunde. Sie hätten dich in irgendein Gespräch verwickelt, und es hätte weitere dreißig Minuten gedauert, bis du einen Weg gefunden hättest, dich höflich zu verabschieden. Ich muss nicht höflich sein, denn sie sind meine Freunde und kennen meine distanzierte Art.«

Henley lachte leise. »Das ist ziemlich praktisch, was?«

»Ja«, stimmte Finn zu und seine Lippen zuckten kurz amüsiert.

»Ach ... ist es Zeit zu gehen?«, fragte Jasna, als sie sich näherten.

»Ja. Es ist schon ziemlich spät«, erklärte Finn ihr. »Und ich hoffe, dass du mir morgen mit dem Paddock hilfst.«

»Und wie kann ich dir da helfen?«, fragte Jasna und ihre Augen funkelten vor Interesse.

»Ich muss den Zaun überprüfen und mich davon überzeugen, dass es keine Schwachstellen oder Stellen gibt, an denen Scarlet möglicherweise entkommen könnte. Das wird allerdings harte Arbeit, also bist du vielleicht nicht daran interessiert.«

»Ich bin interessiert!«, rief Jasna aus. »Um wie viel Uhr?«

»Sieben Uhr dreißig.«

»Ich werde da sein.« Und damit umarmte Jasna Finn fest, bevor sie sich umdrehte und in Richtung der Hütte lief, in der sie die Nacht verbringen würden.

Henley drehte sich zu Finn um, als sie langsamer hinter ihr her gingen. »Brauchst du wirklich Hilfe? Oder hast du dir den Job nur ausgedacht?«

Finn zuckte mit den Schultern. »Eigentlich haben die Arbeiten noch eine Weile Zeit, aber ich dachte mir, da sie hier ist und bereit, kann ich es genauso gut jetzt gleich machen.«

Sie waren an der Hütte angekommen und Henley konnte hören, wie ihre Tochter sich darin bewegte, als sie sich Finn zuwandte.

»Danke für den schönen Abend. Es hat mir Spaß gemacht, Alaska ein bisschen besser kennenzulernen und mit dir und deinen Freunden zusammen zu sein.«

»Ich habe mich auch amüsiert.«

»Du klingst überrascht«, bemerkte Henley.

»Das bin ich auch ein wenig«, erwiderte Finn ehrlich. »Es ist zu einer Art Gewohnheit geworden, mich jeden Abend in meiner Hütte zu verstecken. Es ist eben einfacher. Aber du und Jasna habt mich dazu gebracht zu versuchen, aus dem selbst auferlegten Trübsinn auszubrechen, in dem ich schon so lange stecke.«

Henleys Herz schwoll an. »Das freut mich ehrlich«, flüsterte sie.

»Und nicht nur das ... ich denke, es ist an der Zeit, einen alten Freund von mir anzurufen. Um zu sehen, was er so treibt.«

»Ach ja?«, fragte Henley.

»Ja. Wir waren Partner bei der Küstenwache, und als wir ausgeschieden sind, kam ich hierher und er zog in eine kleine Stadt in Virginia. Ob du es glaubst oder nicht, er ist Bibliothekar geworden.«

Henleys Augen weiteten sich. »Wirklich?«

»Hm-hm. Ich weiß nicht, wie der Anruf ablaufen wird. Wahrscheinlich ist es eine dumme Idee. Ich weiß nicht einmal, was ich ihm sagen soll.«

»Du kannst ja einfach mit ›Hallo‹ anfangen«, scherzte Henley.

»Schlaumeierin«, sagte Finn mit einem Kopfschütteln. Dann wurde er ernst. »Ich weiß nicht, ob ich der Mann sein kann, den du verdienst, Henley. Aber ich möchte es gern versuchen.«

»Du musst niemand anderes sein als du selbst«, erwiderte sie. »Weil ich dich mag, Finn. Mit jedem Tag, der vergeht, mehr.«

»Geht mir auch so«, entgegnete er.

Die gegenseitige Anziehungskraft zwischen ihnen entfachte, und Henley presste ihre Schenkel zusammen und versuchte, ihr Verlangen in den Griff zu bekommen. Ihre Tochter wartete darauf, dass sie in die Hütte kam, und jeder um das Feuer herum konnte sie sehen, wenn er sich die Mühe machte, in ihre Richtung zu blicken. Aber es gab keinen Zweifel daran, dass Henley Finn wollte. Ihre Anziehungskraft schwelte schon eine ganze Weile unter der Oberfläche, und jetzt, da sie sich nähergekommen waren, fiel es ihr immer schwerer, die Finger von ihm zu lassen.

»Ich möchte dich küssen«, murmelte er.

»Dann tu es«, sagte sie eifrig.

»Ich kann dich hier nicht so küssen, wie ich es möchte«, erklärte Finn und klang dabei so verärgert, dass Henley sich ein Lachen nicht verkneifen konnte.

Aber sie wurde schnell wieder ernst, als sie zu ihm aufsah. »Es ist schon eine Weile her, dass ich in einer Beziehung war«, platzte sie heraus. »Ich weiß nicht, wie die Verabredungsregeln heutzutage sind.«

»Verabredungsregeln?«

»Wie lange eine Frau warten sollte, bevor sie einen Mann an sich ranlässt.« Unglaublicherweise errötete sie dabei. Henley hoffte, dass Finn ihre geröteten Wangen nicht sehen konnte.

Er lächelte zu ihr hinunter. »Das Einzige, wofür ich mich seit Jahren interessiere, ist die Pflege der Tiere hier in der *Zuflucht* ... bis eine gewisse Therapeutin meine Aufmerksamkeit erregt hat. Ich denke, wir können unsere eigenen Regeln aufstellen«, erklärte Finn ihr. »Wir machen das, was sich richtig anfühlt.«

»Das fühlt sich richtig an«, entgegnete Henley, als sie näher trat und sich an ihn schmiegte.

»Ja«, stimmte Finn zu, während er sie in den Schatten links von der Hüttentür zurückzog. Dann senkte er den Kopf und küsste sie. Alle Nervenenden in ihrem Körper glühten und sie kribbelte buchstäblich am ganzen Körper.

Während sie und Finn sich küssten, vergaß Henley, wo sie waren. Dass ihre Tochter sich nur wenige Schritte entfernt aufhielt. Dass die Gäste immer noch am Feuer saßen. Sie konnte an nichts anderes mehr denken als an den Geschmack und das Gefühl von Finn. Sie atmeten beide schwer, als er einige Minuten später den Kopf hob.

Er hob eine seiner Hände und strich mit den Fingern über ihre Wange. »Du hast keine Ahnung, was ich jetzt am liebsten mit dir machen würde«, knurrte er praktisch.

»Wenn es beinhaltet, dass wir uns ausziehen und du mich von Kopf bis Fuß ableckst, dann weiß ich es sehr wohl«, platzte Henley heraus.

Sie fühlte sich einen Moment lang peinlich berührt, bevor er einen leisen, keuchenden Laut von sich gab und sagte: »Ja, so was in der Art.«

Sie lächelten sich gegenseitig an.

»Wir machen das«, flüsterte er.

»Ja. Hoffentlich bald«, gab Henley zurück.

»Wann ist Jasnas erstes Übernachtungscamp?«, fragte Finn.

War das verrückt? Es war noch gar nicht so lange her, dass sie beide zugegeben hatten, dass sie sich mochten und angefangen hatten, mehr zu schreiben und zu reden. Und sich zu küssen. Das konnte sie nicht vergessen. Aber der Ansturm der Gefühle zwischen ihnen *fühlte* sich nicht verrückt an. Er fühlte sich richtig an. Henley seufzte. »In vier Wochen.«

»Noch ein Monat«, erklärte Finn mit einem Nicken. »Nun, das ist wahrscheinlich gut. So haben wir mehr Zeit, uns gegenseitig kennenzulernen.«

Er sprach mehr mit sich selbst als mit ihr, und Henley fand das bezaubernd. Und er hatte nicht unrecht. Es war wahrscheinlich gut, ein wenig auf die Bremse zu treten.

»Hast du Lust, mal zu uns in die Wohnung zu kommen?«, fragte sie ein wenig schüchtern. »Ich meine, es ist nicht die schickste Wohnung der Welt, aber wir …«

»Ja«, erklärte Finn und unterbrach sie.

Henley lächelte. »Sehr gut.«

»Und wir können uns auch hier in der *Zuflucht* in meiner Hütte einen Film oder so etwas ansehen.«

Henley nickte. »Vier Wochen«, flüsterte sie, nachdem sie tief durchgeatmet hatte. Obwohl das ihre Libido nicht gerade beruhigte. Alles, was sie riechen konnte, war Finn. Sein erdiger, waldiger Geruch. Es war eine Mischung aus Heu, dem Rauch des Feuers und etwas Tieferem, das ganz er war.

»Vier Wochen«, wiederholte Finn. Dann legte er seine Hand in ihren Nacken und neigte ihren Kopf zu ihm hinauf. »Das hier ist keine Affäre«, bemerkte er streng. »Ich wollte noch nie so sehr mit jemandem zusammen sein, wie ich mit dir zusammen sein will.«

»Geht mir genauso«, stimmte sie zu.

»Ich habe es schon einmal gesagt und ich werde es wieder sagen – ich verdiene dich nicht. Aber ich werde mein Bestes geben, um es nicht zu versauen.«

»Das wirst du nicht.«

Er warf ihr einen Blick zu, der eindeutig sagte, dass er dachte, sie hätte unrecht, aber Henley drängte nicht. Sie würde ihm durch ihre Taten zeigen, dass er der Liebe würdig war.

»Es spielt keine Rolle, wann Jasna morgen in die Scheune kommt. Sie muss nicht in aller Herrgottsfrühe aufstehen.«

»Sie wird schon kommen«, entgegnete Henley.

»Sieh zu, dass sie vorher etwas isst. Wenn der Zaun repariert werden muss, wird es harte Arbeit.«

»Das werde ich. Du auch.«

»Ich auch was?«

»Ich sorge dafür, dass du ein gutes Frühstück bekommst.«

Er starrte sie einen Moment lang mit einem Blick an, den sie nicht deuten konnte.

»Was?«

»Es ist schon eine Weile her, dass sich jemand um mein Wohlbefinden gekümmert hat.«

»Gewöhn dich daran. Ich tue es nämlich.«

Finn nickte. »Wenn es dir recht ist, könnte ich Jasna vielleicht so gegen Viertel nach sieben abholen? Wir könnten zur Lodge gehen und etwas essen, bevor wir zur Scheune aufbrechen, um die morgendliche Arbeit zu erledigen und den Zaun zu kontrollieren.«

»Warum sollte es mir nicht recht sein?«, fragte Henley verwirrt.

Finn zuckte mit den Schultern. »Ich will nicht zu weit gehen.«

»Das tust du nicht. Und sie hätte sicher Spaß daran.«

»Na gut. Willst du, dass ich dir einen Teller mit Frühstück bringe, wenn wir fertig sind? Dann kannst du noch ein bisschen schlafen.«

Henleys Herz schmolz noch ein bisschen mehr. »Ja bitte.«

»Okay. Dann sehen wir uns morgen früh. Henley?«

»Ja?«

»Ich hatte einen schönen Abend.«

»Ich auch.«

»Und fürs Protokoll ... ich wäre der glücklichste Mistkerl auf der Welt, wenn du mir gehören und hier bei mir wohnen würdest.«

Und mit dieser unfassbaren Aussage beugte er sich zu ihr hinunter und küsste sie noch einmal, dann drehte er sich um und ging in Richtung Scheune.

Es überraschte sie nicht, dass er noch einmal nach den Tieren sehen wollte, bevor er schlafen ging. Aber sie war von seinen Abschiedsworten überrascht. Offensichtlich hatte er Alaskas Bemerkung von vorhin mitbekommen. Henley nahm an, dass es ihr peinlich sein sollte, aber wie konnte es das sein, wenn sie die Sehnsucht und die Ernsthaftigkeit in seinem Tonfall hörte?

Henley fühlte sich wie auf Wolke sieben und ging in die Hütte, um Jasna die Pläne für den kommenden Morgen mitzuteilen.

<hr>

Christian Dekker lag ganz still zwischen den Bäumen, nicht allzu weit vom Lagerfeuer der *Zuflucht* entfernt. Er war gut darin geworden, sich durch den Wald zu schleichen. Er hatte gelernt, seine Beute stundenlang still zu beobachten ... genau wie er es jetzt tat.

Es war leicht, von den Männern und Frauen, die sich um das Feuer versammelt hatten, unbemerkt zu bleiben, da die Stäbchen und Zapfen in ihren Augen von dem hellen Feuer blind gemacht wurden. Selbst wenn sie sich umdrehten, um in den Wald zu schauen, würden sie ihn nicht entdecken.

Sein Ziel war die Frau. Es war noch nicht an der Zeit, etwas zu unternehmen; zuerst musste er noch ein wenig Aufklärung betreiben. Er musste alles über sie erfahren, was es zu wissen gab. Er beobachtete sie schon seit einigen Wochen heimlich.

Und heute Abend hatte er beschlossen, dass der beste Weg, sie zu quälen und leiden zu lassen, darin bestand, ihr das Wichtigste in ihrem Leben wegzunehmen.

In der dunklen Stille des Waldes erinnerte er sich an die Zeit, als er dreizehn war, kurz bevor sie ihn an einen anderen weitergereicht hatte. An den Tag, an dem er gehört hatte, wie die Psychologin mit seinen Eltern über ihn sprach und eine intensive stationäre Therapie empfahl. Sie wollte ihm jegliche Kontrolle entziehen, ihn von seiner Familie wegholen. Nicht dass er seine Eltern oder seine Schwester mochte. Das tat er nicht. Aber *niemand* außer ihm durfte Entscheidungen über sein Leben treffen. Schon gar nicht irgendeine zickige Therapeutin, die dachte, sie wüsste, was das Beste für alle war.

Christians Blick folgte dem Mädchen, das sich um das Feuer herum bewegte. Sie lachte. Ahnungslos, dass sie von einem Jäger beobachtet wurde. Aufregung stieg in ihm auf, während er in seinem Kopf Pläne schmiedete. Das Mädchen würde seine Erste sein.

Sein erstes *menschliches* Opfer.

Er musste die Tat perfekt ausführen. Er musste dafür sorgen, dass niemand von seinem Plan erfuhr oder ihn störte. Als Erstes würde er die Dinge besorgen, die er brauchte, um sie zu überwältigen, um sie zu foltern.

Sie würde ihn anflehen, sie zu töten, wenn er fertig war.

Christian beobachtete seine Beute, bis sie eine Hütte betrat. Er wusste bereits, dass die Therapeutin und ihre Tochter nicht oft hier draußen in der Pampa übernachteten, was auch gut so war. Er musste ihren Tagesablauf kennenlernen. Er musste dafür sorgen, dass er im richtigen Moment zuschlug.

Als die blöde Tussi und ihr Freund auf der Veranda rummachten, spürte Christian nichts. Das einzige Verlangen, das er hatte, war das nach Blut. Nicht nach Sex.

Er schlich sich so lautlos davon, wie er gekommen war, ohne dass es jemand merkte, und ging zurück zu seinem Wagen – dem Wagen, von dem seine Eltern nicht wollten, dass er ihn benutzte –, aber er hatte sie so weit gebracht, dass sie trotz ihrer Vorbehalte nachgegeben hatten. Wahrscheinlich dachten sie, wenn er ein Fahrzeug hätte, wäre er seltener zu Hause. Es dauerte eine Weile, bis er zu dem Ort zurückkehrte, an dem er es an einer abgelegenen Straße abgestellt hatte, aber das war egal. Keiner wartete auf ihn. Er musste zu keiner bestimmten Zeit zurück sein. Er tat, was er wollte und wann er wollte.

Seine Eltern waren ihm gegenüber wie versteinert vor Angst, genau wie Christian es mochte. Er war Herr seines eigenen Schicksals, und nachdem er zum ersten Mal die Freude am Töten eines Menschenlebens gekostet hatte, würde er dieses verdammte Kaff verlassen. In der Stadt würde er leicht Opfer finden. Menschen, die keiner vermissen würde. Angefangen bei den Obdachlosen und Prostituierten. Keiner vermisste sie. Er würde seine Technik perfektionieren und dann vielleicht nach Los Angeles gehen. Möglicherweise Chicago oder New York. Die Welt lag ihm zu Füßen. Er konnte gehen, wohin er wollte.

Kurze Zeit später musste Christian lächeln, während er zurück in die Stadt fuhr. Sein ganzes Leben lag noch vor ihm, und er war mehr als bereit, damit anzufangen. Aber zuerst würde er hier in Los Alamos sein Vorhaben in die Tat umsetzen. Der Tussi zeigen, wie sehr sie ihn unterschätzt hatte.

KAPITEL ACHT

Vier Wochen. Großer Gott, was hatte er sich nur dabei gedacht? Tonka war sich nicht sicher, ob er es vier *Tage* aushalten würde, bevor er mit Henley Sex hatte. Sex war nie eine große Sache in seinem Leben gewesen. Ja, er hatte ihn und genoss ihn, aber er hatte ihn nie *gebraucht*. Doch seit diesem ersten Kuss wollte er immer in Henleys Nähe sein. Er hatte das Gefühl, dass seine Haut zu eng für seinen Körper war. Und er hatte in seinem ganzen Leben noch nie so oft masturbiert wie in den letzten zwei Wochen, seit der Nacht des Lagerfeuers.

In Henleys Nähe zu sein war Himmel und Hölle zugleich. Sie gab ihm das Gefühl, der Mann zu sein, der er *früher* gewesen war. Bevor er gelernt hatte, was das wahre Böse war. Er lächelte mehr. Er war geselliger. Und er hatte im letzten Monat so viel gelacht wie seit seiner Zeit bei der Küstenwache nicht mehr.

Henley war lustig, positiv und so unglaublich selbstlos. Ihr war jeder wichtiger als sie selbst. Bei den Gästen wollte sie immer dafür sorgen, dass es ihnen emotional gut ging. Jasna war ihr sowieso von Natur aus ausgesprochen wichtig.

Seine Freunde und sogar die anderen Angestellten der *Zuflucht*. Sie hatte immer ein nettes Wort für ihre Kollegen übrig ... ein Kompliment über die Sauberkeit der Zimmer oder der Lodge, wie schön die Gartenanlage war, die köstlichen Mahlzeiten ... sogar wie schön die Steine auf der verdammten Einfahrt verteilt waren.

Was ihn selbst betraf, so stellte Tonka fest, dass sie mehr mit ihm in Einklang war als jeder andere, den er je kennengelernt hatte. Er hatte seine guten und schlechten Tage. Dass Jasna an den Tagen, an denen sie hier war, die meiste Zeit mit ihm in der Scheune verbrachte, war eine gute Ablenkung und machte es ihm leichter, mit dem ganzen Mist in seinem Kopf fertigzuwerden. Aber Henley schien immer zu wissen, wann er einen schlechten Tag hatte. Sie schickte Jasna, um einen der anderen Mitarbeiter zu begleiten und ihm die Zeit und den Raum zu geben, die er brauchte, um mit seinen Dämonen fertigzuwerden.

Er hatte es so lange vermieden, über das, was ihm passiert war, zu sprechen, dass er inzwischen jede Situation scheute, die dazu führen könnte, dass er darüber nachdenken musste.

Eines Tages, als er an einer Gruppensitzung teilnahm, kam Tonka wieder einmal der Gedanke, dass sie ihm vielleicht helfen könnte. Der Gedanke, das Geschehene noch einmal zu durchleben, indem er seine Geschichte erzählte, war für ihn schmerzhaft, aber er wusste ohne Zweifel, dass es auf alle Fälle Henley sein würde, sollte er jemals mit *jemandem* reden.

»Hey«, begrüßte sie ihn leise, während sie sich gegen die Tür der Scheune lehnte.

Tonka zuckte überrascht zusammen und drehte sich zu ihr um.

»Tut mir leid, ich wollte dich nicht erschrecken. Ich dachte, du hättest mich gehört.«

Tonka legte die Schaufel beiseite, mit der er gerade eine Pferdebox ausmistete, und ging auf Henley zu. Sie richtete sich ein wenig auf, wo sie stand. Er sagte kein einziges Wort. Kein »Guten Morgen« oder »Ist schon gut« oder irgendetwas anderes. Er nahm einfach ihr Gesicht in seine Hände, als er nahe genug war, und neigte ihren Kopf nach oben. Dann küsste er sie. Lange und tief. Er sagte ihr ohne Worte, wie sehr er sich freute, sie zu sehen.

Als er sich zwang, den Kopf zu heben, hatte Henley ihre Hände flach auf seine Brust gelegt, sie hatte ihre Fingernägel in seine Haut gekrallt und ihre Wangen waren rosa gerötet. Durch die Bluse mit dem V-Ausschnitt konnte er einen Hauch von Dekolleté sehen, und er konnte sich gerade noch beherrschen, um seine Nase nicht in den verlockenden Anblick ihrer nackten Haut zu vergraben.

»Finn«, hauchte sie.

Tonka liebte es, wie sein Vorname auf ihren Lippen klang. Bis vor Kurzem hatte er nicht verstanden, warum Alaska Brick nur bei seinem richtigen Namen nannte. Es hatte etwas Persönliches und Tröstliches, dass Henley und Jasna die Einzigen waren, die ihn Finn nannten.

»Ich habe dich vermisst«, platzte Tonka heraus.

Sie lächelte. »Du warst erst gestern Abend in meiner Wohnung und hast mit Jasna und mir Zeit verbracht«, erinnerte sie ihn.

Tonka zuckte mit den Schultern. »Das ist jetzt etwa zwölf Stunden her.« Er war etwas rührselig, aber er konnte nicht anders. »Geht es Jasna gut in ihrem Kunstcamp?« Er hatte ihr Gesicht nicht losgelassen. Konnte es nicht. »Sie schien begeistert von ihrem heutigen Projekt zu sein.«

»Ja. Sie machen Skulpturen aus Dingen, die sie in der Natur finden, und sie hat ununterbrochen davon gesprochen, dass sie versuchen will, ein Porträt von Scarlet aus Stöcken, Steinen und Moos zu machen«, bemerkte Henley mit einem Lächeln. »Ich weiß, viele Zwölfjährige würden sich über so etwas lustig machen, wahrscheinlich denken, es sei zu kindisch, aber ich bin dankbar, dass sie immer noch Freude an solch einfachen Dingen findet. Dass sie nicht ganz verrückt nach Jungs ist.«

Tonka runzelte die Stirn bei dem Gedanken an Jasnas Verabredung.

Als könnte sie seine Gedanken lesen, lachte Henley. »Keine Sorge, ich glaube nicht, dass sie schon an Verabredungen gedacht hat.«

»Ich denke, wenn es so weit ist, musst du jeden Jungen, an dem sie interessiert ist, hierherbringen, damit wir alle dafür sorgen können, dass er versteht, dass er sich vor uns verantworten muss, wenn er Jas nicht wie Gold behandelt.«

Zu seinem Entsetzen stiegen Henley die Tränen in die Augen.

»Was?«, fragte er. »Was ist denn los? War das voreilig? Es tut mir leid, ich ...«

Aber Henley schüttelte den Kopf, als sie ihn unterbrach. »Nein! Es ist nur ... sie und ich sind schon so lange allein. Die Vorstellung, dass Jasna Männer wie dich und deine Freunde hat, die auf sie aufpassen, hat mich unvorbereitet getroffen. Auf eine gute Art.«

Tonka ließ seine Hände von ihrem Gesicht sinken, legte einen Arm um sie und führte sie ins Büro. Normalerweise wäre er über eine Unterbrechung mitten während der Arbeit verärgert gewesen. Aber Henley konnte ihn jeden Tag und zu jeder Zeit unterbrechen, und er würde alles stehen und liegen lassen, um mit ihr zu reden. Um sich zu vergewissern, dass es ihr gut ging.

Er setzte sie auf das Sofa, auf dem auch Jasna während ihres ersten Besuches hier geschlafen hatte, als sie krank gewesen war, und auf dem Tonka selbst mehr als einmal geschlafen hatte, weil er nicht in seine leere Hütte zurückkehren wollte. Er kniete sich vor sie und legte seine Hände auf ihre Knie. Sie bedeckte sie sofort mit ihren eigenen.

»Jas' Vater kümmert sich nicht um sie? Überhaupt nicht?«, fragte er. Er hatte schon lange vermutet, dass er es nicht tat, aber er wollte mehr über Henleys Vergangenheit erfahren und war sich nicht sicher, wie er fragen sollte.

Henley schüttelte den Kopf. »Als mein Vater gestorben ist, hatte ich große Schwierigkeiten, meinen Platz in der Welt zu finden, und war immer noch ein wenig wütend über alles, was mir widerfahren war. Ich wollte unbedingt geliebt werden, mich sicher fühlen, und versuchte, den Stress am College zu bewältigen. Ich fand mich in einer ungesunden Beziehung nach der anderen wieder. Jasnas Vater und ich waren etwa zwei Monate zusammen, und so ziemlich das Einzige, was er gut konnte, war Sex.

Ähm ... tut mir leid ... den Teil willst du wahrscheinlich nicht hören. Wie auch immer, ich hatte ihm gesagt, dass ich nicht verhüte. Die Pille brachte meine Hormone zu sehr durcheinander und ich mochte den Gedanken an eine Spirale nicht. Er hat immer gemeckert, dass er ein Kondom benutzen musste. Und eines Abends ... waren wir wohl beide zu betrunken, um wirklich darüber nachzudenken. Ich hatte genauso viel Schuld wie er.« Sie zuckte mit den Schultern.

»Danach – als uns klar wurde, was wir getan hatten – war er nicht sonderlich besorgt. Er beharrte darauf, dass ich paranoid sei. Dass der Sex ohne Kondom besser sei. Natürlich war ich besorgt, schwanger zu werden, aber ich war auch nicht begeistert, weil wir nicht fest zusammen waren. Ich hatte keine Ahnung, mit wie vielen anderen Frauen er ungeschützten Sex hatte. Als ich merkte, dass ich schwanger war, sagte er mir unmissverständlich, dass er kein Vater sein wolle und dass ich nicht beweisen könne, dass es sein Kind sei.«

»Natürlich kannst du das«, entgegnete Tonka angewidert. »Ein Vaterschaftstest könnte das im Handumdrehen klären.«

»Ich weiß, aber ehrlich gesagt war ich irgendwie erleichtert. Und ich hatte vor ihm tatsächlich schon mit einigen Männern geschlafen«, gab sie ein wenig verlegen zu.

»Er ist trotzdem ein Vollidiot«, erklärte Tonka entschieden.

»Ich hätte mich mit ihm streiten und ihn zwingen können, Unterhalt zu zahlen, aber ich wusste, dass der Umgang mit ihm in den nächsten achtzehn Jahren nur noch mehr Stress in mein Leben bringen würde, also beschloss ich, Jasna allein aufzuziehen. Ich wollte auch nicht, dass ein Mann wie er in der Nähe meines Kindes ist. Es war wahrscheinlich nicht fair, Jasna eine männliche Figur in ihrem Leben zu nehmen, auch wenn sie noch so unzulänglich ist. Aber ich glaube trotzdem, dass ich das Richtige getan habe. Ich wusste, dass es nicht einfach sein würde, eine alleinerziehende Mutter zu sein, aber ich habe mein Baby von dem Moment an geliebt, in dem ich merkte, dass ich schwanger war, und zwar mit allem, was ich in mir hatte.

Ich habe auch aufgehört, Sex zu benutzen, um mit meinem Stress und meinen Schmerzen fertigzuwerden. Jasna ist mein ganzes Leben, seit ich weiß, dass es sie gibt. Ich werde alles tun, was nötig ist, um sie zu beschützen. Ich habe sogar den Job in Los Alamos angenommen, weil er mir sicherer erschien als das Leben in der Stadt.«

»Du hast bisher bemerkenswerte Arbeit mit ihr geleistet«, erklärte Tonka sofort. »Jas ist wunderschön, fürsorglich, klug und selbstlos, und du solltest stolz sein, *sehr* stolz, auf die junge Frau, zu der sie geworden ist.«

»Finn«, sagte Henley leise.

Tonka erhob sich aus seiner Hocke und setzte sich neben sie auf das Kissen. Er nahm ihre Hände in seine und sagte ernst: »Das ist wahrscheinlich weder der richtige Zeitpunkt noch der passende Ort für diese Diskussion, aber das ist mir jetzt egal. Ich habe große Ehrfurcht vor dir. Du hast dir jahrelang die Finger wund gearbeitet, um Jas eine sichere und glückliche Umgebung zu bieten, in der sie aufwachsen kann. Und was dieser Mistkerl gesagt hat, dass Sex ohne Kondom besser sei, stimmt nicht. Ich weiß ohne Zweifel, dass es das Unglaublichste sein wird, was ich je in meinem Leben erlebt habe, wenn ich mit dir schlafe. Es macht mir nichts aus, derjenige zu sein, der für die Geburtenkontrolle verantwortlich ist. Ich werde nie vergessen, ein Kondom zu benutzen, wenn ich mit dir zusammen bin. Es wird mir eine Ehre sein, dich zu schützen.«

Sie blinzelte ein paarmal, während sie ihn anstarrte. Dann platzte sie heraus: »Wieso bist du immer noch Single?«

»Ich bin launisch. Es gibt Tage, an denen ich mit niemandem reden will. Ich mag Tiere mehr als Menschen. Ich lebe wie ein Einsiedler. Ich bin …«

Aber Henley unterbrach ihn, bevor er fortfahren konnte. »Du bist loyal, rücksichtsvoll, beschützend, sanft, siehst traumhaft aus und du machst mich glücklich, indem du einfach in meiner Nähe bist. Ich erwarte nicht, dass du perfekt bist, so wie ich hoffe, dass du das auch nicht von mir erwartest.«

»Du weißt, dass ich das nicht tue«, erklärte er ihr.

»Richtig. Wir hatten also ein paar Jahre Zeit, uns kennenzulernen, und in dieser Zeit hatte ich kein einziges Mal Angst vor dir oder wollte nicht mit dir zusammen sein. Ich *wollte* sogar verzweifelt Zeit mit dir verbringen, aber ich wusste nicht, wie ich das anstellen sollte. Jetzt, da wir endlich dieser Anziehung, die wir schon so lange für einander empfinden, nachgegeben haben, bin ich so glücklich wie schon lange nicht mehr, Finn.«

»Ich bin mir nicht sicher, ob ich noch weiß, was es bedeutet, glücklich zu sein. Ich weiß nur, dass ich nervös bin und verunsichert, bis du kommst, und sobald du gehst, kehrt dieses Gefühl zurück, bis ich dich wiedersehe und sicher weiß, dass du und Jasna gesund und zufrieden seid.«

Sie legte den Kopf schief und musterte ihn ruhig.

»Was?«, fragte er.

»Ich möchte etwas sagen, aber ich will nicht, dass du denkst, ich mache jetzt einen auf Psychotherapeutin und analysiere dich.«

Tonkas Lippen zuckten. »Na los. Sag es. Ich verspreche, dass ich das nicht denken werde.«

»Ich denke, du fühlst dich so, weil etwas in deiner Vergangenheit passiert ist.«

Er nickte langsam.

»Du musst nicht mit mir darüber reden, aber ich verstehe es, Finn. Ich verstehe es. Nachdem meine Mutter getötet worden war, hatte ich Angst, meinen Vater aus den Augen zu lassen. Immer wenn er zur Arbeit musste, selbst Jahre nach dem Mord, wurde mir körperlich schlecht, bis ich ihn wiedersah. Ich würde dir gern versichern, dass mir nichts passieren wird. Aber das kann ich nicht«, entgegnete sie traurig. »Aber ich bin vorsichtig. Ich bin eine alleinstehende Frau mit einer kleinen Tochter. Ich musste mehr auf meine Umgebung achten, weil die Welt so funktioniert.«

Tonka holte tief Luft und nickte. »Ich weiß. Mein Verstand weiß, dass du eine erwachsene Frau bist, die schon lange auf sich allein gestellt ist. Ich ... ich könnte es einfach nicht ertragen, wenn dir etwas zustieße. Ich musste zusehen, wie ein geliebter Mensch verletzt wurde, und ich kann das nicht noch einmal ertragen.«

So nahe war Tonka noch nie daran gekommen zu erzählen, was an jenem schrecklichen Tag vor so langer Zeit geschehen war – und überraschenderweise brachte es nicht noch mehr schreckliche Erinnerungen zurück, als er ohnehin schon in seinem Kopf und seinem Herzen trug.

Henley sagte eine ganze Weile nichts, aber sie hielt seine Hand etwas fester. Schließlich sagte sie: »Ich hoffe, du kannst eines Tages erzählen, was passiert ist. Wenn nicht mir, dann jemandem, dem du vertraust.«

»Ich vertraue dir«, versicherte Tonka ihr sofort, denn er wollte nicht, dass sie etwas anderes dachte.

Sie lächelte ihn an und wechselte dann dankend das Thema. »Und ich weiß es zu schätzen, dass es dir nichts ausmacht, Kondome zu benutzen.«

»Natürlich nicht«, entgegnete er. »Es wäre nicht klug von uns beiden, sich auf eine sexuelle Beziehung einzulassen und keine zu benutzen. Aber auch wenn wir uns miteinander wohlfühlen und unsere Beziehung Fortschritte macht, was ich hoffe, werde ich weiterhin verhüten, bis wir uns entweder für eine alternative Verhütungsmethode entscheiden, uns trennen oder beschließen, dass wir gemeinsame Kinder wollen.«

Daraufhin atmete sie scharf ein. »Du willst Kinder?«, fragte sie.

Tonka zuckte mit den Schultern. »Ehrlich gesagt? Bevor du kamst, hätte ich gesagt, auf gar keinen Fall. Ich wollte nicht noch einmal für ein hilfloses Wesen verantwortlich sein. Aber jetzt, da ich dich und Jasna besser kennengelernt habe, erscheint es mir ... nicht mehr ganz so abwegig.«

Tonka war sich bewusst, dass er einen wichtigen Hinweis auf seine persönlichen Dämonen preisgegeben hatte, aber plötzlich schien es nicht mehr ganz so wichtig zu sein, die Erinnerung an Steel weiterhin zu verschweigen.

»Der Gedanke, nach all den Jahren wieder ein Kind großzuziehen, ist fast überwältigend ... aber wie du schon sagtest, mit dem richtigen Menschen an meiner Seite wäre es nicht annähernd so schwierig. Also würde ich es nicht vollständig ausschließen.«

Tonka führte eine ihrer Hände zu seinem Mund und küsste ihre Finger. »Ich denke, es wäre eine gute Idee, wenn wir aufhören, über Sex und Babys zu reden. Ich werde beim ersten Mal nicht in der Scheune mit dir schlafen«, erklärte er. »Du musst wahrscheinlich arbeiten und ich muss die Boxen ausmisten.«

»Oh ja, das ist ein Stimmungskiller«, bemerkte Henley und verdrehte die Augen.

Tonka lachte. Wie immer hörte es sich an, als wäre sein Lachen ein wenig eingerostet, aber es fühlte sich gut an. Er stand auf und zog Henley mit sich hoch. Dann küsste er sie erneut. Sie ließ ihre Hände ungehindert umherwandern, und allein das Gefühl ihrer Kurven unter seinen Handflächen war erregend und brachte seine Selbstbeherrschung an ihre Grenzen.

Mit einer Hand war sie unter sein Hemd getaucht und rieb mit der Handfläche über seine Brustwarzen, während sie mit der anderen seine Pobacke in einem Todesgriff hielt. Um der Wahrheit die Ehre zu geben, hatte er den Ausschnitt ihrer Bluse beiseitegeschoben und fuhr mit dem Daumen den Rand ihres BHs nach, während er sie mit der anderen Hand im Nacken an sich drückte.

Als sie sich schließlich zurückzogen und sich gegenseitig anstarrten, ließ keiner von beiden die Hände sinken. Tonka konnte nicht die Kraft aufbringen, um damit aufzuhören, mit seinem Daumen über ihre weiche Haut zu streichen. Er schaute nach unten und wollte seinen Mund dorthin legen, wo seine Hand war, und zwar mehr, als er jemals irgendetwas anderes gewollt hatte.

»Zwei Wochen«, bemerkte sie atemlos, als würde sie sich selbst und auch ihn daran erinnern.

Tonka gefiel es zu wissen, dass sie ihn ebenso begehrte

wie er sie. Die Vorfreude war für sie beide eine Art Aphrodisiakum. Wenn sie in diesem Moment ihre Hand auf seinen Schwanz legte, hatte er kaum Zweifel, dass er in Sekundenschnelle explodieren würde. Es war eine Sache, mit seiner eigenen Hand zu masturbieren, aber wenn sie ihn berührte, wäre das eine ganz andere Erfahrung. Er konnte es kaum erwarten, sie zu spüren.

»Ich bin nicht wegen des Sexes mit dir zusammen«, bemerkte Tonka, während er mit dem Daumen immer noch langsam hin und her strich. »Wenn du mir hier und jetzt sagen würdest, dass Sex für immer vom Tisch ist, würde ich trotzdem mit dir zusammen sein wollen.«

Das schüchterne Lächeln, das sie ihm schenkte, ließ Tonkas Herz ein wenig brechen.

»Geht mir genauso. Obwohl, fürs Protokoll ... Sex ist definitiv *nicht* vom Tisch. Ich will dich, Finn. Und du solltest wissen ... ich mag Sex. Und zwar sehr.«

Tonka stöhnte. »Stimmt. In diesem Sinne, wir müssen aufhören.«

Diesmal kicherte sie und drückte noch einmal seine Pobacke, bevor sie ihre Hand unter sein Hemd schob und dabei jeden Zentimeter seines Bauches streifte. »Was haben wir nach der Arbeit vor?«, fragte sie.

Einen Moment lang hatte Tonka den Drang zu fragen, ob sie mit ihm in seine Hütte gehen wollte, entschied aber, dass das wahrscheinlich nicht klug wäre. Er liebte es, mit ihr allein zu sein, aber er glaubte nicht, dass einer von ihnen in der Lage sein würde, seine Hände bei sich zu behalten. Und während Jasna in ihrem Camp zu Abend aß, musste sie um halb sieben abgeholt werden. Das war nicht annähernd genügend Zeit für Tonka, um mit jedem Zentimeter von Henley zu machen, was er wollte. Schon gar nicht, wenn sie das erste Mal zusammen waren.

»Robert und Luna machen heute Abend einen typisch

mexikanischen Abend. Enchiladas mit roten Chilis, Eintopf mit grünen Chilis, Chiles rellenos, Chicos, Carne adovada und zum Nachtisch Sopaipillas und Horno-Brot.«

»Oh mein Gott, ich glaube, ich nehme schon allein bei deiner Beschreibung fünf Kilo zu«, stöhnte Henley.

»Willst du hierbleiben, mit mir und den anderen essen und dann Jas abholen?«

»Ja, gern. Kommst du mit mir, um sie abzuholen? Du kannst für eine Weile mit uns in die Wohnung kommen.«

Tonka hatte vor, mit den Arbeiten an dem neuen Unterstand zu beginnen, den er auf der Koppel errichten wollte, damit die Tiere im Sommer etwas Schatten und im Winter Schutz vor Schnee haben würden, aber Zeit mit Henley und ihrer Tochter zu verbringen klang viel lustiger. »Ja.«

»Finn?«

»Ja?«

»Die Leute sagen gern, dass unsere Vergangenheit uns nicht definiert, aber sie liegen falsch. Das tut sie sehr wohl. Was in unserem Leben passiert, formt uns zu dem, was wir heute sind. Und du, mein Freund, bist ein großartiger Mann.«

Ihre Worte sanken in seine Seele und sorgten dafür, dass er sich zehnmal leichter fühlte. »Geh«, entgegnete er ein wenig unwirsch. »Oder wir lieben uns zum ersten Mal hier und jetzt in dieser Scheune, wo jeder hereinspazieren und uns stören könnte.«

Sie grinste und tat so, als würde sie darüber nachdenken, ob sie seine Drohung wahrmachen sollte oder nicht, bevor sie sich zurückzog. »Bis später«, sagte sie und lächelte immer noch.

Tonkas Kehle war wie zugeschnürt, sodass er nicht antworten konnte. Also nickte er ihr kurz zu. Er blieb noch lange stehen, nachdem sie aus seinem Blickfeld verschwunden war. Als er endlich die Kontrolle über seine

Gefühle und seinen Körper hatte, holte er tief Luft und ging zurück zu dem Stall, den er gerade ausgemistet hatte, als sie ihn besucht hatte.

Er hasste es, dass er so lange gebraucht hatte, um Henley mitzuteilen, dass er interessiert war, aber er war auch nicht mehr derselbe Mann wie zu dem Zeitpunkt, als sie eingestellt worden war. Damals hätte er nicht einmal in Erwägung gezogen, sich so weit zu öffnen, dass er sie hereingelassen hätte.

Und jetzt? Er war der Meinung, dass er und Henley eine überdurchschnittlich gute Chance auf eine gemeinsame Zukunft hatten.

Was hatte sich geändert? Es lag mehr Zeit zwischen jetzt und dem Verlust von Steel, was wahrscheinlich der wichtigste Faktor war. Und er hatte gesehen, wie glücklich Brick mit Alaska war. Wenn sein Freund den Verlust seines gesamten SEAL-Teams – und seine Schuldgefühle, weil er sie nicht hatte retten können – soweit überwinden konnte, dass er eine gesunde Beziehung zu der Frau führen konnte, die fast sein ganzes Leben lang seine Freundin gewesen war, dann gab das Tonka die Hoffnung, dass auch er eines Tages in der Lage sein würde, eine gesunde Beziehung zu führen.

Und dann war da noch Jasna. Wie konnte er sich weiterhin emotional zurückhalten, wenn das Mädchen ihm ständig sagte, wie glücklich sie war? Ihm ohne Worte zeigte, wie sehr sie es genoss, Zeit mit ihm und den Tieren, die er liebte, zu verbringen?

Die beiden hatten ihm das Herz geöffnet ... und es tat nicht so weh, wie Tonka befürchtet hatte. Natürlich bedeutete die Anwesenheit der beiden nicht, dass er sich keine Sorgen mehr machen musste. Es gab jetzt genauso viele böse Menschen auf der Welt wie vorher. Und Henley und Jasna konnten ihm genauso leicht weggenommen werden wie Steel.

Aber der Unterschied war, dass Tonka bis zum Tod kämpfen würde, bis zu seinem letzten Atemzug, um sie in Sicherheit zu bringen. Anders als früher ... als er nur hatte zusehen können, wie Steel gefoltert und getötet wurde. Jetzt schwor Tonka, jeden zu vernichten, der es wagte, jemanden, den er liebte, auch nur anzurühren. Und jedes einzelne Tier in der *Zuflucht* gehörte dazu. Sogar die widerspenstigen Ziegen, die ihn oft ärgerten.

Und wenn einer seiner Freunde bedroht wurde? Er würde in die Hölle und zurück gehen, um an seiner Seite zu sein.

Tonka schüttelte den Kopf, als könnte er damit die dunklen Gedanken aus seinem Kopf vertreiben, nahm die Schaufel, die er vorhin an die Wand gelehnt hatte, und versuchte, sich auf die anstehende Aufgabe zu konzentrieren.

KAPITEL NEUN

Noch eine Woche.

Henley sagte sich, dass sie noch eine Woche durchhalten konnte. Sieben Tage. Zehntausend Minuten. Sechshundertviertausend Sekunden.

Sie seufzte. Es fiel ihr immer schwerer, nicht nachzugeben und Finn zu sagen, dass sie nicht warten wolle, bis Jasna in ihrem Ferienlager war, damit er mit ihr schlafen konnte.

Das Tagescamp letzte Woche war ein voller Erfolg gewesen. Jasna hatte sich wirklich gut amüsiert. Sie hatte sogar ein Mädchen, Sharyn, kennengelernt, mit dem sie sich gut verstand. Sie hatten sich an einem Abend in dieser Woche getroffen und waren ins Kino gegangen ... Henley und Finn saßen in einer Reihe im hinteren Teil des Kinos und behielten die beiden Mädchen im Auge. Das Tolle daran war, dass Sharyn gegen Ende des Sommers auch in das Ferienlager ging, das Jasna besuchte. Henley hoffte, dass die Beziehung weiter wachsen würde, denn die beiden Mädchen waren im gleichen Alter und würden im Herbst gemeinsam in die siebente Klasse der Mittelschule gehen.

Was ihre Arbeit betraf ... heute hatten Spike und Pipe ausnahmsweise eine Art »Tag der Anerkennung« für die Mitarbeiter organisiert. Die Lodge war für zwei Stunden für die Gäste gesperrt, damit sich alle entspannen konnten und sich keine Sorgen machen mussten, dass sie für kurze Zeit »dran« waren.

Um ehrlich zu sein, hatte *Die Zuflucht* nicht viele Angestellte, aber das machte die Arbeit dort umso familiärer. Außer den sieben Eigentümern waren alle neun Mitarbeiter anwesend: Henley, Carly, Jess, Ryan, Savannah, Luna, Robert, Hudson und Jason. Auch Alaska war als Angestellte dabei, obwohl ihr und Brick definitiv eine Hochzeit bevorstand.

Die Jungs hatten für jeden von ihnen einen riesigen Geschenkkorb mit Leckereien, Gutscheinen und sogar Bargeld besorgt. Spike hatte bei einer Bäckerei in der Stadt eine Torte bestellt und auch für das leibliche Wohl gesorgt – sehr zu Roberts Missfallen.

Jasna war dabei und freute sich, dass sie in die Feierlichkeiten einbezogen wurde. Sie hatte ihren eigenen Geschenkkorb bekommen und flitzte gerade durch den Raum, um sich mit den Männern und Frauen zu unterhalten, die sie während der letzten Wochen kennengelernt hatte.

Henleys Blick blieb auf der anderen Seite der Lodge an Finn hängen und er lächelte sie an. Jedes Mal wenn sie aufsah, beobachtete er sie. Wenn jemand anderes jede ihrer Bewegungen so aufmerksam verfolgt hätte, hätte sie ihn wahrscheinlich als Stalker bezeichnet und wäre ausgeflippt. Aber sie konnte sich nicht darüber aufregen, dass er verfolgte, wo sie war, denn sie tat dasselbe mit ihm. Es war, als wären sie Magneten, die sich ständig gegenseitig anzogen.

Und natürlich wurden die Funken zwischen ihnen mit

jedem Tag, der verging, intensiver. Jedes Mal wenn sie miteinander sprachen, lernte sie den Mann besser kennen, und sie hatte noch nichts gefunden, was sie an ihm störte. Ja, er hatte Dämonen aus seiner Vergangenheit, aber das hatte sie auch.

Vielleicht war es Wunschdenken ihrerseits, aber Henley konnte nicht umhin zu bemerken, dass je mehr Zeit sie mit Finn verbrachte, desto mehr öffnete er sich ihr. Nein, sie wusste immer noch nicht genau, was ihm zugestoßen war, aber sie hatte genügend Informationen gesammelt, um zu begreifen, dass er seinen Hundepartner Steel durch einen schrecklichen Vorfall verloren hatte. Er hatte starke Schuldgefühle wegen des Vorfalls, und deshalb hatte er den Kontakt zu so gut wie allen Menschen vermieden. Er zog die Gesellschaft von Tieren den Menschen vor.

Aber er veränderte sich langsam und sicher vor ihren Augen. Er bemühte sich mehr darum, sich mit seinen Freunden in der Lodge zu treffen, und er wirkte nicht mehr ganz so unbehaglich in der Nähe der Gäste oder bei gesellschaftlichen Veranstaltungen wie dieser.

»Also ... du und Tonka, hm?«, fragte Ryan.

Henley machte sich nicht einmal die Mühe, es zu leugnen. Warum sollte sie auch? Es war ihr nicht peinlich, mit Finn zusammen zu sein, und keiner von ihnen hatte einen Grund, seine Beziehung geheim zu halten. Schon gar nicht vor den Männern und Frauen, mit denen sie zusammenarbeiteten. »Ja«, sagte sie und hörte den Stolz in ihrer eigenen Stimme.

»Ihr beide seid ein bezauberndes Paar. Und er ist so gut mit Jasna.«

»Das ist er wirklich. Sie ist ein gutes Kind, aber trotzdem bin selbst ich manchmal mit all ihren Fragen überfordert. Und er beantwortet sie alle, ohne auch nur im Geringsten genervt zu sein.«

»Sie stellt *wirklich* viele Fragen«, stimmte Ryan ihr lachend zu.

»Tut mir leid, wenn sie dich belästigt hat«, erklärte Henley und zog bedauernd die Nase kraus.

»Oh nein, das muss es überhaupt nicht. Ich finde es toll, wenn sie hilft. Durch sie vergeht der Tag so viel schneller.«

»Nun, wenn sie dir jemals im Weg ist oder dir auf die Nerven geht, scheue dich nicht, das zu sagen.«

»Es ist alles in Ordnung, wirklich. Ich meine, als Zimmermädchen zu arbeiten ist nicht gerade eine Herausforderung.«

Henley schaute die Frau an und betrachtete sie mit neuen Augen. Als Ryan vor ein paar Wochen eingestellt worden war, hatte Henley sofort gedacht, dass sie nicht in das Schema von jemandem passte, der sich als Zimmermädchen in einem Hotel bewerben würde.

Das war ein Klischee, das wusste sie ... aber während ihrer Zeit in der *Zuflucht* waren die Männer und Frauen, die den Job als Reinigungspersonal angenommen hatten, nie lange geblieben, da sie nach etwas suchten, das besser bezahlt wurde. Normalerweise war der Job ziemlich kurzfristig. Auch Carly und Jess hatten zugegeben, dass ihr Aufenthalt hier für keinen von ihnen eine langfristige Sache war. Carly arbeitete für ein bisschen zusätzliches Geld, während sie zur Schule ging, und Jess' Mann war entlassen worden, also hatte sie den Job angenommen, um die Familie über Wasser zu halten, bis er Arbeit fand.

Ryan hatte nicht viel über ihren Hintergrund erzählt oder warum sie dort war. Sie hatte erwähnt, dass sie für den Job dankbar war und wie sehr sie die Atmosphäre liebte. Eigentlich war sie etwas geheimnisvoll ... was Henley umso neugieriger auf sie machte.

»Und ... was ist mit dir? Hast du ein Auge auf jemanden geworfen? Hast du schon einen Freund?«

Ryan lachte. »Oh nein. Ich bin Single und glücklich.« Aber etwas in ihrem Blick strafte ihre unbekümmerten Worte Lügen.

»Oh, komm schon, wir sind umgeben von umwerfenden Single-Männern. Willst du mir sagen, dass dir noch keiner von ihnen aufgefallen ist? Pipe sieht aus wie ein Motorradfahrer – und wer hat nicht schon einmal davon geträumt, auf dem Sozius eines heißen Motorradfahrers zu sitzen? Ganz zu schweigen von seinem sexy britischen Akzent. Und dann ist da Stone mit seiner Brille und seinem akademischen Aussehen. Oh, warte! Ich weiß, du wartest auf Tiny. Er ist so ein hübscher Junge, aber mit diesen riesigen Muskeln«, stichelte Henley.

Zu ihrer Überraschung errötete Ryan. Ihr Blick huschte kurz nach rechts, wo Tiny gerade stand und mit Luna sprach.

»Ahhhh, also ist es Tiny, auf den du ein Auge geworfen hast«, stellte Henley lächelnd fest.

Ryan senkte sofort den Blick, bevor sie Henley wieder ansah. »Nein. Ich habe auf niemanden ein Auge geworfen. Ich mag es, Single zu sein. Ich kann tun, was ich will, gehen, wohin ich will ...«

Es lag fast ein Hauch von Verzweiflung im Ton der anderen Frau und Henley wusste, dass sie genügend Druck gemacht hatte. Sie wollte nicht, dass Ryan sich unwohl fühlte. Sie hatte in ihren Jahren als Therapeutin gelernt, wann sie sich zurückhalten musste. »Schön für dich«, entgegnete sie und wechselte das Thema. »Ich weiß, dass Alaska begeistert war, dass du so kurzfristig anfangen konntest. Nachdem Alexis so schnell weg gewesen war, haben Jess und Carly Überstunden gemacht, um alles am Laufen zu halten.«

»Ich liebe es hier. Es ist so schön«, erwiderte Ryan.

Henley nickte. »Das ist es wirklich. Es ist fast lächerlich.«

Die beiden Frauen lächelten zustimmend.

»Ryan, kann ich dich einen Moment stören?«, fragte Alaska, als sie sich näherte.

»Klar, was gibt's?«

»Du warst so lieb und hast mir letzte Woche geholfen, als der Computer an der Rezeption den Geist aufgegeben hat. Du scheinst dich wirklich auszukennen, was Elektronik betrifft. Mein Handy klingelt seit gestern nicht mehr … oder macht eigentlich überhaupt keine Geräusche mehr. Ich bekomme auch keine Benachrichtigungen mehr, obwohl die Einstellungen alle richtig zu sein scheinen. Ich habe bereits überprüft, ob ich die Lautlos-Taste an der Seite gedrückt habe, und das habe ich nicht. Jetzt bin ich frustriert, weil ich keine Nachrichten oder Anrufe von Gästen verpassen möchte, während ich arbeite, aber das tue ich bereits.«

»Ich bin sicher, es ist etwas ganz Einfaches«, bemerkte Ryan und hielt ihr die Hand hin.

Alaska gab ihr das Telefon mit einem Seufzer der Erleichterung. »Ich meine, ich hätte Jasna gefragt, denn du weißt ja, Kinder scheinen heutzutage Experten für alles zu sein, was mit Technik zu tun hat, aber ich hatte noch keine Gelegenheit dazu.«

»Ich würde nicht sagen, dass ich eine Expertin bin«, antwortete Ryan, »aber … bitte sehr. Alles repariert.«

»*Ernsthaft?*«, fragte Alaska und nahm ihr Handy zurück. »Du hattest es gerade mal zwei Sekunden lang! Was war denn los?«

Ryan lachte. »Du hast irgendwie die ›Bitte nicht stören‹-Funktion eingeschaltet. Wenn sie eingeschaltet ist, sieht man ein kleines Mondsymbol auf dem Startbildschirm.«

»Oh! Das habe ich gesehen, aber ich dachte, das wäre ein Symbol, das mir zeigt, dass mein Wecker gestellt ist.«

Diesmal lachte Henley, ebenso wie Ryan. »Dem ist nicht so.«

»Ich schwöre, ich habe keine Ahnung, wie ich so gut in Verwaltungsaufgaben sein kann, sogar mit der Webseite, aber so ahnungslos bei solchen Sachen. Jedenfalls, vielen Dank!«

»Gern geschehen«, erwiderte Ryan mit einem breiten Grinsen.

Alaska drehte sich um, um wieder zu Brick zu gehen, und Henley konnte nicht anders, als noch einmal in Finns Richtung zu schauen. Wie immer, als könnte er ihren Blick auf sich spüren, drehte er den Kopf und lächelte.

»Ihr seid so verdammt süß«, bemerkte Ryan mit einem weiteren Lachen. »Nun, ich denke, es ist Zeit fürs Mittagessen. Wir sprechen uns später«, fügte sie hinzu, bevor sie sich auf den Weg zum Essenstisch machte.

»Hey, Mom!«, rief Jasna aus, als sie wie aus dem Nichts neben Henley auftauchte. Sie legte ihre Arme um sie und lehnte sich dicht an sie.

Henley legte einen Arm um die Schultern ihrer Tochter und fragte: »Wie geht's dir?«

»Großartig!«, sagte Jasna fröhlich. »Mir gefällt es hier so gut.«

»Das freut mich.«

»Ich weiß, du hast mir alles über die Tiere erzählt, aber ich kann nicht glauben, dass du mir nicht gesagt hast, wie toll alles andere ist. Ich hätte hier jeden Sommer rumhängen können!«

Henley lachte. »Ich habe dir zwar gesagt, dass es toll ist, aber du wolltest es nicht hören, weil es Moms Arbeitsplatz war.«

Jasna lachte. »Okay, du hast recht. Aber im Ernst, woher

hätte ich wissen sollen, dass *Die Zuflucht* nicht so ist wie deine Praxis in der Innenstadt?«

Henley wollte am liebsten die Augen verdrehen und ihre Tochter daran erinnern, wie oft sie von dem Zufluchtsort für Menschen gesprochen hatte, die eine Pause von der Welt brauchten, aber sie tat es nicht. Sie war einfach froh, dass Jasna einen schönen Sommer hatte. Es hatte ihr große Sorgen bereitet, dass sie Mrs. Singleton und damit ihre Kinderbetreuung verloren hatte, aber bisher lief alles sehr gut.

»Wenn ich um eure Aufmerksamkeit bitten dürfte!«, rief Spike vom anderen Ende des Raumes.

Alle drehten sich zu ihm um und er fuhr fort.

»Wir wollten euch allen nur sagen, wie sehr wir eure Arbeit hier schätzen. Ohne euch könnten wir *Die Zuflucht* nicht so gut am Laufen halten, wie es der Fall ist. Wir haben neulich darüber gesprochen und wir möchten, dass ihr alle wisst, dass ihr jederzeit in den leeren Hütten übernachten könnt, wenn eine frei ist. Wir versuchen, an ein oder zwei Samstagabenden im Monat ein Lagerfeuer zu veranstalten, zu dem ihr immer kommen könnt, und natürlich könnt ihr auch die Wanderwege nutzen. Wir möchten, dass ihr auf das, was ihr hier tut, genauso stolz seid wie wir. Meldet euch einfach bei Alaska, wenn ihr in einer Hütte übernachten möchtet, und sie wird euch Bescheid geben, wenn eine Hütte storniert oder frei wird. Leider wird es wahrscheinlich sehr kurzfristig sein, aber wir hoffen, dass dies eine willkommene Abwechslung für euch alle sein wird.«

Alle um sie herum jubelten und Henley lächelte. Ihr und Jasna hatte es sehr gefallen, in der *Zuflucht* zu übernachten, und sie wusste, dass es den anderen auch gefallen würde.

»Jetzt, da das aus dem Weg geräumt ist, könnt ihr so lange bleiben, wie ihr wollt. In einer halben Stunde oder so öffnen wir die Lodge für die Gäste, aber das heißt nicht, dass ihr gehen müsst. Oh, und nehmt so viel von den Essensresten mit nach Hause, wie ihr wollt. Robert wird nicht böse sein, wenn alles weg ist, wenn er heute Abend das serviert, was er ein ›richtiges Abendessen‹ nennt.«

Alle lachten und Robert zuckte mit den Schultern, als wollte er sagen, dass Spike nicht unrecht hatte.

»Wie immer, wenn ihr irgendetwas braucht – egal was –, scheut euch nicht, einen von uns zu fragen«, fuhr Spike fort. »Brick, Tonka, Pipe, Owl, Stone, Tiny und ich wollen, dass ihr alle während eurer Zeit hier glücklich seid. Ihr verändert wirklich viele Leben, auch wenn ihr nicht glaubt, dass das, was ihr tut, wichtig ist. Die Männer und Frauen, die in *Die Zuflucht* kommen, brauchen einen Ort, an dem sie sich entspannen können, während sie versuchen, sich von dem zu erholen, was sie gerade durchmachen. Sie wollen einen stressfreien Urlaub und jeder Einzelne von euch trägt dazu bei, das zu ermöglichen. Und jetzt bin ich mit dieser rührseligen Ansprache fertig. Nochmals vielen Dank an euch alle!«

Alle klatschten und Jasna sah mit einem ernsten Gesichtsausdruck zu ihr auf. »Mom?«

»Ja, Schatz?«

»Ich möchte nicht daran denken, dass Spike etwas Schlimmes zustoßen könnte. Oder Finn. Oder einem der anderen Jungs.«

»Ich weiß. Ich auch nicht«, entgegnete Henley leise.

»Sie waren doch alle beim Militär, oder?«

»Hm-hm.«

»Also mussten sie wahrscheinlich Leute umbringen? Und die Leute haben versucht, sie zu töten?«

»Da bin ich mir nicht so sicher. Nicht jeder, der beim Militär ist, muss tatsächlich jemanden erschießen«, erwiderte Henley diplomatisch. Die Wahrheit war, dass sie nicht alle Geschichten der Jungs kannte. Obwohl sie die Therapeutin der *Zuflucht* war, setzten sich die Besitzer nicht mit ihr zusammen und erzählten ihr alle ihre Geheimnisse. Finn war der Beweis dafür. Sie war mit ihm zusammen und sie wusste immer noch nicht, was genau passiert war, das ihn dazu gebracht hat, in *Die Zuflucht* zu investieren.

»Ich weiß, dass es schlimm ist, Menschen zu töten, aber ich glaube nicht, dass jemand hier so etwas absichtlich tun würde. Und wenn doch ... dann hat derjenige es wahrscheinlich verdient.«

Es war faszinierend, ihre Tochter vor ihren Augen heranwachsen zu sehen. Zu sehen, wie sie intellektuell reifte. »Ich stimme dir zu«, sagte sie nach einem Moment.

»Und wenn jemand versuchen würde, mir oder dir etwas anzutun, würden sie sicher alles tun, um uns zu helfen.«

Henley runzelte die Stirn. »Hat jemand etwas gesagt oder getan, das dich beunruhigt, Jasna?«

»Nein«, sagte sie achselzuckend. »Ich fühle mich hier einfach sicher. Und bevor du es sagst, ich weiß, dass schlimme Dinge überall passieren, aber wenn ich in der Nähe von Finn und den anderen bin ... weiß ich einfach, dass mir niemand etwas antun kann.«

Mit diesen Worten umarmte Jasna ihre Mutter, riss sich dann aus ihrer Umarmung los und hüpfte hinüber zu Savannah, der Frau, die für die Steuern und die Buchhaltung der *Zuflucht* zuständig war.

»Geht es dir gut?«, fragte Finn, als er Jasnas Platz neben Henley einnahm.

Sie lehnte sich an ihn, während sie den Blick auf ihre Tochter richtete. »Ich weiß es nicht«, antwortete sie ehrlich.

»Was ist denn los? Sprich mit mir, Henley.«

Sie holte tief Luft und sah den Mann an ihrer Seite an.

»Es ist nur so, dass Jasna einige Dinge gesagt hat, die mich beunruhigen.«

»Was zum Beispiel?«

»Zum Beispiel, dass sie weiß, dass sie hier in der *Zuflucht* sicher ist. Dass es für sie in Ordnung ist, wenn du und deine Freunde Menschen umbringen, weil sie wahrscheinlich böse waren.«

Finn sagte einen Moment lang nichts, dann nickte er schließlich. »Sie hat nicht unrecht. In beiderlei Hinsicht.«

»Sollte ich mir Sorgen machen, dass sie es erwähnt hat? Ich meine, vielleicht fühlt sie sich in unserer Wohnung nicht sicher?«

Finn drehte sie um und legte einen Finger unter ihr Kinn, um ihr Gesicht nach oben zu richten. »Ich denke, sie ist ein zwölfjähriges Mädchen, das in diesem Sommer zum ersten Mal ein Stück Freiheit erlebt. Sie darf sich auf dem gesamten Gelände frei bewegen und genießt jeden Augenblick davon. Ich glaube, sie versucht nur, ihr Glück auszudrücken und dich wissen zu lassen, dass sie uns vertraut.«

Henley nickte. »Natürlich vertraut sie dir und deinen Freunden. Warum sollte sie auch nicht?«

Er betrachtete sie einen Moment lang. »Du bist so unglaublich.«

Sie runzelte die Stirn und sah ihn an. »Finn, wir reden hier von Jasna und ihrem Vertrauen in euch«, protestierte Henley, obwohl sie es liebte, von dem Mann Komplimente zu bekommen.

»Und du hast gesagt, sie vertraut uns vorbehaltlos. Ich weiß, dass die meisten Leute es sich zweimal überlegen würden, ob sie ihre Tochter mit einem Haufen ehemaliger Militärs, die unter einer posttraumatischen Belastungsstörung leiden, zusammen sein lassen. Ganz zu schweigen von all den Gästen, die die gleichen Probleme haben«, erklärte Finn ihr.

»Ich habe keine Angst vor dir oder deinen Freunden. Auch nicht vor den Gästen. Dass sie überhaupt hier sind, bedeutet, dass sie versuchen herauszufinden, wie sie mit dem leben können, was ihnen passiert ist. Ich mache mir mehr Sorgen um die Leute, die draußen in der Welt betrunken Auto fahren. Die Menschen, die meinen, sie hätten das Recht, über hart arbeitende Angestellte in Dienstleistungsberufen zu schimpfen. Menschen, denen es egal ist, ob sie zur Arbeit oder zur Schule gehen, wenn sie krank sind, und die keine Rücksicht auf andere nehmen. Mir ist es lieber, dass Jasna hier mit dir und deinen Freunden Zeit verbringt, als dass sie sich ihren Verstand durch sogenannte Realityshows verderben lässt oder mit gemeinen Mädchen aus der Schule zusammen ist.« Henley starrte Finn aufmerksam an und hoffte, dass er verstand, was sie zu sagen versuchte.

»Eine Woche«, entgegnete Finn und sah ihr in die Augen.

Henleys Lippen zuckten amüsiert. »Eine Woche«, wiederholte sie.

Sie tauschten einen innigen Blick aus und Henley schwor sich, dass sie sein Herz an ihrer Hand spüren konnte, die auf seiner Brust lag.

»Mom!«, rief Jasna vom anderen Ende des Raumes.

Die Stimmung zwischen ihr und Finn wurde durch den Ausruf ihrer Tochter unterbrochen, aber die Tatsache, dass er ihre Finger über ihren Rücken gleiten ließ, als sie sich umdrehte, verursachte trotzdem noch eine Gänsehaut auf ihren Armen.

»Sie werden hier in der Lodge eine Bibliothek einrichten! Und Spike hat gesagt, ich darf beim Aussuchen der Bücher helfen«, sagte Jasna aufgeregt.

»Das ist toll. Aber wir stehen doch alle genau hier. Du

musst nicht so schreien, als wäre ich auf der anderen Seite des Grundstücks.«

»Tut mir leid«, sagte Jasna mit einem kleinen Grinsen. »Ich bin einfach nur aufgeregt.«

Der Rest des Nachmittags verging schnell, und je mehr Henley über die Worte ihrer Tochter über die Sicherheit nachdachte, desto besser fühlte sie sich dabei. Es war einfach Jasnas Art, ihrer Mutter zu sagen, dass sie sich keine Sorgen machen sollte. Dass sie glücklich war.

Bei allem, was Henley in den letzten zwölf Jahren getan hatte, hatte sie an Jasna gedacht. Bei den Jobs, die sie annahm, bei den Lebensmitteln, die sie kaufte, bei den Filmen, die sie im Fernsehen sahen. Der wichtigste Mensch in ihrem Leben war ihre Tochter. Zu wissen, dass sie *Die Zuflucht* genauso liebte wie Henley, war ein gutes Gefühl. Und sie hatte nicht unrecht. Die Männer, denen *Die Zuflucht* gehörte, waren etwas Besonderes. Ja, wahrscheinlich hatten sie in der Vergangenheit getötet, aber das machte sie keineswegs unwürdig oder unzuverlässig. Sie würde ihnen ihr Leben anvertrauen. Und was noch wichtiger war: Sie würde ihnen Jasnas Leben anvertrauen, wenn es darauf ankäme.

Heute Abend hatte Finn sie und Jasna eingeladen, vor Einbruch der Dunkelheit zum Table Rock zu gehen und den Sonnenuntergang zu beobachten. Sie war schon einmal dort gewesen und die Wanderung zu diesem malerischen Ort war nicht allzu schwierig. Es war ziemlich egal, was sie und Finn zusammen machten, er konnte sie fragen, ob sie in einem leeren Raum sitzen und mit ihm die Wand anstarren wollte, und sie hätte nur allzu gern zugestimmt. Allein die Anwesenheit dieses Mannes machte sie glücklich.

Eine Woche, erinnerte sie sich im Stillen. Kein Problem.

KAPITEL ZEHN

Tonka musste immer wieder auf die Uhr sehen. Er hatte vorhin eine Nachricht von Henley erhalten, in der sie ihm mitteilte, dass sie Jasna in ihrem Abenteuercamp abgesetzt hatte und zu einer Therapiestunde mit einem Patienten in ihre Praxis fuhr, um sich dann auf den Weg zu ihm zu machen.

Er betete, dass er sich beherrschen konnte, wenn Henley eintraf. Soweit er wusste, hatte sie weder heute noch morgen Therapiestunden mit Gästen in der *Zuflucht* geplant. Das bedeutete, dass sie viel Zeit für sich allein haben würden. Tonka freute sich schon sehr darauf.

Er liebte Jasna und er lernte, die Zeit mit seinen Freunden wirklich zu genießen, aber er wollte mehr Zeit mit Henley allein verbringen. Sie konnten nicht gerade tiefgründige Gespräche führen, wenn ihre Tochter zuhörte oder seine Freunde herumlungerten.

Es war die richtige Entscheidung gewesen, sich diese letzten vier Wochen zu gönnen, um einander wirklich näherzukommen. Ohne Sex konnte Tonka sich entspannen und sich ausschließlich darum kümmern, seine Zeit mit Henley und Jasna zu genießen.

Sie hatten ferngesehen, waren einen Abend zum Bowling gegangen, waren ein paarmal ins Kino gegangen und hatten es einfach genossen, zusammen zu sein. Er hatte so viel gelacht wie seit vielen Jahren nicht mehr. Es war verblüffend, dass er in wenigen Wochen gelernt hatte, die Gesellschaft von Menschen wieder zu genießen.

Es hatte eine Zeit gegeben, gleich nach dem schrecklichen Vorfall, als Tonka das Gefühl gehabt hatte, er wolle am liebsten mitten ins Nirgendwo ziehen und nie wieder mit jemandem sprechen. *Die Zuflucht* kam dem am nächsten, auch wenn Brick und die anderen ihm nicht erlaubten, *ganz* zum Einsiedler zu werden.

Aber als er während der letzten Monate mehr und mehr mit seinen Freunden zusammen war, entdeckte er wieder die Freude, jemanden zu haben, der für einen da war. Er vermisste das Kameradschaftsgefühl seiner Militärkameraden. Sie verstanden ihn auf eine Weise, wie andere es nicht konnten. Und *diese* Gruppe von Männern verstand, wenn er einen schlechten Tag hatte. Wenn seine Erinnerungen ihn überwältigten. Sie gaben ihm den Raum, den er brauchte.

Brick hatte ihm buchstäblich das Leben gerettet, als er ihn einlud, an seinem Projekt für Opfer einer posttraumatischen Belastungsstörung teilzunehmen. Es hatte viele Jahre gedauert, aber Tonka hatte endlich das Gefühl, aus der Grube herauszukriechen, in der er viel zu lange gesteckt hatte.

Und Henley und ihre Tochter hatten einen großen Anteil daran, dass er die Kraft dazu gefunden hatte. Er wollte der Mann sein, auf den sie sich verlassen konnten. Er wollte sie glücklich machen, und das konnte er nicht, wenn er launisch und abweisend war. Die Tiere in der *Zuflucht* waren sein Seelenheil, aber Henley war sein Leitstern. Sein

Grund, weiterhin zu versuchen, seine Dämonen zu bekämpfen.

Er sah wieder auf die Uhr. Zwei Minuten waren vergangen, seit er das letzte Mal nachgesehen hatte.

Kopfschüttelnd presste Tonka die Lippen aufeinander und machte sich wieder an die Arbeit. Wenn er sich eine Auszeit nehmen wollte, um sie mit Henley zu verbringen, ohne sich um die Tiere sorgen zu müssen, dann musste er auch etwas zustande bringen.

Der Rest des Morgens verging quälend langsam. Gerade als Tonka dachte, dass er vor Ungeduld den Verstand verlieren würde, hörte er das Geräusch von Autoreifen auf dem Kies vor der Scheune. Er merkte, dass er lächelte, als er schnell zur Wand ging und das Wasser abstellte, mit dem er die Tröge nachfüllte. Er ging rechtzeitig nach draußen, um zu sehen, wie Henley aus ihrem Wagen stieg.

Als sie ihn sah, fing sie sofort an zu joggen und eilte auf ihn zu. Sie wurde nicht langsamer und stieß ihn fast um, als sie sich auf ihn stürzte. Tonka taumelte einen Schritt zurück, immer noch lächelnd.

Sie umarmte ihn fest und lehnte sich dann gerade so weit zurück, dass sie zu ihm aufblicken konnte. »Hallo!«, begrüßte sie ihn fröhlich.

»Hallo, du«, erwiderte er. »Hattest du einen guten Morgen?«

Sie zog die Nase kraus und sah wahnsinnig süß dabei aus. »Er schien sich wie Kaugummi hinzuziehen. Ich bin jetzt offiziell im Urlaub. Zumindest für die nächsten anderthalb Tage. Weißt du, wie lange es her ist, dass ich keine Verpflichtungen hatte und nirgendwo hinmusste?«

»Ich schätze mal, eine ganze Weile.«

»Da liegst du richtig«, bestätigte Henley. Dann umarmte sie ihn erneut und legte ihre Wange an seine Brust, und Tonka musste sich wahnsinnig beherrschen, um sie in diesem Moment nicht direkt in seine Hütte zu schleppen. Wochenlang hatten sie um ihre Anziehungskraft herumgeredet. Ja, sie hatten oft miteinander geknutscht, aber sie wussten immer, dass sie nicht weitergehen konnten, weil sie weder die Zeit noch die Privatsphäre hatten, die sie beide wollten.

Aber jetzt? Zu wissen, dass diese Frau für zwei Nächte nur ihm gehörte? Dass er nicht aufhören musste, wenn es gerade interessant wurde? Tonka konnte es nicht erwarten. Aber er nahm an, dass es wahrscheinlich nicht so die feine englische Art war, sie gleich nach ihrer Ankunft in sein Bett zu zerren. »Hast du Hunger?«, fragte er schließlich.

»Ich bin völlig ausgehungert«, erklärte sie und sah ihn mit einem Ausdruck an, der wahrscheinlich seinem eigenen ziemlich nahe kam.

»Dann besorge ich dir lieber etwas zu essen«, erwiderte Tonka rau. »Denn wenn ich dich erst einmal in meinem Bett habe, wird es verdammt lange dauern, bis ich dich gehen lasse ... und ich habe keine Ahnung, was ich in meiner Hütte an Lebensmitteln habe.«

Henley grinste, dann lehnte sie ihre Stirn an ihn. Mit gedämpfter Stimme sagte sie: »Ich konnte ständig nur an dich denken. Wahrscheinlich sollte ich etwas vorsichtiger sein, aber ich will es nicht.« Sie hob den Kopf und sah noch einmal zu ihm auf. »Du bist ein guter Mann. Der beste, den ich je getroffen habe. Du hast mir Zeit und Raum gegeben, dich kennenzulernen. Du warst immer geduldig und freundlich in Bezug auf meine Tochter, von der ich weiß, dass sie manchmal ein wenig fordernd sein kann. Du bist so verdammt gut aussehend, dass ich mich manchmal kneifen musste, um sicher zu sein, dass ich nicht träume, dass du mich zu wollen scheinst.«

»Ich will dich«, versicherte Tonka ihr.

»Das wird entweder unglaublich oder die größte Enttäuschung in der Geschichte der sexuellen Begegnungen«, neckte sie ihn.

»Ich stimme für unglaublich«, versicherte er ihr mit einem kleinen Lachen.

»Ich auch. Komm mit. Lass uns essen gehen und allen Hallo sagen, dann können wir ohne Schuldgefühle bis morgen Nachmittag verschwinden.«

Könnte diese Frau noch perfekter sein? Tonka glaubte nicht, dass das möglich war. Er griff nach ihrer Hand und eilte zur Lodge. Ihr Kichern war das Süßeste, was er je gehört hatte.

Das Mittagessen war eine schier unendliche Übung in Sachen Geduld. Henley schien ihre Hände nicht bei sich behalten zu können ... was ihm ganz recht war. Als er gerade einen Bissen Nudelsalat essen wollte, spürte er ihre Hand auf seinem Bein, die sie sofort so verlagerte, dass sie mit den Fingerspitzen seinen Innenschenkel streichelte. Noch ein Zentimeter höher und sie hätte seinen Schwanz berührt.

Die ganze Zeit über unterhielt sie sich mit Owl neben ihr über die Bibliothek, die sie entlang einer ganzen Wand im großen Saal der Lodge zu bauen versuchten. Das kleine Luder machte ihn verrückt, und sie wusste es.

Als sie Brownies mit Eis zum Nachtisch aßen, revanchierte er sich, indem er seine Hand unter das Bein ihrer Shorts schob und mit einem Finger über den Schritt ihres Höschens fuhr.

Sie war nicht in der Lage, ihre Reaktion zu unterdrücken, und sie zuckte zusammen – und zwar heftig. Sie starrte ihn zum Spaß böse an und griff nach seinem Handgelenk, um ihn an der Bewegung zu hindern, aber das gebot ihm keinen Einhalt. Stone stellte ihr eine Frage zu einer Gruppentherapiesitzung in letzter Minute, zu der sie sich für morgen Nachmittag bereit erklärt hatte, und während sie sich Mühe gab, sich klar auszudrücken, machte Tonka sie weiterhin so heiß, wie er selbst es bereits war.

Er war noch nie so dankbar gewesen, mit dem Essen fertig zu sein. Er hatte das Gefühl, dass Henley ihn absichtlich quälte, indem sie die Verabschiedung von ihren Freunden und den Gästen, die mit ihnen gegessen hatten, in die Länge zog. Als er seinen Arm um ihre Taille legte, um sie aus der Lodge zu führen, war Tonka mit seiner Geduld am Ende.

Henley lachte, als er sie praktisch mit Gewalt zu seiner Hütte zerrte. Es klang unbeschwert und fröhlich und bahnte sich seinen Weg unter seine Schilde, wo es sie dauerhaft zerstörte. Diese Frau war durch die Hölle und zurück gegangen, und hier war sie, lachte und hüpfte fast vor Ungeduld. Tonka wollte so sein wie sie. Wollte Freude finden in einer Welt, die ihn völlig im Stich gelassen hatte. Sie war der Schlüssel zu seinem Glück, daran hatte er keinen Zweifel.

»Hast du es eilig?«, neckte sie ihn, als sie eine ihrer Hände unter den Bund seiner Cargohose schob. Das Gefühl, wie sie mit den Fingern über seine Pospalte glitt, ließ seinen ohnehin schon harten Schwanz noch steifer werden. Er wollte sie. Und zwar sofort. Er dachte, er würde sterben, wenn er nicht sofort ihren Körper in Besitz nahm.

Tonka fummelte an seinem Schlüsselbund herum, als er sich seiner Hütte näherte. Hier oben gab es nicht viele Gründe, seine Tür abzuschließen, aber er hatte zu viele Kriminalfilme gesehen, die mit so etwas begannen wie: »Die Gemeinde war sicher und niemand schloss seine Tür ab«, bevor eine Stunde des Mordens und Verstümmelns begann.

Als er versuchte, den Schlüssel ins Schloss zu stecken, hob Henley sein Hemd von hinten an und zwickte ihn in eine seiner Brustwarzen. Und zwar heftig.

Die Tür schwang auf, und Tonka packte Henley an der Taille und zerrte sie hinein. Er schlug die Tür mit dem Fuß zu und wollte sie keinen einzigen Moment loslassen. Gleichzeitig drückte er sie mit dem Rücken gegen die Tür, den Kopf bereits gesenkt.

Er war schon zu weit gegangen, um jetzt noch innehalten zu können. Oder um es langsamer angehen zu lassen. Und zum Glück schien Henley das genauso zu sehen. Sie ließ ihre Hände sofort zu seinem Reißverschluss wandern. Er griff nach dem Saum ihres Oberteils und hob es an. Sie musste ihn loslassen, um ihre Arme zu heben, damit er das Oberteil ausziehen konnte. Kaum war der Stoff weg, griff Tonka nach ihrem BH, zog eines der Körbchen herunter und legte seine Lippen auf die aufgerichtete Brustwarze, die um seine Aufmerksamkeit bettelte.

Henley stöhnte auf und hob eines ihrer Beine an. Er packte ihren Oberschenkel und zog sie fester an sich, während er heftig an ihrer Brustwarze saugte. Sie wölbte den Rücken und stöhnte noch einmal aus tiefster Kehle.

»Finn«, flehte sie mit einem rauen Wimmern. »Ich brauche dich.«

»Und du wirst mich kriegen«, versicherte er ihr sofort, während er das andere Körbchen von ihrer zweiten Brust wegzog.

Sie bebte und wand sich in seinem Griff, und Tonka hatte sich noch nie in seinem Leben so vor Verlangen verzehrt. Er wollte sie küssen. Seinen Mund zwischen ihren Beinen vergraben. Es ihr besorgen. Er wollte das alles gleichzeitig tun, und er wollte es auch langsamer angehen lassen. Ihr zeigen, wie viel sie ihm bedeutete, indem er sie richtig verwöhnte.

Aber die Zeit der Langsamkeit war vorbei. Keiner von ihnen wollte das im Moment.

Henley legte ihre Hände erneut an seine Hose und versuchte verzweifelt, sie aufzumachen und herunterzuschieben. Tonka atmete schwer, als er nach seiner Brieftasche griff. Kaum hatte er sie aus der Tasche geholt, war seine Hose schon an den Knöcheln.

Als er Henleys Hand an seinem Schwanz spürte, wäre er in diesem Moment fast gekommen. Tonka schob ihre Hand ein wenig grob von ihm weg und befahl: »Hose runter, Henley. *Sofort.*«

Sie grinste ihn an und griff nach ihrem Reißverschluss. Während sie das tat, riss Tonka die Kondomverpackung auf, die er aus seiner Brieftasche genommen hatte, und biss die Zähne zusammen, als er seine Unterhose gerade genügend weit herunterschob, um das Ding über seinen pochenden Schwanz zu ziehen.

Kaum hatte Henley ihre Hose und Unterwäsche ausgezogen, war Tonkas Hand zwischen ihren Beinen. Gott sei Dank war sie klatschnass. Er wollte ihr nämlich auf keinen Fall wehtun. Besonders bei ihrem ersten Mal. Er drückte sie wieder gegen die Tür, bis kein Platz mehr zwischen ihnen war. Seine Erektion drückte gegen ihren Bauch.

»Spring hoch«, knurrte er und legte eine Hand auf ihren Hintern.

Henley grinste immer noch und zögerte nicht. Sie hüpfte ein wenig, Tonka hob sie hoch, und dann lag sie in seinen Armen. Er drückte sie gegen die Tür, lehnte sich ein wenig zurück und griff nach seinem Schwanz. Es brauchte ein wenig manövrieren auf beiden Seiten, aber schließlich, nach einer gefühlten Ewigkeit, drang er mit der Spitze seines Schwanzes in ihre Muschi ein.

Dann hielt er inne und schluckte hart. Tonka wünschte sich nichts sehnlicher, als so weit wie möglich in sie einzudringen, aber er konnte nicht. Er musste sich davon überzeugen, dass sie genauso verzweifelt nach ihm verlangte wie er nach ihr.

Als er an ihr herunterschaute, war er fast überwältigt davon, wie sexy die Frau war. Sie trug immer noch ihren

BH, ihre üppigen Brüste quollen über die Körbchen, ihre Brustwarzen waren hart, und ihre Brust hob und senkte sich, da sie so heftig atmete. Ihre Beine waren weit um seine Hüften gespreizt und er konnte die Spitze seines Schwanzes in ihrem Körper sehen.

»Finn?«, fragte sie. »Worauf wartest du?«

»Ich muss sicher sein, dass es das ist, was du willst.«

Sie lachte und Tonka spürte, wie die Schwingungen seinen Schwanz hinaufwanderten.

»Ich will es«, versicherte sie ihm. »Ich *brauche* es. Brauche dich. Nimm mich. Bitte!«

Und damit war es um ihn geschehen. Tonka bewegte sich, bevor sein Gehirn überhaupt die richtigen Signale an seine Gliedmaßen senden konnte. In dem einen Moment bewunderte er noch, wie sexy seine Frau war, und im nächsten steckte er bis zum Anschlag in ihr. Der Schock darüber, wie gut sie sich an seinem Schwanz anfühlte, ließ ihm fast die Knie weich werden. Aber wenn er fiel, konnte Henley verletzt werden, also schaffte er es irgendwie, stehen zu bleiben.

»Oh mein Gott!«, rief sie aus.

»Habe ich dir wehgetan?«, fragte er besorgt.

»Nein! Verdammt nein. Bitte, mehr. Ich brauche mehr!«

»Halt dich an mir fest«, befahl Tonka.

Sie vergrub ihre Finger in seinen Bizeps und umschlang mit den Beinen seine Hüften noch fester.

Tonka hätte sich nicht zurückhalten können, selbst wenn sein Leben davon abgehangen hätte. Er besorgte es ihr. Heftig. Gegen seine Tür gelehnt. So hatte er sich ihr erstes Mal nicht vorgestellt. Er wollte es langsam angehen, ihr zeigen, wie viel sie ihm bedeutete. Aber sie hatten beide ihr Verlangen ziemlich lange zurückgehalten, und das war das Ergebnis.

Mit jedem Stoß hatte Tonka das Gefühl, zu dem Mann

zurückzukehren, der er einmal gewesen war. Zuversichtlich. Zufrieden. Sogar ein bisschen eingebildet.

Wie könnte er sich in diesem Moment nicht ein wenig arrogant fühlen? Er hatte die schönste Frau, die er je gesehen hatte, in seinen Armen, die um mehr bettelte. Und wenn seine Henley mehr wollte, würde sie es bekommen.

Tonka stützte ihren Hintern auf seinen Unterarm und griff mit seiner freien Hand zwischen sie beide. Als er zum ersten Mal ihre Klitoris berührte, während er in sie stieß, spürte er, wie sich ihre Muskeln um seinen Schwanz zusammenzogen.

Sie zuckte in seinem Griff und stieß ihre Hüften bei seinem nächsten Stoß nach vorn.

»Das gefällt dir.«

Es war keine Frage.

Sie nickte und leckte sich über die Lippen, während ihr Blick sich auf sein Gesicht richtete. »Mir gefällt alles, Finn.«

Tonka wollte ihr in die Augen sehen, wollte sehen, wie sie beim Orgasmus glasig wurden, aber er konnte sich nicht davon abhalten, nach unten zu sehen, während er es ihr besorgte. Der Anblick seines Schwanzes, der von ihren Säften glänzte, während er tief in sie eindrang und sich wieder zurückzog, war das Sinnlichste, was er je gesehen hatte.

Er würde nicht lange durchhalten. Er hatte sie schon zu lange begehrt. Viel länger als die fünf oder sechs Wochen, in denen sie offiziell zusammen waren. Er hatte sich schon von ihr angezogen gefühlt, als sie sich das erste Mal getroffen hatten, aber er war noch nicht bereit gewesen.

Er erhöhte den Druck und die Geschwindigkeit seines Daumens an ihrer Klitoris und fühlte sich ungeheuer befriedigt von ihrer Reaktion. Sie ballte die Hände zu Fäusten und sie stöhnte auf. Ihr Kopf fiel zurück und schlug gegen die Tür hinter ihr, aber er war sich ziemlich sicher, dass sie keinen Schmerz spürte.

Sie bewegte ihre Hüften rhythmisch gegen ihn und er hörte auf zu stoßen, um sich darauf zu konzentrieren, sie zum Orgasmus kommen zu lassen. So konnte er spüren, wie jeder Muskel um seinen Schwanz herum zuckte und sich zusammenzog.

Es dauerte nicht lange. Dann spannte sie den Bauch an und drückte den Rücken durch, kurz bevor sie unkontrolliert zu zittern begann. Tonka drückte sie fester an sich und sah ehrfürchtig zu, wie sie in seinen Armen zum Orgasmus kam. Und er hatte sich nicht geirrt. Sie drückte seinen Schwanz so fest zusammen, dass es sich anfühlte, als würde er gleich in ihr abbrechen.

Seine Eier spannten sich an und erstaunlicherweise brachte ihn allein das Gefühl, dass sie um ihn herum zum Höhepunkt kam, dazu, selbst seine Beherrschung aufzugeben. Stöhnend kam Tonka so heftig zum Orgasmus, dass er dachte, er würde nie wieder aufhören. Er hatte in seinem ganzen Leben noch keinen besseren Sex gehabt. Und seine Selbstbefriedigungsbemühungen waren sicher *nicht* so erfüllend. Sie keuchten beide heftig und er konnte Henleys Herzschlag an ihrem Hals sehen.

Er wollte sich nicht mehr bewegen. Wollte für immer in ihr bleiben. Aber er spürte, wie seine Oberschenkel zitterten, sowohl von dem gewaltigen Orgasmus, den er gerade gehabt hatte, als auch davon, dass er Henley gegen die Tür gedrückt hielt. Nicht nur das, er spürte auch, wie sein Sperma aus dem Kondom auf seine Hoden tropfte. Er hatte noch nie ein Kondom komplett gefüllt.

Als er sich daran erinnerte, dass Henley nicht verhütete, kostete es ihn alle Kraft, sich aus ihrem Körper zurückzuziehen. Aber er ließ sie nicht los, drehte sich einfach um und schlurfte unbeholfen zu seinem gemütlichen Bett im Schlafzimmer auf der anderen Seite der Hütte.

Ihre Kleidung lag verstreut auf dem Boden, sein Schlüssel und seine Brieftasche lagen vergessen in dem Durcheinander, aber Tonka konnte an nichts anderes denken als daran, sie zu seinem Bett zu bringen und dort weiterzumachen, wo sie aufgehört hatten. Normalerweise war er nicht darauf erpicht, es zweimal so schnell hintereinander zu tun, aber er hatte das Gefühl, dass Henley alles, was er in Sachen Sex je gewusst und erlebt hatte, neu definierte.

Henley fiel das Atmen schwer. Oder zu denken. Oder überhaupt irgendetwas zu tun. Glücklicherweise schien es Finn ein wenig besser zu gehen. Sie fand es schade, dass er sich so schnell aus ihr zurückgezogen hatte, konnte aber nicht die Kraft aufbringen, nach dem Grund zu fragen.

Sie hatten fast das Schlafzimmer erreicht, als sie genügend wach wurde, um die Augen zu öffnen. Und musste über das, was sie sah, lachen. Finn schlurfte eher, als dass er ging, denn seine Hose hing ihm noch bis zu den Knöcheln. Er hatte sein Hemd, seine Socken und Schuhe an, und sogar seine Unterhose hing noch um seine Oberschenkel. Sie war nackt, bis auf ihren BH, der jetzt, da sie darüber nachdachte, in ihre Brust einschnitt.

Aber irgendwie fühlte sich der Moment genau richtig an. Keiner von beiden hatte noch eine weitere Sekunde warten können, um mit dem anderen zusammen zu sein. Die Vorfreude hatte sich während der letzten Wochen bis zu ihrem explosiven Ende gesteigert.

Und wenn sie geglaubt hatte, sie würde sich weniger lüstern, weniger verzweifelt fühlen, nachdem sie endlich

Sex gehabt hatten, hatte sie sich getäuscht. Wenn überhaupt, wollte Henley ihn sogar noch mehr, jetzt, da sie alles erlebt hatte, was Finn Matlick ausmachte. In ihren jungen Jahren hatte Henley Sex geliebt. Aber sie konnte sich nicht erinnern, dass er jemals so intensiv gewesen war.

Sie erreichten sein Bett, und er beugte sich langsam vor und setzte sie auf die Matratze. Sie lehnte sich zurück und stützte ihr Gewicht auf die Ellbogen, während sie den Blick an Finns Körper auf- und abgleiten ließ. Während sie ihn anstarrte, begann er, sich zu entkleiden. Er zog sein Hemd hoch und über den Kopf, und Henley blieb die Spucke weg. Sie hatte ihn schon einmal ohne Hemd gesehen, aber es war so sexy, wie Finn sich jetzt vor ihr entblößte, während sie fast nackt und er gerade in ihr gewesen war.

Er zog seine Stiefel und seine Hose aus und schob seine Unterwäsche beiseite. Dann zog er, während sie zusah, das Kondom von seinem noch halbharten Schwanz ab. Spermaperlen tropften von der rötlichen Spitze, als er sich vorbeugte, um ein Taschentuch von dem kleinen Tisch neben dem Bett zu holen.

Henley bewegte sich, ohne nachzudenken. Sie ging vor ihm auf die Knie, griff mit einer Hand nach seinem Schwanzansatz und nahm so viel von ihm in den Mund, wie sie konnte.

»Verdammt!«, rief Finn aus, als sie tief in ihrer Kehle stöhnte. Blasen war noch nie eine ihrer Lieblingsbeschäftigungen gewesen, aber mit Finn? Sie fühlte sich ausgehungert. Er schob eine Hand in ihr Haar, aber er drückte sie nicht nach unten oder versuchte, das Tempo zu kontrollieren. Er hielt sie einfach fest, während sie jede Spur des Orgasmus, die auf seiner Haut zurückgeblieben war, ableckte und aufsaugte.

Er schmeckte ein wenig nach Latex und war etwas bitter, aber Henley konzentrierte sich mehr darauf, wie seine

Schenkel zitterten, als er die Beine spreizte, um das Gleichgewicht zu halten. Wie gut er roch, als sie ihre Nase in seinem Schamhaar vergrub, als sie ihn in ihre Kehle aufnahm. Das Stöhnen und Ächzen, das aus seinem Mund kam, klang so sehnsüchtig und verlangend, während sie ihn verwöhnte.

Mit einer Hand hielt sie den Ansatz seines Schwanzes fest, während sie schlürfte und saugte, und die andere ließ sie zwischen seine Beine gleiten, um seine Hoden zu streicheln. Sie waren groß und schwangen frei, als seine Hüften mit ihren Bewegungen wippten. Sie streichelte den empfindlichen Sack und spürte, wie er in ihrem Mund noch härter wurde.

Sie konnte sich ein leichtes Lächeln nicht verkneifen, als sie mit ihm auf und ab wippte. Diesen Mann in ihrer Gewalt zu haben, jemanden, der überlebensgroß war, jemanden, der ein fünfhundert Kilo schweres Pferd oder eine Kuh mit nur einem scharfen Wort kontrollieren konnte, war überwältigend, und sie liebte jeden Moment, in dem sie vor ihm auf den Knien lag.

Gerade als sie in Fahrt kam, als sie dachte, dass sie vielleicht erleben würde, wie er in ihren Mund kam, bewegte sich Finn.

Er hob sie von seinem Schwanz und von ihren Knien, als wöge sie nichts, und schleuderte sie praktisch zurück auf sein Bett. Sie wippte ein wenig und hatte keine Zeit, mehr zu tun, als sich über die Lippen zu lecken, bevor er ihre Beine spreizte und sich über sie hermachte.

Henley wölbte den Rücken, als er sie praktisch überfiel. Er leckte und saugte, als wäre er ein ausgehungerter Mann. Sie hatte noch nie jemanden gehabt, der sich so gierig auf sie gestürzt hatte. Sie versuchte, ihre Hüften von seinem hungrigen Mund wegzuschieben, da ihre Klitoris nach ihrem letzten Orgasmus immer noch empfindlich war, aber er packte ihre Hüften fester und hielt sie genau dort, wo er sie haben wollte.

»Finn!«, rief sie aus, während sie sich an seinem Haar festhielt. Zuerst versuchte sie, ihn wegzuziehen, aber als er begann, an ihrer Klitoris zu saugen, drückte sie sein Gesicht fester an ihre Muschi. Ihr Gehirn war anscheinend genauso verwirrt wie ihr Körper.

Es dauerte nicht lange, bis sie spürte, wie ein weiterer Orgasmus in ihr aufstieg. Ihr Herz klopfte so heftig in ihrer Brust, dass sie einen Herzinfarkt befürchtet hätte, hätte sie klar denken können.

Finn machte schlürfende Geräusche und verzweifelte Laute tief in seiner Kehle, während er sie leckte, und Henley konnte nichts anderes tun, als stillzuhalten. So gut sich seine Zunge und seine Lippen auch anfühlten, sie war immer noch leer. Es hatte ihr wahnsinnig gefallen, einen Orgasmus zu haben, während er es ihr besorgte. So sehr sie Sex immer genossen hatte, auch so richtig ausgefüllt zu werden, so konnte sie sich doch nicht daran erinnern, jemals gekommen zu sein, wenn jemand in ihr war. Ihre Orgasmen waren immer klitoral, entweder bevor oder nachdem ihr Partner gekommen war. Und ihr Vibrator war kein Ersatz für die echte Sache.

Für Finn.

Aber sie hatte keine Gelegenheit mehr, ihn anzuflehen, in sie einzudringen, bevor sie wieder zum Orgasmus kam. Sie setzte sich halb auf, während sie sich an Finns Kopf klammerte und ihr Körper vor Lust bebte. Und als er zwei Finger in sie schob, steigerte sich ihr Höhepunkt noch weiter.

»Das ist es. Verdammt, du bist großartig. Komm an meinen Fingern. So ist es richtig, Baby. So schön und sexy. Du gehörst mir, Henley. Ganz und gar mir.«

Sie hörte ihn kaum, so sehr rauschten ihr die Ohren.

War Sex jemals zuvor so gut gewesen? Nein, definitiv nicht. Ein feiner Schweißfilm überzog ihren Körper und Henley fühlte sich, als wäre sie einen Marathon gelaufen. Nicht dass sie wüsste, wie sich ein Marathonlauf anfühlte, aber sie stellte sich vor, dass sich die Folgen so anfühlen mussten, wie sie sich jetzt gerade fühlte. Vollkommen ausgelaugt, erschöpft und ach so zufrieden.

Und Finn war noch nicht fertig. Henley hatte nicht einmal bemerkt, dass er sich bewegt hatte, bis er sie auf den Rücken drehte und sie auf Hände und Knie drückte.

»Hintern hoch, Hen«, befahl er und zog sie mit einer Hand auf ihrem Bauch hoch.

Sie drehte sich um und sah, dass er sich zwischenzeitlich ein weiteres Kondom übergezogen hatte und wieder voll erigiert war.

Sie gab ein Geräusch von sich, das zwischen einem Stöhnen und einem Wimmern lag, als sie den Rücken durchdrückte und den Hintern anhob. Sie spürte seine Hände auf ihrem Rücken und dann lockerte sich ihr BH erfreulicherweise. Sie hatte keine Zeit, die Hände zu heben, um ihn zur Seite zu werfen, bevor sie erneut seinen Schwanz an ihren klatschnassen Falten spürte.

Er zögerte nicht, sondern drang mit einem langsamen und gleichmäßigen Stoß bis zu den Eiern ein.

Diesmal stöhnten sie gemeinsam auf.

»Du hast keine Ahnung, wie fantastisch sich das anfühlt«, sagte er in einem erstickten Ton, während er mit den Händen ihren Hintern und ihren Rücken streichelte.

»Oh, ich glaube, das habe ich sehr wohl«, entgegnete sie trocken.

Dann begann er, in sie zu stoßen. Aber anstatt wie zuvor hart ranzugehen, hielt er seine Bewegungen langsam und sanft. Es fühlte sich gut an, aber Henley brauchte mehr.

Als er das nächste Mal in sie eindrang, stieß sie sich

gegen ihn, sodass seine Eier gegen sie schlugen, während er bis zum Anschlag in sie hineinpumpte.

Er stöhnte. Als er sich zurückzog und wieder eindrang, tat sie es noch einmal. Sie stemmte sich immer wieder gegen ihn, bis er sich an ihren Hüften festhielt und sie heftig in die Mangel nahm. Schon fast verzweifelt.

Henley stützte sich auf die Ellbogen und veränderte den Winkel, sodass er mit jedem Stoß ihren G-Punkt traf.

Sie konnte nicht mehr denken. Konnte nichts anderes tun, als in das Laken unter ihr zu stöhnen, während Finn sie auf den Ritt ihres Lebens mitnahm. Und als er sich über ihren Rücken beugte, eine Hand neben ihrem Gesicht auf der Matratze ablegte und die andere zwischen ihre Beine gleiten ließ, wo er ihre Klitoris liebkoste und rieb, drehte sie völlig durch. Sie wand sich so heftig an ihm, dass er tatsächlich herausrutschte, als er sich gleichzeitig zurückzog.

Sein Schwanz landete auf ihrem Hintern, aber er hörte nicht auf, mit ihrer Klitoris zu spielen. Er richtete sich auf, sodass sie ihn nicht mehr an ihrem Rücken spüren konnte. Sie spürte den Verlust seiner Hitze und war einen Moment lang traurig, aber als sie hörte, wie er ein langes Stöhnen ausstieß, und spürte, wie flüssige Hitze auf ihren Hintern und Rücken traf, wurde ihr klar, warum er sich von ihr gelöst hatte.

Er hatte das Kondom abgezogen und ejakulierte auf ihren Körper. Es hätte sich erniedrigend anfühlen können. Oder eklig. Aber es war das Erotischste, was Henley je erlebt hatte. Sie kam sofort noch einmal, als Finn weiter über ihr überempfindliches Nervenbündel streichelte.

Schließlich brach sie zusammen und Finn ließ sich mit ihr fallen, rollte sich auf die Seite und nahm Henley mit. Er nahm sie in seinen Arm, während sie beide versuchten, wieder zu Atem zu kommen. Minuten später drückte er sie nach vorn, zurück auf ihren Bauch, und mit der Hand verrieb er sanft sein Sperma auf ihrer Haut.

Henley schwebte, als hätte ihre Seele ihren Körper verlassen. Noch nie war sie auf so wunderbare Weise völlig ausgelaugt gewesen.

Keiner der beiden sagte ein Wort, sie lag einfach still da und ließ sich von Finn streicheln. Der Geruch von Sex lag in der Luft, und normalerweise hätte Henley sich jetzt nach einer Dusche gesehnt. Sie hätte sich sogar gewünscht, dass der Kerl, mit dem sie zusammen gewesen war, langsam mal ging. Aber als Finn sich wieder hinlegte, ihren Rücken an seine Brust zog und seinen schlaffen Schwanz an ihren Hintern presste, konnte Henley nur zufrieden seufzen.

Sie musste eingenickt sein, denn als sie wieder aufwachte, war es schon viel später. Das Licht, das durch die Vorhänge fiel, war gedämpft. Sie lag auf dem Rücken, und als sie den Kopf langsam drehte, sah sie Finn neben sich liegen. Eine Hand lag auf ihrem Bauch und mit der anderen stützte er seinen Kopf ab, während er sie ansah.

Anstatt sich verlegen zu fühlen, fühlte Henley sich sexy. Als er merkte, dass sie wach war, ließ er seine Hand nach oben wandern und spielte träge mit einer ihrer Brustwarzen.

»Hey«, sagte sie leise.

»Hey«, wiederholte er.

»Wie lange habe ich geschlafen?«

Finn zuckte mit den Schultern. »Ein paar Stunden. Du hattest es offensichtlich nötig. Du arbeitest zu hart.«

Sie lächelte. »Ich glaube, es waren die ganzen Orgasmen«, konterte sie.

Seine Lippen zuckten amüsiert. Er sah ihr weiter in die Augen, aber hörte nicht damit auf, seine Finger zu bewegen. Er umkreiste ihre Brustwarze und Henley spürte, wie sie sich unter seinen Berührungen straffte. Er wirkte nicht so, als würde er sich darauf vorbereiten, wieder mit ihr zu schlafen. Zumindest jetzt noch nicht.

»Habe ich dir wehgetan?«, fragte er leise.

»Nein. Ganz und gar nicht. Habe ich *dir* wehgetan?«, konterte sie.

Er grinste. »Nein. Obwohl ich nicht glaube, dass mir jemals zuvor jemand mit so viel Hingabe einen geblasen hat.«

Henley spürte, wie ihre Wangen heiß wurden. »Soll ich mich entschuldigen?«

»Nein. Verdammt *nein*.«

»Gut. Denn das hat mir gefallen. Und zwar sehr. Obwohl du dich zu früh zurückgezogen hast.«

»Ich stand kurz davor, in deinem Mund abzuspritzen«, entgegnete er.

»Ich weiß. Wie ich schon sagte, du hast dich zu früh zurückgezogen.« Bei Finn fühlte es sich nicht nuttig an, solche Dinge zu sagen. Es fühlte sich perfekt an. Erotisch.

»Willst du das?«

»Ja«, gab sie, ohne zu zögern, zu.

Dann rollte er sich auf sie. Er stützte die Ellbogen neben ihrem Kopf auf der Matratze ab und sein Körper lag schwer an ihrem Körper. Sie spürte, wie sich sein Schwanz an ihrem Bauch verhärtete, und sie spreizte die Beine, um ihm mehr Platz zu geben.

Finn beugte sich herunter und küsste sie. Es war ein sanfter und liebevoller Kuss, der Henley noch mehr unter ihm schmelzen ließ. Sie schlang ihre Arme um seinen Hals und erwiderte seinen Kuss.

»Wenn ich mit dir zusammen bin, fühle ich mich normal«, stellte er nach einem Moment fest.

»Was ist schon normal, Finn?«, fragte Henley. »Wir alle bestimmen selbst, was normal ist.«

»Das ist wahr«, stimmte er zu. »Willst du duschen?«

Henley zuckte mit den Schultern.

»Nein? Ekelt es dich nicht an, was ich getan habe?«

»Nein, überhaupt nicht. Es hat sich gut angefühlt. Richtig.«

»Mir hat es jedenfalls gefallen. Es hat sich angefühlt, als würde ich dich als mein Eigentum markieren.«

Sie verdrehte daraufhin ein wenig die Augen. »Du bist so ein typischer Mann.«

»Schön, dass du das bemerkt hast«, erwiderte Finn. Dann rollte er sich von ihr herunter, und als Henley sich auf die Seite drehen wollte, um sich an ihn zu kuscheln, legte er eine Hand auf ihren Bauch und hielt sie auf dem Rücken. »Ich möchte etwas tun. Lässt du mich?«

»Ja.« Sie hatte keine Ahnung, was er vorhatte, aber bei dem lustvollen Blick in seinen Augen hatte sie das Gefühl, dass es ihr gefallen würde, also war es auch egal.

»Lieg still. Was auch immer du tust, beweg dich nicht«, befahl er in einem tiefen, knurrigen Ton.

Henley hätte bei ihrer ersten Begegnung mit ihm nie gedacht, dass dieser Mann so leidenschaftlich sein würde. Die Tatsache, dass er einen so ausgeprägten Sexualtrieb hatte, erregte sie sehr. Sie war so lange Mutter gewesen und hatte weder die Zeit noch die Energie gehabt, an etwas anderes zu denken als an die Erziehung ihrer Tochter. Es fühlte sich an, als würde sie aus einem langen, tiefen Schlaf erwachen.

Finn setzte sich auf und saß im Schneidersitz neben ihr, und Henley konnte nicht anders, als ihm zwischen die Beine zu schauen. Sein Schwanz war groß. Sie hatte gewusst, dass er größer als normal war, als sie ihn in ihren Körper ... in ihren Mund ... genommen hatte, aber sie hatte nicht bemerkt, wie lang und dick er war, bis zu diesem Moment.

»Schließ die Augen«, befahl Finn und lachte leise. »Ich will nicht, dass du mich ablenkst.«

Henley stieß einen Atemzug aus, tat aber, was er verlangte.

Eine Zeit lang spürte sie nur seine Finger, mit denen er an ihrem Körper auf und ab strich. Es fühlte sich gut an, irgendwie kribbelig, aber angenehm. Dann, plötzlich, schob er einen seiner Finger langsam in sie hinein. Sie hob wie automatisch die Hüften, aber er räusperte sich und drückte mit seiner freien Hand auf ihren Bauch.

»Bleib liegen«, befahl er.

»Finn«, jammerte sie, aber er hielt seinen Finger einfach still tief in ihrer Muschi, bis sie Luft holte und sich wieder auf das Laken fallen ließ.

»Du bist so wunderschön. So eng. Ich kann nicht glauben, dass du mich so leicht in dich aufnehmen konntest. Aber du wirst so unglaublich feucht. Ich liebe das. Das macht mich so an. Sogar jetzt, gleich nachdem du aufgewacht bist und bevor ich deine Klitoris berührt habe, ist mein Finger schon ganz feucht.«

Er redete weiter. Henley hatte keine Ahnung, dass Verbalerotik sie so sehr anmachen würde, aber es war so.

»Ich möchte, dass du so kommst. Wenn du ganz still daliegst und nur meine Finger spürst. Würdest du das für mich tun?«

Henleys Herz klopfte wieder einmal heftig. Sie leckte sich über die Lippen und nickte.

»Braves Mädchen.« Er begann, seine Finger zu bewegen, erst langsam, dann schneller, und es kostete Henley jedes Quäntchen Selbstbeherrschung, ganz still zu bleiben. Mit einer Hand umklammerte sie das Laken an ihrer Seite und mit der anderen griff sie nach Finn. Sie genoss, was er tat, aber sie wollte ihn auch berühren. Sie brauchte diese Verbindung. Es schien ihm nichts auszumachen, als sie eine

Hand auf seinen Oberschenkel legte und sich festhielt, so gut sie konnte.

»So ist es richtig. Halte dich an mir fest. Höre auf meine Stimme. Du sollst wissen, dass ich es bin, der dich dazu bringt, all das zu fühlen. Ich bin es, der in dir ist. Ich bin es, der zusieht, wie du zum Orgasmus kommst.«

Henley hatte Finn schon einmal dabei gesehen ... na ja, nicht so natürlich. Aber sie hatte gehört, wie er denselben ruhigen, kontrollierenden Tonfall anschlug. Sie hatten vor Kurzem ein neues Pferd bekommen, das aufgrund eines Traumas sehr nervös war. Finn hatte auf der Koppel gestanden und stundenlang mit dem Tier gesprochen. Es musste sich nur an seine Stimme gewöhnen, damit es wusste, dass es sicher war und sich jemand um es kümmerte. Er hatte das Pferd so weit beruhigt, dass Finn sich ihm schließlich nähern und es in die Scheune führen konnte.

Sie fühlte sich ein bisschen wie dieses Pferd. Völlig unter Finns Kommando.

Das Geräusch seines Fingers, der sich in ihre feuchte Muschi hinein- und hinausbewegte, war laut und obszön und hätte eigentlich peinlich sein müssen, aber da sie mit Finn zusammen war, war es das nicht.

»Hörst du das? Das ist die Art deines Körpers, mir zu sagen, wie sehr du das hier magst. Du machst dich bereit, mich in dir aufzunehmen. Du bist wie für mich gemacht, Henley. Ehrlich gesagt ... zuerst hast du mir Angst gemacht. Ich glaube, ich wusste, dass du unter all die Schilde kommst, die ich aufgebaut hatte, und ich war mir nicht sicher, ob ich dort jemanden haben wollte. Jetzt, da du dort bist, möchte ich dich nie wieder weglassen.«

Henley spürte, wie eine Träne aus ihren geschlossenen Augen quoll. Sie war sich nicht sicher, warum sie weinte. Vielleicht weil sie sich so gut fühlte. Weil es so schwer war, ganz ruhig zu bleiben. Wegen dem, was er sagte. Sie wollte ihm sagen, dass er auch unter ihre Schutzschilde gedrungen war, aber es fiel ihr schwer, die richtigen Worte zu finden.

Sie fühlte sich, als würde sie schweben. Finn war extrem sanft. Diese sexuelle Erfahrung war nichts im Vergleich zu dem, was sie bisher gemacht hatten. Vorhin war es schnell und leidenschaftlich gewesen, aber nichts an diesem langsamen Vorspiel war weniger lustvoll, als wenn er in sie hineingestoßen hätte.

»So ist es gut. Ich kann spüren, wie sich deine Muskeln um mich herum zusammenziehen. Es ist ein unglaubliches Gefühl. Ganz im Ernst. Wie wäre es, wenn ich das mache?« Er bewegte die Hand auf ihrem Bauch nach unten, bis er mit dem Daumen sanft über ihre Klitoris strich. Er drückte nicht fest. Er kniff oder zog nicht. Er streichelte einfach immer wieder mit einer superleichten Berührung darüber.

Sie wollte mehr. Brauchte mehr. Wollte sich gegen ihn stemmen, ihn dazu zwingen, seine Finger schneller zu bewegen. Heftiger. Aber er wollte, dass sie stillhielt, also biss sie die Zähne zusammen und versuchte zu tun, was er von ihr verlangte.

»Verdammt, Hen, du bist unglaublich. Du lässt mich das machen. Deine Brustwarzen sind so hart, ich wette, sie pulsieren, nicht wahr?«

Das taten sie. Sie nickte.

»Halte noch ein bisschen durch. Ich verspreche dir, dass du es schaffen wirst.«

Ein bisschen länger stellte sich für Henley als viel zu lange heraus. Dies war der Himmel auf Erden und eine schreckliche Folter zugleich.

Als ihr Orgasmus kam, war er fast eine Überraschung. In dem einen Moment biss sie die Zähne zusammen und bemühte sich, sich nicht zu bewegen, und im nächsten fühlte sich ihr ganzer Unterkörper an, als stünde er in Flammen.

»So verdammt schön«, hauchte Finn – einen Moment, bevor er einen zweiten Finger in ihren Körper einführte und seine Hand drehte. Er drückte gegen die Stelle tief in ihr, die Henley unter seinem Griff zusammenzucken ließ.

Alle Gedanken daran, stillzuhalten, verschwanden aus ihrem Kopf und ihr Körper zuckte, als Finn sie von innen heraus liebkoste. Flüssigkeit schoss zwischen ihren Beinen hervor und benetzte das Laken und Finns Hand. Henley wäre beschämt gewesen, wenn Finn das nicht so wahnsinnig erregend gefunden hätte.

»Ja! *Gott ja*, Hen. Mein Gott, das ist unglaublich. *Du* bist unglaublich. Das ist es ... so toll. Du riechst köstlich. Ich könnte dich auffressen.«

Henley hatte das Gefühl, dass sie für einen Moment ohnmächtig geworden war, denn im nächsten Moment lag Finn neben ihr und hatte eine Hand schützend und besitzergreifend auf ihre Muschi gelegt.

Sie wurde wach genug, um zu sagen: »Bist du jetzt dran?«

»Pssst. Es geht mir gut. Das war das Erotischste, was ich je gesehen habe. Danke, dass du mir das geschenkt hast.«

»Ähm, ich glaube, ich sollte mich bei dir bedanken. Müssen wir jetzt die Bettwäsche wechseln?«

»Warum sollten wir uns die Mühe machen, wenn wir sie später nur wieder schmutzig machen?«

Henley riss daraufhin die Augen auf. »Noch mal?«, fragte sie ungläubig.

»Ich werde nie genug von dir bekommen, Hen. Und da du morgen Nachmittag eine Therapiesitzung hast und ich dich aus dem Bett lassen muss, werde ich das Beste aus unserer gemeinsamen Zeit machen.«

Henley lächelte und kuschelte sich an ihn. »Okay.«

»Okay«, stimmte er zu, führte seine Finger zu ihrer Muschi und streichelte sie.

Henley wollte wieder lächeln, aber sie war bereits dabei einzuschlafen. Außerdem fühlte es sich gut an, dass er sie so hielt.

Bevor sie einschlief, spürte sie nur noch seine Lippen an ihrer Schläfe.

KAPITEL ELF

Tonka fühlte sich wie ein völlig anderer Mann als der, der er gewesen war, bevor er und Henley zusammengekommen waren. Und das hatte er alles nur ihr zu verdanken. Sie gab ihm die Kraft, die Schatten in den Hintergrund zu drängen und sich auf das Hier und Jetzt zu konzentrieren.

Der Morgen nach ihrer Liebesnacht war genauso angenehm und leicht gewesen wie all die Tage davor. Das war eine Erleichterung, denn Tonka wollte auf keinen Fall, dass Henley sich für das schämte, was sie zusammen gemacht hatten.

Er hatte sich noch nie so frei gefühlt, sexuell zu tun, was er wollte, wie mit Henley. Sie vertraute ihm bedingungslos, und als Bonus genoss sie den Sex genauso sehr wie Tonka. Sie waren beide in der langen Nacht und am nächsten Morgen unersättlich gewesen, und sie hatte es gerade noch rechtzeitig zu ihrem Termin geschafft.

Sie hatten zusammen geduscht, die Wäsche gewaschen – was ganz harmlos begann und damit endete, dass Finn sie nahm, während sie auf seiner Waschmaschine saß –, ein ausgiebiges Frühstück gemacht und sogar eine Weile auf dem Sofa gekuschelt und irgendeine Zombiesendung gesehen, bevor sie sich noch einmal geliebt hatten.

Sie war alles, was Tonka sich je von einer Frau erträumt hatte, aber nie gedacht hatte, dass er es bekommen würde.

Der Abend, an dem Jasna aus dem Camp zurückkehrte, war härter, als er es sich vorgestellt hatte. Er vermisste Henley. Ja, der Sex war nicht von dieser Welt, aber es war die Intimität, die er am meisten vermisste. Schon nach den wenigen Nächten, die sie zusammen verbracht hatten, hatte er sich daran gewöhnt, auf das Sofa zu schauen und sie zu sehen. Mitten in der Nacht aufzuwachen und sie an sich gekuschelt zu spüren. Aus der Dusche zu kommen und den Geruch von dampfendem Kaffee zu riechen. Kaffee, den er nicht selbst hatte kochen müssen.

Er war so lange allein gewesen, dass er geglaubt hatte, es würde extrem schwierig sein, sich daran zu gewöhnen, dass jemand anderes in seine Privatsphäre eindrang. Aber das war überhaupt nicht der Fall gewesen. Henley passte in seine Welt, als wäre sie schon immer da gewesen.

Und dass er nach der Arbeit mit ihr in seine Hütte gehen konnte, ohne sich von ihr verabschieden zu müssen, war etwas, von dem er nicht einmal geahnt hatte, dass er es unbedingt brauchte.

Deshalb war es an diesem ersten Abend nach dem Camp, als sie und Jasna in seiner Hütte zusammen Zeit verbracht hatten und sie dann gegen zwanzig Uhr aufgestanden war und gesagt hatte, dass sie losmüssten, ziemlich schrecklich.

Tonka schätzte jeden Moment, den er mit Henley und Jasna verbringen konnte. Er hatte auf die harte Tour gelernt, dass nichts im Leben garantiert war. Er hatte angenommen, dass er noch viele Jahre mit Steel verbringen würde. Er war davon ausgegangen, der Hund würde aus dem Dienst bei der Küstenwache ausscheiden, und er würde seinen

Lebensabend bequem und verwöhnt von Tonka verbringen können. Steel war zwar »nur« ein Hund gewesen, aber er war auch Tonkas bester Freund. Sie hatten jede Minute ihres Lebens zusammen verbracht. Deshalb tat es so weh, dass er so gewaltsam und plötzlich weggerissen wurde.

Tonka scheute vor seinen Erinnerungen zurück und konzentrierte sich wieder auf die Diskussion um ihn herum. Er und der Rest der Jungs hatten ihre monatliche Unternehmensbesprechung über die Geschehnisse in der *Zuflucht*. Die Einnahmen waren um zehn Prozent gestiegen und das Spendenaufkommen hatte sich um hundertvierzig Prozent erhöht, seit Alaska vorgeschlagen hatte, einen Spendenknopf auf der Webseite einzurichten.

Savannah, ihre Buchhalterin, war gleich nach ihrem Bericht gegangen, und Jason sprach gerade über die Hütten und die notwendigen Reparaturen und Verbesserungen, damit sie für die Gäste so einladend wie möglich aussahen. Hudson und Robert hatten ihre Berichte bereits abgegeben und zum Glück gab es bei beiden keine Überraschungen, was die Landschaftsgestaltung und die Zubereitung von Speisen betraf.

Ehe er sichs versah, war Henley an der Reihe. Tonka konnte den Blick nicht von ihr abwenden. Sie hatten seit dem Ende von Jasnas Übernachtungscamp nicht mehr miteinander geschlafen, aber ehrlich gesagt war er zufrieden, sich einfach nur in Henleys Gegenwart aufzuhalten. Ob ihm der Sex gefallen hatte? Gott ja. *Brauchte* er ihn? Nein. Er genoss es, Zeit mit ihr zu verbringen, weil sie witzig und freundlich war und ihm das Gefühl gab, wieder ganz der Alte zu sein.

In der Vergangenheit hatte Tonka den monatlichen Besprechungen kaum Aufmerksamkeit geschenkt, weil er sich nur um die Tiere kümmerte und dafür sorgte, dass ihre Bedürfnisse befriedigt wurden. Er vertraute darauf, dass seine Freunde und Miteigentümer gute Entscheidungen über alles andere treffen würden. Aber heute war er interessierter als sonst. *Die Zuflucht* war schließlich sein Zuhause, und jetzt wollte er mehr denn je dafür sorgen, dass er seinen Teil dazu beitrug, dass es ein sicherer und glücklicher Ort für alle war, nicht nur für die zahlenden Gäste.

»Ich denke, dass die zunehmende Zahl von Menschen, die nicht aus dem Militär kommen, ein interessanter Trend ist«, erklärte Henley. »Wir konzentrieren uns zwar hauptsächlich auf Veteranen, aber es gibt noch viel mehr Menschen außerhalb des Militärs, die ein Trauma erleben und Hilfe bei der Bewältigung brauchen, und sie entdecken *Die Zuflucht.* Erst letzten Monat hatten wir zum Beispiel acht Gäste, die sexuell missbraucht wurden, zwei, die als Kind so sehr schikaniert wurden, dass sie noch heute damit zu kämpfen haben, vier, die eine Gewalttat am Arbeitsplatz überlebt haben, und drei, die von einem ehemaligen Ehepartner verfolgt und traumatisiert wurden ... und nein, sie waren nicht alle weiblich. Männer können genauso leicht von ihren Ehefrauen traumatisiert werden wie Frauen von ihren Ehemännern.«

»Das ist ein interessanter Trend und ein wichtiger Punkt«, entgegnete Pipe. »Was können wir tun, damit sie sich genauso willkommen fühlen wie unsere Veteranen? Wir haben hart daran gearbeitet, diesen Ort für Veteranen mit einer posttraumatischen Belastungsstörung zu vermarkten, aber wie schon gesagt gibt es viele Menschen, die Traumata erlebt haben, die nichts mit dem Militärdienst zu tun haben. Die Mundpropaganda hat offenbar viele Menschen in *Die Zuflucht* gebracht, die nicht bei den Streitkräften gedient haben, aber ich stimme zu, dass wir mehr tun könnten.«

»Ich erwähne das nicht als Kritik an dem, was ihr tut oder nicht tut. Es ist nur ein interessanter Punkt. Während

Dinge wie Feuerwerkskörper und Fahrzeuge mit Fehlzündungen immer noch berechtigte Bedenken sind, gibt es andere Dinge, die Auslöser sein könnten – für diejenigen, die nicht beim Militär waren –, die nicht so offensichtlich sind.«

Spike runzelte die Stirn. »Wir sollten also unser Aufnahmeformular aktualisieren.«

Henley nickte. »Ich kann wahrscheinlich dabei helfen, da ich mit den meisten Gästen spreche. Ich habe ein ziemlich gutes Gespür dafür, was ein Auslöser sein könnte und wonach wir vielleicht fragen sollten.«

»Was noch?«, fragte Owl und beugte sich vor.

Als Tonka zuhörte, wie seine Freunde und Henley darüber diskutierten, wie sie am besten dafür sorgen konnten, dass alle Gäste sich so sicher wie möglich fühlten, während sie hier waren – sowohl geistig als auch körperlich –, konnte er nicht anders, als wieder einmal von seiner Frau beeindruckt zu sein. Sie nutzte ihre Erfahrungen, um andere zu verstehen und ihnen zu helfen. Während er ...

Ja, was tat er eigentlich?

Er vermied es, an Steel zu denken. Hielt sich so bedeckt wie möglich. Er hielt sich von einigen der Menschen fern, die besser als alle anderen verstanden hätten, was er durchmachte.

Er hatte an Henleys Therapiestunden teilgenommen und einem Gast nach dem anderen zugehört, wie er von seinen Erlebnissen berichtete. Und kein einziges Mal hatte er versucht, die Ähnlichkeiten zwischen seinen eigenen Erfahrungen und denen der anderen zu erkennen. Er hatte stur den Standpunkt vertreten, dass nichts, was sie durchgemacht hatten, so schlimm war wie das, was er erlebt hatte.

Tonka presste die Lippen aufeinander und fühlte sich plötzlich ... beschämt. Henley selbst hatte etwas durchgemacht, von dem die meisten behaupten würden, dass es doppelt so traumatisch war wie das, was *er* erlebt hatte, und das in einem wesentlich jüngeren Alter, und sie kam viel besser damit zurecht als er.

»Du hast uns eine Menge zum Nachdenken gegeben, Henley«, erklärte Brick und lenkte Tonka auf die Diskussion zurück. »Wenn du noch weitere Vorschläge hast, was wir in Bezug auf die Genesung der Gäste anders machen sollten, scheue dich bitte nicht, uns darauf aufmerksam zu machen. Auch wenn es nicht bei unseren monatlichen Treffen ist. Als wir diesen Ort eröffnet haben, wollten wir einfach eine Zuflucht für die Menschen sein. Ein sicherer Ort, an dem sie die dringend benötigte Ruhe finden können, zumindest für eine kurze Zeit. Und wenn wir irgendetwas tun, das diese Möglichkeit einschränkt, und sei es auch nur unabsichtlich, dann wollen wir das wissen.«

»Das werde ich. Und ich denke, dieser Ort ist unglaublich. Fast alle Gäste, mit denen ich gesprochen habe, sagten, dass sie ein enormes Gefühl der Erleichterung verspürten, einfach nur auf dem Gelände zu sein. Sie werden nicht für ihre psychischen Probleme verurteilt, was an sich schon eine große Sache ist. Und wie ihr wisst, haben wir viele Stammkunden.«

Brick und die anderen nickten, aber Tonka konnte nur die Frau auf der anderen Seite des Tisches anstarren, die jetzt aufstand und ihre Papiere zusammensuchte. Sie warf ihm einen Blick zu und schenkte ihm ein kleines Lächeln, bevor sie den Raum verließ.

»Richtig, also ... damit bleiben wir übrig. Was denkt ihr über das, was wir von den anderen gehört haben, und darüber, wie es der *Zuflucht* geht? Müssen wir irgendetwas ändern?«, fragte Brick.

Einer nach dem anderen sprach, berichtete kurz über die Dinge, an denen er gearbeitet hatte, und gab seine Meinung über das Unternehmen im Allgemeinen ab.

Als Tonka an der Reihe war, sprach er zum ersten Mal in fünf Jahren nicht über die Tiere.

»Ich möchte mich bei euch allen bedanken, dass ihr es so lange mit mir ausgehalten habt«, erklärte er feierlich. »Ich habe bei den alltäglichen Aufgaben nicht meinen Beitrag geleistet, und das tut mir leid.«

Alle sechs Freunde meldeten sich gleichzeitig zu Wort und versuchten, seine Worte zu dementieren, aber Tonka hielt eine Hand hoch und unterbrach sie.

»Ich weiß es zu schätzen, dass ihr mir Zeit und Raum gebt, um meine Probleme zu verarbeiten, obwohl ihr sicher nicht erwartet habt, dass es fünf verdammte Jahre dauern würde. Ich habe nicht viel darüber gesprochen, was mir passiert ist … aber vielleicht ist es an der Zeit.«

Jetzt war es so still im Raum, dass Tonka die Uhr an der Wand über ihren Köpfen ticken hören konnte. »Ich kann nicht ins Detail gehen … nicht jetzt, und vielleicht auch nie. Aber ich hatte einen Hundepartner. Er war ein belgischer Malinois und sein Name war Steel. Ich vertraute ihm, und er vertraute mir. Wir waren eine gut geölte Maschine. Er war mein bester Freund. Nun … eine Mission ging schief. Auf eine Art und Weise, die ihr euch nicht vorstellen könnt, und ich habe ihn verloren. Der Mann, den wir wegen Drogenbesitzes hochnehmen wollten, war uns auf die Schliche gekommen und hat ihn auf grausame Art und Weise getötet.

Danach habe ich wohl beschlossen, dass ich lieber mit Tieren zu tun habe, weil sie nicht wissen, wie man betrügt. Wie man böse ist. Sie wenden sich nicht ohne Grund gegen dich. Solange sie nicht hungern oder frieren, einen ange-messenen Unterschlupf haben, nicht geschlagen werden … sind sie vollkommen zufrieden damit, dein Freund zu sein, und sie sind absolut loyal. Ich hatte aus erster Hand gese-hen, wie böse Menschen sein können, und nachdem ich

Steel verloren hatte, habe ich fast alle über einen Kamm geschert.

Ich weiß, dass das eine beschissene Art ist, die Welt zu sehen, und ich arbeite daran. Ich danke euch allen, dass ihr mich nicht aufgegeben habt und dass ihr es ertragen habt, dass ich so abweisend war.«

Tonka starrte die Männer am Tisch an. Er respektierte jeden einzelnen von ihnen. Er hatte sie auf Abstand gehalten, obwohl sie ihn immer unterstützt hatten. Er wusste nicht, wie sie auf das reagieren würden, was er sagte – viele hielten seine Trauer für Blödsinn, weil er einen Hund verloren hatte –, also war er auf alles gefasst.

»Verdammt noch mal. Henley kann wirklich Wunder vollbringen«, bemerkte Spike in die Stille hinein.

Einen Moment lang starrten ihn alle schockiert an, dann brachen sie in Gelächter aus. Tonka konnte nicht anders, als mitzulachen. Sein Freund hatte nicht unrecht.

»Nicht wahr?«, entgegnete Pipe. »Sie hat unseren grunzenden Tiermenschen in einen Haufen Brei verwandelt.«

Tonka warf seinen Stift nach Pipe und lachte, als er von dessen Stirn abprallte.

»Aua!«, rief er und hielt sich die Hand an den Kopf.

Alle lachten noch lauter.

»Ich meine, ich weiß, dass Alaska *mich* zu einem besseren Menschen gemacht hat, aber Mensch«, bemerkte Brick mit einem Kopfschütteln und einem liebevollen Grinsen.

»Wo kann ich eine Henley finden?«, fragte Spike. Und obwohl Tonka und alle anderen wussten, dass er einen Scherz machte, war in der Frage ein Unterton von Wehmut zu hören.

»Es ist wirklich toll, dich öfter hier zu haben«, sagte Tiny zu ihm.

»Stimmt«, entgegnete Stone mit einem Nicken. »Ich

meine, ich nehme an, du wirst dich nie freiwillig melden, um einen Karaoke-Abend oder so zu veranstalten, aber dich bei den Mahlzeiten und bei einigen der abendlichen Aktivitäten zu sehen war großartig.«

»Und Jasna diesen Sommer um sich zu haben ist auch ein Riesenspaß«, erklärte Owl.

»Das sehe ich genauso. Sie ist so wissbegierig und voller Neugier. Man vergisst, wie heilsam das allein sein kann. Und einige der Gäste haben in ihren Berichten sogar erwähnt, wie gern sie mit ihr geplaudert haben«, stimmte Pipe zu.

»Darüber sollten wir reden«, bemerkte Brick in einem ernsteren Tonfall. »Als wir dieses Resort eröffnet haben, haben wir vereinbart, dass keine Kinder erlaubt sind. Wir wollten keine undisziplinierten oder widerspenstigen Kinder haben, die Amok laufen. Ganz zu schweigen davon, dass schreiende Babys für manche Leute ein Auslöser sein könnten. Aber wollen wir unsere Haltung in der Kinderfrage noch einmal überdenken?«

»Fragst du aus einem bestimmten Grund?«, fragte Stone mit einem Grinsen.

Brick lächelte. »Vielleicht. Ich meine, ich sage ja nicht, dass Alaska und ich morgen ein Baby in die Welt setzen werden, aber es könnte eine Zeit kommen, in der wir Kinder haben wollen. Und hoffentlich findet ihr eines Tages auch Frauen und wollt vielleicht selbst Kinder. Es erscheint mir ein wenig unfair, eine Nicht-Kinder-Regel zu haben, wenn unsere eigenen eines Tages hier herumlaufen könnten.«

»Und wenn wir den Ort für Kinder öffnen würden, könnten mehr Alleinerziehende das Angebot der *Zuflucht* nutzen«, erklärte Stone.

»Aber die Sache ist die«, sagte Pipe, »was unsere eigenen Kinder angeht, können wir mitbestimmen, wie sie erzogen werden. Wir können sie lehren, respektvoll zu sein und sich nicht wie Rüpel zu benehmen. Wenn wir *Die Zuflucht* für Kinder öffnen, haben wir keine Kontrolle darüber, wie sie sich verhalten werden. Ich meine, wir können Richtlinien aufstellen und so, aber was machen wir, wenn einer von ihnen ein richtiger Unruhestifter ist?«

»Gutes Argument«, entgegnete Stone.

»Und weinende Babys könnten immer noch ein Auslöser sein«, fügte Tiny hinzu. »Ich glaube, unsere Hütten sind weit genug von den anderen entfernt, sodass die Gäste sie nicht immer hören würden, wenn wir Babys hätten.«

»Und das bedeutet was? Alaska und Brick dürfen ihr Baby nicht mit in die Lodge bringen?«, fragte Owl. »Nur für den Fall, dass es weint und jemandem Unbehagen bereitet?«

»Nein, das will ich damit nicht sagen«, erwiderte Tiny.

»Wie wäre es, wenn wir zunächst sagen, dass Kinder ab acht Jahren willkommen sind, aber mit bestimmten Regeln? Zum Beispiel, dass sie immer von einem Erwachsenen begleitet werden müssen?«, schlug Spike vor.

»Oder vielleicht könnten wir bestimmte Wochen festlegen, in denen Kinder willkommen sind. Auf diese Weise wüsste jeder, der eine Reservierung vornimmt, wann Kinder anwesend sein könnten, und könnte selbst entscheiden, ob er zu diesem Zeitpunkt herkommen möchte«, fügte Tonka hinzu, der zum ersten Mal das Wort ergriff.

»Das ist eine gute Idee«, sagte Brick. »Wir könnten uns auch altersgerechte Aktivitäten einfallen lassen und vielleicht jemanden einstellen, der die Kinder unterhält, während die Eltern sich Zeit für sich nehmen oder in Therapiesitzungen sind. Irgendwann könnten wir sogar ein Gebäude speziell für Kinder errichten.«

»Ich muss zugeben, dass mir die erwachsene Atmosphäre hier gefällt«, bemerkte Spike. »Dies ist weder ein

Freizeitpark noch ein Sommercamp. Wir haben dieses Resort mit der Absicht gegründet, dass unsere Gäste einen Ort haben, an dem sie sich entspannen können. Ganz gleich, wie brav das Kind ist, die Anwesenheit von Kindern verleiht dem Ort eine andere Ausstrahlung. Ich denke, das haben wir in diesem Sommer mit Jasna gesehen. Und sei mir nicht böse, Tonka, ich will damit nicht sagen, dass ich es nicht genossen habe, dass sie hier war. Es ist nur etwas anderes.«

Tonka nickte. Sein Freund hatte nicht unrecht.

»Aber«, fuhr Spike fort, »was ich noch mehr an diesem Ort und an der Arbeit mit euch allen liebe, ist, dass wir keine Angst haben, Veränderungen vorzunehmen. Um mit neuen Bedürfnissen und Anforderungen Schritt zu halten. So viele andere Unternehmen würden sich weigern, etwas anders zu machen, vor allem, wenn sie Gewinn machen. Ich finde es gut, dass wir über das Für und Wider der Dinge sprechen und zu einer vernünftigen Einigung kommen können.«

Die anderen stimmten Spike zu, ebenso wie Tonka. Verdammt, er war einfach froh, an der Diskussion beteiligt zu sein. Es mochte fünf Jahre gedauert haben, bis sich der Nebel in seinem Kopf zu lichten begann, aber er hatte Glück, dass er hier in New Mexico bei diesen Männern gelandet war. Jeder andere Arbeitgeber hätte ihn wahrscheinlich schon längst gefeuert, um sich nicht mit seinen Eigenheiten abfinden zu müssen.

»Okay, wir müssen uns einen Text für die Webseite einfallen lassen und herausfinden, in welchen Wochen wir das Resort für Leute mit Kindern öffnen wollen. Ich werde Alaska einen Blick auf die Reservierungen werfen lassen und entscheiden, ob es Wochen gibt, die besser geeignet sind als andere. Dieser und der nächste Sommer sind bereits ziemlich ausgebucht, aber vielleicht finden wir im

Herbst und im Frühjahr eine Zeit, in der es möglich ist«, bemerkte Brick.

Alle stimmten nickend zu, bevor Brick das Thema wechselte.

»Also ... ich nehme an, es läuft gut mit Henley?«

»Ja, das tut es«, erklärte Tonka mit einem kleinen Lächeln.

»Gut. Du verdienst es, glücklich zu sein«, erwiderte Brick. »Und bevor wir wieder sentimental werden, möchtest du uns erzählen, wie sich das Kalb einfügt? Wie hat Jasna es noch mal genannt?«

»Scarlet Pimpernickel«, entgegnete Tonka mit einem Grinsen.

»Großer Gott«, stöhnte Owl mit einem Lächeln und einem Kopfschütteln.

»Kurz Scarlet«, informierte er sie. »Und es geht ihr gut. Sie ist ein bisschen dünn, aber das kriegen wir schon hin. Obwohl sie genauso groß oder größer als Melba werden wird. Wir werden wahrscheinlich die Koppel vergrößern müssen. Vor allem mit den Pferden und Ziegen und wer weiß, was wir noch alles aufnehmen werden.«

Die nächsten zwanzig Minuten wurden damit verbracht, darüber zu diskutieren, wie viel Platz in der Scheune vorhanden war und wie viele Tiere sie noch unterbringen konnten, bevor auch die Scheune selbst vergrößert werden musste.

»Wenn wir weiter expandieren, müssen wir vielleicht jemanden einstellen, der Tonka hilft«, bemerkte Stone. »Ich meine, ich weiß, dass die Scheune sein Reich ist, aber der Tag hat nur eine begrenzte Anzahl von Stunden.«

»Das hängt von Tonka ab«, bemerkte Tiny entschieden. »Die Scheune ist sein Reich. Ich würde nie jemanden hierherbringen wollen, der seine Routine stören könnte.«

Die anderen sahen ihn an, um zu erfahren, was er

dachte, und einmal mehr war Tonka dankbar für diese Männer. Sie mochten alle ehemalige Militärs sein und ein wenig ungehobelt, aber sie waren rücksichtsvoll und loyal. Und anstatt Panik bei dem Gedanken zu bekommen, seine Tiere mit jemandem zu teilen und einen Teil seines Arbeitspensums abzugeben, dachte Tonka daran, wie viel mehr Zeit er mit Henley verbringen könnte. »Ich hätte nichts gegen ein wenig Hilfe einzuwenden«, sagte er einfach.

Brick grinste, als könnte er Tonkas Gedanken lesen. »Ich werde meine Fühler ausstrecken, wenn es so weit ist, aber du bist für die Vorstellungsgespräche und die Einstellung zuständig, okay?«

Tonka nickte. In der Vergangenheit hätte er sich dagegen gesträubt. Er hätte Brick gesagt, er solle einstellen, wen er wollte. Aber heute fühlte er sich selbstbewusst genug, um eine so wichtige Entscheidung selbst zu treffen.

»Ich weiß nicht, wie es euch geht, aber ich habe keine Lust mehr auf eine Besprechung«, sagte Stone. »Hat jemand Lust, mit mir die Bunker zu erkunden? Wir haben das schon lange nicht mehr gemacht, und nach dem, was mit Brick und Alaska passiert ist, dachte ich mir, dass es eine gute Idee wäre nachzusehen, ob alles in Ordnung ist.«

»Ich bin dabei«, sagte Spike und stand auf.

»Ich kann die Gäste, die Interesse haben, auf eine Wanderung zum Table Rock mitnehmen, damit sie euch nicht folgen und etwas sehen, was sie nicht sehen sollten«, bot Pipe an.

»Es ist auch an der Zeit, alle Vogelfutterstellen auf dem Grundstück zu überprüfen. Ich werde Jasna bitten, ein paar Freiwillige zu finden, die ihr beim Auffüllen der Futterstellen helfen. Das wird ein paar Leute bis zum Abendessen beschäftigen«, bot Tonka an. Er wollte seinen Teil dazu beitragen, seinen Freunden zu helfen, aber Jasna die Aufgabe zu überlassen würde das Mädchen begeistern –

und ihm und Henley gleichzeitig einen Moment des Alleinseins verschaffen. Sie hatte heute Nachmittag keine Termine und er wusste, dass sie in die Scheune kommen würde, um dort abzuhängen, bis er mit der Arbeit fertig war und sie essen gehen konnten.

»Perfekt. Vielen Dank, Leute. Ich halte euch auf dem Laufenden über alles, was wir besprochen haben«, sagte Brick, während er seinen Stuhl zurückschob und aufstand.

Tonka erhob sich schnell und machte sich auf den Weg zur Tür. Er fühlte sich gut dabei, sich seinen Freunden zu öffnen, aber er konnte es kaum erwarten, Henley zu sehen. Er verstand immer noch nicht ganz, warum er ständig in ihrer Nähe sein musste, aber er kämpfte auch nicht dagegen an. Sie gab ihm ein gutes Gefühl. Im Allgemeinen und in Bezug auf sich selbst.

Als er den Konferenzraum verließ, sah er Henley und Ryan, die sich mit Alaska unterhielten. Die drei Frauen waren sich in den letzten Wochen nähergekommen, und Tonka freute sich für Henley. Sie hatte eines Abends zugegeben, dass sie nicht viele Freundinnen hatte, und obwohl er Ryan nicht so gut kannte, mochte und respektierte er Alaska.

»Danke noch mal, dass du mir geholfen hast, den Computer aufzuräumen«, sagte Alaska zu Ryan, als die andere Frau sie anlächelte. »Ich kann nicht glauben, was Becky alles für Webseiten besucht hat und was für Cookies und Tracking-Kram dabei auf dem Rechner gelandet ist.«

Tonka erinnerte sich daran, dass Becky ihre letzte Rezeptionistin gewesen war, und genau wie die vielen Leute, die vor ihr in dieser Position waren, war sie nicht die Richtige gewesen. Sie hatten alle Glück gehabt, als Alaska den Job übernommen hatte.

Ryan nickte. »Ja, natürlich. Jetzt weißt du, in welchem

Ordner das ganze Zeug gespeichert wird, also kannst du ihn ab und zu selbst leeren.«

»Allerdings. Wir sind doch nächste Woche zum Einkaufen und Mittagessen verabredet, oder?«, fragte Alaska sie.

»Auf jeden Fall. Ich habe am Donnerstag frei und würde gern etwas Zeit mit einer Frau verbringen«, erwiderte Ryan mit einem Lächeln.

»Ich kann es kaum erwarten«, entgegnete Henley. »Ich kann mich nicht erinnern, wann ich das letzte Mal einen Mädelsabend hatte.«

»Nun, es ist eher ein Mädelsnachmittag, aber damit habe ich kein Problem«, bemerkte Alaska lachend.

»In diesem Sinne, ich muss jetzt los. Ich muss noch eine Ladung Bettwäsche und Handtücher falten, dann bin ich weg«, sagte Ryan zu ihnen.

»Ich dachte, Jess hätte heute Wäschedienst«, sagte Alaska mit einem Stirnrunzeln.

»Hatte sie auch. Aber ihr Mann ist krank, also habe ich ihre Schicht übernommen und sie nach Hause geschickt.« Ryan zuckte mit den Schultern. »Das ist keine große Sache. Wir sehen uns morgen. Hey, Tonka«, grüßte sie lächelnd, als sie an ihm vorbei zum Ausgang ging.

Er stellte sich neben Henley, legte seinen Arm um ihre Taille und senkte den Kopf, um ihr einen sanften Kuss zu geben.

»Hey«, sagte sie und lehnte sich an ihn. »Ist der Rest der Besprechung gut gelaufen?«

»Ja. Ich wollte nicht lauschen oder so, aber Jasna hat doch nächste Woche dieses Theatercamp, oder? Willst du, dass ich sie am Donnerstag abhole, damit du deinen freien Nachmittag in vollen Zügen genießen kannst? Ich kann sie hierherbringen, damit sie nicht allein mit mir in deiner Wohnung ist.«

Aus dem Augenwinkel sah Tonka, wie Alaska sich vom Schreibtisch entfernte, um Brick zu begrüßen, aber seine ganze Aufmerksamkeit galt Henley.

Sie runzelte die Stirn. »Warum sollte es mir etwas ausmachen, dass ihr allein in meiner Wohnung seid?«

Tonka warf ihr einen Blick zu. »Weil ich ein Mann bin und sie deine Tochter ist.«

Henley brauchte einen Moment, um zu verstehen, was er damit sagen wollte. Zu Tonkas Überraschung zog sie ihre Augenbrauen zusammen und schien wütend zu sein. Auf *ihn*. Sie löste sich aus seinem Griff, drehte sich zu ihm um, stemmte die Hände in die Hüften und fragte: »Willst du mich auf den Arm nehmen?«

»Ähm ... nein?«, entgegnete er verwirrt.

Sie runzelte kurz noch mehr die Stirn, dann ergriff sie seine Hand und zog ihn zur Tür.

»Tschüss, Henley! Wir sehen uns später!«, rief Alaska.

»Auf jeden Fall. Ich muss diesen Idioten zur Vernunft bringen. Ich erzähle es dir später!«, erwiderte Henley lautstark, ohne ihren stampfenden Marsch in Richtung Ausgang zu verlangsamen.

Tonka hatte keine Ahnung, worüber sie sich so aufregte, aber er konnte sich ein Grinsen nicht verkneifen. Sie war bezaubernd, wenn sie so aufgebracht war. Er machte sich zwar ein wenig Sorgen darüber, was er getan hatte, um sie zu verärgern, aber er wusste bereits, dass er alles tun oder sagen würde, was nötig war, um es wieder in Ordnung zu bringen.

Sie schleppte ihn bis zur Scheune, und kaum waren sie drinnen, drehte sie sich zu ihm um. »Finn Matlick, warum zum Teufel sollte ich dir meine Tochter nicht anvertrauen? Wirst du ihr etwas antun?«

»Was? Nein!«, rief er aus.

»Hast du vor, irgendwelche perversen Dinge zu tun, die

dazu führen, dass ich dich mit einem Schwert durchbohren muss?«

»Nein«, wiederholte er und versuchte, bei dieser Vorstellung nicht zu lachen.

»Hast du schon einmal Zeit mit ihr allein in dieser Scheune verbracht oder nicht?«

»Das habe ich, aber das ist nicht dasselbe.«

»Warum nicht?«, fragte sie und stemmte die Hände in die Hüften.

»Weil wir nicht wirklich allein sind.«

»Als sie neulich drei Stunden bei dir war, während du ihr gezeigt hast, wie man richtige Knoten bindet, wart ihr also nicht allein?«

»Doch, aber wenn wir in der Scheune waren, konnten jederzeit Gäste reinkommen. Sie in deine Wohnung zu bringen, wo wir *wirklich* allein sind, hinter verschlossenen Türen … das ist etwas anderes.«

Henley schüttelte den Kopf. »Nein, es ist *nichts* anderes. Finn, ich vertraue dir das Wertvollste in meinem Leben an – meine Tochter. Ich sehe, wie du einige der Gäste beäugst, wenn sie ihr zu nahe kommen. Wenn du könntest, würdest du sie an dich reißen und wegtragen, nur um sie zu beschützen. Egal welche Dämonen in deinem Kopf herumschwirren, du bist ein guter Mensch. Du hast mein Leben in diesem Sommer so viel einfacher gemacht, aber noch mehr als das, du hast *Jasnas Leben* bereichert, einfach dadurch, dass du da warst. Sie vergöttert dich.«

»Du musst aufhören zu reden«, erwiderte Tonka leise.

Aber sie tat es nicht. »Ich vertraue nicht jedem gleich, besonders wenn es um meine Tochter geht. Ich habe mit eigenen Augen gesehen, was für schlimme Dinge im Leben passieren können. Aber ich würde dir, ohne zu zögern, mein Leben *und* das Leben von Jasna anvertrauen.«

»Hör auf, im Ernst«, flehte Tonka.

»Nein, ich werde nicht aufhören. Du musst wissen, dass das, was mit dir passiert ist, nicht auf dein Versagen zurückzuführen ist. Wenn du es hättest verhindern können, hättest du es getan. Dir müssen die Hände gebunden gewesen sein. Das weiß ich ganz sicher, denn du hättest den Mistkerl, der dir und denen, die du liebst, wehgetan hat, durch die Hölle gehen lassen, wenn du gekonnt hättest.«

Sie konnte nicht wirklich wissen, wie treffend ihre Bemerkung war, dass ihm die Hände gebunden gewesen waren, aber Tonka konnte nicht noch mehr von ihren netten Worten vertragen. Er drang in ihren persönlichen Bereich ein, legte ihr die Hände auf die Schultern und schob sie zurück, bis sie gegen die Tür von Melbas Stall stieß. Die Kuh war im Moment auf der Koppel, aber daran dachte Tonka gar nicht. Er konnte nicht anders, als sie zu küssen, damit sie aufhörte zu reden.

Sie stieß ihn nicht weg. Im Gegenteil, Henley griff nach seinem Hemd, nahm den Stoff in ihre Fäuste und zog ihn näher zu sich heran. Ihr Kuss begann verzweifelt und fast wütend, verwandelte sich aber sofort in eine sinnliche, leidenschaftliche Umarmung.

Tonka hatte noch nie so eine unmittelbare Verbindung erlebt. Sie verstand ihn auf eine Weise, wie es noch nie jemand getan hatte. Und das Vertrauen, das sie ihm entgegenbrachte, als er es selbst nicht hatte, war demütigend und überwältigend.

Obwohl er sich nichts sehnlicher wünschte, als sie gegen die Tür des Stalls gelehnt zu lieben, war Tonka sich ihrer Umgebung sehr bewusst. Er würde nie etwas tun, was sie in Verlegenheit bringen könnte – oder Jasna, die jeden Moment in den Stall kommen konnte.

Er zog sich zurück, atmete schwer und versuchte, den Willen aufzubringen, sie loszulassen. Er hatte eine Hand in ihrem Haar, um sie für seinen Kuss festzuhalten, und die andere lag auf ihrem Rücken und er drückte sie an sich.

»Verdammt, Finn« sagte sie mit einem Lächeln, während sie zu ihm aufsah.

»Tut mir leid«, begann er, aber sie schüttelte den Kopf.

»Oh nein, das braucht dir nicht leidzutun«, versicherte sie ihm.

Ihre Lippen waren feucht und geschwollen und sie sah aus, als wäre sie gerade verführt worden. Tonka konnte nicht anders, er liebte diesen Anblick.

»Wie ich schon sagte, wenn du Jasna nächste Woche abholen willst, während ich mit Alaska und Ryan unterwegs bin, wäre ich dir sehr dankbar. Wenn du sie in meine Wohnung bringen willst, ist das auch in Ordnung. Aber ich vermute, sie würde lieber hierherkommen und bei dir und deinen Tieren bleiben. Ich kann mich dann hier mit euch treffen und wir überlegen uns, was wir essen. Ich kann nach meinem Einkaufsbummel anhalten und etwas besorgen, wir können in der Lodge essen oder wir können zu deiner Hütte gehen und etwas kochen. Es ist mir ehrlich gesagt egal. Ich will einfach nur Zeit mit dir verbringen.«

Sie war wieder so rührend und es dauerte einen Moment, bis Tonka das Gefühl hatte, dass er sprechen konnte, ohne dass seine Stimme versagte. »Wie wär's, wenn wir einfach kurzfristig entscheiden und ich dir eine Nachricht schreibe und dir Bescheid sage, was wir machen wollen?«

»Perfekt. Wenn ich Jasna ins Camp bringe, sage ich Bescheid, dass du auf der Liste derer stehst, die sie abholen dürfen.«

Tonka blinzelte. Daran hatte er gar nicht gedacht. Es gab so viele kleine Dinge, von denen er keine Ahnung hatte, wenn es darum ging, ein Kind großzuziehen. »Okay«, entgegnete er leise.

»Finn?«

»Ja?«

»Es könnte eine Weile dauern, bis du es verstanden hast ... aber egal, was in deiner Vergangenheit passiert ist, der Mann, den ich gerade vor mir sehe, ist verdammt beeindruckend.«

»Ich will dir erzählen, was mir passiert ist«, platzte er heraus. »Ich habe den Jungs heute Nachmittag etwas davon erzählt. Ich will ... aber du musst Geduld mit mir haben.«

Sie hob eine Hand und strich über seine Wange. »Nimm dir so viel Zeit, wie du brauchst. Ich werde nirgendwo hingehen.«

Und wie er schon vorher vermutet hatte, war das einer der Hauptgründe, warum sie ihn in der Hand hatte – im wörtlichen und im übertragenen Sinne. Sie war nicht aufdringlich. Sie bestand nicht darauf, dass er sich öffnete und alle seine Geheimnisse preisgab. Sie nahm ihn genau so, wie er war. Und die Gewissheit, dass sie ihn nicht verlassen würde, brachte ihn nur noch mehr dazu, sich ihr zu öffnen.

Henley stellte sich auf die Zehenspitzen und zerrte an seinem Nacken. Er gab nach und beugte sich herunter, damit sie ihn erreichen konnte. Sie küsste ihn kurz und nickte. »Gut, da wir nun geklärt haben, dass ich dir vertraue, was möchtest du heute Abend essen?«

Tonka grinste. »Ich habe hier noch etwa zwei Stunden zu tun, da ich mir für das Treffen freigenommen habe.«

»Kein Problem. Ich habe gesehen, dass du etwas Hackfleisch im Kühlschrank hast. Soll ich Fleischbällchen machen? Oder können wir auch Hamburger essen?«

»Fleischbällchen klingen super«, entgegnete Tonka.

»Cool. Ich werde mal sehen, ob ich Jasna finde. Sie ist hier irgendwo in der Nähe. Ich werde sie bitten, mir zu helfen. Dann kannst du hier in Ruhe arbeiten, ohne dass sie dir in die Quere kommt.«

»Ich wollte sie bitten, mit allen Gästen, die helfen wollen, die Vogelfutterstellen auf dem Grundstück aufzufüllen«, bemerkte Tonka.

»Gut. Ich sage ihr, dass sie zu deiner Hütte kommen soll, wenn sie fertig ist, und sie kann mit den Fleischbällchen helfen.«

»Hört sich gut an«, erwiderte Tonka.

Henley lächelte ihn an und schüttelte den Kopf.

»Was?«, fragte er.

»Wenn jemand meinem zehnjährigen Ich gesagt hätte, dass ich fünfundzwanzig Jahre in der Zukunft so glücklich sein würde, hätte ich ihm gesagt, dass das unmöglich ist. Lass dir Zeit, Finn. Ich schicke dir eine Nachricht, wenn das Abendessen fast fertig ist.«

Tonka nickte, da er einen Kloß im Hals hatte und keine Worte hervorbringen konnte. Er sah zu, wie Henley ging. Sie drehte sich am Scheunentor um und winkte, dann war sie wieder weg.

Wie lange er dort stand und versuchte, seine Gefühle unter Kontrolle zu bringen, wusste Tonka nicht. Aber schließlich riss er sich zusammen und setzte sich in Bewegung. Je schneller er hier fertig war, desto schneller konnte er nach Hause gehen und Zeit mit Henley und Jasna verbringen.

KAPITEL ZWÖLF

Henley freute sich wahnsinnig auf den heutigen Tag. Und da Finn Jasna an diesem Nachmittag von ihrem Camp abholte, hatte sie nichts anderes zu tun, als mit Alaska und Ryan Spaß zu haben. Ihr Plan war, im Blue Window zu Mittag zu essen, von dem Henley schon viel Gutes gehört hatte, und dann einkaufen zu gehen.

Henley war im Allgemeinen ein sparsamer Mensch, sie musste ein Kind mit einem einzigen Einkommen großziehen, aber *Die Zuflucht* zahlte großzügig und ihr Bankkonto war relativ gut gefüllt. Zugegeben, in Los Alamos gab es nicht gerade riesige Einkaufszentren und Designerläden, aber Henley freute sich, einfach mit Freundinnen unterwegs zu sein.

In den letzten Jahren hatte sie nicht viele gehabt. Sie war zu sehr mit der Schule, der Arbeit und der Erziehung ihrer Tochter beschäftigt gewesen. Die Tatsache, dass Alaska sie heute überhaupt eingeladen hatte, fühlte sich also wirklich gut an. Auch Ryan war schnell zu einer guten Freundin geworden, und mit jedem Tag, der verging, war Henley zufriedener.

Alaska hielt die Tür des Restaurants auf und sie traten alle ein. Sie bekamen schnell einen Platz und Henley brauchte nicht lange, um sich für das BLT Sandwich mit grünem Chili zu entscheiden.

»Also ... ich muss schon sagen ... du und Tonka, ihr seid einfach hinreißend zusammen«, bemerkte Alaska lächelnd, während sie sich mit den Ellbogen auf den Tisch stützte, nachdem sie sich alle hingesetzt hatten.

»Er ist fantastisch«, entgegnete Henley nickend. »Ich fühle mich schon zu ihm hingezogen, seit ich angefangen habe, in der *Zuflucht* zu arbeiten, aber ehrlich gesagt hätte ich nie gedacht, dass wir so weit kommen würden, wie wir heute sind.«

»Er ist ziemlich verschlossen«, stellte Alaska fest.

Henley nahm es ihr nicht übel, denn sie hatte nicht unrecht. »Er hat nur hier und da ein paar Dinge gesagt, aber ich nehme an, dass das, was ihm während seiner Zeit bei der Küstenwache passiert ist, wirklich schrecklich war. Ich weiß, dass er einen Hundepartner hatte und dass ihm etwas zugestoßen ist, aber ich kenne die Einzelheiten nicht.«

Alaska nickte. »Er ist so gut zu allen Tieren in der *Zuflucht*. Er hat ein besonderes Gespür für sie, ganz sicher.«

»Ich glaube, Jasna hat dasselbe Gespür. Ich habe sie neulich hinter der Scheune gesehen, und sie hatte tatsächlich Chuck, das lädierte Eichhörnchen, das Tonka adoptiert hat, auf dem Schoß und hat es mit der Hand gefüttert.«

»Wow, wirklich?«, fragte Alaska. »Ich habe versucht, ihn zu mir zu locken, aber sobald er mich aus fünf Metern Entfernung sah, ist er in das kleine Haus geflüchtet, das Tonka gebaut hat. Wusstet ihr eigentlich, dass Tonka mich einmal mit diesem erbärmlichen Ding verglichen hat?«, fragte Alaska.

Henley und Ryan lachten.

»Ich meine es ernst! Er sagte, dass ich ihn an Chuck

erinnerte, und beschrieb dann, wie erbärmlich und hässlich das Ding war«, erklärte Alaska mit einem Augenzwinkern.

Henley runzelte die Stirn. »Ich bin sicher, dass er das nicht böse gemeint hat.«

»Natürlich hat er das nicht. Er wollte damit sagen, dass Chuck mutig war und er dachte, ich wäre es auch.« Alaska zuckte mit den Schultern. »Ich konnte nicht beleidigt sein, weil es Tonka war. Er ist ruhig und nachdenklich ... und nett. Ich mag ihn.«

Auch wenn das Kompliment ihrer Freundin nicht *ihr* galt, spürte Henley, wie eine Welle der Wärme ihren Körper durchflutete.

»Ich auch«, bemerkte Ryan, kurz bevor die Kellnerin ihre Limonaden auf den Tisch stellte.

Sie nahmen alle einen großen Schluck von dem kühlen, erfrischenden Getränk, dann fuhr Ryan fort.

»Ich bin immer noch neu in der *Zuflucht* und manchmal ist es schwer, sich einzufügen, wenn alle um einen herum sich schon kennen und mit den Abläufen vertraut sind. Er war so nett, zu mir zu kommen, nachdem ich gerade angefangen hatte, und mir zu sagen, wann ich am besten in die Küche gehen sollte, um frische Plätzchen zu bekommen«, sagte sie mit einem Lächeln. »Und er hat mir verraten, dass Robert sich ein Bein ausreißen würde, um dafür zu sorgen, dass ich immer etwas zu essen bekäme, wenn ich ihm eine Schachtel seiner Lieblings-Weihnachtsbaumkuchen mitbrächte.«

»Warte, was?«, fragte Alaska verwirrt. »Weihnachtsbaumkuchen?«

»Ja, die gibt es normalerweise nur im Dezember. Ich weiß nicht, warum sie so lecker sind, aber sie sind es. Ich glaube, es liegt an den kleinen grünen Streuseln oben drauf oder so. Jedenfalls habe ich im Internet jemanden gefunden, der sie verkauft. Ich habe Robert vier Schachteln mitgebracht, und ich dachte wirklich, ihm würden die Augen aus dem Kopf fallen. Er hat mich zu seiner Freundin erklärt und ich muss sagen ... die Möglichkeit, Gewicht zu verlieren, während ich hier arbeite, hat sich jetzt offiziell erledigt.«

Die Frauen lachten alle.

»Ich hatte keine Ahnung«, erklärte Henley achselzuckend. »Und ich bin schon viel länger hier als ihr beide. Wenn ich Finn das nächste Mal sehe, werde ich mich mit ihm darüber unterhalten, dass er mich nicht in dieses kleine Geheimnis eingeweiht hat.«

»Wie auch immer, ich will damit sagen, dass Tonka sich sehr bemüht hat, mich willkommen zu heißen, als ich hier angefangen habe, und das weiß ich zu schätzen«, sagte Ryan mit einem Achselzucken.

»Es muss schwer sein, eine Beziehung einzugehen, wenn man ein Mädchen hat, das fast ein Teenager ist«, bemerkte Alaska.

Henley zuckte mit den Schultern. »Ich meine, es ist nicht die einfachste Sache, die ich je gemacht habe, aber ich denke, es ist jetzt wahrscheinlich besser als damals, als sie vier oder fünf war. Damals musste sie ständig beaufsichtigt und unterhalten werden. Ich schwöre, dass ich inzwischen fast ein schlechtes Gewissen habe, denn sobald wir auf den Parkplatz der *Zuflucht* fahren, springt Jasna aus dem Wagen und ich sehe sie erst wieder, wenn es Zeit ist zu gehen. Ich weiß es zu schätzen, dass ihr beide sie bei Laune haltet und sie mitnehmt und sie bei euren Aktivitäten zusehen lasst.«

»Ich bin mir nicht sicher, ob mein Job für sie so interessant ist«, erwiderte Alaska mit einem kleinen Lachen und einem Schulterzucken. »Aber sie schaut sich gern YouTube-Videos an.«

Henley rümpfte die Nase. »Ich versuche, etwas einzugrenzen, wie viel Zeit sie vor dem Bildschirm verbringt.

Normalerweise ist sie damit einverstanden und liest oder spielt ein Spiel mit mir, aber ab und zu ist sie so vertieft, dass es schwer ist, sie davon loszureißen.«

»Ich bin überrascht, wie gern sie mit mir arbeitet«, erklärte Ryan mit einem kleinen Lächeln. »Ich habe noch nie erlebt, dass ein Kind wirklich Spaß am Putzen hat.«

»Hält sie dich nicht zu sehr auf?«, fragte Henley besorgt. »Ich weiß, wie hart du, Carly und Jess arbeitet, und ich will auf keinen Fall, dass sie eine Ablenkung ist.«

»Das ist sie nicht«, rief Ryan aus und klang dabei so echt, dass Henley erleichtert war. »Sie hilft sogar sehr. Sie findet es lustig, den Wäschewagen zwischen den Zimmern und der Wäscherei hin und her zu schieben. Und abgesehen von dem einen Mal, als sie doppelt so viel Waschmittel genommen hat, wie sie hätte nehmen sollen, und wir Schaum auf dem Parkplatz hatten, war sie großartig.«

Alle drei Frauen lachten. Henley war entsetzt gewesen, als sie während einer ihrer Sitzungen aus dem Fenster schaute und all den Schaum sah. Sie hatte sofort das Gefühl gehabt, dass ihre Tochter irgendwie in das Geschehen verwickelt war. Und sie hatte sich nicht geirrt. Aber alle hatten den Vorfall gelassen hingenommen und über die seltsamen Unannehmlichkeiten gelacht.

»Sie ist ein gutes Kind«, sagte Ryan nach einem Moment. »Sie wird sehr geliebt, das sieht man sofort. Du hast einen tollen Job mit ihr gemacht.«

Henley spürte, wie Emotionen ihr die Kehle zuschnürten. Solche Komplimente zu hören machte all den Stress und die Frustration des Alleinerziehens wieder wett. »Danke«, sagte sie.

»Gern geschehen.«

Die Kellnerin kam mit ihren Gerichten zurück und sie begannen zu essen.

»Also ... bitte sag mir, dass Tonka gut ist, was das körperliche Vergnügen angeht«, sagte Ryan mit einem frechen Grinsen.

Henley verschluckte sich fast an ihrem Sandwich, schaffte es aber zu schlucken, ohne loszuprusten. »Wie bitte?«

»Ich meine, ist es *wirklich* ein Mädelsausflug, wenn wir nicht mindestens einmal über Sex reden?«, fragte Ryan mit einem Lachen. Die Frau war erfrischend direkt und witzig – und Henley stellte erschrocken fest, dass sie keine Ahnung hatte, woher Ryan kam oder warum sie mitten im Nirgendwo von New Mexico war. *Die Zuflucht* lag nicht gerade auf einem ausgetretenen Pfad, und jemand, der so kontaktfreudig war wie Ryan, wirkte fehl am Platz im Vergleich zu den übrigen, eher zurückhaltenden Mitarbeitern des Resorts.

»Nein, verdammt, das ist es nicht«, stimmte Alaska ihr zu.

»Sollen wir dann über *dein* Sexualleben sprechen?«, fragte Henley die andere Frau.

Alaska grinste nur. »Das können wir. Es ist unglaublich. Drake weiß, was er im Bett macht, das steht fest.«

»Verdammt, vielleicht hätte ich das Thema nicht ansprechen sollen. Bei mir ist es schon gaaaanz lange her«, stöhnte Ryan.

»Und?«, hakte Alaska nach. »Ich schätze, Tonka ist der langsame und stetige Typ. Er überlässt dir die Führung. Habe ich recht?«, fragte sie grinsend.

Henley konnte sich das prustende Lachen nicht verkneifen, das ihr entwich. »Ähm ... nein.«

»Wirklich?«, fragte sie und ihre Augen leuchteten auf.

Henley war nicht darauf vorbereitet gewesen, über ihr Sexleben zu sprechen, aber sie vertraute diesen Frauen. »Soll ich euch was sagen? Unser erstes Mal? Wir haben es kaum in seine Hütte geschafft.«

»Das ist irgendwie romantisch«, seufzte Ryan.

»Nun, eigentlich war es das nicht. Wir standen, er hat mich gegen die Tür gedrückt, er war komplett angezogen und wir haben es beide nicht lange ausgehalten«, erklärte Henley mit einem kleinen Lächeln. »Aber es war auch das lustvollste Erlebnis in meinem ganzen Leben. So ziemlich jedes Mal, wenn wir zusammenkommen, ist es wie ein Inferno zwischen uns. Wir haben es bisher nicht oft langsam und romantisch angehen lassen, aber ich denke, irgendwann werden wir beide weniger verzweifelt sein und uns Zeit lassen können.«

»Verdammt!«, rief Alaska aus. »Das hätte ich in einer Million Jahren nicht gedacht.«

»Ich auch nicht. Aber ich bin so wahnsinnig glücklich, dass ich darauf warte, dass irgendetwas passiert«, gab Henley zu.

»Ich habe mich genauso gefühlt, als ich das erste Mal mit Drake zusammen war. Ich meine, ich habe ihn die meiste Zeit meines Lebens geliebt, und es war so hart für mich zu glauben, dass er auf mich steht.«

»Das waren ihre Worte«, scherzte Ryan.

Sowohl Henley als auch Alaska sahen sie mit gerunzelter Stirn an.

»Was?«, fragte Henley.

»Dass es so hart war ... also wohl eher sein Schwanz in dir ...«, sagte Ryan mit einem verlegenen Blick. »Das waren ihre Worte.«

Einen Moment lang starrte Henley die andere Frau nur an, dann brach sie in Gelächter aus. Alaska tat das Gleiche.

»Oh mein Gott, das hast du jetzt nicht ernsthaft gesagt«, rief sie aus.

»Tut mir leid, es ist mir einfach rausgerutscht«, erklärte Ryan mit einem kleinen Grinsen.

»Ist das der Moment, in dem ich sage: ›Das waren ihre Worte‹?«, scherzte Henley.

Das brachte sie alle wieder zum Lachen.

Als sie sich wieder unter Kontrolle hatten, lächelte Henley ihre Freundinnen an. »Ich kann nur sagen, dass Finn alles ist, was ich vor Jahren gesucht habe, bevor ich Jasna bekam. Ich war schon immer ein Fan von Sex, wahrscheinlich zu sehr, aber ich war noch nie mit einem Mann zusammen, der sich vergewissert, dass ich vollkommen befriedigt bin, bevor er sich um sein Vergnügen kümmert. Das ist sexy und gibt mir das Gefühl, wertgeschätzt zu werden. Und so wie er mit Jasna umgeht ... nun ja, sagen wir einfach, wenn er es leid ist, sich mit einer Frau zu treffen, die ein Mädchen im Teenageralter hat, wird es mir das Herz brechen.«

»Wer sagt, dass er es leid werden wird?«, fragte Ryan. »So wie ich das sehe, ist er bis über beide Ohren in euch verliebt. Ich habe das Gefühl, wenn du dir nicht sicher bist, ob du eine dauerhafte Beziehung willst oder nicht, solltest du dich zurückhalten und die Dinge langsamer angehen.«

»Glaubst du wirklich?«, fragte Henley leise und versuchte, sich nicht zu viele Hoffnungen zu machen.

»Wenn dieser Mann nicht schon bis über beide Ohren in dich verliebt ist, wäre ich völlig überrascht. Du kannst es in seinen Augen sehen. Die Art, wie sein Blick dir folgt, wohin du auch gehst. Die Art, wie er Jasna ansieht. Wie aufmerksam er die ganze Zeit ist. Wie er nicht aufhören kann, dich zu berühren, wenn du in seiner Nähe bist.«

»Sie hat nicht unrecht«, stimmte Alaska zu. »Tonka sieht dich so an, wie Drake mich ansieht.«

Henley wurde rot, aber es war ihr egal. »*Wirklich?*«, fragte sie noch einmal, da sie einfach nicht anders konnte. Sie kannte die Antwort. Sie hatte alle Anzeichen selbst gesehen. Aber, na ja ... manchmal brauchte sie die Gewissheit genauso sehr wie jede andere Frau.

»Ja«, sagten ihre beiden Freundinnen gleichzeitig.

»Glaubt ihr nicht, dass wir es zu schnell angehen lassen?«, fragte sie.

»Tu, was sich richtig anfühlt«, erwiderte Ryan. »Das Leben ist zu kurz, um etwas zu bereuen.«

»Was bist du, eine verdammte Glückwunschkarte?«, stichelte Alaska, dann wandte sie sich an Henley. »Aber sie hat recht. Außerdem kennst du Tonka schon seit Jahren, es ist nicht so, dass ihr euch eines Tages getroffen habt und am nächsten Tag im Bett gelandet seid. Ich schätze, es ist ein bisschen schwierig, mit Jasna um euch herum in den Gewässern einer neuen Beziehung zu navigieren?«

Henley nickte. »Aber ich kann nicht leugnen, dass es mir sehr gefällt, sie zusammen zu sehen. Er lässt sich nicht davon irritieren, dass sie eine Million Fragen stellt. Ich gebe zu, dass es mir nicht gerade gefällt, nicht so oft mit ihm zusammen sein zu können, wie ich möchte, wenn du weißt, was ich meine, aber wenn er sich so sehr um Jasna kümmert, scheint meine Frustration keine so große Sache zu sein.«

»Jas hat doch in ein paar Wochen wieder ein Übernachtungscamp, oder?«, fragte Alaska.

Henley nickte. »Ja. Und ich kann es kaum erwarten.«

Alle drei Frauen grinsten sich gegenseitig an.

»Okay, ich denke, das reicht mit dem Gerede über Sex, vor allem, weil ich keinen habe«, beschwerte sich Ryan.

»Nun, es gibt noch fünf andere alleinstehende Jungs in der *Zuflucht*«, bemerkte Alaska. »Warum suchst du dir nicht einen aus?«

Ryans Wangen erröteten und sie sah auf ihren Teller hinunter, als wäre er das Interessanteste, was sie je gesehen hatte.

»Moment mal, du magst einen von ihnen? Wen?«, drängte Alaska.

»Nein, nein, tue ich nicht. Ich lasse mich mit niemandem ein. Ich bin Single und ich bleibe es auch«, protestierte Ryan.

Aber Henley konnte das Bedauern in ihrer Stimme hören.

»Warum?«, fragte Alaska. »Es sind alles wirklich gute Männer.«

»Ja, und sie sind alle ehemalige Soldaten«, entgegnete Ryan, ohne zu zögern. »Ich kenne diese Typen. Knallharte Supersoldaten, die neugierig und verdammt dominant sind, und ich schätze, die meisten von ihnen würden sich niemals mit einer Affäre zufriedengeben. Sie würden alles über mich und meine Vergangenheit erfahren wollen und wahrscheinlich wollen sie alle Ritter in glänzender Rüstung sein oder so. Ich will und brauche das alles nicht. Also werde ich mich so weit wie möglich von ihnen fernhalten. Ich bin froh, dass ich einen Job habe, und das ist alles.«

Ryan protestierte eindeutig zu viel – und jetzt war Henley besorgt. Sie hatte schon oft genug erlebt, wie ihre Patienten versuchten, die Ursachen ihrer psychischen Probleme zu verdrängen und zu umgehen. Obwohl Ryan oberflächlich betrachtet glücklich und unbeschwert wirkte, hatte Henley das Gefühl, dass sie alles andere als das war.

Leider war dies weder die Zeit noch der Ort, um tiefer zu gehen. Außerdem hatte Henley schon vor langer Zeit beschlossen, die Psyche ihrer Freundinnen nicht mehr zu analysieren.

»Wie auch immer, ich freue mich für euch beide, aber mir geht es gut, wirklich«, erklärte Ryan. »Also ... wo gehen wir heute einkaufen?«

Henley erkannte den Versuch, das Thema zu wechseln, und nickte. »Ich dachte, wir könnten uns vielleicht den

Secondhandladen in der Nähe des Central Einkaufszentrums ansehen. Ich habe dort schon einige ziemlich coole Sachen gefunden, und ich bin immer noch auf der Suche nach dieser Zwei-Dollar-Navajo-Decke, die jemand abgibt und die eigentlich Millionen wert ist.«

Alaska lachte. »Gibt es so etwas wirklich?«

»Es ist schon vorgekommen. Vielleicht nicht hier, weil zu viele Leute wissen, wie wertvoll diese Dinge sein können. Aber trotzdem ...«

»Ich bin bereit, in einem Secondhandladen herumzustöbern«, bemerkte Ryan. »Ich habe dort schon einige ziemlich tolle Sachen gefunden, die andere einfach nicht mehr haben wollten.«

Nachdem die Entscheidung über den nächsten Zwischenstopp gefallen war, aß Henley den Rest ihres Sandwiches auf. Es gab einen kleinen Streit darüber, wer das Mittagessen bezahlen sollte, aber schließlich einigten sich alle darauf, dass jede ihren Teil der Rechnung selbst zahlte ... und der Kellnerin, die während des gesamten Mittagessens so gewissenhaft und freundlich gewesen war, ein zu hohes Trinkgeld zu geben.

Als die drei Frauen Stunden später ihre Einkäufe erledigt hatten, war Henley müde und ihre Füße taten ihr weh, aber sie konnte sich an keinen Nachmittag erinnern, an dem sie so viel gelacht oder so viel Spaß gehabt hatte.

Sie standen auf dem Parkplatz eines bezaubernden Geschenkeladens namens Bliss, als sie sich verabschiedeten. Henley hatte so viele britische Pralinen und andere Leckereien in dem Spezialitätengeschäft gekauft, dass ihr Bankkonto weinte. Aber sie konnte sich nicht einmal dazu durchringen, das zu bedauern. Jasna würde sich über alles freuen, was sie heute für sie gekauft hatte, und sie hoffte, dass die kleinen Dinge, die sie für Finn besorgt hatte, auch ihm ein Lächeln ins Gesicht zaubern würden.

»Ich hatte heute viel Spaß«, bemerkte Alaska.

»Ich auch«, stimmte Henley zu.

»Ich ebenfalls«, erwiderte Ryan. »Als ich den Job hier angenommen habe, hätte ich nie gedacht, dass ich tatsächlich Freundinnen finden würde.«

»Warum nicht?«, fragte Alaska mit einem leichten Stirnrunzeln. »Du bist witzig, rücksichtsvoll, du arbeitest hart, überlässt Carly oder Jess nie die miesen Jobs, und du bietest immer an, anderen zu helfen – wie zum Beispiel mir –, wenn sie Hilfe nötig haben.«

Ryan zuckte mit den Schultern. »Ich weiß es nicht. Ich habe mich in der Vergangenheit eher zurückgehalten.«

Es lag Henley auf der Zunge, zu fragen warum, aber sie schluckte die Frage im letzten Moment herunter. Stattdessen trat sie einen Schritt vor und umarmte die andere Frau. »Nun, das ist nicht mehr nötig«, sagte sie nachdrücklich.

Alaska umarmte Ryan ebenfalls.

»Danke, Leute. Wie auch immer, ich denke, ich sehe euch beide morgen«, sagte Ryan.

»Wir sollten das bald wieder machen«, erklärte Alaska mit Nachdruck.

»Da bin ich gern dabei«, entgegnete Ryan. »Vielleicht könnten wir Jess und Carly einladen. Und Luna.«

»Das ist eine tolle Idee«, stellte Henley mit einem breiten Lächeln fest. »Ich würde sie gern besser kennenlernen.«

»Das muss aber ein bisschen später sein«, warnte Ryan. »Es ist ja nicht so, dass alle drei Zimmermädchen gleichzeitig die Arbeit verlassen können.«

Sie lachten alle. »Stimmt. Okay, wir werden es spontan entscheiden. Vielleicht können wir am Nachmittag einkaufen gehen und dann irgendwo zu Abend essen.«

»Oder wir gönnen uns ein paar Margaritas«, rief Ryan fröhlich aus.

»Das klingt fantastisch«, stimmte Alaska zu. Dann wandte sie sich an Henley. »Fährst du jetzt nach Hause?«

»Ja. Finn hat Jasna aus dem Camp abgeholt. Ursprünglich wollten sie zurück zur *Zuflucht* fahren, aber sie haben sich in eine Serie vertieft und beschlossen, noch ein paar Folgen zu sehen, also sind sie noch in der Wohnung. Ich habe sie vorhin per SMS gefragt, ob ich ihnen etwas zum Abendessen mitbringen soll, aber Finn meinte, sie hätten alles im Griff.«

»Hast du Angst?«, fragte Ryan mit einem Grinsen.

Henley lachte. »Eigentlich nicht. Ich meine, Finn ist nicht der beste Koch der Welt, aber ich vertraue ihm.«

»Das ist großartig«, sagte Ryan, bei der jetzt wieder Sehnsucht in der Stimme mitschwang. »Dass du ihm vertraust, meine ich.«

»Ja«, erwiderte Henley.

»In Ordnung, wir könnten noch den ganzen Abend hier stehen, aber ich bin mir sicher, dass Drake es kaum erwarten kann, dass ich zurück in *Die Zuflucht* komme. Wir sehen uns morgen. Fahrt vorsichtig!«

»Du auch!«, erwiderten Henley und Ryan wie aus einem Munde.

Alle drei lächelten einander noch einmal zu und gingen dann zu ihren Fahrzeugen. Sie hatten sich vorhin einen Wagen geteilt, als sie von Ort zu Ort gefahren waren, aber bevor sie zu dem skurrilen Geschenkeladen kamen, der alles Britische verkaufte, waren sie übereingekommen, dass dies ihr letzter Halt sein würde, und sie waren alle einzeln hierhergefahren.

Henley schaute durch den Rückspiegel auf den Rücksitz ihres Wagens und lächelte. Dort waren eine Menge Tüten und sie konnte es kaum erwarten, die Sachen, die sie heute gekauft hatte, Jasna zu zeigen ... und Finn.

Sie wollte unbedingt etwas Zeit mit ihm allein verbringen, aber sie wusste, dass sich das Warten lohnen würde, wenn sie die Zeit finden würden, wieder intim zu werden. Früher war sie nie ein Fan von Vorfreude gewesen, weil sie sich daran erinnerte, wie quälend das Warten auf den Weihnachtsmorgen war, aber jetzt lernte sie, wie viel Spaß es machen konnte. Und wie viel besser es die Momente allein mit Finn machte.

Immer noch lächelnd verließ Henley den Parkplatz und machte sich auf den Weg zu ihrer Wohnung.

Christian Dekker fuhr vom Parkplatz und hinter der Psychologin her. Er war ihr schon den ganzen Tag gefolgt, seine Vorfreude stieg. Er war versucht, sofort loszulegen und stattdessen die Schlampe von Psychologin zu nehmen, aber er zwang sich zu warten. Die Vorfreude war das Beste daran. Er war in seinem Kopf immer wieder durchgegangen, was er tun würde.

Er hatte eine kleine, verlassene Hütte in der Nähe der Stadt ausfindig gemacht. Weit und breit war niemand in der Nähe und er konnte tun und lassen, was er wollte, so *lange* er wollte. Es gäbe für niemanden einen Grund, die Hütte zu durchsuchen, wenn die Kleine vermisst wurde. Und es gäbe auch keinen Grund zu vermuten, dass er hinter ihrem Verschwinden steckte.

Der Gedanke daran, wie verzweifelt und aufgebracht die Psychologin sein würde, wenn niemand ihre Tochter finden konnte, ließ ihn vor Freude erschaudern.

Bei ihrem ersten Treffen hatte er sie eigentlich gemocht. Hatte in Erwägung gezogen, sich mit ihrer Hilfe zu ändern.

Sein Verlangen, Tiere zu töten, zu unterdrücken. Zu versuchen, sich mit seinen Eltern und seiner Schwester zu vertragen. Ja, er hatte sich Mühe gegeben, die Therapeutin zu schockieren, Dinge zu sagen, die sie erschrecken würden ... aber tief im Inneren war er gern zu ihren Treffen gegangen.

Bis sie sich gegen ihn gewendet hatte. Versucht hatte, ihn wegzuschicken. Und sie hatte ihn an den Vollidioten von Kollegen abgegeben, mit dem sie arbeitete. Er hatte sich auf eine Weise verraten gefühlt wie noch nie zuvor – und Christian hatte es gehasst.

Sie würde dafür bezahlen, dass sie ihn hatte glauben lassen, sie sei anders. Dass sie nicht nur dafür bezahlt wurde, mit ihm zu reden, sondern dass sie sich wirklich für ihn interessierte.

Seine Rache hatte lange auf sich warten lassen, aber er war diszipliniert genug, um auf die perfekte Gelegenheit zu warten. Die Schlampe und ihre Tochter verbrachten viel Zeit in diesem verdammten Resort am Stadtrand. Sie hatten überall auf dem Gelände Kameras, also konnte er nicht riskieren, sie dort zu schnappen. Ganz zu schweigen davon, dass er genau wusste, dass die Besitzer der Anlage ehemalige Militärs waren. Jeder in der Stadt wusste das. Sie machten eine große Sache aus den »Helden«, die anderen halfen, und das widerte Christian an.

Anfang der Woche hatte er sich das Mädchen fast geschnappt. Sie war in irgendeinem beschissenen Camp, und irgendwann während einer Gruppenaktivität war sie auf die Toilette gegangen. Er hätte es fast geschafft. Aber dann war noch ein anderes Mädchen auf die Toilette gegangen und Christian hatte nicht riskieren wollen, dass es irgendwelche Zeugen gab. Ja, er hätte sich beide Mädchen schnappen können, aber er wollte sich erst einmal auf die Tochter der Psychologin konzentrieren. Sie würde seine Erste sein. Das war der Plan. Und er wollte nichts tun, was die Sache vermasseln könnte.

Er hatte bereits alle Werkzeuge für das, was er vorhatte, in der leer stehenden Hütte gelagert. Zange, Hammer, Seil, Handschellen ... er hatte sogar Geld aus der Brieftasche seines Vaters gestohlen, um die Vergewaltigungsdroge zu kaufen. Er war bereit. Er musste nur noch den richtigen Zeitpunkt finden, um sich das Mädchen zu schnappen.

Als die Seelenklempnerin auf den Parkplatz ihrer Wohnung fuhr, sah Christian den Wagen des Mannes, mit dem sie sich anscheinend gerade traf. Die Tatsache, dass der Kerl immer in der Nähe war, machte die Sache komplizierter, aber nicht unmöglich. Der Mistkerl würde ihn nicht davon abhalten, das zu tun, wozu er geboren war.

Christian Michael Dekker würde der berühmteste Serienmörder sein, den das Land je gesehen hatte. Noch berühmter als John Wayne Gacy, Jeffrey Dahmer, Charles Manson oder Ted Bundy. Und seine Opferzahl würde höher sein als deren. Viel höher.

Jeder musste ein erstes Opfer haben, und das Mädchen würde bald seins werden. Vielleicht würde er sich auf das Töten von Kindern spezialisieren. Das wäre ein cooler Ansatz und würde ihn noch berüchtigter machen. Ja, ein paar andere Serienmörder hatten es vor allem auf Kinder abgesehen ... aber er würde es besser machen. Häufiger und auf grausamere Weise. Christian wollte herausstechen. Der Welt seinen Stempel aufdrücken.

Die Vorfreude wuchs in ihm, als er an dem Wohnhaus vorbei zu seinem Haus fuhr. Er war schon seit ein paar Tagen nicht mehr dort gewesen und er wusste, dass seine Eltern und seine Schwester wahrscheinlich erleichtert waren. Nun, sie würden ihn bald los sein. Das wünschten sie sich schon, seit sie gemerkt hatten, dass er anders war. Sie standen immer noch auf seiner Liste der Menschen, die sterben mussten, aber er mochte den Gedanken, dass sie jahrelang über ihre Schulter blicken und sich fragen würden, ob oder wann er zuschlagen würde.

Er würde sie noch früh genug erwischen, wenn sie es am wenigsten erwarteten. Wenn sie nicht mehr auf der Hut waren und dachten, er sei für immer verschwunden. Aber zuerst ... die Tochter der Seelenklempnerin.

Er konnte es kaum erwarten.

KAPITEL DREIZEHN

Der Sommer verging wie im Flug. Auf der einen Seite war Tonka froh darüber. In den wärmeren Monaten war *Die Zuflucht* immer voll und er zog das langsamere Tempo des Winters vor. Aber er war auch ein wenig traurig, weil der Herbst bedeutete, dass Jasna wieder zur Schule gehen musste. Er würde seine Tage nicht mehr mit ihr in der Scheune verbringen können.

Ihre Neugierde war erfrischend und anregend, und sie scheute sich nicht vor den lästigen Arbeiten, die bei den Tieren erledigt werden mussten. Es hatte ihr sogar Spaß gemacht, mit dem Bagger den Mist aus dem Stall zu schaufeln.

Was Henley betraf, so hatte er sich nie vorstellen können, dass eine Beziehung so ... einfach sein würde. Sie war die perfekte Freundin. Das bedeutete aber nicht, dass sie ein perfekter Mensch war. Sie verbrachte zu viel Zeit damit, sich um andere zu sorgen, sie arbeitete zu viel, war etwas zu nachlässig, wenn es um ihre eigene Sicherheit ging, und neigte dazu, regelmäßige Aufgaben so lange aufzuschieben, dass sie zu dem Zeitpunkt, an dem sie unbedingt erledigt werden mussten, fast erdrückend waren. Wäsche waschen, den Müll rausbringen, abwaschen.

Tonka schüttelte den Kopf und erinnerte sich an das letzte Mal, als er in ihrer Wohnung gewesen war und die Spüle buchstäblich vor Geschirr überquoll. Sie hatte nur mit den Schultern gezuckt und gesagt, dass es wichtigere Dinge im Leben gäbe als einen aufgeräumten Haushalt. Zum Beispiel Zeit mit Jasna zu verbringen.

Da konnte er ihr nicht widersprechen. Er lernte, jeden Tag so zu genießen, wie er kam, anstatt mit der Vergangenheit zu hadern.

Aber trotzdem ... der heutige Tag war schwer für ihn. Es fiel ihm schwer, seine schlechte Laune zu überwinden.

Es war der Jahrestag von Steels Tod, und es fühlte sich immer noch so an, als wäre es erst gestern passiert und nicht schon vor Jahren. Seit er heute Morgen aufgewacht war, wurde er mit Erinnerungen bombardiert. Er kämpfte darum, nicht wieder in die Depression und die Wut zu verfallen, die er fast jeden Tag empfunden hatte, bevor er mit Henley zusammengekommen war.

Glücklicherweise war Jasna, die den Tag über mit Hudson zusammen gewesen war, gerade dabei, Bäume zu pflanzen und Büsche zu beschneiden, sodass sie von seiner schlechten Laune nichts mitbekam.

Als Tonka merkte, dass er gerade eine der Ziegen angeschrien hatte, weil sie das tat, was sie immer tat – sie versuchte, etwas zu fressen, was sie nicht fressen durfte –, und dass er Scarlet etwas fester auf den Hintern geklopft hatte, als er sie dazu bringen wollte, schneller zu laufen, wusste er, dass er den Stall verlassen musste. Er wollte auf keinen Fall, dass er aufgrund seiner schlechten Laune einem der Tiere wehtat. Oder sie psychologisch noch mehr schädigte, als sie ohnehin schon waren.

Er machte sich auf den Weg zu seiner Hütte, weil er allein sein wollte.

Tonka war noch keine dreißig Minuten dort, als sein Telefon mit einer Nachricht vibrierte. Er saß auf seinem Sofa, starrte ins Leere, ließ den schlimmsten Tag seines Lebens Revue passieren und überlegte, was er getan oder nicht getan hatte. Als er nach unten blickte, sah er, dass die Nachricht von Henley war.

Henley: Wo bist du?

Er tippte schnell eine Antwort.

Tonka: In meiner Hütte.
   Henley: Geht es dir gut?
   Tonka: Nein.
   Henley: Darf ich zu dir kommen?

Er wusste es zu schätzen, dass sie zuerst gefragt hatte. Tonka holte tief Luft und überlegte, was er sagen sollte. Auf der einen Seite wollte er sie unbedingt sehen. Aber er wollte sie auch nicht mit in den Abgrund reißen. Er wollte, dass sie so blieb, wie sie war. Glücklich. Unbedarft. Aber sie war im Moment wahrscheinlich der einzige Mensch in seinem Leben, der dafür sorgen konnte, dass er sich auch nur ein kleines bisschen besser fühlte.

Tonka: Ja.

· · ·

Sie antwortete nicht, aber er wusste mit Sicherheit, dass sie auf dem Weg zu ihm war. Wären die Rollen vertauscht gewesen, hätte nichts Tonka davon abgehalten, zu ihr zu kommen. Sie wusste nicht, welcher Tag heute war. Sie wusste nicht, was passiert war, aber das war auch egal. Sie würde ihm helfen, wo sie nur konnte. Und das nicht nur, weil sie Psychologin war. Nicht weil sie zusammen waren. Sie würde es für jeden ihrer Freunde tun.

Ein paar Minuten später klopfte es leicht an seiner Tür.

»Herein«, rief er.

Dann war sie da. Henley sagte kein Wort, setzte sich einfach neben ihn, ergriff seine Hand, drückte sie fest und legte ihren Kopf auf seine Schulter.

Tonka wusste nicht, wie lange sie so dasaßen, aber irgendwann lockerte sich der Griff der Vergangenheit um seine Zunge ein klein wenig.

Ohne Aufforderung öffnete sich sein Mund ... und er begann zu sprechen.

»Als ich bei der Küstenwache war, hatte ich einen Hundepartner. Steel war mein bester Freund. Er wurde mir zugeteilt, als er erst sechs Monate alt war, und wir haben alles zusammen gemacht. Gegessen, geschlafen, gespielt, gearbeitet. Ohne diesen Hund ging ich *nirgendwo* hin. Ich konnte seine Körpersprache lesen, als würde er laut und deutlich sprechen.

Wir waren mit meinem Freund und Kameraden auf einer Mission. Sein Name ist Raiden – Raid – und sein Hund hieß Dagger. Wir stießen auf ein verdächtiges Boot und gingen an Bord, wie wir es oft taten. Wir haben es vermasselt, weil wir nicht auf unsere Verstärkung gewartet haben, aber das Boot war nicht so groß. Wir dachten beide, dass wir mit jeder Situation, die wir vorfanden, fertigwerden würden. Aber die Dinge liefen aus dem Ruder von dem Moment an, an dem wir an Bord gingen. Raid wurde fast sofort bewusstlos geschlagen und ich konnte Steel nicht befehlen anzugreifen, weil einer der Kerle eine Waffe auf Raids Kopf gerichtet hatte.

Sie haben mich gefesselt ... und da habe ich erfahren, dass wir auf einen der berüchtigtesten Drogenbarone Südamerikas gestoßen waren, Pablo Garcia. Wir waren so voreilig gewesen. Und dafür mussten wir jetzt bezahlen.«

Tonka holte tief Luft und starrte ins Leere. Er spürte vage, wie Henley seine Hand drückte, und ihre Berührung war das Einzige, was ihn davor bewahrte, in tausend Stücke zu zerbrechen.

»Sie haben Steel und Dagger gefoltert. Wie krank ist das denn?«, fragte er leise, seine Stimme voller Schmerz. »Garcia hat gelacht, während er ihnen wehgetan hat. Ich werde nicht ins Detail gehen, weil ich nie wieder darüber sprechen kann. Ich habe nicht um ihr Leben gebettelt, weil ich wusste, dass ihn das noch mehr anspornen würde, aber selbst heute noch ... selbst wenn ich wüsste, dass es alles nur noch schlimmer gemacht hätte ... hasse ich mich dafür. Wenn ich die Augen schließe, sehe ich immer wieder Steels bernsteinfarbene Augen, die mich anflehen, ihm zu helfen. Ich war sein bester Freund – und er konnte nicht verstehen, warum ich nichts tat, damit seine Schmerzen aufhörten. Ihre Beine waren mit Kabelbindern zusammengebunden worden und sie waren allem, was Garcia mit ihnen machen wollte, vollkommen hilflos ausgeliefert.

Ihr Wimmern und Jaulen hat sich in mein Gehirn eingebrannt. Und Dagger sah Raid immer wieder an, aber er war bewusstlos. Es war furchtbar ... und jedes Mal, wenn ich die Augen schließe, erlebe ich es wieder.« Tonka flüsterte den letzten Teil, bevor er sich räusperte und fortfuhr: »Als Garcia seine Spielchen satthatte, warf er meinen besten Freund, meinen Partner, den Hund, den ich mehr als mein Leben liebte, über Bord, obwohl er noch am Leben war. Er hatte beiden Hunden Gewichte umgebunden und die Tiere ins Wasser geworfen, als wären sie nichts weiter als Abfall.«

Tonka hörte Henleys Schluchzen, aber er zwang sich weiterzusprechen.

»Er hatte die Absicht, dasselbe mit Raid und mir zu machen, aber er bekam nicht die Gelegenheit dazu. Unsere Verstärkung tauchte auf. Es gab eine Schießerei und ich wurde von ein paar Querschlägern getroffen, aber ehrlich gesagt frage ich mich jeden Tag, warum ich überlebt habe und Steel nicht. An diesem Tag ist etwas in mir zerbrochen. Und ich bin mir nicht sicher, ob ich jemals wieder ganz zusammengefügt werden kann. Allein die Tatsache, dass Garcia hinter Gittern sitzt, lässt mich nachts noch schlafen.

Viele Leute haben mich gefragt, warum es mir so schwerfällt, mit dem Geschehenen fertigzuwerden. Sie können nicht verstehen, warum ich eine so schwere posttraumatische Belastungsstörung habe, obwohl niemand gestorben ist. Und natürlich meinen sie damit, dass keine Menschen gestorben sind. Aber für mich war es so viel schrecklicher, Steel leiden zu sehen, seinen Schmerz und seine Verwirrung zu sehen. Es war so niederschmetternd, dass ich nicht weiß, ob ich mich je davon erholen werde.

Ich beneide Raid. Er war die ganze Zeit über ohnmächtig. Er hat Dagger nicht gesehen, hat nicht gesehen, was dieses Monster ihm angetan hat. Ich bin sicher, er fühlt sich deswegen schuldig genug. Aber ich habe auch Schuldgefühle.«

Als er nicht weitersprach, fragte Henley: »Warum?« Ihre Stimme bebte, aber sie lockerte ihren Griff um seine Hand nicht. Nicht einmal für einen Moment.

»Ich habe mir immer gewünscht, dass ich es gewesen wäre, der ohnmächtig geschlagen wurde. Dann hätte ich nicht sehen müssen, was ich gesehen habe. Aber dann hätte ich Steel alleingelassen. Und was für ein Mistkerl wünscht sich, dass sein Freund sieht, was ich gesehen habe? Ich hätte etwas tun müssen, um Steel, Dagger und Raid zu helfen. Aber ich habe es nicht getan. Ich habe dagesessen und zugelassen, dass dieser Dreckskerl meinem besten Freund wehtut. Ihn folterte.«

»Du weißt aber, wenn du ihm gezeigt hättest, wie sehr du verletzt bist, wäre er noch sadistischer gewesen«, versicherte Henley ihm leise.

Natürlich wusste Tonka das. Aber es minderte nicht die Schuldgefühle, die ihn immer noch wie ein Joch erdrückten.

»Und vergiss die Leute, die dir gesagt haben, dass du dich nicht so aufregen solltest, weil Steel ermordet wurde. Die Tatsache, dass du immer noch verzweifelt versuchst, mit dem Geschehenen fertigzuwerden, beweist, wie sehr du ihn geliebt hast. Es spielt keine Rolle, dass Steel ein Hund war. Wie du richtig bemerkt hast, war er in jeder Hinsicht dein Partner. Dein bester Freund. Ich würde mir mehr Sorgen um dich machen, wenn es dir nicht so schwerfallen würde, seinen Tod zu verarbeiten. Finn? Sieh mich an.«

Das wollte er nicht. Er brach zusammen und er hasste es, dass sie ihn so sah. Als er ihre Hand auf seinem Gesicht spürte, holte Tonka tief Luft und drehte sich in ihre Richtung.

Als er in ihre schönen haselnussbraunen Augen blickte, sah er nur Kummer und Schmerz ... für ihn. Es gab keine Verurteilung. Kein Mitleid. Keine Enttäuschung. Er schluckte schwer.

»Zu hören, was passiert ist, hilft mir, so viel zu verstehen«, erklärte sie leise. Ihre Augen füllten sich mit Tränen, während sie ihn anstarrte, aber sie hörte nicht auf zu reden. »Es erklärt, warum du die Gesellschaft der Tiere den Menschen vorziehst. Sie können nicht verbergen, was sie denken oder fühlen. Sie haben nicht so ein schwarzes Herz wie der Mann, dem du begegnet bist. Und was du durchgemacht hast, erklärt, warum du und Jasna so gut miteinander auskommt.«

Tonka runzelte die Stirn.

»Kinder sind fast wie Tiere. Sie sind in allem auf uns angewiesen. Für Nahrung, Sicherheit, Schutz, Trost. Je jünger sie sind, desto mehr brauchen sie uns. Jasna ist zwar nicht mehr fünf, aber sie ist immer noch verletzlich. Ich glaube, tief in deinem Inneren weißt du das, und du tust, was du kannst, um sie zu unterrichten, zu beschützen und zu erziehen ... so wie du es für Steel getan hast. Jasna ist kein Hund, das verstehe ich, aber es gibt Ähnlichkeiten, die man nicht ignorieren kann.«

Tonka war fassungslos – denn sie bestätigte, was er empfunden hatte, als er Jasna zum ersten Mal gesehen hatte. Als er sie mit seinem besten Freund verglichen hatte. »Sie ist sicher«, fügte er nach einem Moment hinzu. »Sie ist zu jung, um so böse zu sein wie Garcia. Ich will damit nicht sagen, dass deine Tochter jemals so werden könnte wie er, aber ich fühle mich in ihrer Nähe wohler als bei den meisten Erwachsenen.«

Ein seltsamer Ausdruck erschien auf Henleys Gesicht. Einer, den er nicht verstand. Bis sie fortfuhr.

»Ich dachte immer, dass die Menschen als unbeschriebenes Blatt geboren werden. Dass sie weder gut noch böse sind. Dass ihre Umgebung bestimmt, was aus ihnen wird. Du weißt schon, die ganze Sache mit der Genetik im Vergleich zum Umfeld. Ich war fest davon überzeugt, dass die Erziehung den Charakter des Menschen bestimmt. Aber vor etwa vier Jahren wurde mir ein neuer Patient zugewiesen. Ein Junge. Er war zwölf und seine Eltern waren mit ihm vollkommen überfordert. Er wollte auf nichts hören, was sie sagten, er neigte zu Wut- und Gewaltausbrüchen, und sie hatten tatsächlich Angst, dass er ihnen oder ihrem anderen

Kind, einem vier Jahre jüngeren Mädchen, etwas antun würde. Ich war entschlossen, seinen Problemen auf den Grund zu gehen und herauszufinden, wie er so geworden war, wie er war. Aber weißt du, was ich herausgefunden habe?«

»Was?«, fragte Tonka.

»Nichts. Ich habe nichts herausgefunden. Er hatte kein Trauma in seiner Vergangenheit. Kein Missbrauch, die Ehe seiner Eltern war in Ordnung. Er hatte niemanden verloren, der ihm nahestand, wurde in der Schule nicht gemobbt. Nach allem, was ich hörte, hätte dieser Junge glücklich und sorglos sein müssen, wie jeder Zwölfjährige. Aber stattdessen war er ... Furcht einflößend. Es gibt kein besseres Wort, um ihn zu beschreiben. Und ehrlich gesagt hat er mir auch Angst gemacht. Er war berechnend, manipulativ. Selbst so jung wusste er, wie man kranke Psychospielchen spielt. Und die Dunkelheit, die ich in seinen Augen erkennen konnte, war erschreckend. Ich sprach mit Mike und wir einigten uns darauf, dass er die Sitzungen mit dem Kind übernehmen würde. Ich schäme mich zu sagen, dass ich nichts als Erleichterung empfand. Einige Monate danach ist er nicht mehr zu den Therapiesitzungen gekommen, aber er lebt immer noch in Los Alamos.«

Sie erschauderte und Tonka runzelte die Stirn. Dann holte sie tief Luft, wischte sich die Tränen von den Wangen und rutschte auf seinen Schoß. Sie legte ihre Arme um seinen Hals und schaute ihm in die Augen.

»Du darfst fühlen, was du fühlst, Finn. Steel zu verlieren war traumatisch, und dieser Garcia wusste, dass er dir wehtun würde, indem er ihm wehtut. Lass dir von niemandem das Gefühl geben, dass dein Trauma nicht so tief oder wichtig ist wie das eines anderen. Ich weiß nicht, ob dir jemals jemand die Erlaubnis gegeben hat, so sehr um Steel zu trauern, wie du es tun würdest, wenn er ein menschlicher Partner gewesen wäre ... aber genau das tue ich.«

Es war unglaublich, aber diese Worte lösten etwas in Tonka aus.

Ihre Erlaubnis, ihr Verständnis, gab seinen Gefühlen Legitimität.

Er hatte sich über die Jahre immer wieder einzureden versucht, dass Steel »nur« ein Hund war. Dass er sich zusammenreißen und sein Leben weiterleben sollte. Aber dadurch fühlte er sich nur noch schlechter. Steel war nie nur ein Hund gewesen. Nicht für ihn. Und ihn so entsetzlich leiden zu sehen war das Schmerzhafteste, was er je erlebt hatte.

»Danke«, flüsterte er und umschlang Henleys Taille.

»Nichts zu danken. Und weil ich bin, wer ich bin, muss ich dich gleich noch etwas fragen. Hast du mit deinem Freund Raid gesprochen, seit es passiert ist?«

Tonka zuckte zusammen. »Nein. Ich habe dir neulich gesagt, dass ich darüber nachdenke, ihn anzurufen, aber ich habe es noch nicht getan.«

»Ich denke, das solltest du. Er war vielleicht nicht bei Bewusstsein, aber er hat auch seinen Partner verloren. Dagger, richtig? Ich schätze, er leidet genauso sehr wie du. Auf eine andere Art und Weise, aber es gibt keinen richtigen oder falschen Weg, um um das zu trauern, was ihr beide verloren habt.«

Tonka dachte über seinen Partner nach. Raid war merkwürdig gewesen. Er war der größte Kerl, mit dem er je gearbeitet hatte. Er überragte die Leute, und als wäre das nicht schon auffällig genug, hatte er rote Haare und spitze Ohren. Außerdem war er ein Streber, der lieber zu Hause saß und am Computer spielte, als mit den Jungs auszugehen. Aber er war loyal, klug und er war ein verdammt guter Polizist der Küstenwache gewesen.

»Er hat sich einem Such- und Rettungsteam in den Ausläufern der Appalachen angeschlossen«, erzählte er Henley. Er schloss fest die Augen. »Heute ist der Jahrestag«, gab er leise zu.

Er spürte und hörte Henleys überraschtes Einatmen. »Hast du seine Nummer? Ich wette, er würde sich sehr freuen, von dir zu hören«, antwortete sie leise.

Tonka war sich da nicht so sicher, aber je mehr er darüber nachdachte, desto mehr wollte er wissen, was sein alter Freund so trieb. Er musste wissen, dass es ihm gut ging. Besonders heute.

»Ich habe seine Nummer«, gab Tonka zu.

»Ich kann dir etwas Freiraum geben, wenn du ihn anrufen willst«, erklärte Henley.

Tonka spürte, wie sich ihre Muskeln bewegten, als wollte sie von seinem Schoß steigen. Er drückte sie fester an sich und seine Augen wurden groß. »Nein!«, bat er verzweifelt. »Wenn ich das tun soll, brauche ich dich bei mir.«

»Okay. Ich bleibe hier«, beschwichtigte sie ihn.

Tonka holte tief Luft. Konnte er es tun? Konnte er Raid anrufen? Er hatte nicht erwartet, dass er jemals wieder jemandem freiwillig erzählen würde, was an diesem Tag geschehen war, und doch hatte er genau das mit Henley getan.

»Wer sonst kann wirklich besser verstehen, was du fühlst, als er?«, fragte sie sanft.

Sie hatte recht.

Ohne ein Wort zu sagen, beugte Tonka sich vor und griff nach seinem Handy, das neben dem Sofa auf dem Beistelltisch lag. Er rief seine Kontakte auf und starrte einen Moment lang auf Raidens Namen, bevor er tief durchatmete und die Nummer anklickte.

Er hielt das Telefon an sein Ohr und hörte es einmal, zweimal und dann ein drittes Mal klingeln. Gerade als er dachte, Raiden würde nicht abheben, meldete sich eine tiefe Stimme in seinem Ohr: »Tonka?«

»Hey«, grüßte er.

»Geht es dir gut? Alles in Ordnung?«, fragte er unverblümt.

»Ja. Ich ... ich dachte nur ... du weißt schon ... weil heute dieser bestimmte Tag ist ... und da dachte ich, ich melde mich mal. Um zu sehen, wie es dir geht.« Tonkas Worte klangen selbst in seinen eigenen Ohren gestelzt. Das war noch schwieriger, als er es sich vorgestellt hatte.

»Mir geht es so gut, wie es mir heute möglich ist«, entgegnete Raid.

»Ich vermisse Steel«, platzte Tonka heraus.

»Ich auch. Dagger sollte jetzt schon ein alter Hund sein. Der den ganzen lieben langen Tag nichts anderes zu tun hat, als zu schlafen und Eichhörnchen zu jagen, die es wagen, in sein Gartenreich einzudringen«, antwortete Raid.

Zu seiner Überraschung lachte Tonka leise. Er hatte nicht geglaubt, dass er heute noch etwas lustig finden würde. »Nicht wahr? Verdammt. Und Steel liebte Bälle so sehr, dass er wahrscheinlich schon einen verdammt großen Kofferraum voll mit den verfluchten Dingern hatte, weil ich ihn so verwöhnt habe, dass ich mich nicht zurückhalten konnte, jedes Mal einen neuen zu kaufen, wenn ich im Laden war.«

Henley rutschte von seinem Schoß, wich aber nicht von seiner Seite. Er legte seinen Arm um ihre Schultern, und sie stützte ihre Wange auf seine Brust.

»Weißt du noch, wie sich Dagger und Steel aus dem Zimmer geschlichen haben, als wir in einer Besprechung waren? Und als wir fertig waren und nach ihnen suchten, hatten sie tatsächlich den Kühlschrank im Pausenraum geöffnet, unser Mittagessen gestohlen und alles aufgegessen. Sie haben die Mahlzeiten von niemand anderem genommen. Nur unsere.«

Tonka lachte. Das hatte er ganz vergessen. »Manchmal waren sie solche unartigen Hunde«, entgegnete er.

Die nächsten zehn Minuten verbrachten sie damit, in Erinnerungen an die beiden Tiere zu schwelgen. Überraschenderweise fühlte es sich … gut an. Es war schön, sich an die guten Zeiten zu erinnern, anstatt sich mit den schlimmen Dingen zu beschäftigen, die ihnen an diesem Tag vor so vielen Jahren passiert waren.

»Wie geht es *dir*, Mann?«, fragte Tonka. »Bist du noch beim Such- und Bergungsteam?«

»Ja. Wir haben neulich unsere zweihundertste vermisste Person gefunden.«

»Das ist großartig.«

»Ja. Und ich muss mich dafür bei Duke bedanken«, bemerkte Raid.

»Duke?«

»Mein Bluthund. Weißt du, ich hatte nicht vor, mir jemals wieder einen Hund anzuschaffen, nachdem ich Dagger verloren hatte. Schon der Gedanke daran tat weh. Aber dann trat Duke in mein Leben. Er war ein winziger Welpe, den man buchstäblich im Müll entsorgt hatte. Er ist überhaupt nicht wie Dagger. Ich glaube, das hat es leichter gemacht.«

Tonka nickte. Er wusste genau, wie sein Freund sich fühlte. Er hatte auch keinen anderen Hund gewollt. Sich um die Hunde in der Scheune zu kümmern war eine Sache, aber er konnte sich nicht vorstellen, jemals einen anderen als Partner zu haben, so wie Steel es gewesen war.

»Duke ist buchstäblich der faulste Köter, den ich je gesehen habe. Außer wenn es um die Suche oder um Futter geht. Natürlich habe ich ihn mit Futter auf den Geruchssinn trainiert, das ist wahrscheinlich der Grund«, erklärte Raid lachend. »Er sabbert überall hin, schläft zweiundzwanzig Stunden am Tag, und er ist genau das, was ich brauchte, um mich zusammenzureißen und wieder am Leben teilzunehmen.«

Ohne nachzudenken, sagte Tonka: »Du musst dir eine Frau suchen.«

Raid lachte daraufhin. »Hast *du* das getan?«

Tonka sah auf die Frau in seinen Armen hinunter und sagte leise: »Ja.«

»Du weißt, dass ich in Fallport lebe ... hier gibt es nicht gerade eine große Auswahl an Frauen«, scherzte er.

»Wirklich niemanden?«

»Na ja, da ist meine nervige Assistentin«, entgegnete Raid lachend. »Aber wir beschimpfen uns mehr, als dass wir wirklich miteinander reden, also ja, die Lage sieht ziemlich düster aus.«

Tonka hätte schwören können, dass er mehr als nur Verärgerung in der Stimme seines Freundes hörte, als er seine Assistentin erwähnte, aber es war lange her, dass er Raid gesehen oder mit ihm gesprochen hatte, und vielleicht schätzte er die Situation falsch ein.

»Wie auch immer, ich freue mich für dich, Kumpel. Ich habe in den letzten Jahren oft an dich gedacht. Habe mir Sorgen um dich gemacht.«

»Ja. Ich auch. Das war eine beschissene Situation«, sagte Tonka leise.

»Das war sie«, stimmte Raid zu. »Aber der Dreckskerl sitzt hinter Gittern, wo er niemandem mehr wehtun kann.«

»Er wird wahrscheinlich eines Tages rauskommen«, merkte Tonka an. »So wie die Gefängnisse überfüllt sind, wird er wohl eher entlassen werden, als es uns beiden lieb wäre.«

»Na, dann hoffen wir mal, dass das noch lange dauert.«

»Auf jeden Fall. Jedenfalls wollte ich mich heute melden,

weil ich darüber nachgedacht habe, was passiert ist, und mich vergewissern wollte, dass es dir gut geht.«

»Ich schlage mich durch«, erklärte Raid ihm. »Manche Tage sind besser als andere, aber ich liebe, was ich tue, und Bibliothekar zu sein passt zu mir. Genau wie Fallport. Es ist ruhig. Hier passiert nicht viel.«

»Berühmte letzte Worte«, bemerkte Tonka mit einem kleinen Lachen.

»Stimmt. Vergiss, dass ich das gesagt habe«, bat Raid. »Und ... es ist wirklich schön, mit dir zu reden. Ich hätte nichts dagegen, wenn wir ein bisschen mehr in Kontakt bleiben würden.«

»Geht mir genauso. Und du bist hier immer willkommen, wenn du mal in der Gegend bist. Ich weiß, New Mexico und Virginia sind nicht gerade nahe beieinander, aber ...«

»Danke. Ich habe tolle Dinge über *Die Zuflucht* gehört. Du und deine Freunde haben sich wirklich einen guten Ruf erworben. Was ihr tut, wird in der heutigen Welt definitiv gebraucht.«

»Allerdings«, stimmte Tonka zu. »Ich lege jetzt auf. Aber, Raid?«

»Ja?«

»Danke. Ich musste mich an Steel und Dagger erinnern, wie sie waren ... nicht wie ich sie zuletzt gesehen habe.«

»Gern geschehen, Bruder. Sie sind großartige Hunde gewesen.«

Tonka war zu aufgewühlt, um viel mehr zu sagen. »Wir hören voneinander.«

»Bis dann.«

Er schaltete das Telefon aus und legte es zurück auf den Tisch neben sich. Dann schlang er seinen anderen Arm um Henley und vergrub seine Nase in ihrem Haar. Er drückte sie so fest an sich, wie er sich traute.

»Das klang, als wäre es gut gelaufen«, flüsterte sie gegen sein Hemd.

»Ja. Ich vermisse ihn.«

»Raid?«

Tonka zuckte mit den Schultern. »Steel.«

»Klingt, als wäre er ein ziemlich frecher Hund gewesen.« Er konnte das Lächeln in ihrer Stimme hören.

»Das war er auch. Aber er war auch verflucht schlau, loyal und verdammt tödlich, wenn er es sein musste.«

»Erzählst du mir mehr von ihm?«

Wäre es jemand anderes als sie gewesen – und wahrscheinlich zu jedem anderen Zeitpunkt als jetzt, da er sich nostalgisch fühlte und unvorsichtig war –, hätte Tonka abgelehnt. Aber nachdem er mit Raid ein wenig in Erinnerungen geschwelgt hatte, stellte er fest, dass er fast begierig war, Henley einige Geschichten über seinen geliebten Steel zu erzählen.

Er wusste nicht, wie lange er redete, nur dass Henley an seiner Seite blieb und ohne Unterbrechung zuhörte und nur hier und da ein paar Fragen stellte. Die Pausen zwischen den Erinnerungen an Steel wurden länger und länger, und Tonka merkte, wie erschöpft er war.

»Tut mir leid ... ich bin so müde«, sagte er nach einer Weile.

»Ist schon gut. Schlaf, Finn.«

»Bleibst du bei mir?«, fragte er. Er hätte sich für die Bedürftigkeit in seinem Tonfall schämen sollen, aber er tat es nicht. Er fühlte sich sicher, Henley seine innersten Gefühle zu zeigen.

»Ja. Ich muss allerdings Alaska anrufen und nach Jasna sehen.«

»Verdammt, die habe ich ganz vergessen. Wie spät ist es?«, fragte Tonka.

»Immer mit der Ruhe. Es ist alles in Ordnung. Ihr geht es gut. Mach die Augen zu, Finn. Entspann dich.«

»Bist du sicher?«

»Ja.«

»Okay.« Und damit schloss Tonka die Augen. Er ruckte ein wenig herum, damit er es bequemer hatte, und schlief dann ein.

***

Henley ließ ihren Tränen freien Lauf, als sie sicher war, dass Finn schlief, und sie seine Atemzüge tief und gleichmäßig unter ihrer Wange spürte. Ihr Herz fühlte sich an, als würde es für ihn brechen. Zu hören, was seinem geliebten Hund zugestoßen war, war entsetzlich gewesen, aber sie verstand endlich mehr darüber, warum er sich jahrelang so abgeschottet hatte. Sie war entsetzt, dass die Leute ihm gesagt hatten, er solle nicht so traumatisiert sein, weil Steel nur ein Hund gewesen sei.

Menschen konnten zu Tieren genauso starke Bindungen haben wie zu anderen Menschen. Und seinen Partner so zu verlieren, wie er es getan hatte, hätte jeden gebrochen.

Henley atmete tief durch, bewegte sich langsam, um Finn nicht zu wecken, löste sich aus seinem Griff und sah auf die Uhr, als sie sicher war, dass er noch schlief.

Verdammt! Es war schon halb neun. Sie und Finn hatten sich stundenlang unterhalten.

Sie schnappte sich ihr Telefon vom Küchentisch, wo sie es bei ihrer Ankunft liegen gelassen hatte, und wählte Alaskas Nummer.

»Hi, ist alles in Ordnung?«, fragte diese anstelle einer Begrüßung.

»Es tut mir so leid«, entgegnete Henley.

»Das muss es nicht. Jasna geht es gut und sie war ein

Engel. Ich mache mir mehr Sorgen um dich und Finn. Als du angerufen hast, um zu fragen, ob ich auf Jasna aufpassen kann, weil er einen schlechten Tag hatte, war ich mir nicht sicher, was ich denken sollte.«

Das Problem bei der Arbeit in der *Zuflucht* war, dass sowohl Alaska als auch Henley leider daran gewöhnt waren, dass Menschen »schlechte Tage« hatten. Eine posttraumatische Belastungsstörung konnte überall und jederzeit ihr hässliches Gesicht zeigen.

»Heute ist der Jahrestag, an dem er seinen Hundepartner verloren hat«, erzählte Henley. »Er hat zu kämpfen. Hättest du etwas dagegen, dass Jasna über Nacht bei dir bleibt? Es tut mir so leid, dass ich dich so überrumpeln muss, aber ...«

»Du brauchst dich nicht zu entschuldigen«, unterbrach Alaska sie. »Und natürlich ist das in Ordnung.«

»Danke. Ist sie da? Kann ich mit ihr reden und ihr erklären, was los ist?«

»Ja. Wenn ihr irgendetwas braucht, wir sind für euch da«, versicherte Alaska ihr.

Henley atmete tief durch und musste sich beherrschen, um ihre Gefühle unter Kontrolle zu bringen. Es war so gut, so wunderbare Freunde zu haben. Dass *Finn* so wunderbare Freunde hatte.

»Ich werde Jas für dich holen. Bleib dran.«

Kurz darauf ertönte Jasnas Stimme in Henleys Ohr. »Mom? Ist alles in Ordnung?«

»Ja, Baby. Ich bin drüben in Finns Hütte. Er hat einen harten Abend hinter sich und ich würde gern hier bei ihm bleiben ... wenn es für dich okay ist. Ich habe bereits Alaska gefragt und sie sagte, es sei in Ordnung, dass du bei ihr und Brick bleibst. Ist das für *dich* in Ordnung? Wir können uns morgen früh zum Frühstück in der Lodge treffen und dann zurück in unsere Wohnung fahren und ein paar Sachen zum Umziehen holen. Dann kann ich dich entweder hier-herbringen oder du kannst mit mir in der Praxis abhängen, während ich mich mit ein paar Patienten treffe. Dann kommen wir beide zurück in *Die Zuflucht* und sehen nach, ob es Finn gut geht. Wie hört sich das an?«

»Kein Problem, Mom. Geht es Finn gut?«

»Das tut es. Er braucht nur etwas Zeit. Er vermisst seinen Hund, mit dem er gearbeitet hat, als er bei der Küstenwache war. Und seine Erinnerungen sind im Moment ein wenig überwältigend.«

»Steel, richtig?«

»Du weißt von Steel?«, fragte Henley erstaunt.

»Ein wenig. Er redet nicht viel über ihn, aber er hat mir ein paar Geschichten darüber erzählt, wie schlau er war und wie viele böse Jungs und Drogen er aufgespürt hat.«

Henley spürte, wie ihr erneut die Tränen in die Augen stiegen. Die Worte ihrer Tochter waren ein weiterer Beweis dafür, dass Finn sich unter Kindern wohler fühlte als unter Erwachsenen. »Ja, genau der. Wie auch immer, wenn du etwas brauchst, sag einfach Alaska Bescheid. Ich bin sicher, sie kann dir ein Hemd oder etwas anderes geben, in dem du heute Nacht schlafen kannst. Und ich bin auch nicht weit weg, wenn du mich brauchst. Sei brav, und wir sehen uns morgen früh.«

»Okay, Mom. Ich hab dich lieb.«

»Ich hab dich auch lieb. Gute Nacht.«

Henley legte auf und schlenderte zurück ins Wohnzim-mer. Wahrscheinlich wäre es eine gute Idee, etwas zu kochen, da sie das Abendessen verpasst hatten. Aber sie hatte das Gefühl, dass Finn wahrscheinlich nicht hungrig war, und sie ehrlich gesagt auch nicht.

Sie setzte sich wieder auf das Sofa und fühlte sich ganz warm und kuschelig, als Finn sofort den Arm hob und sie wieder an sich drückte. Selbst im Halbschlaf war er süß.

Henley döste noch eine Weile, bis ihr Handy in ihrer Hand vibrierte und sie aufwachte. Sie hatte es nicht mehr weggelegt, seit sie vorhin mit Jasna gesprochen hatte. Besorgt schaute sie darauf und sah, dass ihre Tochter eine Nachricht geschrieben hatte.

Jasna: Ich kann nicht schlafen. Kann ich zu dir kommen?

Henley: Ja. Aber ich werde dich abholen.

Jasna: Es ist nicht so weit. Brick hat gesagt, er würde mich von der Tür aus beobachten, um sicherzugehen, dass ich gut rüberkomme.

Henley war erleichtert, dass Brick wusste, dass sie gehen wollte. Sie wollte nämlich auf keinen Fall, dass einer von ihnen aufwacht und feststellt, dass Jasna verschwunden war, und denkt, sie sei entführt worden oder so. Und obwohl Henley sich in der *Zuflucht* absolut sicher fühlte, wollte sie nicht, dass ihre zwölfjährige Tochter um – sie schaute auf die Uhrzeit auf ihrem Handy – halb zwei morgens auf dem Grundstück herumlief. Sie wusste nicht, warum Brick wach war, und auch nicht, warum Jasna wach war, aber wenn ihre Tochter sie so spät sehen wollte, hatte sie einen guten Grund.

Henley: Bis gleich.

Sie löste sich noch einmal aus Finns Armen, ein wenig besorgt, als er sich nicht einmal rührte, und ging zur Tür der Hütte. Sie schloss sie auf und trat auf die Veranda hinaus. Durch die Bäume konnte sie die Lichter von Alaskas und

Bricks Hütte sehen. Jeder der Besitzer hatte seine eigene Hütte, die von den Gästeunterkünften getrennt war. Sie waren alle in Sichtweite, aber durch die Bäume hatten sie trotzdem viel Privatsphäre.

Innerhalb weniger Augenblicke sah sie Jasna durch die Bäume auf sie zujoggen. Das Mädchen lief die Treppe hinauf und warf sich in die Arme ihrer Mutter. Henley trat zurück und schaltete das Verandalicht ein paarmal an und aus, um Brick zu zeigen, dass Jasna sicher angekommen war. Sie sah, wie sein eigenes Licht zweimal aufblinkte, dann wandte sie die Aufmerksamkeit ihrer Tochter zu.

»Geht es dir gut?«, fragte sie.

Jasna nickte und sah zu ihr auf. »Ich konnte nicht schlafen. Ich habe mir zu viele Sorgen um Finn gemacht. Ich bin so traurig, dass er Steel vermisst.«

»Ich auch«, bemerkte Henley. »Komm, lass uns reingehen.«

Sie führte sie in die Hütte und verschloss die Tür hinter sich. Dann stellte sie fest, dass es für Jasna eigentlich keinen Platz zum Schlafen gab. Finn hatte kein Bett im Gästezimmer seiner Hütte, und im großen Schlafzimmer gab es nur ein Bett. Sie könnte Jasna dort unterbringen, aber sie hatte das Gefühl, dass das Mädchen nicht weit von ihr oder Finn entfernt sein wollte.

»Pssst, er schläft«, erklärte sie leise, als sie sich dem Sofa näherten.

Jasna runzelte die Stirn, als sie Finn anstarrte. »Ich weiß nicht, wie ich ihm helfen soll«, sagte sie und ihre Stimme brach.

»Du tust es doch. Du sorgst dich um ihn und willst für ihn da sein«, erwiderte Henley.

»Aber er weiß das nicht.«

»Morgen früh weiß er es«, beruhigte Henley sie. »Komm. Komm, setz dich zu mir.« Sie setzte sich wieder neben Finn auf das Sofa, und genau wie vorhin murmelte er etwas im Schlaf und zog sie an seine Seite.

Jasna zuckte nicht einmal mit der Wimper, als Finn Henley näher an sich heranzog. Sie hatte in den letzten Wochen mehr als einmal gesehen, wie sie sich küssten, und Henley war erleichtert, dass ihre Tochter sich nicht ekelte und es ihr sogar egal zu sein schien.

Sie setzte sich neben Henley auf das Sofa und lehnte sich an sie, wobei sie gähnte. Henley griff nach Finns anderer Hand, die auf seinem Bauch lag, und verschränkte ihre Finger mit seinen. Dann legte Jasna ihre Hand auf die der beiden. Sie waren miteinander verbunden, alle drei.

Schon bald hörte Henley Jasnas leises Schnarchen, als sie an ihrer Schulter einschlief. Sie befand sich zwischen den beiden Menschen, die ihr am meisten auf der Welt bedeuteten. Wie sie sich so schnell und heftig in Finn verlieben konnte, wusste sie nicht, aber es fühlte sich mehr als richtig an. Er war ein guter Mann, der das Schicksal, das ihm widerfahren war, nicht verdient hatte. Aber hatte irgendjemand die schlimmen Dinge verdient, die in seinem Leben passierten? Hatte sie es verdient, ihre Mutter so zu verlieren, wie sie es bei einem so brutalen Angriff getan hatte? Nein. Aber man konnte sich entweder in seinen Tragödien verlieren oder sich dafür entscheiden, über sie hinauszuwachsen.

Sie hatte sich dafür entschieden, sich zu erheben, und sie hoffte und betete, dass Finn endlich an einem Punkt angelangt war, an dem er das auch konnte.

Henley schlief ein, ein wenig traurig nach allem, was sie an diesem Abend gehört hatte, aber dennoch zufrieden.

Tonka war sich nicht sicher, was ihn geweckt hatte, aber in dem einen Moment träumte er noch von Steel, der rannte und mit einem seiner Bälle spielte, und im nächsten blinzelte er in die Dunkelheit um ihn herum und spürte ein leichtes Gewicht an seiner Seite.

Es dauerte nur wenige Augenblicke, bis er erkannte, wo er war und woher das Gewicht kam. Henley. Er konnte sie riechen. Er würde auch ihren Körper jederzeit und überall an seinem eigenen erkennen.

Aus dem Flur, in dem er vorhin ein Licht hatte brennen lassen, drang ein leichter Lichtschein, und als er zu Henley hinübersah, war er froh über die Beleuchtung. Zu seiner Überraschung schlief Jasna an ihrer Mutter, die sie noch fester an ihn drückte. Er blickte auf seinen Bauch hinunter und sah, dass Henley nicht nur seine Hand hielt, während sie schlief, sondern auch die winzige Hand ihrer Tochter auf ihren verschränkten Fingern ruhte.

Die Emotionen drohten ihn wieder einmal zu überwältigen. Zuerst verspürte er Panik. Wenn er nicht einmal einen Hund beschützen konnte, wie sollte er dann ein Kind vor Verletzungen bewahren?

Doch dann stieg Entschlossenheit in ihm auf. Er hatte seine Lektion gelernt nach dem, was mit Garcia passiert war. Nie wieder würde er sich zurücklehnen und zusehen, wie die Dinge vor ihm aus dem Ruder liefen. Er hatte keine Ahnung, was passiert wäre, wenn er sich gegen Garcia und seinen Lakaien auf dem Boot gewehrt hätte, obwohl er gefesselt war. Er wäre wahrscheinlich tot gewesen, zusammen mit Steel und Dagger.

Aber ... vielleicht hätte er sie retten können. Oder vielleicht hätten sie nicht so sehr gelitten, wie sie es durch Garcias Hand getan hatten.

Sollte Henley oder Jasna jemals in Gefahr sein, würde er sich ganz sicher nicht zurücklehnen und alles hinnehmen.

Nein, er würde mit allen Mitteln dafür kämpfen, dass sie nicht verletzt oder getötet wurden, selbst wenn er dabei sein Leben lassen müsste.

Diese beiden Frauen waren das Beste, was ihm je passiert war. Er liebte sie. Er schämte sich nicht für dieses Gefühl. Er hatte keine Ahnung, ob Henley seine Zuneigung jemals erwidern würde, aber er würde alles tun, um ihr zu zeigen, wie wichtig sie für ihn war. Und zwar beide, sie und Jasna.

Das Gefühl ihrer Hand auf seiner war das schönste Gefühl auf Erden für ihn. Sie waren kein Ersatz für die Liebe, die er für Steel empfunden hatte, sie waren eine Erweiterung.

Sein Nacken kribbelte, sein Hintern war taub und sein Bauch knurrte vor Hunger, aber Tonka dachte nicht einmal daran, sich zu bewegen. Nein, er war vollkommen zufrieden damit, mit Henley in seinem Arm auf seinem Sofa zu sitzen und sich mit der anderen Hand sowohl an ihr als auch an Jasna festzuhalten.

Er schlief nicht wieder ein, er hatte schon mehr als genügend Schlaf gehabt. Außerdem wollte er sich diesen Moment einprägen. Er wollte in der Fürsorge und Aufmerksamkeit schwelgen, die diese beiden Frauen mit ihm teilten. Als er Steel gehabt hatte, war er nicht allein gewesen. In den letzten Jahren war er so verdammt isoliert gewesen. Henley und Jasna hatten ihn verändert ... zum Besseren.

Tonka drehte sich um und küsste Henleys Stirn. Sie lächelte im Schlaf, wachte aber nicht auf. Tonka stützte seinen Kopf auf das Kissen hinter sich und versuchte, sich genau einzuprägen, was er genau in diesem Moment fühlte. Wann immer er in der Zukunft eine schwierige Zeit hatte, würde er sich *daran* erinnern.

KAPITEL VIERZEHN

Drei Tage später, mitten am Nachmittag, während Jasna in Hütte drei war und Jason half, ein Teil in der Toilette auszutauschen, keuchte Henley auf, als Finns Hüften gegen ihren Hintern stießen, während er von hinten in sie eindrang.

Er hatte sich vor dem Zimmer in der Lodge mit ihr getroffen, in dem sie gerade ihren letzten Termin an diesem Tag hinter sich gebracht hatte, und gefragt, ob er mit ihr reden könne. Natürlich hatte sie Ja gesagt, und er hatte sie in seine Hütte geführt. Kaum hatte er die Tür hinter ihnen zugemacht, fiel er auch schon über sie her. Es war fast eine Wiederholung ihres ersten Mals, als er sie gegen die Tür genommen hatte, aber er hatte lange genug die Beherrschung behalten, um sie durch den Flur in sein Zimmer zu zerren und sie auf sein Bett zu werfen.

Sie hatten sich beide in Rekordzeit ausgezogen und er hatte sich auf sie gestürzt, als wäre er am Verhungern. Es war schon anderthalb Wochen her, dass sie das letzte Mal miteinander geschlafen hatten, und Henley war genauso verzweifelt wie Finn.

Vor drei Tagen war sie neben ihm auf dem Sofa aufgewacht, nur um festzustellen, dass er sie mit einem Blick anstarrte, den sie nicht deuten konnte. Seitdem wirkte er anders. Ruhiger. Und die Art, wie er sie ansah, als wäre er kurz davor, ihr die Kleider vom Leib zu reißen, hatte Henley in einem ständigen Zustand der Erregung gehalten.

Offenbar hatte er es heute satt, auf einen günstigeren Zeitpunkt zu warten, an dem sie zusammen sein konnten. Für Henley war das mehr als in Ordnung.

»Ja! Fester, Finn!«

Sie und Finn machten keine lange, langsame, süße Liebe miteinander. Jedes Mal wenn sie zusammenkamen, waren sie fast verzweifelt. Der Sex war hart und schnell, aggressiv auf beiden Seiten. Und Henley war noch nie so befriedigt gewesen.

Mit einer Hand drückte er ihre Pobacke so fest, dass sie wusste, sie würde einen blauen Fleck bekommen. Mit der anderen hielt er ihre Hüfte, während er in ihre triefend nasse Muschi stieß.

Plötzlich zog er sie hoch, sodass ihr Rücken an seinem Oberkörper lag. Er legte eine Hand um ihren Hals und hielt sie fest, ohne sie zu verletzen. Die andere Hand ließ er an ihrem Körper hinuntergleiten und er begann, ihre Klitoris intensiv zu liebkosen.

Henley zuckte in seiner Umklammerung, aber er hielt sie fest.

»Finn, bitte, fick mich«, bettelte sie und wand sich gegen ihn.

Die Position war nicht gerade ideal, um gestoßen zu werden, und tatsächlich hielt er einfach tief in ihrem Körper still, während er sie immer näher an den Rand des Orgasmus streichelte.

»Nicht bevor du an meinem Schwanz gekommen bist. Ich will es spüren. Ich will spüren, wie du dich um mich herum zusammenziehst«, knurrte er beinahe.

Als wären seine Worte das, worauf ihr Körper gewartet hatte, spürte Henley, wie sie zum Höhepunkt kam. Er drückte sie fest an sich, während sie in seinen Armen bebte und vibrierte.

»Du hast keine Ahnung, wie toll sich das anfühlt«, keuchte er ihr ins Ohr, bevor er sie wieder auf die Matratze drückte. Sie stöhnte auf, als er begann, hart und schnell in sie zu pumpen, was ihren bereits erstaunlichen Höhepunkt noch verlängerte.

Sie hörte, wie er stöhnte, als er mit einem letzten heftigen Stoß in sie eindrang, dann packte er ihre Hüften fest, als er zum Orgasmus kam.

Er brach auf ihrem Rücken zusammen, aber anstatt sie zu erdrücken, drehte er sich schnell zur Seite und nahm sie mit sich. Henley ließ sich bereitwillig fallen und fühlte sich vollkommen entkräftet.

»Verdammt noch mal, Frau«, erklärte er leise. »Diesmal hättest du mich fast umgebracht.«

Sie lachte schwach. »Das stimmt aber nicht. Wer war denn derjenige, der mich in seine Hütte gezerrt hat, um sich an mir zu vergehen?«

»Du hast nicht gerade protestiert«, erklärte er ihr.

Henley konnte es nicht leugnen. Sie spürte, wie er seinen Schwanz aus ihr herauszog, und sie drehte sich sofort um, bevor er aufstehen und das Kondom entsorgen konnte. Sie hasste es, ihn nicht mehr in sich zu spüren, und die Tatsache, dass er aufstehen musste.

»Ich muss dieses Kondom wegwerfen, Baby«, erklärte er.

Henley weigerte sich, ihn gehen zu lassen. Sie spürte, wie er seufzte, das Kondom abzog und sich dann noch einmal so drehte, dass sie auf ihm lag.

»Ich hasse sie.«

»Kondome?«, fragte er mit einem Stirnrunzeln.

»Ja. Ich wünschte, ich könnte dich ohne sie in mir spüren.«

Er erstarrte unter ihr. »Was genau willst du damit sagen?«

»Ich will sagen, dass ich die Pille nehmen will. Oder mir eine Spirale einsetzen lasse. Oder so etwas. Ich will dich ohne Kondom, Finn. So sehr. Ich will, dass du ganz mir gehörst.«

»Ich *gehöre* ganz dir«, erklärte er mit einem leichten Kopfschütteln. »Ernsthaft. Ich habe noch nie einer Frau so viel von mir gegeben. Und anstatt mich gefangen oder klaustrophobisch zu fühlen, fühle ich mich freier als je zuvor. Du bist mir unter die Haut gegangen, Henley, und ich kann mich schon jetzt nicht mehr an eine Zeit erinnern, in der du nicht da warst. Ich will es auch nicht. Das klingt verrückt, wenn man bedenkt, dass es noch gar nicht so lange her ist, dass ich mir nicht mehr erlaubt habe, als dich sehnsüchtig von der anderen Seite des Raumes anzustarren, aber ... es ist wahr.«

»Finn«, flüsterte Henley und fühlte sich überwältigt.

»Ich weiß, das geht schnell, und ich versuche, dich nicht zu drängen ... aber ich gehöre *dir*. Solange du mich willst. Ich werde alles tun, was in meiner Macht steht, um dich und Jas glücklich zu machen. Und ich werde dafür sorgen, dass ihr in Sicherheit seid. Ich möchte ein Bett für das zweite Schlafzimmer auf der anderen Seite des Flurs kaufen, aber ich möchte auch nichts tun, was dich erschrecken oder dir den Eindruck vermitteln könnte, dass ich es zu eilig habe.

Als ich neulich nachts aufwachte und dich in meinen Armen hielt, mit Jasnas Hand auf meiner ... wurde mir plötzlich klar, wie kurz das Leben wirklich ist. Ich möchte jeden Tag mit euch beiden beginnen. An meinem Tisch mit euch lachen. Darüber streiten, was Jas essen sollte und was nicht. Über das Verdauungssystem einer Kuh diskutieren und warum es so ist, wie es ist. Sie zur Schule bringen.

Und wenn du mich ohne Kondom haben willst, dann bekommst du mich auch ohne Kondom. Ich kann mir nichts Schöneres vorstellen, als dich mit meinem Sperma zu füllen und zu wissen, dass du von innen und außen mir gehörst. Aber ich kann warten. Ich möchte, dass du dich sicher fühlst, dass du geschützt bist. Und ich werde für den Rest unseres Lebens ein Kondom benutzen, wenn es sein muss.«

»Ich möchte mit dir in mir einschlafen«, gab Henley etwas schüchtern zu. »Ich möchte wissen, wie es sich anfühlt, mit dir zu kuscheln, nachdem wir beide gekommen sind, ohne dass du dich sofort zurückziehst, weil du mit einem Kondom hantieren musst.«

»Das will ich auch«, gab Finn zu.

»Meinst du, wir werden uns jemals langsam und zärtlich lieben?«, fragte sie grinsend.

Sie spürte Finns Lachen unter sich. »Keine Ahnung. Ich weiß nur, dass ich in dem Moment, in dem ich dich in die Finger bekomme, einfach nur wie verrückt in dich eindringen will. Wenn ich *nicht* sofort in dich eindringe, würde ich einfach sterben.«

»Ist das nicht ein bisschen zu dramatisch?«, stichelte sie.

»Willst du mir sagen, dass es bei dir anders ist?«, fragte er mit einer hochgezogenen Augenbraue. »Ich meine mich zu erinnern, dass du diejenige warst, die sich meinen Schwanz geschnappt hat, sobald ich mir die Unterwäsche vom Leib gerissen hatte, und mich angefleht hat, dich endlich zu ficken.«

Henley grinste. Ja, das hatte sie tatsächlich gesagt. »Ich mag Sex«, erklärte sie achselzuckend. »Nein, das ist nicht wahr. Mit dir *liebe* ich Sex.«

»Ich bin kein Fan von Heimlichkeiten, und ich muss

zugeben, dass ich mich langsam darauf freue, dass die Schule im Herbst beginnt. Dann haben wir mehr Zeit, solche Dinge zu tun, ohne uns Sorgen machen zu müssen, erwischt zu werden. Allerdings werde ich es vermissen, sie bei mir zu haben und dass sie mir jeden Tag in der Scheune hilft.«

»Da wir gerade von meiner Tochter reden ... wie lange dauert es, eine Toilette zu reparieren?«, fragte Henley.

»Nicht lange genug«, erklärte Finn mit einem Seufzer. Dann legte er seine Hand auf ihren Hinterkopf und hielt sie fest, während er sie küsste.

Henley küsste ihn mit all der Liebe, die sie in ihrem Herzen hatte. Sie liebte diesen Mann so sehr, dass es fast beängstigend war. Zu beängstigend, um es ihm jetzt schon zu gestehen.

»Danke, dass du neulich Abend für mich da warst«, sagte er, als er seine Lippen von ihren löste.

»Gern geschehen«, erwiderte sie. »Es scheint dir ... besser zu gehen.«

»Das tut es«, entgegnete er, ohne zu zögern. »Raid anzurufen war eine gute Entscheidung. Und dass du da warst und mir zugehört hast, als ich von Steel erzählt habe, hat mich gezwungen, mich an die guten Zeiten zu erinnern und nicht nur an diesen schrecklichen Tag. Weißt du ... du solltest Psychotherapeutin werden oder so.« Er grinste, um sie wissen zu lassen, dass er sie nur aufziehen wollte.

»Ich will nicht deine Therapeutin sein«, entgegnete Henley ernst. »Ich möchte deine Freundin sein. Deine Partnerin.«

»Das bist du«, entgegnete Finn, ohne zu zögern. »Aber du wärst nicht die Frau, in die ich mich verliebt habe, wenn du nicht so ein tolles Einfühlungsvermögen hättest. Du musst nicht vor mir verstecken, dass du Seelsorgerin bist. Ich meine, ich will nicht, dass du jeden Schritt, den ich mache, oder jedes Wort, das ich sage, psychoanalysierst, aber ich habe verdammtes Glück, dass ich dich habe, um mich aus dem schwarzen Loch zu ziehen, in das ich manchmal falle.«

Seine Worte bedeuteten Henley sehr viel. Sie war, wer sie war, und sie konnte nicht einfach abschalten oder ihre Ausbildung und ihr Training vergessen, wenn sie in seiner Nähe war.

Sie spürte, wie Finns Schwanz zwischen ihren Beinen hart wurde, und sie wand sich auf ihm. Sie wollte ihn noch einmal.

Genau in diesem Moment ertönten ihre beiden Telefone mit eingehenden Nachrichten. So sehr Henley auch die Welt ausblenden wollte, sie konnte es nicht. Sie hatten beide Verpflichtungen. Sie lehnte sich über die Bettkante und quietschte prompt auf, als Finn mit den Fingern die Rückseite ihres Oberschenkels hinauffuhr und in ihre noch immer klatschnasse Muschi eindrang. Sie setzte sich mit ihren beiden Handys auf, die sie aus ihren Hosentaschen gefischt hatte. Sie reichte Finn sein Handy, während sie rittlings auf seinem Schoß saß und die Nachricht las, die sie gerade erhalten hatte.

Alaska: Nur damit ihr Bescheid wisst, Jasna sucht nach Tonka. Ich habe sie abgelenkt, indem ich ihr gesagt habe, dass sie in der Scheune nachsehen soll, aber ich denke, das wird sie nicht lange aufhalten.

»Verdammt«, seufzte Finn. »Meine Nachricht kam von Jason. Er sagt, er ist mit dem Reparieren der Toilette fertig und Jasna sucht nach mir.«

»Ja, meine ist von Alaska und sagt im Grunde das Gleiche«, erklärte Henley mit einem Schmollmund.

Finn setzte sich plötzlich auf und schlang seinen Arm um sie, damit sie nicht rückwärts von seinem Schoß fiel. Er drückte sie fest an sich und sagte: »Du hast gar nichts dazu gesagt, dass ich ein Bett für mein Gästezimmer kaufen will. Ich möchte, dass ihr ab und zu hier übernachtet. Wir müssen nichts tun, aber wenn du in meinen Armen schläfst ... das ist immer ein wahr gewordener Traum, Schatz. Ich möchte das so oft wie möglich.«

»Ich auch«, erklärte sie ihm schüchtern.

»Dann werde ich das mal in die Wege leiten«, sagte Finn. Dann rutschte er an den Rand des Bettes und stand auf, Henley immer noch in den Armen.

»Finn? Wir müssen uns anziehen«, sagte sie mit einem Grinsen.

Er seufzte und lockerte seinen Griff um sie. Henleys Füße trafen auf den Boden.

»Gut. Du kannst die Toilette hier benutzen. Ich werde die im Flur nehmen. Treffen wir uns in der Küche?«

Sie lächelte und nickte.

Finn beugte sich herunter und küsste sie noch einmal. Ein langer, anhaltender, süßer Kuss, der Henley Lust darauf machte, es in Zukunft mal mit diesem langsamen Liebesspiel zu versuchen. Dann beugte er sich vor, griff nach seinen Kleidern und nahm das benutzte Kondom in die Hand, das auf dem Bett lag, schenkte ihr ein verschmitztes Grinsen und ging zur Tür.

Henley brauchte einen Moment, um sich zu sammeln, bevor sie ihre eigenen Sachen aufhob und sich anzog.

An diesem Abend aßen sie in der Lodge zu Abend, und obwohl Tonka nie der gesprächigste der Männer war, fiel es ihm immer leichter, eine Unterhaltung mit den Gästen und seinen Freunden zu beginnen. Als er über den Tisch schaute, sah er, wie Henley über etwas lachte, das Alaska gesagt hatte.

»Sie ist wirklich glücklich«, erklärte Jasna neben ihm.

»Ach ja?«, fragte er mit einem kleinen Lächeln.

»Hm-hm. Seitdem ihr zusammen seid, ist sie viel entspannter.«

»Das ist gut.«

»Allerdings.« Dann, etwas leiser, fragte sie: »Finn? Wirst du meine Mom heiraten?«

Tonka verschluckte sich fast an dem Mais, den er sich gerade in den Mund gesteckt hatte. Er kaute langsam und versuchte zu überlegen, was er dem Mädchen sagen sollte. Schließlich beschloss er, so ehrlich zu sein, wie er konnte. »Ich möchte es, aber es hängt von ihr ab.«

»Sie wird Ja sagen. Ich weiß, dass sie es tun wird.«

Tonka runzelte die Stirn. Jasna klang nicht gerade begeistert von der Aussicht, dass ihre Mutter ihn heiraten würde. »Du willst nicht, dass wir heiraten?«

Sie zuckte mit den Schultern.

Dies war weder der richtige Zeitpunkt noch der richtige Ort für ein tiefgründiges Gespräch, aber da alle anderen um sie herum damit beschäftigt waren, sich zu unterhalten, und sie das Thema angesprochen hatte, beschloss Tonka, es zu versuchen. »Was hast du auf dem Herzen?«

Das kleine Mädchen drehte sich um und sah zu ihm auf. »Es waren immer nur sie und ich. Zwei Erbsen in einer Schote. Beste Freundinnen.« Sie runzelte ein wenig die Stirn. »Ich mag dich, Finn. Du warst nett zu ihr, und zu mir auch, und ich bin wirklich gern hier in der *Zuflucht*.«

»Aber?«, fragte Tonka, als sie nicht weitersprach.

»Ich bin doch nicht blöd. Ich weiß, dass Stiefkinder bei einer Heirat normalerweise an den Rand gedrängt werden.

Du wirst mit meiner Mutter Kinder bekommen, und es werden deine sein. Die Kinder von euch beiden. Ehe du dichs versiehst, werde ich ausziehen und aufs College gehen, und alles wird sich ändern«, endete sie ein wenig traurig.

Tonka stützte einen Arm auf die Lehne ihres Stuhls und mit dem anderen hob er die Hand, die in ihrem Schoß lag und mit der sie ihre Serviette bearbeitete. »Erstens, wenn deine Mutter und ich jemals heiraten, wirst du nicht meine Stieftochter sein. Du wirst meine *Tochter* sein. Punkt. Ich weiß nicht, ob deine Mutter und ich Kinder haben werden oder nicht, aber wenn wir es tun, wirst du *nie* weniger unsere Tochter sein. Und so sehr ich es auch hasse, dass du überhaupt darüber redest, erwachsen zu werden und wegzuziehen, du wirst mir immer wichtig sein, egal wie alt du bist und wohin du gehst. Du wirst auch immer die beste Freundin deiner Mutter sein. Ich kann diesen Platz nicht einnehmen, und das will ich auch gar nicht, Jas. Du und deine Mutter habt eine lange gemeinsame Geschichte und eine besondere Bindung. Ich würde nie etwas tun, um das zu zerstören. Ja, die Dinge werden sich ändern ... aber hoffentlich zum Besseren.«

Jasna nickte, aber Tonka war sich nicht sicher, ob er es geschafft hatte, sie mit seinen Worten vollständig zu beruhigen.

»Als ich neulich nachts aufgewacht bin und du da warst ... das hat mir etwas bedeutet«, gab er zu. »Nein ... es bedeutete mir *die Welt*. Ich hab dich sehr lieb, Jas. Und ich sage diese Worte nicht leichtfertig. Du hörst sie sogar, bevor deine Mutter es tut, denn ich habe große Angst, dass sie noch nicht bereit ist, sie zu hören. Oder sie wird vielleicht nicht dasselbe fühlen. Aber egal, was zwischen uns beiden passiert, ich werde dich immer lieb haben. Immer.«

»Wirklich?«

»Wirklich.«

»Ich hab dich auch lieb, Finn.«

Er atmete tief ein, als er diese Worte hörte. Sie tauschten einen zärtlichen Blick aus.

Dann fragte sie: »Bedeutet das, dass ich jetzt zu Weihnachten doppelt so viele Geschenke bekomme? Du weißt schon, weil du mich liebst und so, und weil du meine Mutter heiraten wirst?«

Tonka brach in Gelächter aus. Das kleine Luder musste den emotionalen Moment mit einem Witz zerstören.

»Auf jeden Fall«, erklärte er ihr. Er hatte sich bereits vorgenommen, sie und ihre Mutter so oft wie möglich zu verwöhnen. Angefangen damit, ihr ein Zimmer in seiner Hütte zu schaffen, für das jede Zwölfjährige töten würde.

»Cool«, entgegnete sie.

Tonka drückte ihre Hand, dann drehte er sich in seinem Stuhl um und wandte sich wieder dem Tisch zu. Er bemerkte Henleys besorgten Blick. »*Geht es euch gut?*«, murmelte sie.

Er lächelte und nickte ihr zu. Ja, ihm und Jasna ging es mehr als gut.

Christian wurde langsam ungeduldig. Der Sommer war fast vorbei und er hatte noch keine Gelegenheit gefunden, sich das Mädchen zu schnappen. Er hatte seine Messertechniken an Eichhörnchen, streunenden Katzen und sogar an einigen Hunden geübt, die er aus ein paar Gärten gestohlen hatte. Aber er wusste, dass es sich anders anfühlen würde, in einen Menschen zu schneiden.

Er konnte es kaum erwarten, sie bluten zu sehen. Ihre Schreie zu hören. Zu hören, wie sie um ihr Leben bettelte.

Er konnte jederzeit ein anderes erstes Opfer wählen ...

Nein. Es musste *sie* sein. Christian wollte, dass die Psychologin litt. Sie hatte ihn abgewiesen und ihn vergessen. Jetzt würde sie es bereuen.

Bei der nächsten Gelegenheit würde Christian sich das Mädchen schnappen. Er hatte das Warten satt. Er wollte raus aus dieser verdammten Stadt und nach Albuquerque, um seine Technik zu perfektionieren. Es gab Millionen von Menschen in der Stadt, darunter viele, die niemand vermissen würde. Männer und Frauen, die einen Schuss brauchten, ließen sich am einfachsten in ein billiges Hotel locken, oder wo auch immer er einen Platz zum Schlafen fand. Prostituierte würden freiwillig in seinen Wagen steigen. Kinder, die in Geschäften oder Parks allein gelassen wurden ... sogar zu Hause, während ihre Eltern arbeiteten.

Er wollte, dass die Welt seinen Namen kannte.

Und das konnte er erst erreichen, wenn er seinen ersten Mord begangen hatte.

Er blickte nach unten und bewunderte die vielen Messer und Waffen, die er auf dem Boden der verlassenen Hütte aufgereiht hatte. Der Teppich roch unangenehm und überall lag Mäusekacke herum ... aber Christian sah nur das Mädchen, das nackt vor ihm ausgebreitet lag und darauf wartete, dass er zustach. Das Blut würde über ihren weißen Körper fließen. Es würde wie ein Kunstwerk sein.

Er konnte sich nicht entscheiden, ob er zuerst ein Messer oder den Eispickel nehmen sollte. Oder vielleicht den Schraubenzieher. Er hatte auch ein Teppichmesser und ein Montiereisen. Letzteres wollte er erst nach all den anderen Instrumenten benutzen. Er wollte sehen, wie das Blut an die Wände und die Decke spritzte, wenn er sie damit verprügelte.

Lächelnd starrte Christian ins Leere und malte sich die Szene in seinem Kopf aus. Ja, er hatte definitiv genug gewartet. Er musste handeln. Er war bereit.

KAPITEL FÜNFZEHN

»Moooom, ich will nicht ins Ferienlager!«, jammerte Jasna zum gefühlt hundertsten Mal. »Ich will hierbleiben, bei dir und Finn. Alaska hat gesagt, dass wir wieder ein Lagerfeuer machen, und das will ich nicht verpassen. Außerdem gefällt mir mein neues Zimmer, und wir sollen die Kartons mit den Büchern abholen, die wir bei dem Gebrauchtwarenladen in Kalifornien bestellt haben, der gerade Ausverkauf macht.«

»Nein«, erklärte Henley, und ihr Tonfall war geduldiger, als sie sich fühlte.

»Warum bist du so gemein?«, rief Jasna gereizt aus.

Henley seufzte und gab sich Mühe, ihr Temperament zu zügeln. Sie war nicht überrascht, dass ihr süßes Kind sich endlich in einen hormonellen Teenager verwandelte, sie hatte es schon lange erwartet, aber das hieß nicht, dass sie nicht gehofft hatte, es würde nicht passieren. Sie wandte sich von Finns Waschbecken ab und sah ihre Tochter an. Er war in den Stall gegangen, um die Tiere zu füttern, dann wollte er zurückkommen, um sie und Jasna in die Stadt zu fahren. Sie würden sie im Camp absetzen und er würde Henley zu ihrer Praxis bringen.

»Du wolltest vor ein paar Monaten unbedingt in dieses Camp fahren, was ist passiert? Und Sharyn wird dort sein, also ist es nicht so, dass du niemanden kennst.«

»Ich weiß, aber ich wäre lieber *hier*. Scarlet Pimpernickel könnte mich vergessen, und die Kätzchen fangen an, die ganze Zeit zu spielen, und es ist so cool, hier bei Finn zu schlafen, und ich will einfach nicht mehr weg!«

»Es sind doch nur vier Nächte«, erwiderte Henley. »Dein Kalb wird dich nicht vergessen. Und die Kätzchen werden immer noch spielen wollen, wenn du zurückkommst. Es wird weitere Lagerfeuer geben, und Finn geht nirgendwo hin.«

Jasna seufzte dramatisch und ließ sich an Finns kleinem Tisch nieder.

Henley ging hinüber, setzte sich ihrer Tochter gegenüber und sagte sanft: »Willst du mir sagen, was dich wirklich bedrückt?«

Es dauerte einen Moment, aber schließlich sagte Jasna: »Ich mag Finn einfach sehr gern. Er ist geduldig und nett, und er behandelt mich wie eine Erwachsene. Ich meine, er behandelt mich nicht, als wäre ich ein kleines Kind. Er lässt mich schwierige Sachen mit den Tieren machen und vertraut mir, dass ich sie richtig mache. Ich habe Angst, dass etwas zwischen euch passiert und ihr euch trennt und ich keine Zeit mehr hier verbringen kann, wenn ich zu lange weg bin.«

Henley runzelte die Stirn. Sie war so schnell mit Finn zusammengekommen, dass sie sich dieselben Sorgen machte wie ihre Tochter. Wenn es nicht klappte, würde Jasna darunter leiden. Sie hatte sich sehr schnell an ihn gewöhnt, und es machte Henley innerlich krank zu wissen, dass ihr Handeln ihrer Tochter schaden könnte.

»Ich weiß nicht, was die Zukunft bringen wird«, erklärte sie schließlich. »Ich wünschte, ich könnte hier sitzen und dir sagen, dass Finn und ich für immer zusammen sein werden. Dass wir heiraten und bis ans Ende unserer Tage glücklich sein werden. Aber ich weiß besser als die meisten Menschen, dass wir die Zukunft nicht vorhersagen können. Ich kann dir allerdings sagen, dass du hier in der *Zuflucht* immer willkommen sein wirst, egal was zwischen Finn und mir passiert. Er genießt es, Zeit mit dir zu verbringen, und alle anderen hier tun das auch.«

Jasna seufzte dramatisch.

»Ich liebe Finn«, platzte Henley heraus. »Er macht mich glücklich. Aber noch mehr als das liebe ich es, wie *du* dich bei ihm fühlst. Und du weißt bereits, dass ich fast alles für dich tun würde. Ich würde Himmel und Hölle in Bewegung setzen, um dich glücklich zu machen. Um dir alles zu geben, was du brauchst, um zu einer ausgeglichenen, glücklichen Frau heranzuwachsen, die selbstbewusst ist und ihren eigenen Wert kennt. Aber so sehr ich es auch genieße, mit dir zusammen zu sein und unsere gesamte Freizeit gemeinsam zu verbringen, du musst auch draußen sein, um Spaß zu haben und Beziehungen zu Kindern in deinem Alter aufzubauen. Ich weiß, dass du im Camp sehr viel Spaß haben wirst, und wenn du zurückkommst, wirst du feststellen, dass sich nichts geändert hat.«

»Wie auch immer«, murmelte Jasna.

Jetzt war Henley an der Reihe zu seufzen. Sie hatte gehofft, dass ihre aufmunternden Worte ihre Tochter aus dem Tief herausholen würden, in dem sie sich befand. »Hast du alles gepackt?«, fragte sie.

»Ja.«

»Hast du die Sonnencreme, die ich dir gestern Abend gegeben habe, in deine Tasche gepackt?«

»Ja, Mom. Mein Gott«, entgegnete Jasna und stand auf, wobei der Stuhl auf dem Holzboden quietschte. Sie stolzierte den Flur entlang in Richtung ihres Zimmers, und

Henley zuckte zusammen, als sie ihre Zimmertür ein wenig zu hart hinter ihr zuschlug.

»Das war heftig«, ertönte eine tiefe Stimme aus Richtung der Eingangstür.

Henley drehte sich in ihrem Stuhl und sah Finn in der Hütte stehen. Sie war so sehr auf Jasna konzentriert gewesen, dass sie weder gesehen noch gehört hatte, wie er hereinkam. »Wie viel hast du gehört?«, fragte sie stirnrunzelnd, als ihr klar wurde, was sie da zum Schluss gesagt hatte.

Als Antwort stieß Finn sich vom Türrahmen ab und schlenderte auf sie zu. Henley blieb sitzen und versuchte, die Emotionen zu deuten, die sie in seinen Augen aufsteigen sah.

Als er den Tisch erreichte, ging er neben ihr auf die Knie und drehte ihre Beine so, dass er zwischen ihnen kniete. Er starrte sie einen Moment lang an.

Dann fragte er: »Liebst du mich?«

Verdammt, verdammt, verdammt. Mit trockenem Mund leckte Henley sich verzweifelt über die Lippen.

Sie könnte es herunterspielen und Finn sagen, dass sie nur versucht hatte, ihre Tochter zu beruhigen. Zugeben, dass sie wusste, dass es zu früh in ihrer Beziehung war, um solche Dinge zu sagen. Sogar einen Witz daraus machen. Aber all das wollte sie nicht tun.

Also sagte sie einfach: »Ja.«

Zu ihrer Überraschung – und zu ihrem Entsetzen – bildeten sich Tränen in seinen Augen.

»Finn?«

»Auf diesem Boot vor all den Jahren dachte ich, mein Leben sei vorbei. Ich habe mir geschworen, mich nie wieder so zu binden, weder an ein Tier noch an einen Menschen, damit mich niemand ein zweites Mal so verletzen kann, indem er jemandem wehtut, den ich liebe. Ich sorge mich um die Tiere hier in der *Zuflucht* und es wäre schlimm, wenn ihnen etwas zustoßen würde, aber ich habe es geschafft, meine Gefühle in mir zu verbergen. In den letzten zwei Jahren hast du dich hinter meine Fassade geschlichen. Und jetzt?« Er tippte sich auf die Brust, auf sein Herz. »Du bist da drin, Henley. Du und deine Tochter.«

Sie wartete darauf, dass er mehr sagte, aber er tat es nicht.

»Heißt das, du liebst mich auch?«

Er lachte leise und schloss kurz die Augen, dann öffnete er sie wieder. »War klar, dass ich das vermasseln würde. Ja, Henley. Ich liebe dich. Ich liebe dich so sehr. Und damit das klar ist, du kannst dich da hinsetzen und sagen, dass wir für immer zusammen sein werden, dass wir heiraten und glücklich bis ans Ende unserer Tage leben werden.«

»Finn«, flüsterte sie überwältigt.

»Wir beide sind durch die Hölle und zurück gegangen, und irgendwie haben wir uns gefunden und sind hier gelandet. Ich werde nicht zulassen, dass irgendjemand oder irgendetwas das, was zwischen uns ist, kaputt macht. Ich meine es ernst. Was meinst du, wie viele Betten für Teenager ich in meinem Leben gekauft habe?«

Henley lächelte. »Ähm ... eins?«

»Genau.«

»Ich bin so glücklich mit dir, Finn. Aber ich habe auch Angst, dass etwas passieren wird, das alles wie einen Traum erscheinen lässt.«

»Das wird nicht passieren. Denn wir haben ja einander. Wir werden jeden Sturm überstehen, der auf uns zukommt. Werden die Dinge immer einfach sein? Nein. Jasna ist fast ein Teenager und ich denke, nach ihrem Ausbruch gerade eben können wir davon ausgehen, dass es in den nächsten Jahren ab und zu turbulent zugehen wird. Aber wir lieben sie und sie liebt uns ... wir werden das schon hinkriegen. Du hast deinen Job, und ich habe meinen. Wir werden hart arbeiten müssen, um Zeit für uns beide zu schaffen, aber ich bin bereit, alles zu tun, was nötig ist, und auch jeden einzustellen, den Brick als Hilfe in der Scheune einstellen will.«

Henley lächelte daraufhin. Sie wusste, dass Finn nicht begeistert darüber war, dass jemand anderes in »seinen« Bereich eindrang, aber die Tatsache, dass er bereit war, sich helfen zu lassen, damit er mehr Zeit mit ihr verbringen konnte, war süß.

»Soll ich nach Jas sehen?«, fragte er.

»Es macht dir nichts aus?«, fragte Henley.

»Natürlich nicht.«

»Dann ja. Bitte. Wir müssen in den nächsten zwanzig Minuten oder so los, wenn wir pünktlich sein wollen.«

»In Ordnung. Und fürs Protokoll ... wenn ich dich heute Nachmittag abhole, kommen wir direkt hierher zurück, und keiner von uns wird diese Hütte vor Tagesanbruch wieder verlassen.«

Sie grinste. »Das klingt perfekt.« Und das tat es auch. Sie und Jasna hatten in den letzten Tagen in Finns Hütte in der *Zuflucht* übernachtet, und sie liebte es, in seinen Armen zu schlafen, aber sie wollte unbedingt *mehr* tun als nur zu schlafen. Sie waren sehr vorsichtig gewesen, da der Aufenthalt in der Hütte so neu war, und keiner von beiden wollte, dass Jasna sie hörte oder – Gott bewahre – sie beim Sex erwischte.

»Wenn mich jemand noch vor sechs Monaten gefragt hätte, was daran gut war, dass Steel vor meinen Augen umgebracht wurde, hätte ich ›Nichts‹ gesagt. Dass es nichts Gutes daran gibt, dass mein bester Freund ermordet wurde. Aber jetzt? Ich fange an zu glauben, dass Steel mich zu dir geführt hat.«

Finn stand auf, beugte sich vor und küsste Henley so

leidenschaftlich, dass sie keine Zweifel mehr an seinen Gefühlen hatte.

Er strich ihr mit dem Finger über die Wange, dann drehte er sich um und ging den Flur entlang in Richtung Jasnas Zimmer.

Tonka hätte sich am liebsten auf die Brust getrommelt und in die Welt hinausgeschrien, dass Henley ihn liebte. Er hatte nicht lauschen wollen, aber er hatte auch nicht ihr Gespräch mit Jasna unterbrechen wollen. Und als er hörte, wie sie sagte, dass sie ihn liebte, hatte er aufgehört zu atmen. Einen Moment lang hatte er gedacht, er hätte sich verhört, dass er nur hörte, was er hören wollte, aber je mehr sie sprach, desto mehr glaubte er, dass sie ihn wirklich liebte.

Nachdem Jas in ihr Zimmer gegangen war, konnte Tonka sich nicht mehr zurückhalten, zu Henley zu gehen.

Sie liebte ihn.

Er brauchte eine Weile, um das zu begreifen.

Seine Entschlossenheit, für die Sicherheit der beiden zu sorgen, wurde stärker. Nicht dass sie in Gefahr waren, aber er hatte auch nicht gedacht, dass *er* in Gefahr war, als er vor Jahren das Boot betreten hatte.

Als die drei endlich auf dem Weg in die Stadt waren, traf Tonka in Sekundenschnelle eine Entscheidung. Er hatte viel über das Gespräch mit Raiden nachgedacht und fand, dass jetzt der perfekte Zeitpunkt war, um den beiden mitzuteilen, was er tun wollte.

»Jas?«, fragte er, während sie fuhren.

»Ja?«, antwortete sie mürrisch.

»Ich habe mir gedacht ... vielleicht könnten wir am Wochenende, wenn du vom Camp nach Hause kommst, ins

Tierheim gehen und schauen, ob es Hunde gibt, die ein gutes Zuhause brauchen.«

Sobald er die Worte ausgesprochen hatte, wurde Tonka klar, dass er mit Henley darüber hätte sprechen sollen, bevor er es Jasna gegenüber erwähnte. Aber jetzt war es zu spät.

»*Wirklich?* Oh mein Gott! Ja! Ist das dein Ernst? Mom? Wir können wirklich einen Hund bekommen?« Die mürrische Haltung der Jugendlichen war im Handumdrehen verschwunden.

Tonka spürte Henleys Blick auf sich, aber er hielt den Blick entschlossen auf die Straße gerichtet. Er hörte sie leicht seufzen, bevor sie sprach.

»Ja. Aber du wirst selbst dafür verantwortlich sein.«

»Kein Problem«, erklärte Jasna sofort.

»Ich meine es ernst. Ich werde das Futter kaufen, aber du musst den Hund füttern und mit ihm Gassi gehen. Und die Häufchen aufsammeln. Und wenn der Hund deine Schuhe zerkaut und dein Lieblingskuscheltier frisst, darfst du nicht sauer sein.«

»Ich weiß. Ich werde mich um ihn kümmern und ich werde nicht böse sein, wenn er meine Sachen kaputt macht«, erklärte sie.

»Finn hat schon genügend um die Ohren, und du musst ihm beibringen, dass er die Tiere im Stall nicht erschreckt. Wenn du dich nicht um ihn kümmerst, kommt er gleich wieder ins Tierheim.«

»Mom! Ich habe doch schon gesagt, dass ich mich um ihn oder sie kümmern werde. Was für Hunde haben die wohl?«, sagte sie, mehr zu sich selbst als zu Tonka oder ihrer Mutter.

Er riskierte einen Blick zu Henley hinüber. Sie zog eine Augenbraue hoch, als sie sah, dass er sie betrachtete, und er versuchte, ihr einen entschuldigenden Blick zuzuwerfen. Er war sich sicher, dass sie ihm einiges zu sagen hatte, nachdem sie ihre Tochter verabschiedet hatten.

Jasna redete den Rest der Fahrt zum Ferienlager am Rande von Los Alamos ununterbrochen. Die Hütten waren von Bäumen umgeben, ähnlich wie die in der *Zuflucht*. Aber es gab auch einen künstlichen See in der Nähe, auf dem die Kinder schwimmen, Schlauchboot und Kajak fahren konnten. Henley hatte sich eingehend über den Ort informiert. Die Sicherheitseinstufung war hervorragend und die Kritiken waren überwiegend positiv.

Jasna plapperte immer noch darüber, was für einen Hund sie sich anschaffen würde und wie er bei ihr schlafen und ihr überallhin folgen würde. Als sie Sharyn sah, umarmte sie ihre Mutter kurz, winkte Tonka zu und eilte dann los, um ihrer Freundin die guten Neuigkeiten über ihre bevorstehende Hundeadoption mitzuteilen.

»Es tut mir leid«, erklärte Tonka, sobald Jas außer Hörweite war. »Es ist mir einfach rausgerutscht. Es hat mir nicht gefallen, sie so mürrisch zu sehen.«

»Du verwöhnst sie zu sehr. Und du weißt, dass wir uns am Ende um den Köter kümmern werden, oder?«

»Ja«, erklärte er mit einem Lächeln.

Henley warf ihm ein paar Seitenblicke zu. »Das ist doch das, was du wirklich willst, oder?«

Tonka zuckte mit den Schultern. »Ich habe viel über mein Gespräch mit Raid nachgedacht. Er hat einen Bluthund und sagt, er habe ihm dabei geholfen, wieder gesund zu werden. Und ich ... ich hätte nichts dagegen, wieder einen Hund um mich zu haben. Aber keinen Arbeitshund. Ein Haustier. Ich möchte einen, der verspielt ist, aber auch auf dich und Jas aufpasst. Ich hoffe, sie haben ein paar Pitbull Terrier, aus denen wir wählen können. Das sind im Allgemeinen sehr liebevolle Hunde, aber allein der Anblick eines solchen Hundes würde die Leute dazu bringen, sich zweimal zu überlegen, ob sie sich mit dir oder Jasna anlegen wollen.«

Henley lächelte leicht und verdrehte die Augen. Sie schien nicht sauer zu sein, was eine Erleichterung war.

»Komm schon, je schneller ich dich zur Arbeit bringe, desto schneller kann ich dich abholen und desto eher habe ich dich für mich allein«, bemerkte Tonka, während er sie am Ellbogen zu seinem Wagen führte.

Als sie den Parkplatz verließen, bemerkten weder Tonka noch Henley den unscheinbaren älteren Wagen, der hinten auf dem Parkplatz stand und hinter dessen Lenkrad ein Jugendlicher mit Sonnenbrille saß.

KAPITEL SECHZEHN

Die Woche war für Henley viel zu schnell vergangen. Normalerweise war sie froh, wenn die Zeit schnell verging, vor allem, wenn Jasna nicht zu Hause war. Aber diese Woche war eine der besten in ihrem Leben gewesen. Vormittags arbeitete sie, nachmittags hatte sie ein paar Therapiestunden in der *Zuflucht*, und dann verbrachten sie und Finn jede Nacht allein in seiner Hütte.

Endlich hatte sie ihr langsames, zärtliches Liebesspiel bekommen, und das Warten hatte sich mehr als gelohnt.

Ein ungeduldiger und lüsterner Finn war ein wahr gewordener Traum, aber ein liebevoller und geduldiger Finn brachte sie um den Verstand, während er sie in aller Ruhe lustvoll quälte. Am Ende hatte sie ihn angefleht, sie zum Orgasmus kommen zu lassen. In sie einzudringen. Es ihr zu besorgen. Aber selbst als er nachgab, hatte er irgendwie die Selbstbeherrschung aufgebracht, seine Stöße langsam und gleichmäßig zu halten und sie immer wieder an den Rand ihres Höhepunktes zu treiben, bevor er sich zurückzog.

Als er sich nicht mehr zurückhalten konnte, hatte sie

ihm mit allen möglichen Dingen, die sie nie umsetzen würde, gedroht ... zum Beispiel damit, nie wieder Sex mit ihm zu haben.

Dann ließ er ein heißes Bad für sie einlaufen und trug sie ins Badezimmer. Da sie nicht beide in die Wanne passten, setzte er sich neben sie, während sie badete, und erzählte ihr mehr über seine Zeit bei der Küstenwache. Langsam, aber sicher öffnete er sich und erzählte ihr Dinge über sich und seine Vergangenheit, die er, wie er zugab, noch nie jemand anderem erzählt hatte.

Wenn sie sich nicht schon vorher bis über beide Ohren in diesen Mann verliebt hätte, hätte sie es jetzt getan.

Aber sie war besonders deshalb davon überzeugt, dass ihre Beziehung den Test der Zeit überstehen könnte, da Finn nicht perfekt war. Wenn er es wäre, hätte sie wahrscheinlich nur darauf gewartet, dass irgendetwas schiefging. Sie brauchte keinen perfekten Freund. Sie wollte mit jemandem zusammen sein, der sich sicher genug fühlte, um launisch zu sein, es aber nicht an ihr ausließ. Der sich über die Arbeit ärgerte, aber nicht bis zum Gehtnichtmehr darüber meckerte, ohne einen Weg zu finden, seinen Stress abzubauen. Er beschwerte sich darüber, dass sie schmutzige Kleidung auf den Boden fallen ließ, aber nicht auf eine Weise, dass sie sich wegen dieser Angewohnheit schlecht fühlte.

Sie stritten sich über die beste Art, Nudeln zu kochen, waren uneins darüber, was sie gern im Fernsehen sahen, und hatten unterschiedliche Ansichten über das, was im Land politisch passierte, aber sie bewunderte es, dass sie so unterschiedliche Meinungen und Gedanken haben konnten und sich trotzdem so sehr liebten.

Heute war Donnerstag, und es war der letzte Abend, den sie allein verbrachten, bevor Jasna vom Camp nach Hause kam. Henley hatte zahlreiche Nachrichten von ihrer

Tochter erhalten, wenn sie am Abend ihr Telefon benutzen durfte, und sie war erleichtert gewesen, darüber zu lesen, wie begeistert ihre Tochter war von all den Dingen, die sie im Camp unternommen hatte. Sie hatte sich vielleicht nicht so sehr gefreut, ins Camp zu fahren, aber jetzt, da sie dort war, war es offensichtlich, dass sie sehr viel Spaß hatte.

Sie war immer noch ganz aufgeregt, weil sie am Samstag ins Tierheim fahren wollten, und erzählte Henley, dass sie bereits auf der Webseite nachgesehen hatte, welche Hunde verfügbar waren. Henley hatte das Gefühl, wenn sie nicht aufpassten, würden sie mit mehr als einem neuen Familienmitglied nach Hause kommen.

»Worüber denkst du so angestrengt nach?«, wollte Finn wissen, der hinter ihr auftauchte, seine Arme um ihre Taille schlang und sein Kinn auf ihre Schulter stützte. Sie hatte auf der hinteren Veranda von Finns Hütte gestanden und in den Wald gestarrt, während sie an ihrem Kaffee nippte.

Sie drehte sich nicht um, sondern lehnte sich mit dem Rücken an Finn. »Nur, dass ich glücklich bin. Diese Woche ist schnell vergangen, aber sie war wirklich sehr, sehr schön.«

Er legte seinen Mund an ihren Hals unter ihrem Ohr. »Ja, ich hatte irgendwie das Gefühl, dass du das letzte Nacht auch so empfunden hast, als du mich an den Haaren gepackt hast und mich nicht nach Luft schnappen lassen wolltest, als ich zwischen deinen Schenkeln war.«

Henley lachte und drehte sich schließlich in seinen Armen um, wobei sie darauf achtete, ihren Kaffee nicht zu verschütten, und schlug ihm auf die Brust. »Ich habe nicht gehört, dass du dich beschwert hättest«, erwiderte sie.

»Du hättest mich auch nicht hören können, wenn ich es getan hätte, da mein Mund anderweitig beschäftigt war.«

Henley lachte lange und laut. Als sie sich wieder unter Kontrolle hatte, sagte sie mit ernster Stimme: »Weißt du, ich dachte immer, ich wüsste, was guter Sex ist. Aber ich habe mich so geirrt. Ich hatte keinen blassen Schimmer. Du, Finn Matlick, bringst mich dazu, Dinge zu fühlen, die ich noch nie gefühlt habe.«

»Wenn man mit jemandem zusammen ist, den man liebt, ist alles besser. Selbst wenn man morgens auf der Veranda steht und sieht, wie die Welt zum Leben erwacht«, erklärte er feierlich.

»Ich liebe dich«, sagte sie.

»Du hast mir die Liebe zum Leben zurückgegeben«, erwiderte er.

Sie lächelte. »Wir sind heute Morgen etwas kitschig.«

»Ja«, bemerkte er mit einem kleinen Achselzucken.

»Wir müssen uns etwas einfallen lassen«, sagte Henley zu ihm.

»Inwiefern?«, fragte er.

»Wir müssen uns darüber Gedanken machen, wie wir mit Jasna im Haus Liebe machen können.«

Er grinste. »Meinst du, du kannst leise sein?«

»Ähm ... vielleicht?«

Finn brach in Gelächter aus.

Henley funkelte ihn spöttisch an. »Das ist genau das, was ich meine! Wir müssen uns etwas einfallen lassen. Denn ich bin gern mit dir zusammen, Finn. Ich mag es, dich in mir zu spüren.«

Er wurde ernst. »Das werden wir. Es könnte sein, dass wir uns am Tag statt in der Nacht lieben, aber damit habe ich kein Problem, wenn du es willst.«

Henley dachte einen Moment darüber nach, dann nickte sie. »Das wäre eine Möglichkeit. Jasna geht bald wieder zur Schule.«

»Genau«, stimmte Finn zu.

Sie lächelte zu ihm hoch. »Obwohl ich es auch schön finde, in deinen Armen zu liegen und keinen Sex zu haben.«

»Bevor du in mein Leben getreten bist, habe ich das nie gemacht, aber ich muss sagen, ich stimme dir zu.«

»Du hast es vorher nie gemacht?«

»Nein. Bevor ich mit dir zusammen war, war ich ein Mann, der mit einer Frau die Nacht verbracht und sich dann aus dem Staub gemacht hat. Ich sah keinen Sinn darin zu bleiben, da ich niemandem vormachen wollte, dass wir mehr haben könnten, als wir hatten«, entgegnete Finn achselzuckend.

Henley rümpfte die Nase.

»Was ist?«, fragte Finn.

»Ich bin eifersüchtig«, gab sie zu. »Es gefällt mir nicht, mir vorzustellen, wie du mit jemand anderem zusammen bist.«

»Finde ich auch«, stimmte er zu. »Wie wäre es also, wenn wir von jetzt an einen Pakt schließen, nie wieder über frühere Partner zu sprechen?«

»Abgemacht.«

»Gut. Du gehst heute mit den anderen Frauen aus, richtig?«, fragte er.

Henley nickte. »Ja, Alaska, Ryan, Luna und ich gehen zusammen zum Mittagessen, dann gehen wir mit Luna in diesen Laden, der all das britische Zeug verkauft, weil sie etwas von der Schokolade haben will, die wir letztes Mal gekauft haben.«

»Alles klar.«

»Willst du, dass ich aus der Stadt etwas zum Abendessen mitbringe?«, fragte sie.

»Wenn es dir nichts ausmacht.«

»Worauf hast du denn Lust?«

»Ist mir egal. Solange ich an unserem letzten Abend für eine Weile mit dir zusammen sein kann, ist es mir völlig egal, was wir essen.«

Henley konnte sich ein Grinsen nicht verkneifen.

Finn verdrehte die Augen. »Du hast so eine schmutzige Fantasie.«

»Ich kann nicht anders«, protestierte sie. »Besonders nach dem, worüber du gerade gesprochen hast.«

»Wie wäre es damit – es ist mir egal, was du zum Abendessen mitbringst, denn ich werde mich *danach* an dir gütlich tun.«

Henley lachte leise. Sie liebte diesen Mann. So sehr. »Was machst du heute?«

»Das Übliche, wie immer. Der Tierarzt kommt vorbei, um den Kratzer an Melbas Seite zu untersuchen, den sie sich neulich auf der Koppel zugezogen hat ... das wird eine Qual, denn du weißt ja, wie sehr sie es hasst, untersucht zu werden. Dann dachte ich, ich schaue im Tierheim vorbei, um mir die verfügbaren Hunde anzusehen. Ich will mir das Temperament des einen Pitbulls, den sie dort haben, und das des Mischlings ansehen. Ich will auf keinen Fall, dass Jas sich in einen von den Hunden verliebt und sich dann herausstellt, dass gerade dieser Hund aggressiv oder nicht erziehbar ist.«

Seine Sorge um ihre Tochter brachte Henleys Inneres zum Schmelzen.

»Ich liebe dich«, flüsterte sie.

Er lächelte sie an. »Ich liebe dich noch mehr. Jetzt müssen wir los, damit du nicht zu spät zur Arbeit kommst. Bist du sicher, dass es für dich in Ordnung ist, wenn Ryan dich abholt?«

»Warum sollte es das nicht? Sie kommt direkt von hier, nachdem sie mit den Zimmern auf ihrem Plan fertig ist und nachdem Luna ihrem Vater mit dem Mittagessen geholfen hat. Sie kann uns alle drei absetzen, nachdem wir eingekauft haben. Das ist schon in Ordnung.«

»Ich wollte nur sichergehen. Und da du nicht fahren wirst, brauchst du dir keine Sorgen um das Abendessen zu machen. Wir können hier etwas kochen, oder ich hole etwas von Robert.«

»In Ordnung. Mein armer Wagen wird nicht viel genutzt, wenn er nur hier steht, weil du Jasna und mich die ganze Zeit herumkutschierst«, stellte sie fest.

Finn zuckte mit den Schultern. »Es ist mir ein Vergnügen, euch beide hinzubringen, wo immer ihr hinmüsst.«

»Du bist ein ziemlicher Kontrollfreak«, stichelte sie.

»Ja. Und du liebst mich trotzdem.«

»Das tue ich«, stimmte sie zu.

Finn nahm ihr die Kaffeetasse aus der Hand, führte sie an seine Lippen und trank den Rest aus.

»Hey!«, beschwerte sich Henley. »Ich war noch nicht fertig damit.«

»Jetzt bist du es«, entgegnete er grinsend. »Und du musst noch duschen. Oh, warte, das muss ich auch. Ich weiß – wir können zusammen duschen, um Zeit und Wasser zu sparen.«

»Meinst du, wir sparen tatsächlich etwas, wenn wir zusammen nackt duschen?«, scherzte Henley, als Finn sie zurück in die Hütte führte.

Er antwortete nicht, sondern grinste nur, als er sie zum Schlafzimmer führte.

Henley lachte. Hatten sie Zeit für einen Quickie? Eigentlich nicht. Aber ihr erster Termin war erst in anderthalb Stunden, und Mike erwartete nie, dass sie zu einer bestimmten Zeit in der Praxis war. Sie protestierte nicht, als Finn sie ins Bad zerrte, den Saum ihres T-Shirts packte und es ihr über den Kopf zog.

»Du schuldest mir einen Kaffee«, neckte sie, als sie unter die warme Dusche trat.

»Wir halten an dem Café, das du so liebst«, erklärte er abwesend, während er sie an seinen warmen, nackten, nassen Körper zog. Sein Schwanz war steif zwischen ihnen und Henley konnte nur lächeln.

Davon hatte sie geträumt, als sie Anfang zwanzig war. Das war es, was sie sich immer von einem Partner gewünscht hatte. Jemanden, mit dem sie lachen konnte, der sie genauso wollte wie sie ihn, und jemanden, mit dem sie ihr Leben teilen konnte.

Dann küsste er sie, und Henley konnte nicht mehr denken.

Stunden später, als sie mit ihren Freundinnen beim Mittagessen saß, konnte Henley Finn immer noch zwischen ihren Beinen spüren. Er hatte sie in der Dusche heftig, schnell und leidenschaftlich genommen. Und obwohl sie spontan waren und unter der verdammten Dusche standen, hatte er das Kondom nicht vergessen.

Kein einziges Mal hatte er sein Wort gebrochen, sie immer zu schützen.

Aber wie sie ihm schon einmal gesagt hatte, war sie bereit, darauf zu verzichten. In der nächsten Woche hatte sie einen Termin bei ihrer Gynäkologin, um über andere Verhütungsmöglichkeiten zu sprechen.

»Also ... ich nehme an, dieses Grinsen bedeutet, dass du eine gute Woche hattest?«, neckte Alaska sie.

Luna schüttelte den Kopf. »Ich kann immer noch nicht glauben, dass du und Tonka ein Paar seid.«

»Warum nicht?«, fragte Ryan. »Ich finde, sie sind großartig zusammen.«

»Oh, das sind sie«, stimmte Luna zu. »Aber wir reden hier von *Tonka*. Er ist sozusagen derjenige, der es hasst, unter Menschen zu gehen. Mein Vater hat mir erzählt, dass er Tonka erst kennengelernt hat, als er schon einen Monat dort war.«

»Du weißt doch, was man sagt«, stichelte Alaska. »Stille Wasser sind tief und wahrscheinlich die besten Liebhaber.«

Alle lachten.

»Hab ich recht, Henley?«, erkundigte sich Alaska und beugte sich über den Tisch.

»Ja«, bestätigte Henley, ohne dass es ihr peinlich war.

Die anderen drei jubelten, was dazu führte, dass alle in dem kleinen Café sie neugierig ansahen.

»Pssst, Leute, Mensch«, entgegnete Henley lachend.

»Aber im Ernst, läuft es immer noch so gut?«, fragte Alaska.

»Ja. Wirklich gut«, bemerkte Henley mit einem Nicken.

»Ich habe gehört, dass ihr euch einen Hund zulegt«, fügte Luna hinzu. »Stimmt das?«

Henley schnaubte. »Ja. Finn wollte Jasna aus ihrer schlechten Laune herausholen, als wir auf dem Weg ins Camp waren. Er hat sie gefragt, ob sie Lust hätte, sich einen Hund anzuschaffen.« Sie verdrehte die Augen. »Als würde sie bei so was Nein sagen.«

»Also fahrt ihr morgen auf dem Rückweg vom Camp direkt im Tierheim vorbei?«, fragte Ryan.

»Meine Tochter hätte es am liebsten so gemacht. Aber nein, wir fahren erst am Samstag.«

Alle lachten wieder.

Henley wurde nüchtern. »Das ist wirklich ein großer Schritt für Finn. Er hat seinen Hundepartner verloren, kurz bevor er aus der Küstenwache entlassen wurde. Es war ein traumatisches Erlebnis und sehr heftig. Ich war mir ehrlich gesagt nicht sicher, ob er jemals wieder einen Hund haben würde.«

»Das tut mir leid«, bemerkte Alaska und legte ihre Hand auf Henleys.

»Ja, das ist wirklich Mist«, stimmte Ryan zu.

Sie nickte. »Ich glaube, es wird ihm guttun. Er hat vor Kurzem mit seinem Ex-Partner gesprochen – dem Partner, der an jenem Tag bei ihm war – und als er hörte, dass er einen Bluthund hat ... ich glaube, das hat etwas in ihm ausgelöst. Wenn sein Freund es geschafft hat, darüber hinwegzukommen, kann er es vielleicht auch.«

»Er kann gut mit den Tieren in der *Zuflucht* umgehen«, bemerkte Luna mit einem Nicken. »Er wird das schon schaffen.«

»Das glaube ich auch«, stimmte Henley zu. »Aber er übertreibt es, wie er es bei den meisten Dingen tut, die Jasna oder mich betreffen. Er sagte, er wolle heute ins Tierheim fahren und sich die Hunde ansehen, um sicherzugehen, dass sie für jemanden in Jasnas Alter geeignet sind.«

»Ich weiß nicht, das kommt mir wie eine weise Entscheidung vor«, erwiderte Alaska.

»Hast du dir die Webseite angeschaut? Um zu sehen, welche Hunde verfügbar sind?«, fragte Ryan.

»Natürlich habe ich das. Finn und ich hatten neulich eine Diskussion über die Hunde. Er hat gesagt, dass wir uns nur die großen Hunde ansehen dürfen, aber ich fand den kleinen Yorkie so süß.«

»Lass mich raten, er will einen großen, bösen Hund, der dich und Jas beschützen kann, richtig?«, fragte Luna lachend.

»Genau richtig.«

»Na ja, die kleineren Hunde neigen dazu, Kläffer zu sein«, bemerkte Ryan. »Und ich nehme an, die Jungs in der *Zuflucht* wollen keinen Kläffer, der die Gäste stört.«

»Das ist wahr«, stimmte Henley ein wenig widerwillig zu. »Aber ich nehme an, Finn könnte jedem Hund, den wir bekommen, beibringen, kein unausstehlicher Kläffer zu werden. Was das angeht, ist er wirklich erstaunlich.«

Alaska drückte Henleys Hand, die sie noch nicht losgelassen hatte. »Bitte sag mir, dass ihr verliebt seid und dass du Tonka heiraten und in *Die Zuflucht* ziehen wirst, damit ich nicht die einzige Frau bin, die dort lebt.«

Henley spürte, wie sie errötete. Sie schenkte ihrer Freundin ein kleines Lächeln und zuckte mit den Schultern. »Ich liebe ihn, und er sagt, er liebt mich auch. Aber wir sind noch lange nicht so weit, dass wir heiraten wollen. Wir müssen einfach abwarten, was passiert.«

Alaska kreischte vor Vergnügen und lehnte sich in ihrem Stuhl zurück. Sie nahm eine Gabel in die Hand, spießte eine Pommes auf und tunkte sie in einen Behälter mit Ranch-Dressing, bevor sie Henley mit einem breiten Lächeln anschaute. »Ihr werdet auf jeden Fall heiraten. Wenn du glaubst, dass Tonka so dumm ist, so lange zu warten, um dir einen Ring an den Finger zu stecken, dann kennst du diese Männer nicht besonders gut.«

»Ich sehe keinen Ring an *deinem* Finger«, entgegnete Ryan daraufhin.

Alaska steckte sich die Pommes in den Mund und grinste wieder, während sie kaute. Sobald sie geschluckt hatte, sagte sie: »Oh, Drake hat einen Ring, aber ich bin noch nicht ganz bereit, den letzten Schritt zu tun.«

Alle drei Frauen sprachen auf einmal.

»Was?«

»Er hat dir einen Ring gekauft?«

»Heiliger Strohsack, wirklich?«

Alaska nickte. »Ich liebe ihn. Ich habe Drake schon immer geliebt. Aber ich weiß nicht … etwas in mir, dieser kleine Zweifel, fragt sich, ob wir zu schnell vorgegangen sind. Ob er nur wegen dem, was passiert ist, angefangen hat, Gefühle für mich zu haben. Ihr wisst schon, die ganze Jungfrau-in-der-Not-Sache und all das.«

»Also bitte. Brick kann den Blick nicht von dir lassen.

Und seine Hände auch nicht«, bemerkte Luna. »Ich schwöre, neulich Abend dachte ich, er würde dich direkt an der Rezeption nehmen, nachdem du dich um diesen anstrengenden Gast gekümmert hattest, der sich über jede Kleinigkeit beschwert hat. Als er ging, fraß er dir aus der Hand, und er versprach sogar, für die Hütte der ehemaligen Kriegsgefangenen zu spenden. Und Brick war voller Ehrfurcht, als er das alles sah. Ihr zwei seid wie füreinander geschaffen. Heirate den Mann und erlöse ihn endlich von seiner Qual.«

Henley nickte, ebenso wie Ryan.

»Ich bin bald so weit«, versicherte Alaska ihnen.

Henley war erleichtert, als sich das Gespräch auf banalere Dinge konzentrierte, wie den Speiseplan für die nächste Woche und dass die Jungs darüber nachdachten, neue, weichere Handtücher zu bestellen.

»Ich weiß nicht, wie es euch geht, aber ich bin satt«, erklärte Alaska, nachdem sich jede von ihnen einen Brownie-Eisbecher bestellt und ihn bis auf den letzten Löffel aufgegessen hatte.

»Ich auch«, entgegnete Ryan und schlug sich auf den Bauch.

Henley fühlte sich, als müsste sie eine Woche lang nichts essen, so gut und reichhaltig war die Mahlzeit gewesen.

»Also, wie sieht der Plan für den Rest des Tages aus?«, wollte Luna wissen.

»Ich dachte, wenn es euch nichts ausmacht, könnten wir vielleicht noch einmal bei diesem Secondhandladen anhalten. Es macht so viel Spaß, zwischen dem ganzen Gerümpel nach Schätzen zu suchen«, erklärte Alaska. »Dann können wir noch bei Bliss für Luna anhalten, bevor wir zurückfahren. Ich schätze, Henley hätte nichts dagegen, etwas früher zurückzukehren, damit sie die letzte

Nacht, bevor Jas nach Hause kommt, mit Tonka verbringen kann.«

Henley war es nicht einmal peinlich, als sie eifrig nickte. Es war ihr egal, ob ihre Freundinnen wussten, wie sehr sie sich darauf freute, mehr Zeit mit ihrem Mann zu verbringen. Es war ihr egal, wer wusste, dass sie ihn liebte.

Sie traten alle vom Tisch zurück, und als sie sich darüber stritten, wer das Trinkgeld geben sollte, beschlossen sie, alle etwas Geld für den College-Jungen, der ihr Kellner gewesen war, dazulassen. Sie stiegen in Ryans Wagen und Henley konnte sich nicht erinnern, jemals zufriedener gewesen zu sein.

Ihre Tochter war gesund und glücklich, sie hatte einen Job, den sie liebte, sie hatte Finn, und jetzt hatte sie einen Freundeskreis, mit dem sie lachen und Zeit verbringen konnte.

Sie besuchten den Secondhandladen – der Kofferraum des Geländewagens war jetzt voll mit Tüten – und waren gerade auf dem Weg, Luna ein paar britische Süßigkeiten zu besorgen, als Henleys Telefon klingelte. Sie lächelte, weil sie dachte, es sei Finn, und warf einen kurzen Blick auf das Display, bevor sie sich das Gerät ans Ohr hielt.

»Hallo?«

»Henley McClure?«

»Am Apparat«, entgegnete sie mit einem leichten Stirnrunzeln, als sie die Stimme nicht erkannte und sich fragte, wer da anrief ... und warum die Person so ernst klang.

»Hier ist Samantha White vom Horseshoe Bend Outdoor Camp. Haben Sie heute Nachmittag etwas von Jasna gehört?«

Das ganze Blut wich aus Henleys Gesicht. »Was? Nein. Warum? Was ist denn los?«

»Sie ist verschwunden. Wir haben überall gesucht und können sie nicht finden. Heute Nachmittag fand eine Gruppenwanderung statt und als wir nach der Ankunft im Camp die Teilnehmer zählten, war sie nicht da. Unsere Betreuer suchen im Moment nach ihr, aber ich wollte Sie über den Stand der Dinge informieren.«

Henley konnte kaum noch atmen. Das war buchstäblich ihr schlimmster Albtraum.

»Und ich hasse es, das fragen zu müssen, aber ich weiß, dass die Polizei das auch wissen will. Wir haben sie bereits verständigt, und die Beamten sind auf dem Weg. Gibt es vielleicht einen Grund, warum sie nicht nach Hause zurückkehren will? Hatten Sie beide Streit, bevor sie im Camp ankam oder seit sie hier ist? Kinder in ihrem Alter sind berüchtigt dafür, dass sie sich aufregen und aus dem einen oder anderen Grund weglaufen.«

Die anderen Frauen im Wagen sahen Henley besorgt an, aber sie konnte nichts anderes tun, als ausdruckslos auf die Kopfstütze vor sich zu starren.

»Was? Nein! Jasna würde niemals weglaufen. Ja, wir haben uns vor dem Camp gestritten, aber es war alles geklärt, bevor wir sie abgesetzt haben. Sie freut sich darauf, nach Hause zu kommen, denn wir sollen dieses Wochenende einen Hund bekommen. Hat sie ihr Handy dabei? Hat jemand ... hat jemand sie *entführt*?« Als sie zur letzten Frage kam, flüsterte sie schon fast.

»Wir erlauben den Campern nicht, ihre Handys tagsüber bei sich zu haben, sie müssen sie in den Hütten lassen. Und ich bin sicher, es geht ihr gut. Sie ist wahrscheinlich auf die Toilette gegangen und hat sich verirrt. Wir werden sie finden, da bin ich mir sicher. Aber aufgrund unserer Protokolle musste ich Ihnen Bescheid geben.«

Henley hätte am liebsten geschrien. *Selbstverständlich* mussten sie ihr sagen, dass ihre Tochter *verschwunden* war! Sie wollte als Erstes sofort Finn anrufen. Er würde wissen, was zu tun war. Er würde Jasna finden. »Rufen Sie mich an, wenn Sie sie finden«, entgegnete sie knapp und legte dann schnell auf.

»Was ist denn los? Jasna ist verschwunden?«, fragte Alaska eindringlich.

Henley holte tief Luft und musste sich beherrschen, um nicht zu weinen. »Ja. Ich nehme an, alle sind wandern gegangen, und sie war nicht mehr bei der Gruppe, als sie zum Camp zurückkehrten.«

»Dann hat sie sich wahrscheinlich nur im Wald verirrt«, erklärte Luna, wobei ihre Stimme etwas zitterte. »Ich meine, es ist ja nicht so, dass jemand hinter ihr her ist. Sie ist doch erst zwölf.«

Bei den Worten ihrer Freundin gefror Henley das Blut in den Adern.

Sie dachte sofort an ihr Gespräch mit Mike am Anfang des Sommers. Dass Christian Dekker eine Abschussliste hatte. Seit diesem Tag hatte sie nicht mehr viel darüber nachgedacht. Es war Jahre her, dass sie mit dem geistesgestörten Jungen Kontakt gehabt hatte.

Aber jetzt konnte sie nicht mehr aufhören, an ihn zu denken.

»Was? Woran denkst du?«, fragte Alaska neben ihr auf dem Rücksitz.

»Christian Dekker«, flüsterte Henley, die sich kaum traute, den Namen des Jungen laut auszusprechen.

»Was? Wer ist das?«, fragte Ryan.

»Das ist ein Junge, den ich vor ein paar Jahren betreut habe, als er zwölf war. Mit ihm war etwas ... nicht in Ordnung«, erzählte Henley ihnen. »Er war wirklich böse – und das sage ich nicht leichtfertig. Mein Chef hat damals seine Sitzungen übernommen. Ich habe ihn seit Jahren nicht mehr gesehen, aber zu Beginn des Sommers erzählte mir Mike, dass die Eltern des Jungen angerufen hätten. Sie sagten ihm, sie hätten ein Notizbuch mit einer Liste von Leuten gefunden, die er umbringen wollte.«

»*Jasna* stand auf dieser Liste?«, fragte Luna entsetzt.

»Eigentlich nicht. Aber ich schon. Und Mike und etwa zwei Dutzend andere Leute. Zu dem Zeitpunkt habe ich mir nicht großartig Gedanken darüber gemacht, aber jetzt ... was, wenn er sie entführt hat?«, fragte Henley und ihre Augen füllten sich mit Tränen.

»Nein, denk nicht gleich das Schlimmste«, sagte Luna mit Nachdruck. »Mach dir noch nicht zu früh Sorgen. Sie suchen doch nach ihr, oder?«

Henley nickte.

»Und die Polizei ist auf dem Weg?«

Henley nickte erneut.

»Okay, sie werden sie also finden«, fuhr Luna fort, offensichtlich bemüht, positiv zu bleiben.

»Ryan, wir müssen zurück in *Die Zuflucht*«, erklärte Alaska eindringlich. »Die Jungs werden wissen, was zu tun ist.«

Ohne ein Wort zu sagen, machte Ryan mitten auf der Straße eine Kehrtwende. Sie ignorierte die Leute, die hupten und ihr den Mittelfinger zeigten, während sie zurück zur *Zuflucht* raste.

»Ich muss Finn anrufen.«

Alaska legte ihre Hand auf Henleys, bevor diese den Anruf ausführen konnte. »Wir sind in fünf Minuten da«, stellte sie mit Nachdruck fest. »Du kannst es ihm persönlich sagen. Er wird das nicht gut verkraften, und du solltest es ihm nicht am Telefon erzählen.«

Henley hätte ihre Freundin am liebsten abgeschüttelt. Ihr gesagt, dass sie sich irrte. Dass sie Finns Unterstützung *jetzt sofort* brauchte. Aber nachdem sie über Alaskas Worte nachgedacht hatte, nickte sie.

Finn würde definitiv den Verstand verlieren, und sie

wollte auf gar keinen Fall, dass er etwas Impulsives und Unüberlegtes tat. Wenn sie es ihm persönlich sagte, konnten sie gemeinsam überlegen, was zu tun war, und vielleicht konnten sie und seine Freunde Finn davon abhalten, unüberlegt zu handeln.

Sie nickte und holte tief Luft. Sie wollte glauben, dass Jasna sich einfach verlaufen hatte. Dass sie aus dem Wald wieder auftauchen würde, vielleicht ein wenig verängstigt, aber beschämt über die Sorgen, die sie verursacht hatte.

Tief im Inneren wusste sie es besser.

Jasna war ein verantwortungsbewusstes Kind. Sie würde nicht weglaufen, zumindest nicht, ohne jemandem zu sagen, was sie vorhatte.

Sie hatte keinen Beweis dafür, dass Christian ihre Tochter entführt hatte, aber trotzdem ... sie hatte es einfach im Gefühl.

Das Böse hatte sie wieder eingeholt – und dieses Mal hatte das Böse es auf den wertvollsten Menschen in ihrem Leben abgesehen. Es hatte wohl nicht gereicht, dass sie schon hatte mit ansehen müssen, wie ihre Mutter vergewaltigt und erstochen worden war, und dass sie dann auch noch ihren Vater bei einem Messerkampf verloren hatte. Jetzt musste sie auch noch durchstehen, dass Jasna vermisst wurde.

Das war nicht fair.

»Halte durch, Henley«, sagte Alaska, während sie ihre Hand festhielt. »Wir sind fast da. Wir bringen dich zu Tonka.«

Henley schloss die Augen und konnte keinen klaren Gedanken mehr fassen. Sie konnte nicht einmal weinen. Sie brauchte Finn. Und zwar sofort. Er würde wissen, was zu tun war. Er würde ihre Tochter finden.

Die Alternative war undenkbar.

KAPITEL SIEBZEHN

»Finnnnnn!«

Tonka hob rasch den Kopf, als er hörte, wie Henley seinen Namen schrie. Er ließ sofort die Heugabel fallen, mit der er das Heu umgeschichtet hatte, und die Angst und der Schmerz in ihrer Stimme ließen seinen Adrenalinspiegel in die Höhe schnellen. Er hatte keine Ahnung, was los war – aber da war definitiv etwas.

Vor nicht einmal einer Stunde hatte er eine Nachricht von ihr bekommen, in der stand, dass sie sich amüsierten und vor dem Abendessen wieder in der *Zuflucht* sein sollten.

Sie waren viel zu früh wieder da.

Tonka lief los, ohne es zu bemerken. Er sah Ryans Wagen, der willkürlich auf dem Parkplatz geparkt war, und Henley stürmte auf ihn zu.

Sie warf sich ihm an den Hals und sprach so schnell und atemlos, dass er nichts von dem, was sie von sich gab, verstehen konnte.

»Atme tief durch, Schatz. Was ist denn los?«

Er beobachtete, wie sie tief einatmete, bevor sie herausplatzte: »Jasna ist verschwunden! Ihr Camp hat angerufen und sie können sie nicht finden!«

Tonka war sich sicher, dass sein Herz stehen blieb. »Was? *Wie?*«

»Ich weiß es nicht!« Henley war den Tränen nahe. »Sie sagten, sie wären auf einer Wanderung gewesen, und als sie zurückkamen, war sie nicht mehr bei ihnen. Sie suchen nach ihr, aber, Finn ... was ist, wenn sie sie nicht finden können?«

»Das werden sie. *Wir* werden sie finden«, entgegnete er entschlossen. Adrenalin strömte durch seine Adern und er wäre fast in Panik geraten. Er musste daran denken, wie viel Angst Jas haben musste.

»Es ist Christian!«

»Was?«, fragte Tonka und versuchte, sich zu konzentrieren. Er hatte Henley bereits umgedreht und führte sie schnell zur Lodge. Er brauchte Hilfe.

»Christian Dekker. Ich habe dir von ihm erzählt. Der Junge, den ich betreut habe und dem ich nicht helfen konnte. Der Böse.« Sie flüsterte den letzten Teil.

Tonka schüttelte den Kopf. »Das weißt du doch gar nicht.«

Henley zitterte so sehr, dass sie Mühe hatte zu gehen. »Ich *weiß* es einfach«, beharrte sie, während sie sich mit eisernem Griff an Tonka festhielt.

Er lenkte sie in Richtung der Lodge und bemerkte abwesend, dass Luna und Alaska ihnen folgten. Er war sich nicht sicher, wohin Ryan gegangen war, aber im Moment ging es ihm nur um die Frau in seinen Armen und darum, Informationen zu bekommen, damit er Jasna finden konnte.

Alaska musste Brick eine Nachricht geschickt haben, denn er stürmte durch die Hintertür, Spike und Pipe im Gefolge.

»Ich habe die anderen benachrichtigt. Sie sind auf dem Weg«, erklärte Pipe mit harter Stimme.

»Welche Informationen haben wir? Wo wurde Jas zuletzt gesehen?«, fragte Spike.

»Wurde die Polizei benachrichtigt? Wir müssen eine Vermisstenmeldung rausgeben«, fügte Brick hinzu.

Tonka ignorierte seine Freunde. Seine ganze Aufmerksamkeit war auf Henley gerichtet. Er zog sie ins Haus und ließ sie auf einem der Sofas in der Eingangshalle Platz nehmen, dann nahm er sie in die Arme. »Fang ganz von vorn an. Erzähl uns alles«, befahl er sanft.

Sie hörten alle zu, als Henley das Gespräch wiederholte, das sie mit der Frau geführt hatte, die aus dem Horseshoe Bend Camp angerufen hatte. Nachdem sie ihnen erzählt hatte, was sie wusste, was nicht sehr viel war, sagte Henley: »Mike hat mich zu Beginn des Sommers beiseitegenommen und gesagt, dass Christians Eltern eine Todesliste oder so etwas gefunden haben, die er geschrieben hatte und auf der er alle Leute verzeichnet hatte, von denen er wollte, dass sie sterben. Oder die er töten wollte. Mike und ich standen auf der Liste, aber auch etwa zwanzig andere Leute. Danach habe ich nicht mehr viel darüber nachgedacht – aber jetzt kann ich nicht mehr aufhören, daran zu denken.«

»Mist«, murmelte Brick.

»Ich werde die Gäste in Kenntnis setzen«, sagte Spike.

»War Jasna auf dieser Liste?«, fragte Tonka Henley.

»Nicht dass ich wüsste, aber was ist, wenn er es auf sie abgesehen hat, weil sie ein Kind ist? Ein leichteres Ziel?«

Das war genau das, was ihn beunruhigte.

»Ich denke, bevor wir etwas unternehmen, sollten wir mit Mike sprechen. Und mit der Polizei. Sie sollten von Henleys Bedenken erfahren. Vielleicht sollten wir sogar mit den Eltern von diesem Christian sprechen. Wie alt ist er jetzt?«, fragte Tonka.

»Sechzehn, glaube ich«, entgegnete Henley.

Sie zitterte immer noch, aber Tonka war sich nicht sicher, ob sie es überhaupt merkte. Ihre Hände waren eiskalt und er vermutete, dass sie unter Schock stand. Inzwischen waren Owl, Stone und Tiny eingetroffen. Tonka blickte zu Owl auf. »Kannst du eine Decke für Henley holen?«

Ohne ein Wort zu sagen, nickte der andere Mann und drehte sich um, um eine der Decken zu holen, die die Lodge immer bereithielt, falls einem Gast kalt wurde.

Er war sofort wieder da und Tonka wickelte Henley darin ein. Seine Gedanken rasten mit einer Million Kilometer pro Stunde.

»Fahren wir zum Camp, um bei der Suche zu helfen?«, fragte Stone die anderen.

Tonka presste die Lippen fest aufeinander, während seine Freunde darüber diskutierten, was als Nächstes zu tun sei. Er wollte etwas tun. Er musste nach dem kleinen Mädchen suchen, das ihm genauso wichtig geworden war wie seine Mutter. Aber wer sollte dann Henley trösten?

Er war hin- und hergerissen – und es war die reinste Qual. Er hatte sich geschworen, niemals untätig herumzusitzen, wenn auch nur die geringste Chance bestand, dass er verhindern konnte, dass jemand, den er liebte, verletzt wurde. Zuzulassen, dass Garcia Steel folterte, hatte eine riesige Narbe in seinem Herzen und seiner Psyche hinterlassen, und das konnte er nicht noch einmal durchmachen, selbst wenn das bedeutete, dass Tonka dabei selbst verletzt wurde.

Aber wie konnte er Henley verlassen, wenn sie ihn am meisten brauchte?

»Tonka?«, fragte Tiny. »Kommst du mit?«

Nach einer Pause schüttelte er den Kopf, auch wenn er die Zähne so fest zusammenbiss, dass es sich anfühlte, als würde er sich einen Zahn abbrechen. »Ich bleibe hier bei Henley.«

»Nein.«

Tonka beachtete die überraschten Gesichter seiner Freunde über Henleys Ausruf nicht und drehte sich zu der Frau um, die er liebte.

»Du musst gehen.«

»Ich muss mich um *dich* kümmern«, erwiderte er.

Sie schüttelte hartnäckig den Kopf. »Nein. Jasna braucht dich. Ich weiß, dass du da draußen sein willst, um zu helfen. Und wenn du sie findest und sie Angst hat, ist es das Beste, wenn du da bist und sie tröstest.«

Das war schrecklich. Tonka hatte ein furchtbar schlechtes Gewissen, weil er so erleichtert war, dass er bei der Suche nach Jas helfen konnte, obwohl er gleichzeitig Henley trösten wollte.

»Wir werden hier bei ihr bleiben«, versicherte Alaska ihm. »Wir werden sie keinen einzigen Moment allein lassen.«

»Owl und ich werden auch bei ihr bleiben«, erklärte Stone.

»Ich auch«, sagte Pipe. »Ich sorge dafür, dass die Gäste wissen, was los ist, und dass sie aufmerksam bleiben, falls dieser Christian aus irgendeinem Grund beschließt hierherzukommen.«

»Jas zu entführen könnte ein Ablenkungsmanöver sein, damit er Henley entführen kann«, gab Owl zu bedenken.

Verdammt, daran hatte Tonka gar nicht gedacht. »Dann sollte ich doch lieber bleiben«, erwiderte er.

»Nein!«, rief Henley fast verzweifelt. »Bitte, Finn! Ich werde mich besser fühlen, wenn du da draußen nach ihr suchst. Ich vertraue dir.«

Diese Frau machte ihn fertig. Er nahm ihr Gesicht in seine Hände und beugte sich hinunter, sodass seine Stirn auf der ihren ruhte. Sie packte seine Handgelenke und hielt ihn so fest, dass Tonka wusste, sie würde Abdrücke auf seiner Haut hinterlassen.

»Ich schwöre, dass ich sie zu dir nach Hause bringen werde.«

»Okay.«

»Das werde ich«, beharrte er.

Henley holte tief Luft und er verfluchte im Geiste die Tränen, die ihr über die Wangen liefen. »Das kannst du nicht versprechen. Ich weiß besser als jeder andere, dass guten Menschen manchmal schlimme Dinge widerfahren. Aber ich weiß, dass du alles tun wirst, um sie gesund und munter nach Hause zu bringen, wenn das überhaupt möglich ist.«

Tonka hasste es, dass sie recht hatte. Er sollte nichts versprechen, aber er konnte nicht anders. »Ich werde sie zurückbringen«, schwor er.

Sie nickte. »Geh, Finn. Bitte finde mein Baby.«

Dann küsste er sie und nahm sich ein paar kostbare Momente, um ihr die Tränen von den Wangen zu wischen. Dann wandte er sich an Owl, Stone und Pipe, ohne seine Hände von ihrem Gesicht zu nehmen. »Kümmert euch um sie«, befahl er barsch.

Alle drei nickten sofort.

»Wir werden sie nicht aus den Augen lassen«, versprach Stone.

»Vielen Dank«, sagte Tonka zu seinen Freunden. Dann wandte er sich an Henley und wiederholte diese beiden Worte. Sie wusste, wofür er sich bei ihr bedankte.

Dafür, dass sie ihm erlaubte, das zu tun, was er tun musste.

Sie hob ihr Kinn und küsste ihn kurz, bevor sie ihn losließ und ihm einen kleinen Schubs gab.

Tonka stand auf und wandte sich an Brick, Spike und Tiny. »Lasst uns gehen.«

»Ich fahre«, erklärte Brick mit Nachdruck.

Tonka nickte, denn ehrlich gesagt war es besser, wenn er im Moment nicht am Steuer saß. Die vier Männer stürmten aus der Lodge, fest entschlossen, zu Jasnas Camp zu gelangen und herauszufinden, was zum Teufel los war.

Als sie dort ankamen, wimmelte es nur so von Polizeibeamten. Die Kinder waren alle in eines der vielen Gebäude gebracht worden, damit sie in Sicherheit und aus dem Weg waren.

Tonka ging auf die erste Polizistin zu, die er sah, und sagte: »Ich gehöre zu Jasnas Familie. Gibt es irgendwelche Hinweise darauf, wo sie sein könnte?«

Die Frau warf ihm einen mitleidigen Blick zu und schüttelte den Kopf. »Nein, aber wir haben überall in den Wäldern Leute. Sie haben Trillerpfeifen und falls sie hier ist, werden sie sie finden und uns benachrichtigen.«

Es war das »Falls sie hier ist«, das Tonka Sorgen bereitete.

»Wir sind von dem Resort *Die Zuflucht*«, sagte Brick zu der Frau. »Wir können helfen. Tiny und ich sind ehemalige SEALs, Spike war bei der Delta Force und Tonka war bei der Küstenwache. Wir sind so ausgebildet, dass wir auf eine Weise helfen können, wie es die meisten Ehrenamtlichen nicht können.«

Als er sagte, dass sie helfen wollten, sah die Frau aus, als wollte sie höflich ablehnen, aber als er erklärte, wer sie waren und welchen Hintergrund sie hatten, schien sie ihre Meinung zu ändern. Sie hob sich ein Funkgerät an die Lippen und informierte denjenigen, der am anderen Ende war, dass zusätzliche Hilfe eingetroffen war.

Innerhalb weniger Minuten schritten vier Männer auf sie zu. Sie trugen alle Polizeifunkgeräte, waren aber zum

Wandern gekleidet. Cargohosen, T-Shirts, Rucksäcke und Stiefel.

»Diese Männer sind von der *Zuflucht*. Dieser hier ist ein Verwandter des vermissten Mädchens«, erklärte die Beamtin den Neuankömmlingen. Dann wandte sie sich an Tonka und seine Freunde. »Jeder von Ihnen geht mit einem unserer dienstfreien Beamten. Tun Sie, was sie sagen, wenn sie es sagen. Sorgen Sie dafür, dass ich es nicht bereue, dass ich Sie helfen lasse.«

Tonka verstand die Polizistin nur zu gut. Zivilisten zuzulassen, selbst solche mit militärischem Hintergrund, war bei solchen Suchen riskant. Schließlich konnten sie auf keinen Fall gebrauchen, dass sich jemand verirrte oder etwas tat, was die Suchenden von ihrem Ziel, Jasna zu finden, ablenken könnte.

Sie nickten alle.

Brick wandte sich an Tonka. »Bleib in Kontakt. Wir treffen uns wieder hier, falls etwas passiert. Geh *nicht* allein los, verstanden?«

Tonka nickte. Er schätzte Bricks Professionalität mehr, als er sagen konnte. Sie half ihm, sich auf die anstehende Aufgabe zu konzentrieren, anstatt sich Gedanken darüber zu machen, was Jasna fühlte oder durchmachte.

Brick drückte Tonka fest die Schulter und nickte, und dann folgten die vier ihren Begleitern, die den Wald in verschiedene Richtungen betraten.

»Ich bin Tonka«, stellte er sich dem Mann vor, mit dem er zusammen war.

»Bret. Ich bin ein Förster, der hier in Los Alamos stationiert ist.«

Tonka nickte. Ehrlich gesagt war es ihm egal, ob der Mann der Präsident der Vereinigten Staaten war. Solange er wusste, was er tat, und sich mit den anderen Suchenden verständigen konnte, war er zufrieden. »Wo haben Sie bis jetzt gesucht?«

Als Bret erklärte, wie die Suche ablief und wohin sie unterwegs waren, schluckte Tonka schwer. Das Wetter war einigermaßen annehmbar. Weder zu heiß noch zu kalt. Es regnete nicht und in der Nacht sollte es wärmer werden als sonst. Alles Dinge, die ihn glücklich machen sollten. Aber das taten sie nicht. Denn der Gedanke, dass Jasna die Nacht im Wald verbringen musste, jagte ihm eine Heidenangst ein. Sie war ein kluges Mädchen. Aber wusste sie, dass es am besten war, an Ort und Stelle zu bleiben, falls sie sich verlaufen hatte?

Tonka machte sich Vorwürfe, weil er nicht dafür gesorgt hatte, dass sie die Grundlagen des Überlebens im Freien kannte. Nein, er hatte nicht erwartet, dass sie sie jemals brauchen würde, aber hatte irgendjemand *jemals* gedacht, dass er sich in den Wäldern verirren würde? *Die Zuflucht* lag mitten in einem der am dünnsten besiedelten Gebiete des Staates. Er hätte zumindest mit ihr darüber sprechen sollen, wie man einen Kompass benutzt und was zu tun ist, wenn sie sich auf dem Gelände verirrt.

Sie waren schon etwa zwanzig Minuten gegangen und hatten Jasnas Namen gerufen, als Tonkas Telefon klingelte. Als er nach unten blickte, sah er, dass es Tiny war.

»Hast du sie gefunden?«, fragte er, als er abnahm.

»Nein, aber ich wollte dir sagen, dass die Eltern von Christian Dekker auf der Polizeiwache aufgetaucht sind. Die Vermisstenmeldung über Jasnas Verschwinden ist rausgegangen und sie haben Todesangst.«

»Warum?«

»Sie glauben, sie könnten die Nächsten sein. Dass ihr Sohn seine Abschussliste abarbeitet. Sie haben mit den Ermittlern gesprochen und ihnen alles über Christian erzählt, was ihnen eingefallen ist. Es gibt keinen Beweis dafür, dass er hinter Jasnas Verschwinden steckt, aber sie wollten das Risiko nicht eingehen, als sie Henleys Nachnamen sahen. Sobald sie auf dem Revier fertig sind, werden sie die Stadt verlassen.«

»Verdammt. Was haben sie gesagt?«

»Ich kenne nicht alle Details, nur das, was ich über das Funkgerät des Officers, mit dem ich zusammen bin, gehört habe. Aber ich vermute, dass er den ganzen Sommer über in ihrem Haus ein- und ausgegangen ist, wie es ihm in den Kram passte. Er hat die Schule im Frühjahr abgebrochen. Er sagt nicht viel zu ihnen, tut so, als wären sie gar nicht da. Sie sagen, dass er sich unheimlich verhält.

Die schlechte Nachricht ist, dass niemand den Jungen gesehen hat. Niemand in der Umgebung des Camps kann sich daran erinnern, dass er dort war, seine Eltern haben ihn seit Tagen nicht mehr zu Gesicht bekommen. Es gibt keinen Beweis dafür, dass er etwas mit Jasnas Verschwinden zu tun hat. Im Moment gehen die Beamten noch davon aus, dass sie sich verlaufen hat.«

Tonka bekam ein mulmiges Gefühl. Er erinnerte sich an die Angst in Henleys Stimme, als sie ihm von dem Patienten erzählt hatte, von dem sie glaubte, dass er buchstäblich böse geboren worden war. Bevor er das, was er mit Steel erlebt hatte, durchgemacht hatte, hätte er wahrscheinlich nicht geglaubt, dass manche Menschen von Geburt an böse sind. Aber nachdem er Pablo Garcias völligen Mangel an Menschlichkeit erlebt hatte, hatte er seine Meinung geändert.

Wenn Henley glaubte, dass Christian Dekker fähig war, seine Mitmenschen ohne Reue zu verletzen, dann glaubte er ihr.

»Sucht die Polizei überhaupt nach Dekker?«, fragte er.

»Inoffiziell, ja«, bemerkte Tiny.

Das war wenigstens etwas. »Okay. Hat er ein Telefon? Könnte man es orten?«

»Nicht ohne einen Gerichtsbeschluss.«

So ein Mist. Es war nicht abzusehen, wie lange es dauern würde, einen Gerichtsbeschluss zu bekommen. Vor allem, wenn es keine Beweise gab, sondern nur die Ängste seiner Eltern und Henleys Verdächtigungen.

Wenn Christian Dekker sie geschnappt hatte, konnte Jasna buchstäblich überall sein. Sie könnten schon auf halbem Weg nach Albuquerque sein. Die Vermisstenmeldung war gut, sie würde hoffentlich die Leute ermutigen, nach ihr Ausschau zu halten. Aber ohne den Namen eines Verdächtigen oder eine Beschreibung des Fahrzeugs, die der Meldung beigefügt war, war es wie die Suche nach einer Nadel im Heuhaufen. Wenn Jas im Kofferraum eines Wagens oder anderweitig versteckt war, hatte niemand die Möglichkeit, sie zu sehen oder zu identifizieren.

Tonka kannte die Statistiken. Kinder, die vermisst wurden, hatten nur ein sehr kleines Zeitfenster, um gefunden zu werden, bevor die Chance, dass sie lebend gefunden wurden, rapide sank. Er wollte nicht daran denken, dass Jasna missbraucht oder verletzt wurde ... oder sogar getötet. Ihr Tod würde Henley zerbrechen.

Sie hatte den Überfall und den Mord an ihrer Mutter überlebt. Er war sich nicht sicher, ob sie es verkraften würde, dass ihre Tochter ebenfalls Opfer eines gewaltsamen Todes wurde.

»Danke für den Anruf«, erklärte er Tiny aufgebracht.

»Es tut mir leid, Tonka.«

»Ich weiß. Wir müssen einfach hoffen, dass sie hier draußen ist. Irgendwo.«

»Ich sage dir Bescheid, falls ich Neuigkeiten habe.«

Tonka nickte, auch wenn sein Freund ihn nicht sehen konnte. »Okay.«

»Bis später.«

Er schaltete das Telefon aus, dankbar, dass sein Freund ihm keine leeren Phrasen entgegengeschleudert hatte. Er holte tief Luft und wandte sich an Bret. »Wie schnell kannst du laufen?«

»Schnell«, entgegnete Bret mit einem entschlossenen Gesichtsausdruck.

»Gut. Denn selbst wenn ich jeden Zentimeter dieses verdammten Waldes absuchen muss, werde ich es tun«, erklärte Tonka ihm.

Bret nickte und die beiden machten sich wieder auf den Weg, viel schneller als zuvor. Wenn Jasna hier draußen war, musste jemand sie finden. Sie mussten sie einfach finden.

KAPITEL ACHTZEHN

Christian Dekker betrachtete das Mädchen, das er mit Handschellen an einen Pfahl gefesselt hatte, den er in den Boden der baufälligen Hütte gerammt hatte – und runzelte die Stirn.

Es war sogar einfacher, sie zu entführen, als er es sich vorgestellt hatte. Fast schon enttäuschend.

Als er der Seelenklempnerin gefolgt war und herausgefunden hatte, dass sie die Göre in einem Übernachtungscamp abgesetzt hatte, war er begeistert gewesen. Dort gab es zwar viele Kinder und Betreuer, aber keine ehemaligen Militärs, wie die Besitzer der *Zuflucht*. Er wusste, dass es einfach sein würde, das Mädchen zu schnappen.

Und er hatte recht behalten.

Er hielt sich tagelang im Wald versteckt, direkt vor den Augen der anderen. Er war gut darin, sich unauffällig zu verhalten, denn er ging schon zur Jagd, seit er klein war. Und als das Mädchen bei einer Wanderung hinter den anderen Kindern zurückblieb, war Christian einfach aus seinem Versteck aufgetaucht, hatte sie mit einer Hand über dem Mund gepackt und sie rückwärts in den Wald gezerrt.

Sie hatte riesige Augen gemacht, und sie war so geschockt, dass sie sich kaum gewehrt hatte. Er hatte ihr eine Flasche mit Orangensaft und Wodka hingehalten – die er mit Betäubungsmittel versetzt hatte – und hatte ihr befohlen zu trinken. Als sie nicht wollte, hatte er ihr nur gedroht, all ihre kleinen Freunde im Lager zu töten.

Sie hatte gefügig seinen Befehl ausgeführt.

Die Macht, die er in diesem Moment verspürt hatte, war überwältigend gewesen. Das war es, wonach er sich sein ganzes Leben lang gesehnt hatte. Menschen, die taten, *was* er wollte und *wann* er es wollte.

Sie war sofort schläfrig geworden und er hatte sie über seine Schulter werfen müssen, als sie nicht mehr laufen konnte. Er war außer Atem gewesen, als er an seinem Wagen ankam, der an einem Feldweg in der Nähe versteckt war. Er würde diese Technik in Zukunft verbessern müssen. Aber ansonsten war die Entführung einwandfrei verlaufen.

Er hatte das bewusstlose Mädchen zu dieser Hütte gefahren, bevor jemand überhaupt bemerkt hatte, dass sie verschwunden war. Etwa eine Stunde nach seiner Ankunft hatte sein Handy ein unangenehmes Klirren von sich gegeben, und eine Vermisstenmeldung für das Mädchen, das nun vor ihm auf dem Boden lag, war auf dem Display aufgetaucht.

Christian hatte gelacht. Und wie.

Aber je länger er dort saß und darauf wartete, dass sie aufwachte, desto langweiliger wurde ihm. Das Mädchen war *immer noch* völlig weggetreten. Egal was er tat, um sie zu wecken, nichts funktionierte. Er hatte ihr Wasser ins Gesicht geschüttet. Nichts. Er hatte mit seinem Messer in ihre Fußsohle geschnitten, wo er wusste, dass sie besonders empfindlich war. Nichts.

Er hatte Mist gebaut und ihr zu viel von dem Rohypnol verabreicht. Ohne ihr Gewicht zu kennen, war er sich nicht sicher in Bezug auf die richtige Menge, und er hatte offensichtlich zu viel in das Getränk getan. Nach dem zu urteilen, was er gelesen hatte, würde der Alkohol sie gefügiger machen und die Drogen wirksamer, aber offensichtlich hatte er sich verrechnet. Das war noch etwas, an dem er später noch feilen musste. Er wollte sie schnell überwältigen und sichergehen, dass sie sich nicht wehrte. Sein Plan wäre in die Hose gegangen, wenn sie geschrien und alle alarmiert hätte, was los war.

Jetzt tickte die Uhr, und er wollte endlich seinen Spaß haben.

Aber ein bewusstloses Opfer zu foltern machte keinen Spaß. Er wollte sie schreien hören. Er wollte sie psychologisch völlig fertigmachen, indem er ihr langsam die Kleider vom Leib schnitt, ihr sagte, dass er sie nicht töten würde, und sie dann mit jedem Messerstich oder Schlag mit einem der vielen stumpfen Gegenstände, die er bereithielt, zum Weinen brachte.

Er hasste es zu warten. Vor allem, wenn er so kurz vor seinem ersten richtigen Mord stand. Er hatte so lange von diesem Tag geträumt und nun war er endlich da. Nur schlief die blöde Göre immer noch!

Seufzend ging Christian auf und ab.

Auf und ab.

Auf und ab.

Er betrachtete das Mädchen … immer noch keine Reaktion darauf, dass er mit dem Messer auf sie eingestochen hatte.

Er ging weiter auf und ab.

Je mehr Zeit verging, desto gereizter wurde er. Er hätte ihr für den Anfang nur ein wenig von dem Getränk geben sollen, um ihre Reaktion zu testen. Stattdessen hatte er darauf bestanden, dass sie die ganze Flasche austrinkt. Das nächste Mal würde er es besser wissen. Natürlich würde er sich mit jedem Mord verbessern. Aber das half ihm im Moment nicht weiter.

Seufzend stellte er sich über das Mädchen und starrte frustriert nach unten.

Ihm knurrte der Magen.

Christian legte eine Hand auf seinen Bauch und runzelte die Stirn. Er war am Verhungern. Und er hatte vor, in den nächsten acht Stunden oder so sehr beschäftigt zu sein ... zumindest, wenn das Mädchen endlich aufwachte. Er wollte sich nicht von einem knurrenden Magen ablenken lassen, während er damit beschäftigt war, sie zu quälen.

Er schaute auf die Uhr. Siebzehn Uhr dreißig. Er könnte in die Stadt fahren, einen Hamburger und Pommes holen, dann zurückkommen und sich an die Arbeit machen. Selbst wenn das Mädchen aufwachte, während er weg war, konnte sie nirgendwo hin. Nicht, wenn sie mit Handschellen an den Boden gefesselt war. Es würde ihr wahrscheinlich noch mehr Angst machen, allein aufzuwachen und keine Ahnung zu haben, wo sie war oder was passierte.

Christian grinste. Ja, er würde sich etwas zu essen holen und dann zurückkommen. Vielleicht würde er sie in falscher Sicherheit wiegen, indem er sie auch essen ließ. Damit sie ihre Schutzschilde senkte. Das würde den Moment, in dem sie merkte, dass er sie nicht gehen lassen würde, noch süßer machen.

Er konnte ihre Angst fast schmecken. Ihre Angst. *Verdammt*, er konnte es nicht erwarten!

Sein Entschluss stand fest, Christian hockte sich neben das Mädchen und tätschelte ihre Wange nicht zu sanft. »Sei brav, hörst du?«, sagte er und lachte über sich selbst. »Geh nicht weg. Ich komme gleich wieder. Dann werden wir *richtig* Spaß haben.«

Sein Magen knurrte noch einmal und Christian stand auf. Er ging zur Hintertür und zu seinem Wagen, den er hinter dem Gebäude versteckt hatte. Er würde seinen Hunger stillen, dann zurückkommen und sich an die Arbeit machen.

Heute war der erste Tag vom Rest seines Lebens. Bald würde jeder seinen Namen kennen. Keiner würde ihn je wieder unterschätzen. Er würde als der berüchtigteste und erfolgreichste Serienmörder aller Zeiten in die Geschichte eingehen. Er hatte nicht die Absicht, gefasst zu werden, bevor er nicht Hunderte, vielleicht sogar Tausende von Menschen getötet hatte. Das Blut würde in Strömen fließen, und er würde genüsslich darin baden.

Mit einem breiten Grinsen im Gesicht startete Christian seinen Wagen und fuhr nach Los Alamos.

KAPITEL NEUNZEHN

Nichts.

Niemand hatte auch nur den geringsten Hinweis darauf gefunden, dass Jasna irgendwo in den umliegenden Wäldern gewesen war. Es war, als hätte sie sich buchstäblich in Luft aufgelöst. Aber jeder einzelne der Suchenden wusste, dass das unmöglich war.

Tonka war mit dem Rest seiner Freunde ins Camp zurückgekehrt. Alle standen herum und warteten auf weitere Anweisungen. Alle außer ihm. Er ging wütend auf und ab. Ungeduld durchströmte ihn. Es würde bald dunkel werden und der Gedanke, dass Jasna irgendwo da draußen in der Finsternis zu Tode verängstigt war, verursachte in ihm den Wunsch, laut zu schreien.

Sie waren schon seit ein paar Stunden im Wald, und jedes Mal, wenn Tonka eine Nachricht von Henley beantworten musste, um ihr mitzuteilen, dass sie noch kein Glück gehabt hatten, starb ein kleiner Teil von ihm. Sie musste vollkommen aufgelöst sein, und er war nicht für sie da. Und doch war er auch nicht für Jasna da. War es richtig, dass er sich jetzt von Henley entfernte? Vielleicht sollte er zurück in

Die Zuflucht fahren und seinen Freunden die Suche nach Jas überlassen.

Gerade als er zu Brick hinübergehen und ihm sagen wollte, dass er ihn zurück zu Henley bringen sollte, begannen die Funkgeräte an den Gürteln aller Polizeibeamten zu klingeln. Jeder konnte die Meldung hören, die gerade gesendet wurde.

»Nachricht auf der Crime Stoppers Hotline eingegangen ... Verdächtiger Christian Dekker wurde zuletzt gesehen, als er Sonic mit dem Wagen verließ. Er ist in Richtung Westen unterwegs. Die Adresse, zu der er unterwegs sein könnte, lautet wie folgt ...«

Eine Adresse wurde heruntergerasselt und Tonka erkannte sie nicht, aber als die Beamten alle zu ihren Fahrzeugen gingen, taten das auch Tonka, Brick, Tiny und Spike. Sie stiegen alle in Bricks Jeep und hielten sich fest, während er alles gab, um mit der Schlange der Fahrzeuge Schritt zu halten, die das Camp verließ.

»Woher wussten die Leute überhaupt, dass er ein Verdächtiger ist?«, fragte Tiny, während Brick durch die Stadt fuhr.

»Und woher sollte die Person, die den Tipp gegeben hat, wissen, wohin er fährt? Außerdem liegt sein Haus doch nördlich der Stadt, oder?«, fügte Spike hinzu.

Tonka war es verdammt egal, *woher* jemand die Informationen über Dekker hatte, er war einfach nur erleichtert, dass sie endlich etwas anderes taten, als blindlings im Wald herumzuirren, um sie zu suchen. Wenn Henley recht hatte und Dekker Jasna entführt hatte, standen sie vielleicht kurz davor, sie zurückzubekommen.

Die Straße, die die Wagenkolonne schließlich entlangfuhr, war nichts weiter als ein zerfurchter, mit Löchern übersäter Feldweg, der in den Wald führte. Es war offensichtlich, dass die Straße schon seit Jahren nicht mehr gewartet worden war, und man konnte nicht sagen, was sich am Ende der Straße befand.

Die Fahrzeuge hielten an, bevor sie irgendeine Behausung erreichten, und die Polizisten stiegen aus, einige schwärmten nach links und rechts aus, aber alle bewegten sich schweigend vorwärts und folgten dem Feldweg mit gezogenen Waffen.

Tonka und seine Freunde hatten keine Waffen, aber sie wollten nicht zurückbleiben. Auf keinen Fall. Wenn Jasna irgendwo am Ende dieser Straße gefangen gehalten wurde, musste Tonka dabei sein, wenn sie gefunden wurde. Er war froh über die Anwesenheit der Polizei, aber eine Geiselnahme wäre *nicht* gut. Und es würde Jasna zu Tode erschrecken. Sie war ein zähes Kind, aber das wäre für fast jeden zu viel.

Schließlich konnte er am Ende der Straße eine kleine, baufällige Hütte sehen. Was wahrscheinlich einmal der ganze Stolz von jemandem gewesen war, war durch einen starken Sturm fast umgeweht worden. Die Fensterläden hingen aus den Angeln, kein einziges Fenster war verglast und an den Holzwänden wuchs Moos.

Ein paar Polizisten hinderten Tonka und die anderen daran, näher heranzugehen.

»Christian Dekker«, rief einer der Polizisten laut und bestimmt durch ein Megafon, als die Hütte umstellt war und es keine Möglichkeit mehr gab, ungesehen hinauszuschlüpfen. »Sie sind umstellt. Kommen Sie mit erhobenen Händen nach draußen!«

Stille folgte dem Befehl des Offiziers.

Tonka trat unruhig von einem Fuß auf den anderen.

»Verdammt. Sie hätten einfach reingehen sollen«, murmelte Tiny.

»Das finde ich allerdings auch«, stimmte Spike ihm zu.

»Jetzt weiß er, dass wir hier sind. Er kann zurückschlagen. Oder eine Geiselnahme herbeiführen.«

Genau das, woran Tonka schon gedacht hatte. Er löste sich von seinen Freunden, es juckte ihn, zur Tür zu laufen und selbst hineinzuplatzen. Aber er wusste, dass er nicht einmal die Hälfte der Strecke zurücklegen würde, bevor einer der Beamten ihn aufhielt.

Das war genauso schlimm, wie auf dem Boot zu sein und zuzusehen, wie Garcia Steel und Dagger foltert. Dekker könnte in dieser Sekunde drinnen sein und ein Messer in Jasna stoßen, genau wie Garcia ...

Er brach diesen Gedankengang abrupt ab. Er konnte nicht daran denken. Nicht jetzt.

Es gab keine Beweise dafür, dass Jasna in dieser Hütte war. Verdammt, wussten sie überhaupt sicher, dass *Dekker* dort war? Er konnte kein Fahrzeug sehen.

Je mehr Sekunden verstrichen, desto angespannter wurde die Atmosphäre. Etwas Großes stand bevor. Tonka konnte es spüren. Und sie konnten nichts weiter tun als abzuwarten.

Christian ging besorgt auf und ab. Er war nach Sonic gefahren und hatte seinen Hamburger mit Pommes gegessen. Er hatte im Restaurant gesessen und darüber fantasiert, wie er die Frau und den kleinen Jungen im Wagen neben sich umbringen würde. Er dachte daran, sich den Mistkerl zu schnappen, der ihm sein Essen gebracht hatte, ihn in den Wagen zu zerren und ihm die Kehle aufzuschlitzen. Überall, wo er hinschaute, sah Christian Menschen, die er töten konnte. Menschen, die sich der ständigen Gefahr, in der sie schwebten, nicht bewusst waren. Sie lebten nur, weil er es ihnen erlaubte.

Er war in bester Laune gewesen, als er hinter der Hütte angehalten hatte und ausgestiegen war. Er war bereit loszulegen.

Zu seinem großen Entsetzen war das Mädchen verschwunden.

Die Handschellen waren noch da, ebenso der Pflock, den er in den Boden gerammt hatte. Aber das Mädchen war nirgends zu sehen.

Mit offenem Mund hatte Christian das kleine Haus abgesucht. Es gab nicht allzu viele Verstecke, da es größtenteils leer war. Aber er hatte in allen Küchenschränken und in allen anderen Schränken nachgesehen.

Er konnte es nicht verstehen. Sie war einfach *verschwunden*! Wie konnte das passieren? Er war noch nicht sehr lange aus dem Haus gewesen. Hatte die Polizei sie gefunden?

Nein, denn wenn ja, hätten die Beamten auf ihn gewartet. Es war, als wäre die Göre einfach auf und davon.

Natürlich konnte das nicht sein. Jemand hatte sie gefunden und sie ihm gestohlen.

In Christian tobte die Wut. *Niemand* stahl, was ihm gehörte! *Niemand!* Er würde denjenigen finden und ihn auch umbringen! Langsam und schmerzhaft.

Während er auf und ab ging, versuchte Christian herauszufinden, was er falsch gemacht hatte. Er hatte alles fast perfekt gemacht. Das Mädchen hatte keinen Laut von sich gegeben, als er sie gepackt hatte. Er hatte keine Spuren im Wald hinterlassen. Soweit er wusste, hatte niemand ihn oder seinen Wagen gesehen, als er weggefahren war.

Sein Handy vibrierte in seiner Gesäßtasche – und Christian erstarrte. Er machte sich nicht die Mühe, das blöde Ding herauszuholen.

Mist. Das Telefon.

Er war geortet worden. Jemand hatte herausgefunden,

dass er das Mädchen entführt hatte, und verfolgte ihn über sein Telefon. Das musste es gewesen sein. Aber ... er hätte mehr Zeit haben müssen! Er hatte genügend Krimis gesehen, um zu wissen, dass die Bullen einen Gerichtsbeschluss brauchten, um sein verdammtes Telefon zu orten.

Er hatte vor, die Hütte abzufackeln, wenn er fertig war, um sicherzugehen, dass keine DNA von ihm zurückblieb. Er wollte das Mädchen mitnehmen und ihre Körperteile einzeln in Müllcontainern auf dem Weg nach Albuquerque entsorgen. Sie würden sie nie finden, wenn sie erst einmal auf den verschiedenen Mülldeponien angekommen war. *Er hatte das alles geplant!*

Und trotzdem hatte ihm jemand seine Beute direkt vor der Nase weggeschnappt.

»Verdammter Mist!«, schrie er und bereute es, in die Stadt gefahren zu sein, um etwas zu essen. Hätte er doch nur vor der Entführung etwas gegessen. Hätte er doch nur seinen knurrenden Magen ignoriert. Hätte er nur, hätte er nur, hätte er nur ...

Gerade als er sich umdrehte, um zu seinem Wagen zu gehen und aus der Stadt zu verschwinden, erregte etwas durch ein zerbrochenes Brett, das ein Fenster abdeckte, seine Aufmerksamkeit.

Er erstarrte erneut und ihm gefror das Blut in den Adern. *Nein! Nein, nein, nein, nein, nein!*

Die Bullen waren hier.

Es war zu spät.

Er würde nicht nur nicht den Nervenkitzel seiner ersten Tötung erleben, er würde auch nicht in der Lage sein, der Anzahl der Polizisten zu entkommen, von denen er wusste, dass sie die Hütte umzingelten. Er stand da, wie versteinert.

Er hatte nicht vor, ins Gefängnis zu gehen.

Niemand sagte Christian Dekker, was er zu tun hatte.

Nicht seine Eltern, nicht die verdammten Psychologen, nicht die verdammten Bullen.

Er ignorierte die Benzinkanister, die er an der Wand aufgestapelt hatte, die Todes- und Folterinstrumente, die er zu benutzen gedachte, und die Handschellen, die einsam auf dem Boden lagen, und griff nach der Schrotflinte, die er mitgebracht hatte, um seinem Opfer einen weiteren Schreck einzujagen.

Er holte tief Luft, hob einen Fuß und stieß ihn gegen die Eingangstür der Hütte.

Wenn er schon sterben musste, dann zu seinen Bedingungen.

Tonka zuckte überrascht zusammen, als die Tür zur Hütte von innen aufgestoßen wurde. Da die Scharniere wahrscheinlich verrostet und instabil waren, flog die gesamte Tür weg und landete auf dem Boden und im Gras vor den zwei Stufen, die in das Gebäude hinaufführten.

»Wo ist sie?«, schrie der Junge, von dem Tonka annahm, dass es sich um Dekker handelte, als er mit gespreizten Beinen und einer Schrotflinte in den Händen in der Tür stand. Er zielte damit auf die Polizisten, die mit gezogenen Waffen in der Nähe der Hütte standen. »Habt ihr sie geholt?«

»Nehmen Sie die Waffe runter und lassen Sie uns reden!«, schrie der Beamte mit dem Megafon.

Tonka konnte erkennen, dass Dekker nicht die Absicht hatte, so etwas zu tun.

»Du kannst mich mal!«, brüllte der Junge zurück.

Tonka hätte nie gedacht, dass der Junge erst sechzehn war, allein aufgrund seiner Größe. Und er war wild entschlossen zu sterben. Und nicht nur das, er wollte auch so viele Menschen wie möglich mit in den Tod nehmen.

Das Herz schlug ihm bis zum Hals, und Tonka packte Brick am Arm und zog ihn zurück, als sein Freund von der unbefestigten Zufahrt auf einen großen Baum zuging. Aber er brauchte Brick nicht zu warnen. Oder Tiny und Spike. Sie lasen die gleiche Absicht in Dekkers Blick und Tonfall.

Die vier gingen hinter den Bäumen in Deckung, so gut sie konnten.

Tonka hielt den Atem an. Er betete, dass Jasna, falls sie in dem Haus hinter dem Jungen war, auf dem Boden lag. Denn jeden Moment würde es eine verdammt große Schießerei geben – und wenn sie ins Kreuzfeuer geriet, würde er durchdrehen.

Dann fielen ihm Dekkers Worte ein, als er durch die Tür gestürmt war.

Tonka hatte nur einen Augenblick Zeit, sich zu fragen, was der Junge gemeint hatte, als er gefragt hatte: »Wo ist sie?«, und: »Habt ihr sie geholt?«, bevor der Klang von Schüssen in den zuvor so ruhigen Abend ertönte.

Dekker eröffnete das Feuer auf die Polizeibeamten. Keiner von ihnen zögerte zurückzuschießen, ihr einziger Gedanke war, die Bedrohung auszuschalten.

Tonka wollte sie anschreien, dass sie aufhören sollten. Jasna könnte in dieser Hütte sein! Sie könnten sie treffen!

Als der verantwortliche Beamte über den Lärm des Feuergefechts hinweg »Feuer einstellen!« rief, lag Dekker blutüberströmt in der Tür zur Hütte ... die mit ihren Hunderten von Einschusslöchern in den Wänden noch unheimlicher aussah.

Tonka setzte sich in Bewegung, bevor er überhaupt darüber nachdachte, was er da tat.

Er kam nicht weit. Brick und Tiny packten ihn an den Armen und hielten ihn zurück.

»Lasst mich los! Ich muss zu Jas!«, schrie Tonka, während er sich wehrte.

»Wenn du mitten in dieses Chaos hineinläufst, werden sie dich auch abknallen!«, erklärte Spike ihm. »Beruhige dich und lass sie ihre Arbeit machen. Wenn Jas dort ist, werden sie sie rausholen und du kannst zu ihr gehen.«

Tonka wusste, dass sein Freund recht hatte, aber er musste trotzdem mit seinen Gefühlen kämpfen. Es widerstrebte ihm, einfach nur dazustehen und nichts zu tun – schon wieder.

Er beobachtete, wie ein Polizist prüfte, ob Dekker noch einen Puls hatte, und andere um ihn herum in das Haus gingen. Seine Freunde hatten ihn jetzt fest im Griff. Er hielt den Atem an und wartete auf die Bestätigung, dass Jasna im Haus war und noch lebte.

Zehn Sekunden vergingen. Zwanzig.

Tonkas Herz klopfte wie wild. Sein Adrenalinspiegel war enorm hoch. Er war ungeduldig und wollte Jas unbedingt sehen. Um sicherzugehen, dass es ihr gut ging. Für sich selbst, für Henley.

Zu seiner Verwirrung und zu seinem Entsetzen begannen die Polizeibeamten, das Haus zu verlassen, wobei sie ihre Waffen in das Halfter steckten, während sie gingen.

»Was ist los?«, flüsterte Tonka. So eifrig er eben noch ins Haus hätte stürmen wollen, jetzt fühlten seine Füße sich an, als wären sie in Blei eingeschlossen. Er konnte sich nicht bewegen. Kamen die Beamten heraus, weil sie nicht da war? Weil sie *tot* war?

Nein. Keine der beiden Möglichkeiten war akzeptabel.

Brick und Tiny blieben an seiner Seite, beide legten ihm eine Hand auf den Arm, aber keiner hielt ihn mehr zurück. Sie hielten ihn aufrecht.

»Keine Panik«, befahl Tiny. »Ich bin gleich wieder da.«

Er joggte zum nächsten Polizisten hinüber und sprach

kurz mit ihm, bevor er zu Tonka zurückkam, der auf ihn wartete.

An dem Gesichtsausdruck seines Freundes konnte er ablesen, dass nichts Gutes im Gange war, was auch immer das bedeuten mochte. Tonka fühlte sich schwach und musste sich konzentrieren, damit seine Knie nicht nachgaben.

»Sie ist nicht in der Hütte«, erklärte Tiny, ohne das Unvermeidliche hinauszuzögern.

Ein Teil von Tonka war erleichtert, er hatte diese Antwort nach dem, was Dekker gesagt hatte, erwartet, aber ein anderer Teil war noch entsetzter. Wenn sie nicht in dieser Hütte war, wo zum Teufel war sie dann?

»*Verdammt*«, fluchte Brick. »Wo steckt sie?«

Es war schmerzhaft und zugleich eine Erleichterung, zu hören, wie sein Freund seine eigenen Gedanken aussprach.

Tonkas Handy vibrierte in seiner Tasche, und so sehr es ihm auch davor graute, Henley erneut mitteilen zu müssen, dass sie kein Glück bei der Suche nach Jasna hatten, hatte er nicht vor, ihre Nachrichten zu ignorieren.

Er griff nach seinem Handy und seine Freunde ließen ihn nur widerstrebend los. Tonka spürte drei Augenpaare auf sich gerichtet, aber er ignorierte sie und schaute auf den Bildschirm seines Handys.

Anstatt Henleys Namen zu sehen, war da eine Nachricht von einer unbekannten Nummer.

Er entsperrte sein Handy und klickte auf die Nachricht, die gerade angekommen war.

Unbekannter Absender: Jasna ist in Hütte 103. Sie ist weitgehend unverletzt.

. . .

Tonka las die Nachricht noch einmal.

Dann ein drittes Mal.

Er drehte sich wortlos um und stürmte zurück zu Bricks Fahrzeug. Gott sei Dank waren sie der letzte Wagen gewesen, der in die unbefestigte Einfahrt eingebogen war. Sie würden schnell wegfahren können.

»Tonka? Wer war das? Henley? Was ist denn los?«, fragte Brick, während er ihm nacheilte, um ihn einzuholen.

Als Antwort reichte Tonka seinem Freund das Telefon, verlangsamte aber nicht sein Tempo.

»*Was zum Teufel?*« rief Brick aus, während er das Telefon an Tiny weiterreichte, der Spike die Nachricht vorlas.

Tonka hatte so viele Fragen, aber im Moment ging es ihm nur darum, zu Jas zu kommen.

»Von wem stammt die Nachricht? Und woher zum Teufel weiß derjenige von den Bunkern?«, knurrte Spike, als sie Bricks Jeep erreichten.

»Ich habe gerade versucht, auf die Nachricht zu antworten«, entgegnete Tiny. »Sie kam als unzustellbar zurück.«

»Glaubst du, Pipe, Owl oder Stone haben sie irgendwie gefunden und dort versteckt?«, fragte Spike stirnrunzelnd und griff offensichtlich nach jedem Strohhalm, als Brick den Wagen startete.

»Nein«, entgegnete Tiny mit einem Kopfschütteln. »Das hätten sie auf keinen Fall getan, ohne Tonka anzurufen. Und sie würden sie zur Lodge bringen, oder ins Krankenhaus, wenn nötig. Sie würden sie sicher nicht in einem Bunker verstecken.«

»Um zum Bunker 103 zu gelangen, müssen wir die nächstgelegene Straße am Ende des Grundstücks nehmen«, überlegte Brick, während er schnell rückwärtsfuhr und dabei fast einen Polizeiwagen rammte. Dann fuhr er vorwärts und riss dabei fast einen Baum um, bevor er wieder rückwärtsfuhr und auf die Route 4 zusteuerte, die zur *Zuflucht* führte.

»Warum hat derjenige nicht einfach unsere Straße genommen und das Mädchen zu seiner Mutter zurückgebracht? Selbst wenn er nicht wusste, dass Henley in der Lodge ist, musste er doch davon ausgehen, dass irgendjemand dort sein würde«, sagte Tiny.

»Und was noch dazu kommt: Warum ist er nicht zur Polizeiwache gefahren? Wenn derjenige sie auf der Straße oder im Wald gefunden hat, hat er doch sicher die Vermisstenanzeige auf seinem Telefon gesehen«, fügte Spike hinzu.

Tonka sagte kein Wort. Er konnte es nicht. Wenn er den Mund aufmachte, würde er schreien, so groß war die Anspannung, die in ihm aufgestaut war. Ihm gingen die gleichen Fragen im Kopf herum wie seinen Freunden, aber im Moment ging es ihm nur darum, zum Bunker zu kommen und zu sehen, ob Jasna wirklich drin war. Wenn sie es nicht war ... wenn jemand sie an der Nase herumgeführt hatte ... er wusste nicht, was er tun würde.

Zum zweiten Mal, seit er gehört hatte, dass Jasna vermisst wurde, dachte er an Pablo Garcia. Könnte er dafür verantwortlich sein?

Nein. Soweit er wusste war der Mann noch im Gefängnis. Jemand hätte sich mit ihm in Verbindung gesetzt, wenn er entlassen worden wäre. Und bis dahin würden noch viele, *viele* Jahre vergehen. Dekker war offensichtlich derjenige, der hinter Jasnas Verschwinden steckte, aber wie zum Teufel war sie aus dieser Hütte in einen ihrer Bunker gekommen? Ihre *geheimen* Bunker, von denen buchstäblich nur acht Menschen auf der Welt wissen sollten.

»Könnte Alaska etwas über die Bunker verraten haben?«, fragte Spike, als könnte er Tonkas Gedanken lesen.

»Nein«, entgegnete Brick entschlossen.

»Sie könnte beiläufig etwas erwähnt haben, zu jemandem, dem sie glaubte, vertrauen zu können, ohne darüber nachzudenken. Oder vielleicht hat jemand sie belauscht?«, schlug Tiny vor.

»Ich sagte Nein«, wiederholte Brick schroff. »Sie weiß, wie wichtig es ist, diese Bunker geheim zu halten. Sie würde nie jemandem etwas erzählen, ohne mich vorher zu fragen, ob es in Ordnung ist. Ich vertraue ihr hundertprozentig. Sie war es nicht.«

»Okay, wie zum Teufel konnte dann eine anonyme Person von ihnen wissen?«, fragte Spike.

Keiner hatte eine Antwort.

»Tonka? Wie geht es dir?«, fragte Brick, während er die Straße entlangraste.

Tonka wusste es zu schätzen, dass er wie von der Hummel gestochen fuhr. »Nicht gut«, presste er zwischen zusammengebissenen Zähnen hervor.

Er war froh, als niemand versuchte, ihn zu trösten.

Es war nicht abzusehen, was sie in Bunker 103 vorfinden würden. Er befand sich auf der Drei-Uhr-Position von der Lodge. Insgesamt gab es sieben Bunker, tief in den Wäldern ihres Grundstücks auf den Positionen neun, zehn, elf, zwölf, eins, zwei und drei Uhr. Brick hatte Alaska in Bunker eins-elf versteckt, als er sich auf die Jagd nach dem Psychopathen gemacht hatte, der hinter ihr her war. 103 lag direkt gegenüber dem Bunker, den er für Alaska benutzt hatte, in einer Entfernung von etwa acht Kilometern Luftlinie.

Und wie Brick bereits erwähnt hatte, war es der Bunker, der am nächsten an einer Hauptstraße lag. Es gab keine Kameras auf der Straße, wenn also jemand an der Route 4 angehalten hatte, um Jasna zum Bunker zu bringen, hatte er die Möglichkeit gehabt, dies ungesehen zu tun.

»Ich stelle verdammt noch mal Kameras auf«, murmelte Brick und es war wieder einmal so, als würde er Tonkas

Gedanken lesen, als er mitten auf der Straße wendete und anhielt.

Alle vier Männer kletterten aus dem Wagen und machten sich sofort auf den Weg durch den Wald, wobei Tonka die Führung übernahm. Keiner von ihnen brauchte ein GPS, um zu wissen, wohin sie gehen mussten. Sie hatten sich alle die Standorte der Bunker für den Notfall eingeprägt. Als sie das erste Mal in der *Zuflucht* angekommen waren, waren sie alle noch ein wenig durcheinander im Kopf wegen der Traumata, die sie durchgemacht hatten. Die Bunker fühlten sich wie eine notwendige Sicherheitsmaßnahme an. Ein Ort, an den sie sich zurückziehen konnten, wenn alles aus dem Ruder lief, oder wenn sie sich einfach nur zurückziehen wollten, um eine Pause einzulegen. Sie nannten sie informell »Hütten«, aber das waren sie definitiv nicht. Es handelte sich um unterirdische Betonkästen von unterschiedlicher Größe.

Sie waren seit Jahren nicht mehr benutzt worden, bis Brick einen benutzt hatte, um Alaska zu verstecken, aber sie wurden immer noch regelmäßig mit Vorräten ausgestattet, nur für den Fall.

Tonka hatte das Gefühl, sich übergeben zu müssen, als sie sich dem Gebiet näherten, in dem der Bunker versteckt war. Er blieb stehen und schaute sich um, auf der Suche nach etwas, das darauf hinwies, dass jemand dort gewesen war. Er sah nichts weiter als Bäume, Gras und Felsen. Wie immer.

»Lass mich vorgehen«, schlug Tiny vor und versuchte, sich an Tonka vorbeizudrängen.

Er ließ seinen Arm vorschnellen und blockierte seinen Freund. »Nein.«

Mehr brauchte er nicht zu sagen. Tiny nickte und trat einen Schritt zurück. Tonka atmete tief durch, als er auf den Eingang zusteuerte. Er war gut versteckt. Niemand, der einfach nur vorbeiging, würde den kreisrunden Ring bemerken, der zwischen dem Geröll auf dem Waldboden verborgen lag. Zielsicher griff Tonka nach dem Ring und zog ihn nach oben. Es brauchte nicht viel Kraft; sie hatten die Türen so gebaut, dass sie mit minimalem Kraftaufwand angehoben werden konnten, nur für den Fall, dass einer von ihnen verwundet war, wenn er einen Bunker brauchte.

Als er durch die runde Öffnung schaute, konnte Tonka nichts sehen. Es war stockdunkel und sein Magen krampfte sich vor Angst zusammen. Dieser Bunker war länger als hoch, also setzte er sich auf den Rand und sprang hinunter. Er kniete sich hin und stützte sich mit der Hand ab, während er in die Dunkelheit des Bunkers starrte und so intensiv betete wie noch nie zuvor. Sogar mehr als an jenem schrecklichen Tag auf dem Ozean.

»Hier«, sagte Spike und hielt Tonka sein Handy hin. Er hatte die Taschenlampenfunktion bereits eingeschaltet, und obwohl das Licht nicht besonders hell war, nicht vergleichbar mit den Taschenlampen, die sie am Gürtel trugen, wenn sie mit Gästen in den Wald gingen, würde es ausreichen. Tonka hatte nicht einmal daran gedacht, das Licht seines eigenen Handys zu benutzen. Er war dankbar, dass sein Freund daran gedacht hatte.

Mit zitternden Händen hob er das Telefon und richtete es auf das gegenüberliegende Ende des Bunkers, jeder Muskel in seinem Körper war angespannt.

»Ist sie da?«, fragte Brick eindringlich.

»Ich ... ich glaube schon«, krächzte Tonka. »Wartet mal kurz.«

Er kroch auf den Knien vorwärts in Richtung des dunklen Bündels am Ende des Bunkers. Als er näher kam, konnte er Strähnen von dunkelblondem Haar erkennen, die über das schmale Feldbett hingen. Eine warme Decke lag über dem Bündel und Tonka hielt den Atem an, als er die Hand ausstreckte, um sie wegzuziehen.

Er stieß seinen ersten zittrigen Atemzug aus, als er auf Jasna hinunterblickte. Aber seine Angst hatte nicht nachgelassen.

Seine Hand zitterte so stark, dass er nicht sicher war, ob sie einen Puls hatte oder nicht, und Tonka legte seine Finger auf ihre Halsschlagader. Für einen kurzen Moment geriet er in Panik. Aber dann spürte er es. Das beruhigende Pochen ihres Blutes, das durch ihren Körper floss.

Sie fühlte sich auch warm an, ein weiteres Zeichen dafür, dass sie lebte.

»Sie ist ... sie ist hier. Und es scheint ihr gut zu gehen«, erklärte Tonka. Er wollte die Nachricht laut ausrufen, aber seine Stimme war nicht lauter als ein Flüstern.

»Brauchst du Hilfe, um sie herauszuholen?«, fragte Tiny durch das Loch.

Er nahm sich einen Moment Zeit, um sich zu vergewissern, dass sie nicht sichtbar verletzt war, und Tonka hätte fast geweint, als er kein Anzeichen von Blut oder einer Verletzung sah.

»Nein, ich schaff das allein«, versicherte er den anderen und beantwortete damit Tinys Frage. Er steckte Spikes Handy ein, weil er das Licht nicht mehr brauchte, jetzt, da er wusste, dass es Jas gut ging. Er hob sie auf und kroch auf den Knien rückwärts. Er spürte ihr Gewicht kaum, sein Verstand war fast leer, so dankbar war er, dass sie sie gefunden hatten.

Als er am Einstieg ankam, stand er vorsichtig auf, übergab sie an Tiny, damit er herausklettern konnte, und nahm Jas sofort wieder in die Arme, als sie zu Bricks Jeep gingen.

»Soll ich Henley eine Nachricht schicken?«, fragte Brick.

Tonka schüttelte den Kopf. »Ich rufe sie vom Wagen aus an, wenn wir auf dem Weg ins Krankenhaus sind.«

Die anderen nickten.

»Ich sage Pipe, dass er sie und Alaska hinfahren soll«, erklärte Tiny.

Es beunruhigte Tonka, dass Jasna sich nicht gerührt hatte – aber gerade als er diesen Gedanken hatte, bewegte sie sich in seinem Griff und schlang langsam ihren Arm um seinen Hals. »Finn ...«

Seine Knie gaben vor Erleichterung fast nach. »Ja, meine Kleine. Ich bin's.«

Sie vergrub ihre Nase seitlich in seinem Nacken und sagte: »Du riechst gut.«

Tonka hätte fast gelacht – doch dann wurde sie wieder schlaff. Sie sollte nicht so verwirrt sein, wenn Dekker sie nur auf den Kopf geschlagen hatte oder so. Er vermutete sofort, dass sie unter Drogen gesetzt worden war. Trotz dieses beängstigenden Gedankens fühlte er sich nach dem kurzen Moment, in dem sie wieder klar bei Bewusstsein gewesen war, ein wenig besser. Je eher er sie zu einem Arzt brachte, der eine vollständige Blutuntersuchung durchführen und sich davon überzeugen konnte, dass es ihr gut ging, desto besser.

KAPITEL ZWANZIG

Henley saß neben Jasnas Bett im Krankenhaus und hielt mit einer Hand die Hand ihrer Tochter und mit der anderen die von Finn. Die letzten paar Stunden waren die schlimmsten ihres Lebens gewesen. Noch schlimmer als das, was sie durchgemacht hatte, als sie zehn war. Ihre Mutter so gewaltsam zu verlieren, den Angriff mithören zu müssen, war niederschmetternd ... aber nicht zu wissen, wo Jasna war, ob sie verletzt war, ob sie überhaupt noch lebte, war *unerträglich*.

Jedes Mal wenn sie eine Nachricht von Finn bekommen hatte, in der stand, dass sie sie noch nicht gefunden hatten, war es gewesen, als würde sie sterben.

Als er sie angerufen hatte, um ihr zu sagen, dass er Jasna gefunden hatte und auf dem Weg ins Krankenhaus war, war die Erleichterung überwältigend gewesen. Pipe hatte sie und Alaska nach Los Alamos gefahren und sie hatte ihre Tochter kurz sehen können, bevor Jas in einen der Untersuchungsräume gebracht wurde. Sie konnte sich selbst davon überzeugen, dass sie gesund war, dass es ihr gut zu gehen schien.

Als sie und Finn sich endlich zu Jasna setzen durften, hatte sie noch geschlafen. Der Arzt hatte eine Schnittwunde an ihrem Fuß verbunden, sie gründlich untersucht und bestätigt, dass sie nicht vergewaltigt worden war – was für alle eine große Erleichterung gewesen war –, und ein Blutbild gemacht, mit dem sowohl Alkohol als auch Rohypnol in ihrem Körper nachgewiesen werden konnten. Die Gewissheit, dass ihr Baby unter Drogen gesetzt worden war, war ein Schlag, aber es erklärte auch, warum Jasna nicht wieder vollständig zu Bewusstsein gekommen war.

Seitdem war sie immer wieder aufgewacht, hatte ihre Mutter erkannt und auch erkannt, dass sie in Sicherheit war, bevor sie wieder einschlief. Der Arzt hatte gesagt, sie könne bis zu zwölf Stunden bewusstlos sein, und es war wahrscheinlich, dass sie sich nicht an viel von dem erinnern würde, was mit ihr geschehen war, wenn sie sich überhaupt an etwas erinnern konnte.

Für Henley war das ein Segen.

Die Ärzte hatten eine Infusion gelegt, um dafür zu sorgen, dass sie hydriert war, und wollten sie über Nacht zur Beobachtung dabehalten, um sich davon zu überzeugen, dass es keine bleibenden Auswirkungen des Medikaments oder der Strapazen gab.

Finn hatte ihr erzählt, dass sie keine Spur von dem gefunden hatten, was in dem Camp passiert war, und dass jemand der Polizei einen Tipp gegeben hatte, wo Christian zu finden war. Die Geschichte, wie Finn dann am Ende Jasna gefunden hatte, hatte sie noch nicht gehört, aber sie hatten auch noch nicht viel Zeit zum Reden gehabt.

Jetzt war es nach Mitternacht und Henley war mit Finn allein in Jasnas Zimmer. Sie seufzte und lehnte sich an ihn, wobei sie weder seine noch die Hände ihrer Tochter losließ.

»Kannst du mir den Rest der Geschichte erzählen, was

gestern Abend passiert ist und wo Jasna war?«, fragte sie leise.

»Wir sind zu der Hütte gefahren, von der der anonyme Informant behauptete, dass Dekker sich dort befinden würde, und das tat er auch. Er kam mit einer Schrotflinte heraus und schoss auf einen der Polizisten.«

»Er ist tot?«, fragte Henley.

»Ja.«

»Bist du sicher?«

Finn umarmte sie fest, als wüsste er, was sie dachte. »Ja. Er ist tot. Er kann niemandem mehr wehtun.«

Henley nickte. Sie sollte sich schlecht fühlen. Christian war erst sechzehn. Er hatte sein ganzes Leben noch vor sich gehabt. Aber was für ein Leben wäre das gewesen? Mit dem Jungen stimmte etwas nicht. Das war schon so, seit er ein Kind war, vielleicht sogar seit seiner Geburt. Es war keine Krankheit. Es war keine Geisteskrankheit. Er war einfach nur ... falsch verdrahtet.

Finn fuhr fort: »Einer der Ermittler hat im Wartezimmer mit mir gesprochen, während der Arzt Jas untersucht hat, und er erzählte mir, was sie in der Hütte gefunden haben. Alles deutet darauf hin, dass er vorhatte, sie zu ... verletzen. Es gab Handschellen und er hatte verschiedene Gegenstände bereitgelegt. Sie gehen davon aus, dass er darauf gewartet hat, dass sie aufwacht. Er hatte auch Benzin dabei, wahrscheinlich um die Hütte niederzubrennen. Die Polizisten fanden ein Notizbuch, in dem er sich darüber ausließ, wie viele Menschen er umbringen wollte und in welchen Vierteln von Albuquerque es am ehesten Obdachlose und Prostituierte gibt. Man geht davon aus, dass er nach dem Brand der Hütte von hier weggehen und in die Stadt fahren wollte, wo er andere entführen und ermorden wollte.«

Henley zitterte am ganzen Körper. Sie schloss die Augen. Gott, Jasna war gerade so davongekommen. Sie war in den

Händen des Bösen gewesen, und irgendwie war sie trotzdem jetzt hier. Beinahe unversehrt. Es war buchstäblich ein Wunder.

»Wie?«, flüsterte sie, drehte sich um und sah Finn an.

»Wie sie entkommen ist?«, fragte er.

Henley nickte.

Er schüttelte leicht den Kopf. »Ich weiß es nicht.«

Sie sah ihn stirnrunzelnd an. »Du kannst es mir sagen. Ich werde nicht ausflippen.«

»Schatz, ich weiß es wirklich nicht«, wiederholte Finn. »Als Dekker mit der Schrotflinte rauskam, sagte er: ›Wo ist sie?‹, und: ›Habt ihr sie geholt?‹ Ich habe zu dem Zeitpunkt nicht viel darüber nachgedacht, da ich mir mehr Sorgen um die Waffe in seinen Händen gemacht habe und darum, ob Jasna bei der unvermeidlichen Schießerei ins Kreuzfeuer geraten würde. Aber als Dekker von Jas gesprochen hat ... hatte er auch keine Ahnung, wo sie zu diesem Zeitpunkt war.«

»Ich bin so verwirrt. Wie hast du sie dann gefunden?«

»Ich habe eine Nachricht bekommen. Das war, nachdem die Polizei festgestellt hatte, dass Jas nicht im Haus war. Ich war am Durchdrehen, Brick und Tiny mussten mich buchstäblich stützen ... als mein Handy vibrierte und eine Nachricht anzeigte. Sie war von einer unbekannten Nummer. Wer auch immer es war erklärte mir, wo Jas sich befand.«

Henley wartete, aber Finn sagte nichts mehr. »*Und?* Wo war sie?«, fragte sie und neigte den Kopf.

Finn seufzte. Er sah sich im Raum um, als würde jemand in der Nähe lauern und lauschen. Dann sah er ihr in die Augen. »Was ich dir jetzt sage, wissen nur acht Menschen auf der Welt. Mist, na ja ... vielleicht neun. Du wärst die zehnte. Und es ist wirklich wichtig, dass du es nie jemandem erzählst.«

Er sah so ernst aus, dass Henley leicht besorgt wurde. »Ich verspreche es.«

Finn nickte. »Es gibt sieben versteckte Bunker auf dem Gelände der *Zuflucht*. Sie sind unterirdisch und wurden angelegt, als wir *Die Zuflucht* gebaut haben. Keiner von uns war in sehr guter Verfassung und wir brauchten die Sicherheit, die diese Bunker bieten. Als dieser Mann hier war und nach Alaska suchte, hat Brick sie in einem der Bunker versteckt, während er den Dreckskerl aufgespürt hat.«

Henley konnte das durchaus verstehen. Sie nickte.

»In der Nachricht, die ich bekommen habe, stand, dass Jas in einem dieser Bunker sei. Sie stammte nicht von einem unserer Freunde. Wir haben keine Ahnung, von *wem* sie war – oder woher die Person von den Bunkern weiß.«

Henley war immer noch verwirrt. »Diese mysteriöse Person hat Jasna also irgendwie gefunden, sie vor einem Serienmörder gerettet, sie in einen der Bunker gebracht und sie dort zurückgelassen? Dann hat sie dir eine Nachricht geschickt, damit du sie abholen kannst?«

»Ja.«

Diese Tatsache war ziemlich beunruhigend. »Können wir die Nachricht zurückverfolgen, um herauszufinden, wer sie geschickt hat?«

»Daran arbeitet ein Freund von uns. Er ist ein Genie, wenn es um technisches Zeug geht. Er wird uns Bescheid geben, wenn er einen Namen gefunden hat«, versicherte Finn ihr.

»Es gibt also da draußen jemanden, der von den streng geheimen Bunkern weiß und ... was? War diese Person an der Entführung von Jasna beteiligt? Vielleicht arbeitete derjenige mit Christian zusammen?«

»Atme erst mal tief durch, Henley. Ich habe mit Brick darüber gesprochen und wir glauben nicht, dass das der Fall ist.«

»Wie ... was ... ich verstehe das nicht, Finn!«

»Wir sind selbst etwas verwirrt«, gab er zu. »Aber wer auch immer mir diese Nachricht geschickt hat ... wenn er Jas etwas antun wollte, hatte er genügend Zeit dazu. Er hätte sie weit wegbringen können und wir hätten sie nie gefunden.«

Henley zuckte zusammen. Seine Worte waren ein wenig hart, aber er hatte absolut recht. »Und was jetzt?«

»Wir nehmen Jas mit nach Hause und machen mit unserem Leben weiter«, entgegnete Finn entschlossen.

»Aber ... was ist mit der Person, die von den Bunkern weiß? Vielleicht beobachtet sie *Die Zuflucht*.«

»Tex wird herausfinden, wer es war, aber in der Zwischenzeit machen wir ganz normal weiter. Vielleicht sind wir ein bisschen vorsichtiger als sonst, aber wie gesagt, ich glaube nicht, dass derjenige, der mich zu Jas geführt hat, eine Gefahr für uns darstellt.«

Henley drehte sich um und sah ihre schlafende Tochter an. Es war ein absolutes Wunder, dass sie noch hier war. Die Statistiken über vermisste Kinder waren herzzerreißend und deprimierend. Die meisten Entführungsopfer wurden innerhalb von zwei Stunden nach ihrem Verschwinden getötet. Aber Jas hatte die Statistik geschlagen. Sie war von jemandem entführt worden, der der schlimmste Serienmörder hätte werden können, den das Land je gesehen hatte. Und doch ... war sie jetzt hier. Sie lächelte im Schlaf und wusste überhaupt nicht, was geschehen war.

Einen Moment lang war sie *dankbar*, dass Christian Jasna Rohypnol verabreicht hätte. Dass sie sich nicht daran erinnern würde, in seinen Fängen gewesen zu sein. Zumindest hoffte Henley, dass sie sich nicht erinnern würde.

Sie drehte sich wieder zu Finn um. »Wie geht es dir?«, fragte sie.

»Mir geht's gut.«

»Nein, Finn. Ganz im Ernst. Wie geht es dir? Ich weiß, dass nichts von dem, was passiert ist, leicht für dich war. Ich wollte, dass du bei mir bleibst, aber ich wusste, dass du gehen und bei der Suche nach Jasna helfen musstest. Wo bist du gerade mit deinen Gedanken?«

Finn schenkte ihr ein kleines Lächeln und drückte ihre Hand. »Machst du wieder einen auf Seelenklempnerin?«

»Ja«, entgegnete Henley, ohne auch nur im Geringsten zu zögern oder Reue zu zeigen. Es war ihr wichtig, dass es den beiden Menschen, die sie am meisten auf der Welt liebte, gut ging. Und jetzt, da sie wusste, dass es ihrer Tochter gut gehen würde, musste sie herausfinden, wie es um Finn bestellt war.

»Mir geht es ehrlich gesagt gut«, erwiderte er leise. »Du hast recht, ich musste da draußen sein und nach Jas suchen. Ich konnte mich nicht einfach zurücklehnen und zusehen, was passiert, wie ich es bei Steel getan habe.«

Henley öffnete den Mund, um zu widersprechen. Um ihm noch einmal zu sagen, dass er heute vielleicht nicht hier wäre, wenn er damals etwas anders gemacht hätte, aber er hob seine freie Hand und gebot ihr Einhalt.

»Ich weiß ganz genau, was du sagen willst – und du hast natürlich auch recht. Aber das ändert nichts an der Tatsache, dass ich mich deswegen schlecht fühle. Ich will nicht lügen. Der heutige Abend hat mir Angst gemacht. Ich habe mit meinen Dämonen gekämpft und es gab ein paar Momente, in denen ich dachte, sie würden gewinnen. Aber so ist es nun mal. Ich werde Steel für den Rest meines Lebens vermissen. Ich werde nie vergessen, was passiert ist, aber der Schmerz, den ich an diesem Tag und an jedem Tag seitdem empfunden habe, verblasst. Weißt du warum?«

»Warum?«, fragte Henley sanft.

»Deinetwegen. Und wegen Jas. Und Melba, Scarlet und Chuck. Wegen Brick, Spike, Pipe und all meinen anderen

Freunden. Wegen Raid, und weil ich gehört habe, wie er sich mit seinem Bluthund anfreunden konnte. Ich werde immer überfürsorglich sein. Ich kann es nicht ändern. Ich werde nie zum sympathischsten Mann der Welt gewählt werden, aber ich bin bereit, meine Zukunft in Angriff zu nehmen. Die Tatsache, dass ich den ganzen Sommer über mit Jas zusammen war, hat mir die Freuden des Lebens wieder vor Augen geführt. In vielerlei Hinsicht erinnert sie mich an Steel. Sie ist freundlich und loyal und freut sich über die kleinsten Dinge. Sie lässt sich auf neue Erfahrungen ein und hat vor nichts Angst. So war mein Hund auch. Er liebte das Leben, und ich liebte es, die Welt mit seinen Augen zu betrachten. Jetzt möchte ich die Welt mit Jas' Augen betrachten. Und mit deinen. Und mit denen unserer neuen Hunde. Und mit denen unserer Kinder, falls wir welche bekommen sollten.«

»Finn«, entgegnete Henley und ihre Augen füllten sich mit Tränen.

Er zog sie an sich, und Henley ließ seine Hand lange genug los, um ihren Arm um ihn zu legen, während sie ihr Gesicht an seiner Brust vergrub. Die Haltung war unbequem, da sie auf getrennten Stühlen neben Jasnas Krankenhausbett saßen, aber das schien keinen von beiden zu stören.

»Ich kann nicht versprechen, dass ich in Zukunft keine schlechten Tage mehr haben werde, aber ich fühle mich, als würde ich endlich wieder auftauchen, nachdem ich jahrelang unter Wasser festsaß. Ich *brauche* dich, Henley. Und Jas. Ich habe Angst, dass ich ohne euch beide wieder unter Wasser gezogen werde und kein zweites Mal auftauchen kann.«

»Wir gehören zu dir. Aber du irrst dich. Du *brauchst* uns nicht. Du hast uns nie gebraucht. Du bist der stärkste Mann, den ich je kennengelernt habe. Und bei uns kannst du genau der sein, der du bist. Es ist uns egal, ob du schlechte Tage hast. Ich schätze, davon werden wir in den kommenden Jahren noch eine ganze Menge mit unserem hormongetriebenen Teenager erleben. Wir wollen nur, dass du für uns da bist. Dass du mit uns lachst und auf uns aufpasst. Und dass du du bist.«

»Ich liebe dich«, erklärte Finn und ihm brach die Stimme.

Henley blickte von seiner Brust auf. »Ich liebe dich auch. Darf ich eine Frage stellen?«

»Das hast du gerade«, entgegnete er mit einem kleinen Grinsen.

Sie verdrehte die Augen. »Fahren wir dieses Wochenende dennoch ins Tierheim?«

»Ja«, erwiderte Finn mit Nachdruck. »Je eher ich einen fünfzig Kilo schweren, bösartig aussehenden Pitbull bekomme, der Jasna folgt und so aussieht, als würde er jeden fressen, der auch nur ein kleines bisschen aus der Reihe tanzt, desto besser.«

Henley lachte leise. »Du weißt, dass das nicht verhindert hätte, was passiert ist, oder? Sie kann ihren Hund ja nicht mit ins Camp nehmen.«

»Doch, sie könnte, wenn es ihr Therapiehund wäre.«

»Auf keinen Fall. Wir lügen doch nicht wegen so etwas. Das ist nicht in Ordnung«, erklärte Henley ein wenig verärgert.

»Immer mit der Ruhe, Henley. Ich weiß«, seufzte er. »Aber wenn ich Jas einen Leibwächter geben könnte, der jeden anknurrt, der es wagt, sie nur schief anzuschauen, würde ich es tun.«

»Du musst ihr nur beibringen, selbst zu knurren. Und am besten auch gleich Kung-Fu.«

»Oh, das mache ich auf jeden Fall«, entgegnete Finn.

»Du wirst ein großartiger Vater sein«, erklärte Henley.

Er starrte sie mit einem besorgten Blick an. »Da bin ich mir nicht so sicher.«

»Ich schon«, sagte sie nachdrücklich.

»Babys sind noch hilfloser als Hunde«, sinnierte er. »Ich konnte Steel nicht beschützen. Warum sollte ich ein Kind beschützen können?«

Henley holte tief Luft, ließ die Hand ihrer Tochter los und stand auf. Sie setzte sich auf Finns Schoß, legte ihre Beine um seine Taille, und er packte ihre Hüften und hielt sie fest. Sie nahm sein Gesicht in ihre Hände und lehnte sich dicht an ihn heran. »Was mit Steel passiert ist, war nicht deine Schuld. Das war *alles* das Werk von diesem Drecks-kerl. Außerdem werde ich dir helfen. Genau wie alle anderen in der *Zuflucht*. Und wie der Hund, den wir adop-tieren werden, und wie jeder einzelne Gast, der hier in der *Zuflucht* zu Gast ist.

Jasna allein großzuziehen war schwer. Wirklich schwer. Und wenn ich noch einmal alleinerziehende Mutter sein müsste, wäre es mir zu viel, so sehr ich meine Tochter auch liebe. Aber zu wissen, dass ich, wenn wir mit Kindern gesegnet sind, nicht allein sein werde? Die Aussicht darauf macht mich glücklich. Du musst mich, Jasna und unsere Kinder nicht allein beschützen, Finn. Dazu brauchen wir eine Gemeinschaft. Und unsere Gemeinschaft der *Zuflucht* wird sich engagieren, daran habe ich keinen Zweifel.«

»Ich liebe dich«, flüsterte Finn.

»Ich glaube nicht, dass ich es jemals leid werde, das zu hören«, sagte Henley.

»Gut, denn ich werde es nicht leid, es zu sagen. Ich denke, du solltest dich ein paar Stunden hinlegen.« Er blickte hinter ihnen zu dem Bett, das vor einer Weile herein-gebracht worden war. »Und bevor du Nein sagst, ich bleibe auf und passe auf Jas auf. Wenn sie aufwacht, sage ich dir Bescheid. Versprochen.«

»Ich bin tatsächlich müde«, gab Henley zu. »Aber du musst doch auch erschöpft sein.«

»Ich bin eher aufgedreht als alles andere. Ich schlafe später ein wenig. Im Moment will ich nur auf meine Mädchen aufpassen.«

Seine Mädchen. Das gefiel Henley. Nein, sie fand es wirklich *großartig*, verdammt noch mal.

»Okay. Finn ... danke, dass du heute für Jasna und mich da warst.«

»Ich werde immer für euch beide da sein.« Dann stand er mit ihr in seinen Armen auf und sie ließ ihre Füße auf den Boden sinken. Er führte sie zum Bett, und als sie sich hingelegt und es sich gemütlich gemacht hatte, beugte Finn sich vor und küsste sie auf die Stirn. »Schlaf gut, mein Schatz.«

Henley war sich nicht sicher, ob sie bei dem Trubel im Krankenhaus würde einschlafen können. Doch ehe sie sichs versah, fielen ihr die Augen zu. Bevor sie der Verlockung des Schlafes nachgab, hörte sie nur noch Finns leise Stimme, mit der er Jasna zuflüsterte, wie lieb er sie hatte.

KAPITEL EINUNDZWANZIG

Tonka schaute in die Box neben ihm und lächelte. Er bürstete eines der Pferde und Jasna saß im Heu in der nächsten Box, streichelte Scarlet Pimpernickel und sagte ihr, wie süß und schön sie sei.

Zweieinhalb Wochen waren seit ihrer Entführung vergangen und Tonka war jeden Tag dankbar, dass sie sich an nichts mehr erinnern konnte. Sie konnte sich nur noch an das Mittagessen vor der Gruppenwanderung im Camp erinnern. Das war sicher ein Segen, aber Tonka musste zugeben, dass es auch ein wenig frustrierend war. Er und der Rest seiner Freunde hatten gehofft, dass sie ihnen sagen würde, wer sie in den Bunker gebracht hatte. Aber sie erinnerte sich an nichts, außer daran, dass sie im Krankenhaus aufgewacht war und ihn und Henley neben sich gesehen hatte.

Er dachte an das Telefongespräch, das er und die anderen am Tag zuvor mit Tex geführt hatten. Der ehemalige SEAL hatte versucht herauszufinden, von welcher Telefonnummer die Nachricht gesendet worden war, die Tonka erhalten hatte.

Seine genauen Worte waren: »Wer auch immer das ist, er ist besser als ich.«

Sie waren alle zutiefst schockiert gewesen. Dass Tex nicht in der Lage war, eine Telefonnummer zurückzuverfolgen, schien unmöglich. Er war stolz darauf, alles hacken und jeden finden zu können. Aber in diesem Fall hatte der Täter ein Wegwerfhandy benutzt und sein Signal nicht nur irgendwie an verschiedenen Sendemasten auftauchen lassen – oder zumindest den Anschein erweckt, dass er dort gewesen war –, sondern offenbar zum Spaß auch Satelliten benutzt. Bislang war es unmöglich, das Spinnennetz aus Brotkrümeln zurückzuverfolgen, um herauszufinden, wer die Nachricht gesendet hatte.

Sie waren keinen Schritt weiter, um herauszufinden, wie Jasna von der Hütte, in der Dekker sie versteckt hatte, zu dem Bunker auf dem Gelände der *Zuflucht* gekommen war. Und es war immer noch ein Rätsel, wie ihr anonymer Retter überhaupt von den Bunkern erfahren hatte.

Tex stellte die Hypothese auf, dass es für denjenigen wahrscheinlich ziemlich einfach gewesen war, von den Bunkern zu erfahren, wenn er so gut darin war, seine Spuren elektronisch zu verwischen.

Keiner der Jungs war begeistert davon, dass da draußen jemand war, der sie möglicherweise aufspüren und jeden ihrer Schritte verfolgen konnte, aber da derjenige Jasna gerettet hatte, taten sie ihr Bestes, um ihr normales Leben fortzusetzen – wenn auch etwas vorsichtiger.

Jasna selbst hatte keine bleibenden Auswirkungen von dem, was geschehen war. Sie war ein wenig beunruhigt gewesen und hatte jedes Detail über diesen Tag wissen wollen, aber im Großen und Ganzen war sie das gleiche Kind wie vor dem Vorfall.

Es war *Henley*, die zu kämpfen hatte. Sie hatte Albträume, die Tonka jedes Mal das Herz zerrissen, wenn er durch ihr Wimmern und Strampeln aufwachte. Er konnte sie nur festhalten und ihr sagen, dass sie in Sicherheit war. Dass Jasna in Sicherheit war. Dass es vorbei war. Alle in der *Zuflucht* hatten ein wachsames Auge auf sie. Sie sorgten alle dafür, dass sie wusste, dass sie immer für sie da waren.

Dekkers Eltern war in einen anderen Bundesstaat gezogen. Sie hatten einen Brief an Henleys Chef geschickt, in dem sie sich unnötigerweise für die Taten ihres Sohnes entschuldigten. Sie waren erleichtert, dass sie nicht mehr auf der Hut sein mussten, aber verständlicherweise traurig, dass es so gekommen war.

Eines Nachmittags waren Tonka und der Rest der Jungs zu der Hütte gegangen, in der Dekker geplant hatte, Jasna zu foltern und zu töten, und hatten sie bis auf die Grundmauern niedergerissen. Es war eine Erlösung, ein Gebäude abzureißen, in dem so viele böse Dinge geplant und beinahe ausgeführt worden waren.

»Finn?«, rief Jasna.

Tonka war froh, eine Pause vom Putzen des Pferdes einlegen zu können, und schlenderte zur nächsten Box hinüber. »Ja, Jas?«

»Meinst du, Scarlet mag ihre Schleife?«

Tonka musste sich beherrschen, um nicht zu lachen. Das Kalb wuchs schnell und war nicht mehr das niedliche und knuddelige kleine Ding, das es bei seiner Ankunft gewesen war. Sie war auch sehr verwöhnt, aber das war Tonka völlig egal. Sie liebte es, mit ihrem Kopf in Jasnas Schoß zu sitzen und sich die Ohren kraulen zu lassen.

Jasna hatte vorhin eine riesige knallrosa Schleife in den Stall gebracht und Scarlet gesagt, dass es ein Geschenk sei. Tonka hatte keinen Zweifel daran, dass die hübsche rosa Schleife morgen schmutzig und wahrscheinlich losgebunden und draußen im Schlamm liegen würde, aber das Grinsen in Jasnas Gesicht zu sehen war unbezahlbar.

»Ich glaube, sie gefällt ihr«, erklärte er schließlich.

»Natürlich tut sie das«, stimmte Jasna mit der Zuversicht zu, wie sie nur ein Kind hat. Dann blickte sie etwas trauriger zu Tonka auf. »Wie geht's Mom?«

Seit ihrer Entführung war Jasna wie besessen von Henleys Geisteszustand. Tonka nahm an, dass dies daher rührte, dass sie wusste, was mit ihrer Mutter passiert war, als sie noch ein Kind war, und dass sie danach jahrelang nicht mehr gesprochen hatte. Für Jas war das zwar nicht relevant, weil sie sich einfach nicht daran erinnern konnte, was ihr vor Kurzem zugestoßen war, aber sie machte sich Sorgen um ihre Mutter.

»Es geht ihr gut«, erklärte Tonka. »Wieso fragst du? Ist irgendetwas passiert?«

»Nicht wirklich. Aber ich fange morgen mit der Schule an und ich mache mir Sorgen um sie. Du weißt schon, dass sie denken könnte, ich würde wieder entführt werden. Ich habe ihr gesagt, dass ich vorsichtiger sein werde, aber ich bin mir nicht sicher, ob sie sich dadurch besser fühlt.«

»Ich werde dir ein Geheimnis verraten, Jas. Hörst du mir zu?«, fragte Tonka, während er sich neben sie hockte.

»Ja.«

»Mütter werden sich immer Sorgen um ihre Kinder machen. Egal wie alt du bist, Henley wird sich Sorgen um dich machen. Du kannst nichts weiter tun als das, was du versprochen hast ... sei dir deiner Umgebung bewusst und sei so vorsichtig wie möglich. Aber du musst dein Leben leben. Lass dich nicht von der Angst zurückhalten.«

Jasna dachte einen Moment lang über seine Worte nach, bevor sie nickte.

Tonka hatte nicht vor, das jetzt zu tun, aber er fand, dass der Zeitpunkt so gut wie jeder andere war. »Ich habe vielleicht etwas, das deine Mutter ein wenig von der Sorge um dich ablenken wird.«

»Worum handelt es sich?«

»Ich möchte sie etwas fragen ... aber ich möchte erst sicher sein, dass du damit einverstanden bist.«

Zu seiner Überraschung schlängelte Jasna sich unter Scarlets riesigem, schwerem Kopf hervor und schob sich zu ihm herüber. Ihre bernsteinfarbenen Augen funkelten und erinnerten ihn wieder einmal daran, wie Steel ihn immer angesehen hatte, wenn Tonka den Ball hielt, den Steel holen wollte. Mit einer Mischung aus Vorfreude und Aufregung.

»Bitte, bitte, *bitte*, sag mir, dass du sie bitten willst, dich zu heiraten!«

Tonka blinzelte ehrlich überrascht. »Nun ... ja. Woher wusstest du das?«

Jasna lachte. »Finn, ihr beide seid total verknallt ineinander. Ihr sagt immer, wie sehr ihr euch liebt, und küsst euch heimlich, wenn ihr denkt, dass ich es nicht bemerke. *Natürlich* willst du sie heiraten.«

Ihre Scharfsinnigkeit war überraschend und gleichzeitig ein wenig beunruhigend. Tonka war sich nicht sicher, ob er bereit war, sie erwachsen werden zu lassen. Es kam ihm so vor, als würde er das Mädchen schon ewig kennen, obwohl er sie eigentlich erst seit ein paar Monaten kannte.

»Ich liebe deine Mutter«, erklärte er. »Aber du sollst nicht denken, dass ich mich in eure Beziehung einmische oder so. Ihr zwei werdet immer eine enge Bindung haben.«

»Ich weiß«, entgegnete Jasna. »Wollt ihr Kinder haben? Bekomme ich einen Bruder oder eine Schwester?«

Jetzt war Tonka an der Reihe, leise zu lachen. »Ich weiß es noch nicht.«

»Aber du willst ein Baby?«

»Ehrlich gesagt, ich glaube schon, ja.«

»Das freut mich. Ich auch. Obwohl ich alt sein werde, wenn er oder sie groß genug ist, um zu spielen, aber das bedeutet nur, dass ich ganz oft nach Hause kommen muss, damit ich nicht vergessen werde. Wann willst du sie fragen?«

Dieses Gespräch verlief ganz anders, als er es sich vorgestellt hatte. Tonka zuckte mit den Schultern. »Ich weiß es noch nicht so genau.«

»Heute Abend«, entgegnete Jasna entschlossen. »Ich werde fragen, ob Alaska mit mir in der Lodge einen Film anschauen will. Auf diese Weise könnt ihr allein sein. Ihr könnt romantisch zu Abend essen oder so, ein bisschen knutschen und dann kannst du sie fragen. Und wenn sie Ja sagt, schickst du mir eine Nachricht, dann komme ich nach Hause und wir können feiern.«

Tonka grinste, stand auf und hielt Jasna seine Hand hin. Sie nahm sie und er zog sie auf die Beine. »Klingt nach dem perfekten Plan.«

Sie warf sich an ihn und umarmte ihn fest. »Ich bin froh, dass du in unser Leben getreten bist, Finn.«

Tonka drückte ihren Rücken und versuchte, seine Gefühle unter Kontrolle zu halten.

Zum Glück ertönte ein Bellen von der Tür der Scheune.

»Wally!«, rief Jasna aufgeregt und ließ ihn los, um ihren Hund zu begrüßen.

Sie waren am Montag nach ihrer Entlassung aus dem Krankenhaus ins Tierheim gefahren, und zu seiner Freude hatte Jasna sich sofort in den großen schwarzen Pitbull-Mischling verliebt. Für Tonkas Geschmack leckte er den Menschen ein wenig zu gern das Gesicht und sprang mit Vorliebe in den Wassertrog auf der Koppel, aber er war sehr verspielt und machte Jasna glücklich, sodass es Tonka eigentlich egal war.

Dann, als sie schon auf dem Weg aus dem Tierheim waren und die Reihe der Zwinger entlanggingen, sah Tonka den erbärmlichsten Hund, den er je gesehen hatte. Es war eine Art Terrier-Mischlings-Dame, die zitternd in der hintersten Ecke ihres Käfigs kauerte. Sie wog nicht mehr als fünf Kilo ... und in dem Moment, in dem er sie sah, wusste Tonka, dass diese kleine Hündin für ihn bestimmt war.

Er konnte sich das Gefühl nicht erklären, und er hätte sich sicher nie einen so kleinen Hund ausgesucht. Er mochte große Hunde. Solche, mit denen er toben konnte, ohne sich Sorgen machen zu müssen, dass er ihnen wehtun könnte. Hunde wie Steel und Dagger. Und den Pitbull-Mischling, den Jasna kurz zuvor ausgesucht hatte.

Der kleine Hund hatte einfach etwas an sich, das im naheging.

Er hatte die Tierheimangestellte gefragt, ob er den kleinen Hund sehen könne, und sie hatte ihm ein kleines Lächeln geschenkt. »Sicher, aber seien Sie nicht beleidigt, wenn sie keinen Kontakt mit Ihnen aufnimmt. Sie ist extrem verängstigt.« Dann runzelte sie die Stirn. »Und um ehrlich zu sein ... sie steht auf der Liste für heute Nachmittag.«

Tonka wusste, was das bedeutete. Auf der Liste, um eingeschläfert zu werden.

Zu seiner und der Überraschung der Angestellten kroch die kleine Hündin auf ihn zu, sobald ihre Zwingertür offen war. Sie roch unangenehm und brauchte dringend ein wenig Fellpflege, aber als Tonka sie aufhob, war es Liebe auf den ersten Blick. Für ihn *und* den kleinen Hund. Er brachte nicht mehr heraus als: »Ich nehme sie mit.«

Henley hatte nur gelächelt, als er ihr mitgeteilt hatte, dass sie zwei Hunde mit nach Hause nehmen würden. Brick und die anderen hatten sich kaputtgelacht, als sie das kleine Hündchen gesehen hatten, das sich vertrauensvoll in seine Arme schmiegte. Tonka war das egal. Er nannte sie Beauty, weil es Jasna zum Lachen brachte ... und er hoffte, der Name würde dem kleinen Ding etwas Selbstvertrauen geben.

Es war lächerlich, das wusste er, aber es war ihm egal. In

den letzten Wochen war die Hündin nicht wirklich aus ihrem Schneckenhaus herausgekommen. Sie war launisch und vertraute nur langsam, aber sie passte perfekt in Tonkas Armbeuge. Normalerweise saß sie in dem Hundebett, das er für sie in der Scheune gemacht hatte, und sah ihm bei der Arbeit zu, wobei sie ihn nicht aus den Augen ließ, wenn es sich vermeiden ließ.

Bei dem Gedanken an sie drehte Tonka sich zu ihrem Körbchen um, und als Beauty sah, dass er in ihre Richtung blickte, stand sie auf und trottete zu ihm hinüber. Wie immer nahm Tonka sie auf den Arm. Spike machte sich die ganze Zeit über ihn lustig und erinnerte ihn daran, dass der Hund Beine hatte und laufen konnte, aber auch das war Tonka egal. Er liebte es, sie im Arm zu halten und herumzutragen.

Jasna schlenderte dicht gefolgt von Wally zu ihm zurück. »Sag mir, dass du einen Ring hast«, verlangte sie streng.

Tonka grinste. »Ich habe einen Ring.«

»Gut. Ist er groß?«

»Ziemlich groß.« In Wahrheit war der Ring nicht riesig. Aber Tonka wollte nicht, dass Henley etwas zu Auffälliges trug, das sie zur Zielscheibe für jemanden machen könnte, der ihn ihr stehlen wollte. Er würde sie in Zukunft auf jede Weise verwöhnen, die sie wünschte, um das wiedergutzumachen.

»Cool. Finn?«

»Ja?«

»Wenn Mom ihren Namen in Matlick ändert ... denkst du ... vielleicht ... daskönnteichdannauch?« Sie sprach die letzten Worte sehr schnell, als sei sie nervös, weil sie ihn das fragte.

Tonka nahm einen tiefen Atemzug. Er hatte vorgehabt, irgendwann das Thema Adoption anzusprechen, aber er wollte, dass sowohl Jas als auch ihre Mutter mit der Idee einverstanden waren, bevor er das Thema auf den Tisch brachte. »Es gibt nichts, was ich mir mehr wünsche, als dass du meinen Namen trägst«, versicherte er ihr.

Jasna entspannte sich und sie strahlte. »Fantastisch! Ich muss Alaska finden und fragen, ob sie den Film mit mir schauen möchte. Viel Glück, auch wenn du es nicht brauchen wirst!« Sie raste davon, mit Wally direkt hinter ihr, der bellte und sprang, als hielte er das Ganze für ein Spiel.

»Was meinst du, Beauty? Sollen wir dein Frauchen fragen, ob sie heiraten will?«, fragte Tonka die kleine Hündin in seinem Arm, die sich am Kopf kratzte, während sie zufrieden stöhnte. »Ich fasse das als ein Ja auf.«

Mit einem Lächeln machte er sich auf den Weg zu seiner Hütte. Henley würde in einer halben Stunde aus einer Gruppentherapiesitzung kommen und er wollte alles für sie bereit haben.

KAPITEL ZWEIUNDZWANZIG

Henley war erschöpft, aber auf eine gute Art. Die Therapiestunde heute Nachmittag war emotional und anstrengender als andere gewesen. Die Männer und Frauen, die diese Woche in der *Zuflucht* zu Gast waren, hatten alle in derselben Einheit in Übersee gedient, als sie in einen Hinterhalt geraten waren. Sie waren stundenlang von feindlichem Feuer eingeschlossen gewesen, bevor Verstärkung eintraf. Es hatte sie alle auf verschiedene Art und Weise mitgenommen, aber sie war froh zu sehen, dass sie alle zusammen durchhielten.

Manchmal half es, die Sorgen und Ängste der anderen zu hören, dann wirkten ihre eigenen nicht mehr so abwegig. Henley hatte sich schon immer Sorgen um ihre Tochter gemacht und wollte nur das Beste für sie, aber jetzt wurde diese Sorge durch das, was passiert war, noch verstärkt. Sie arbeitete ihre eigenen Gefühle über das, was mit Jasna passiert war, zweimal pro Woche auf und fühlte sich besser. Es half, dass Jasna das gleiche kleine Mädchen war, das sie immer gewesen war. Dass sie durch das, was passiert war, nicht traumatisiert worden war.

Auch Finn half ihr ungemein. Er war immer da und beobachtete« sie mit seinem intensiven Blick, als könnte er direkt in ihre Seele sehen. Er hatte sie zu dem Bunker gebracht, in den Jasna von ihrem mysteriösen Retter gebracht worden war, und irgendwie entspannte sie sich bei diesem Anblick und dem Wissen, dass die Person, die sie aus Christians Hütte geholt hatte, sie an den sichersten Ort gebracht hatte, den man sich vorstellen konnte.

Sie beschloss, die geheimnisvolle Person als einen Schutzengel zu betrachten und nicht als jemanden, der ihr Angst machte und sie beobachtete und im Hinterhalt abwartete.

Als sie aus dem Konferenzraum in die Lodge trat, war Henley überrascht, Jasna zu sehen. »Hey, ist alles in Ordnung?«, fragte sie und legte die Stirn in Falten.

»Ja! Es ist alles in Ordnung. Prima. Finn ist in seiner Hütte. Er wartet auf dich. Ich werde hier in der Lodge essen, und dann werden Alaska und ich einen Film ansehen. Damit du und Finn etwas Zeit für euch allein habt. Also ... geh schon ... und amüsiert euch.«

Jasna war seltsam, aber sie lächelte, also dachte Henley nicht allzu viel darüber nach. Sie war sehr dafür, etwas Zeit mit Finn allein zu verbringen. Sie und Jasna lebten jetzt so gut wie bei ihm und kehrten kaum noch in ihre eigene Wohnung in Los Alamos zurück. Sie hätte deswegen ein schlechtes Gewissen gehabt, aber sie liebte das Zusammensein mit ihm zu sehr, um sich darüber Gedanken zu machen. Und da Finn ihr mehr als einmal gesagt hatte, wie glücklich er war, dass sie und Jasna bei ihm waren, beschloss sie, ihn beim Wort zu nehmen.

»Na gut«, sagte sie zu ihrer Tochter. »Aber lass Wally nicht auf das Sofa im Fernsehzimmer. Du kannst dich mit ihm auf den Boden setzen, aber es ist für Ryan und die anderen sehr mühsam, das Sofa von Hundehaaren zu befreien.«

»Das werde ich nicht, Mom«, entgegnete Jasna.

»Ich nehme an, Beauty ist bei Finn?«, fragte sie.

Jasna verdrehte die Augen. »Ja, natürlich.«

»Stimmt eigentlich. Tut mir leid, dumme Frage.« Henley musste lächeln, als sie an Finn und seinen kleinen Schatten dachte. Es war erstaunlich, die beiden zusammen zu sehen. Sie waren definitiv füreinander bestimmt. »Okay, wenn du etwas brauchst, sag mir Bescheid. Bleib nicht länger als halb neun hier oben.«

»Mom ... das ist zu früh! Zehn?«, bettelte Jasna.

»Neun. Du hast morgen Schule. Und wenn du weiter bettelst, wird es acht.«

»Dann also neun«, entgegnete Jasna fröhlich. »Amüsiert euch gut. Tschüss!«

Dann drehte sie sich um und eilte in Richtung Küche. Wahrscheinlich, um Robert und Luna vor dem Abendessen um einen Snack zu bitten.

Sie winkte Alaska zu und rief: »Danke«, als sie zur Tür ging. Die andere Frau winkte zurück.

Als sie die Hütte verließ, holte Henley tief Luft. Noch war es warm, aber es würde nicht mehr lange dauern, bis die kühlere Luft einzog. Sie liebte es, in den Bergen zu leben, trotz des Schnees und der Kälte, die im Winter hier herrschten.

Obwohl sie erschöpft war, wurde sie munter, als sie sich der Hütte näherte. Es war schon eine Weile her, dass sie und Finn Zeit für sich gehabt hatten. Deshalb war sie auch nicht annähernd so müde wie noch vor ein paar Minuten. Ein Blick auf die Uhr verriet ihr, dass sie noch dreieinhalb Stunden hatten, bevor Jasna nach Hause kam.

Ihre Brustwarzen verhärteten sich, als sie an all den Spaß dachte, den sie in dieser Zeit haben konnten. Es war eine Woche her, seit sie und Finn miteinander geschlafen hatten, und sie war mehr als bereit.

Sie ging in die Hütte – und stieß einen kleinen Schrei aus, als sie fast in Finn hineinlief. Er hatte entweder an der Tür gestanden und auf sie gewartet oder er hatte sie kommen sehen und war herbeigeeilt, um sie zu begrüßen.

Sie öffnete den Mund, um Hallo zu sagen, aber er bedeckte ihre Lippen mit seinen, und sofort erwachte Henleys Libido zum Leben. Sie ließ ihre Handtasche fallen, als Finn die Tür mit dem Fuß zuschlug. Er schloss die Tür ab, nur für den Fall, dass Jasna hereinplatzen würde.

Erinnerungen an ihr erstes Mal überfluteten Henleys Gehirn, während sie schnell ihre Kleider auszog. Wenigstens war Finn dieses Mal auch nackt. Sie grinste, als sie sich daran erinnerte, wie er nach dem Sex an der Tür in sein Zimmer geschlurft war, die Hose um die Knöchel.

Aber dann konnte sie nur noch daran denken, wie gut Finn sich anfühlte. Er ließ seine Hände an ihrem Körper auf und ab wandern und machte sie so heiß auf ihn. Aber sie war ohnehin schon mehr als bereit. Es schien, als sei ihr Körper darauf trainiert worden, sofort bereit zu sein, wenn sie allein waren.

Und Finn war genauso erregt. Sein Schwanz pochte in ihrer Hand, als sie ihn streichelte.

»Ich kann es kaum erwarten«, knurrte Finn, als er ihre Hüften umfasste. »Spring auf«, befahl er.

Henley tat eifrig, was er verlangte. Sie legte ihre Beine um seine Taille und lehnte sich mit dem Rücken an die Tür. »Steck meinen Schwanz in dich rein. Jetzt sofort«, verlangte er.

Erst letzte Woche hatten sie ein langes Gespräch über Geburtenkontrolle und Kinder geführt ... und die Entscheidung getroffen, auf Kondome zu verzichten. Sie wollten der Natur ihren Lauf lassen. Wenn sie sofort schwanger wurde, war das für sie beide kein Problem. Wenn es eine Weile dauerte, war das auch in Ordnung.

Das erste Mal, als Finn ohne Verhütung mit ihr geschlafen hatte, war unvergesslich gewesen. Sie hatten es beide langsam angehen lassen, den Moment genießen können, und obwohl Liebe ohne Kondom viel schmutziger war, als sie es gewohnt waren, war das kein Grund, abgetörnt zu sein.

Im Moment stand langsamer und sanfter Sex bei beiden außer Frage. Henley richtete Finns Schwanz auf und er drang sofort tief in sie ein. Sie stöhnten beide auf, als er in ihr versank.

»Ich liebe dich«, erklärte Finn, während er in sie stieß.

»Ich liebe dich auch«, erwiderte Henley atemlos. Ihr ganzer Körper kribbelte, und sie keuchte vor Erregung und Lust. Sie schlang ihre Beine um Finns Taille, während er eine Hand unter ihren Hintern schob und mit der anderen ihren Hinterkopf stützte, wobei sein Körpergewicht sie noch stärker gegen die Tür drückte.

Er starrte ihr in die Augen, während er es ihr besorgte. Es dauerte nicht lange, bis Henley spürte, wie sich ihr Orgasmus in ihr aufbaute. »Finn ... Ja! Oh Gott, bitte, mehr.«

Als Antwort bewegte er seine Hüften schneller. Nicht in der Lage, sich selbst zu stoppen, ließ Henley eine Hand zwischen ihre verschwitzten Körper gleiten und spielte an ihrer Klitoris.

»Ja, so ist es gut. Ich will, dass du an meinem Schwanz zum Orgasmus kommst«, befahl Finn.

Es dauerte nicht lange. Sie war zu erregt. Zu verliebt in diesen Mann, um sich zurückzuhalten. Sie zitterte um ihn herum, als sie zum Höhepunkt kam. Ein paar Stöße später stieß Finn tief hinein und hielt dann still, als er seine eigene Erfüllung fand.

Während sie noch versuchte, zu Atem zu kommen, platzte Finn heraus: »Willst du mich heiraten?«

Sie starrte ihn schockiert an. »Was?«

»Heirate mich«, bat er erneut. »Werde meine Frau. Schenke mir Kinder. Lebe mit mir in der *Zuflucht*. Du bist mein Fels. Mein Grund zum Leben. Bitte sag Ja.«

»Ja!«, entgegnete sie, ohne zu zögern. Sie hatten über Babys gesprochen, aber nicht wirklich über das Heiraten.

Finn grinste, griff ihr mit beiden Händen unter den Hintern, drehte sich um und trug sie in Richtung ihres Schlafzimmers.

»Aber wir müssen uns eine bessere Geschichte ausdenken, als dass du um meine Hand anhältst, nachdem du mich gegen die Haustür genommen hast«, schimpfte sie. »Du weißt doch, dass Jasna jedes Detail hören will, und ich werde ihr nicht erzählen, was wirklich passiert ist.«

Finn lachte und sie spürte, wie er sich beim Gehen in ihr bewegte. Sie lächelte.

»Nachdem ich dich noch dreimal habe kommen lasse, wir geduscht haben, du mir einen geblasen hast und wir endlich aus unserem Schlafzimmer gekommen sind, um etwas zu essen, werde ich dich fragen, wie ich es geplant habe. Ich hole das Schokoladen-Eclair, das ich aus Roberts Küche gestohlen habe, und füttere dich mit einer Gabel. Ich werde ein albernes Grinsen aufsetzen und ganz verschwitzt und nervös sein. Du wirst es essen, ohne den Ring zu bemerken, den ich in der Creme versteckt habe. Ich werde mir Sorgen machen, dass du das Ding verschluckst und wir ins Krankenhaus müssen, aber schließlich, beim letzten Bissen, wirst du bemerken, dass da etwas Seltsames am Ende deiner Gabel ist. Dann hebst du den Blick und siehst mich an und ich knie neben deinem Stuhl und flehe dich an, mich zu heiraten und mich zum glücklichsten Mann der Welt zu machen. Wird das funktionieren?«

Henley schmolz das Herz dahin. »Du hast wirklich einen Ring in einem Eclair?«

»Ja. Aber wie immer, wenn ich in deiner Nähe bin, kann ich mich nicht beherrschen und habe es überstürzt.«

»Ich glaube, das ist mein Satz«, witzelte sie, als Finn sie auf den Rücken auf ihr Bett legte. Sein Schwanz glitt aus ihr heraus, als er sich aufrichtete, und sie sah ihn mit einem kleinen Schmollmund an.

»Ich weiß, du wirst dich noch früh genug revanchieren. Aber zuerst ... brauchst du noch einen Orgasmus.«

Henley hatte nicht vor zu protestieren. Sie und Finn liebten sich vielleicht nicht jede Nacht, aber wenn sie die nötige Privatsphäre fanden, um zusammen zu sein, machten sie das Beste daraus. Dann kam ihr etwas in den Sinn. »Jasna wusste ganz genau, dass du mich heute Abend fragen würdest, nicht wahr?«

»Ich habe sie um Erlaubnis gebeten, dich zu fragen«, bestätigte Finn achselzuckend.

Wieder einmal wurde Henley daran erinnert, wie viel Glück sie mit ihm hatte.

»Und du solltest wissen, dass sie mich gefragt hat, ob sie ebenfalls meinen Namen annehmen darf, sobald wir verheiratet sind.«

Henley hatte nicht gedacht, dass sie noch glücklicher sein könnte als noch vor einem Moment. Sie hatte sich geirrt.

»Ich meine, vielleicht willst du deinen Namen gar nicht ändern, und das ist auch in Ordnung. Aber ich würde Jas gern auch offiziell zu einem Teil meiner Familie machen. Wenn ihr beide damit einverstanden seid. Ich möchte sie adoptieren. Oh, und ... sie möchte einen Bruder oder eine Schwester.«

»Ich möchte meinen Namen ändern. Und es ist gut, dass

wir bereits beschlossen haben, dass wir mehr Kinder wollen.«

Finn starrte sie einen Moment lang an und Henley konnte seinen Ausdruck nicht deuten.

»Was?«

»Ich werde nie wieder der Mann sein, der ich früher war ... aber ich fange an zu glauben, dass ich jetzt der Mann bin, der zu sein ich bestimmt war.«

Tränen stiegen in Henleys Augen. Sie beugte sich vor, um ihn zu küssen, und schloss die Augen, als ihre Lippen sich trafen. Dann brach Finn den Kuss ab und rutschte an ihrem Körper hinunter, wobei er sie anlächelte.

Henley atmete scharf ein, als er sich daranmachte, das Beste aus ihrer Zeit allein zu machen.

Später – viel später ... nachdem Finn den Antrag genau so gemacht hatte, wie er es geplant hatte; nachdem Jasna nach Hause gekommen war, ihren Verlobungsring bewundert hatte und jedes Detail hören wollte; und nachdem Beauty, Wally und Jasna ins Bett gebracht worden waren – lag Henley in Finns Armen in ihrem Bett und dachte über alles nach, was in ihrem Leben geschehen war.

Es hatte einige gute, großartige, schreckliche und wirklich schreckliche Momente gegeben, aber sie alle hatten zu diesem Moment hier und jetzt geführt. Und sie war dankbar. Sie hatte eine glückliche und gesunde Tochter, ein Dach über dem Kopf, gute Freunde und einen Mann, der sie ebenso sehr liebte wie sie ihn.

Sie schlief mit einem Lächeln auf dem Gesicht ein und dem Wissen, dass sie Finn an ihrer Seite hatte, um die Stürme des Lebens zu überstehen, ganz egal, was noch auf sie zukommen würde.

EPILOG

Spike war allein in seiner Hütte. Er saß auf seinem Sofa und starrte ins Leere. Die Dinge waren hektisch gewesen, seit Jasna entführt und dann gerettet worden war. Er und die anderen Besitzer der *Zuflucht* hatten sich den Kopf darüber zerbrochen, wie das Mädchen von der baufälligen Hütte in den Bunker gekommen war, aber sie waren der Lösung bis heute nicht näher gekommen als zu dem Zeitpunkt, an dem es geschehen war.

Sie hatten auch ihre Sicherheitsprotokolle überprüft und beschlossen, mehr Sicherheitskameras um die Lodge und die Hütten sowie Wildkameras auf dem gesamten Grundstück anzubringen.

Sie hatten alles getan, was sie unter den gegebenen Umständen tun konnten. Und obwohl er sich nach einem langen Arbeitstag entspannen sollte, konnte er das nicht.

Er war ruhelos. Er konnte nicht einmal genau sagen, warum. Er liebte *Die Zuflucht*. Er war Brick dankbar, dass er ihn eingeladen hatte, ein Teil davon zu sein.

Er war auch gern Mitglied des berühmten Delta-Force-Teams in der Armee gewesen, vor allem die Kameradschaft mit seinen Teamkameraden hatte ihm gefallen. Aber er war ausgebrannt. In seinen letzten beiden Jahren beim Militär war er öfter im Einsatz gewesen als zu Hause ... er hatte zu viel Tod und Zerstörung gesehen.

Er hatte vielleicht nicht die Probleme mit einer posttraumatischen Belastungsstörung, unter der seine Freunde und viele Gäste in der *Zuflucht* litten, aber das bedeutete nicht, dass er von allem, was er gesehen und getan hatte, nicht betroffen war.

Und jetzt, da er seit Jahren in der *Zuflucht* war, juckte es ihn ... Als er sah, dass sowohl Brick als auch Tonka sich mit zwei der erstaunlichsten Frauen, die er je kennengelernt hatte, auf feste Beziehungen eingelassen hatten, fragte er sich, ob er jemals so viel Glück haben würde. Im Gegensatz zu vielen anderen Männern war Spike mehr als bereit. Er war fast vierzig und wollte den Rest seines Lebens nicht allein verbringen. Aber es erwies sich als äußerst schwierig, eine passende Frau zu finden, vor allem in ihrer dünn besiedelten Ecke von New Mexico.

Sein Telefon klingelte, was Spike aufschreckte. Er runzelte die Stirn. Niemand rief ihn jemals an. Nun, kaum jemand. Er stand weder seinen Eltern noch seiner Schwester nahe, und obwohl er sich Mühe gab, um mit seinen ehemaligen Armeekameraden in Kontakt zu bleiben, schickten sie ihm normalerweise E-Mails oder Nachrichten.

Er schaute nach unten und war überrascht, Bubbas Namen auf dem Bildschirm zu sehen.

»Hey! Bubba! Wie geht's? Was gibt es?«, fragte Spike, nachdem er den Anruf entgegengenommen hatte.

»Nicht viel. Du weißt schon, neuer Tag, und immer noch der gleiche Kram«, scherzte sein ehemaliger Teamkamerad.

Sie unterhielten sich ein paar Minuten, bevor Bubba auf den Grund seines Anrufs zu sprechen kam. »Hey, hast du in letzter Zeit etwas von Woody gehört?«

Spike runzelte die Stirn. »Nein, wieso?«

»Es ist wahrscheinlich nichts. Aber gestern hat mich seine Schwester Reese angerufen und wollte wissen, ob ich etwas von ihm gehört habe. Es hat etwas Überredungskunst gebraucht, aber schließlich habe ich sie dazu gebracht, mir zu sagen, was los ist.«

»Und?«, fragte Spike, als sein alter Freund nicht sofort fortfuhr.

Bubba seufzte. »Anscheinend ist er vor ein paar Wochen nach Kolumbien geflogen. Er hat Reese gesagt, dass er höchstens eine Woche weg sein würde. Er ist noch nicht zurück, und sie hat nichts von ihm gehört.«

»Verdammt. Er ist dorthin gereist, um Isabella zu finden, nicht wahr?«, fragte Spike und rutschte an den Rand seines Stuhls.

»Ja. Die Dinge stehen nicht gut da unten. Reese sagte, dass Woody eine E-Mail von ihr bekommen hat, in der sie ihn um Hilfe bittet, sie und ihren Bruder aus dem Land zu schaffen.«

»Mist«, fluchte Spike erneut. »Und sie hat nichts von ihm gehört? Reese, meine ich?«

»Nein. Aber das ist nur ein Grund, warum ich anrufe.«

Spikes Magen krampfte sich zusammen.

»Reese hat vor, nach Kolumbien zu fliegen, um ihn zu suchen.«

»Was zum Teufel soll der Blödsinn?«, rief Spike und sprang auf.

Er erinnerte sich nur vage an Woodys jüngere Schwester, die ihren Bruder ein- oder zweimal besucht hatte, als sie zwischen zwei Missionen im Land waren. Er erinnerte sich an eine große, kurvige Frau mit blondem Haar und blauen Augen. Sie war immer tadellos gekleidet und sehr schüchtern und ruhig. »Das kann sie nicht machen. Spricht sie überhaupt Spanisch? Was zum Teufel hat sie vor?«

»Ich weiß es nicht. Deshalb hatte ich gehofft, du hättest etwas von Woody gehört, damit wir Reese dazu bringen können hierzubleiben«, erwiderte Bubba.

Spike rieb sich die Stirn, die plötzlich vor Kopfschmerzen pochte, und versuchte, sich an alles zu erinnern, was er über Isabella Hernandez wusste. Sie war ihre Übersetzerin bei einer Mission gewesen, die sie unternommen hatten, kurz bevor Spike aus der Armee entlassen worden war. Sie war damals Anfang zwanzig, und Woody hatte sich schnell und heftig in die schöne Frau verliebt. Sie hatte einen jüngeren Bruder – er war im Teenageralter, als sie in dem Land waren –, aber an mehr konnte Spike sich nicht erinnern.

Woody hatte offensichtlich Kontakt zu Isabella gehalten und Spike war nicht überrascht, dass er ihr zu Hilfe geeilt war, als sie um Hilfe gebeten hatte. Er war nicht mehr in der Armee und hatte jedes Recht, dorthin zu gehen, wohin er wollte und wann er wollte. Aber dass er sich nicht meldete, während er weg war – besonders bei Reese, bei der sein Beschützerinstinkt besonders ausgeprägt war –, bedeutete, dass etwas schiefgelaufen war.

»Ich werde morgen einen Flug nach Kansas City nehmen«, sagte Spike zu seinem Freund. »Ich bin sicher, Woody geht es gut. Der Kerl hat bisher nur fünf seiner neun Leben verbraucht.«

»Das ist super. Ich würde ja selbst hinfahren, aber meine Frau kann jeden Tag unser Baby bekommen«, erwiderte Bubba, und man konnte an seiner Stimme hören, wie erleichtert er war.

»Gratuliere, Mann. Und keine Sorge, ich werde Reese zur Vernunft bringen und tun, was ich kann, um herauszufinden, was mit Woody los ist.«

»Hältst du mich auf dem Laufenden?«, fragte Bubba.

»Aber sicher. Und grüß Katie von mir.«

»Mach ich. Und ... danke, Spike.«

»Du brauchst mir nicht zu danken. Ich melde mich.«

»Bis später.«

»Bis später.« Spike legte auf und atmete tief durch, bevor er sich dem Laptop zuwandte, den er auf dem kleinen Tisch neben der Küche stehen gelassen hatte. Er aß nie dort – er hasste es, allein zu essen – und er benutzte den Tisch mehr als Schreibtisch als alles andere. Er musste ein Flugticket nach Kansas City kaufen. Er würde sich mit Reese Woodall treffen, alle Informationen über Woody sammeln, die sie hatte, und darüber, wohin er unterwegs war, und wenn es nötig war, würde er nach Kolumbien fliegen und Woody eigenhändig zurück in die Staaten schleifen.

Sein Freund wusste es besser, als sich allein in so eine Situation zu begeben. Aber wenn Isabella ihm gesagt hatte, dass sie und ihr Bruder in Gefahr waren, war Woody zu allem imstande.

Spike hoffte nur, dass die Schwester nicht so impulsiv war wie sein Freund. Schließlich wollte er sich nicht auch noch darum Sorgen machen müssen, *sie* aufzuspüren, und nicht nur seinen ehemaligen Teamkameraden.

* * *

Es sieht so aus, als würde Spike sich auf den Weg machen, um nach seinem ehemaligen Teamkameraden zu suchen ... aber Sie wissen ja, dass die Dinge nicht wie geplant verlaufen und er und Reese sich schon sehr bald sehr viel besser kennenlernen werden. HA! Hier ist Zuflucht für Reese, das nächste Buch aus der Reihe *Die Zuflucht in den Bergen*.

Und bevor Sie fragen ... natürlich bekommt Raiden auch eine Geschichte. Er ist ein Teil der Reihe »Das Bergungsteam vom Eagle Point«. Es wird noch ein bisschen dauern, bis das Buch erscheint (es wird »Ein Retter für Khloe« heißen), aber ja, dort werden Sie auch Tonka wieder begegnen. Raiden und Tonka sind aufgrund ihrer Erfahrungen miteinander verbunden, und natürlich kann ich Raids Geschichte nicht schreiben, ohne dass auch Tonka darin vorkommt. Bleiben Sie dran!

BÜCHER VON SUSAN STOKER

Die Zuflucht in den Bergen

Zuflucht für Alaska

Zuflucht für Henley

Zuflucht für Reese (30 May)

Zuflucht für Cora

Zuflucht für Lara

Zuflucht für Maisy

Zuflucht für Ryleigh

Das Bergungsteam vom Eagle Point

Ein Retter für Lilly

Ein Retter für Elsie

Ein Retter für Bristol

Ein Retter für Caryn (4 April 2023)

Ein Retter für Finley

Ein Retter für Heather

Ein Retter für Khloe

Die SEALs von Hawaii:

Die Suche nach Elodie

Die Suche nach Lexie
Die Suche nach Kenna
Die Suche nach Monica
Die Suche nach Carly
Die Suche nach Ashlyn (7 Feb)
Die Suche nach Jodelle (22 July)

Delta Team Zwei
Ein Held für Gillian
Ein Held für Kinley
Ein Held für Aspen
Ein Held für Jayme
Ein Held für Riley
Ein Held für Devyn
Ein Held für Ember
Ein Held für Sierra (1 Mar)

Mountain Mercenaries:
Die Befreiung von Allye
Die Befreiung von Chloe
Die Befreiung von Morgan
Die Befreiung von Harlow
Die Befreiung von Everly
Die Befreiung von Zara
Die Befreiung von Raven

Ace Security Reihe:
Anspruch auf Grace
Anspruch auf Alexis
Anspruch auf Bailey
Anspruch auf Felicity
Anspruch auf Sarah

Die Delta Force Heroes:

Die Rettung von Rayne
Die Rettung von Emily
Die Rettung von Harley
Die Hochzeit von Emily
Die Rettung von Kassie
Die Rettung von Bryn
Die Rettung von Casey
Die Rettung von Wendy
Die Rettung von Sadie
Die Rettung von Mary
Die Rettung von Macie
Die Rettung von Annie

SEALs of Protection:

Schutz für Caroline
Schutz für Alabama
Schutz für Fiona
Die Hochzeit von Caroline
Schutz für Summer
Schutz für Cheyenne
Schutz für Jessyka
Schutz für Julie
Schutz für Melody
Schutz für die Zukunft
Schutz für Kiera
Schutz für Alabamas Kinder
Schutz für Dakota

Eine Sammlung von Kurzgeschichten

Ein langer kurzer Augenblick

BIOGRAFIE

Susan Stoker ist die New York Times, USA Today und Wall Street Journal Bestsellerautorin der Buchreihen »Badge of Honor: Texas Heroes«, »SEAL of Protection«, »Die Delta Force Heroes« und einigen mehr. Stoker ist mit einem pensionierten Unteroffizier der US-Armee verheiratet und hat in ihrem Leben schon überall in den Vereinigten Staaten gelebt – von Missouri über Kalifornien bis hin zu Colorado. Zurzeit nennt sie die Region unter dem großen Himmel von Tennessee ihr Zuhause. Sie glaubt ganz und gar an Happy Ends und hat großen Spaß daran, Geschichten zu schreiben, in denen Romantik zu Liebe wird.

Besuchen Sie Susan im Netz!
www.stokeraces.com
facebook.com/authorsusanstoker
twitter.com/Susan_Stoker
bookbub.com/authors/susan-stoker

instagram.com/authorsusanstoker
Email: Susan@StokerAces.com

www.ingramcontent.com/pod-product-compliance
Lightning Source LLC
Chambersburg PA
CBHW060222100726
47907CB00003B/472

* 9 7 8 1 6 4 4 9 9 3 0 5 7 *